HENDRIK BERG

Lügengrab

AF177205

GOLDMANN
Lesen erleben

Buch

Endlich Urlaub! Nach seinem aufreibenden letzten Fall sucht der Berliner Kommissar Theo Krumme auf der kleinen Hallig Hooge Ruhe und Zeit zum Nachdenken. Auf der Fähre lernt er die Studentin Swantje kennen, die auf der Hallig aufgewachsen ist. Vor drei Jahren verschwand ihr Verlobter auf rätselhafte Weise – einen Tag vor der geplanten Hochzeit! Anders als ihre Freunde glaubt Swantje an ein Verbrechen. Nun kehrt sie zurück und will die Wahrheit über ihre große Liebe herausfinden. Krumme versucht zu helfen. Doch schon bald gerät er selbst in Lebensgefahr und entdeckt während einer dramatischen Sturmflut ein schreckliches Geheimnis. Denn auf dem kleinen Eiland lauert das Böse …

Mehr Informationen zu Hendrik Berg und seinen Werken finden Sie am Ende des Buches.

Hendrik Berg
Lügengrab

Ein Nordsee-Krimi

GOLDMANN

Sollte diese Publikation Links auf Webseiten Dritter enthalten,
so übernehmen wir für deren Inhalte keine Haftung, da wir uns diese
nicht zu eigen machen, sondern lediglich auf deren Stand
zum Zeitpunkt der Erstveröffentlichung verweisen.

 Dieses Buch ist auch als E-Book erhältlich.

MIX
Papier aus verantwortungsvollen Quellen
FSC® C014496

Penguin Random House Verlagsgruppe FSC® N001967

5. Auflage
Originalausgabe April 2016
Copyright © 2015 by Ralf Pingel
Copyright © 2016 by Wilhelm Goldmann Verlag,
München, in der Penguin Random House Verlagsgruppe GmbH,
Neumarkter Str. 28, 81673 München
Umschlaggestaltung: UNO Werbeagentur, München
Umschlagmotiv: Getty Images/Manuel Gutjahr;
huber-images.de/Mehlig; plainpicture/David Carreno Hansen
KS · Herstellung: Str.
Satz: omnisatz GmbH, Berlin
Druck und Bindung: GGP Media GmbH, Pößneck
Printed in Germany
ISBN 978-3-442-48238-2
www.goldmann-verlag.de

Besuchen Sie den Goldmann Verlag im Netz:

Es ist ein Flüstern

Es ist ein Flüstern in der Nacht,
Es hat mich ganz um den Schlaf gebracht;
Ich fühl's, es will sich was verkünden
Und kann den Weg nicht zu mir finden.

Sind's Liebesworte, vertrauet dem Wind,
Die unterwegs verwehet sind?
Oder ist's Unheil aus künftigen Tagen,
Das emsig drängt sich anzusagen?

Theodor Storm

Ring of fire

Love is a burning thing,
And it makes a fiery ring,
Bound by wild desire,
I fell into a ring of fire,

I fell into a burning ring of fire,
I went down, down, down,
And the flames went higher.

Johnny Cash

1

Sie lag alleine im Bett, starrte an die Decke und lauschte in die dunkle Stille der Nacht. Der fast volle Mond blickte stumm durch das halboffene Fenster herein. Nur der Wind, der leise über die Marsch blies, war zu hören, dann und wann übertönt vom schläfrigen Schnattern einer Gans und dem Stampfen einer Kuh im Stall. Es herrschte Ebbe, das Meer hatte sich bis weit hinter den Horizont zurückgezogen. Aus der Ferne war sein leises Rauschen nur zu erahnen.

Seit Stunden versuchte sie, Schlaf zu finden, ohne Erfolg. Sie kam einfach nicht zur Ruhe. Immer und immer wieder tauchten die gleichen schmerzenden Gedanken in ihrem halbwachen Bewusstsein auf. Zu viel war geschehen, zu viel gesagt worden.

Wie sollte es jetzt nur weitergehen? Würden sie je wieder normal miteinander reden können? Sie dachte daran, wie wütend er gewesen war, als er vorhin das Haus verlassen hatte.

Leise stöhnend drehte sie sich auf die Seite und starrte ins Nichts der grauen Wand.

Hatte sie einen Fehler gemacht? Hätte sie ihm nicht die Wahrheit sagen sollen? War sie zu direkt gewesen? Sie seufzte. Diplomatie war vielleicht nicht ihre Stärke. Trotzdem, sie waren beide erwachsen, wieso konnten sie da nicht offen und vernünftig miteinander reden?

Die Wahrheit war: Sie liebte ihn einfach nicht. Und das hatte sie ihm gesagt. Natürlich war ihr das schwergefallen.

Es war ja nicht so, dass sie viel Übung darin hatte, Männern unangenehme Wahrheiten zu sagen. Ganz im Gegenteil, er war erst der dritte Mann in ihrem Leben. Die anderen beiden hatten sie verlassen und sich dabei wenig Mühe gegeben, ihre Gefühle zu erklären, sondern sich einfach aus dem Staub gemacht.

Wie sehr hatte sie gehofft, dass es dieses Mal etwas werden könnte! Wie sehr hatte sie sich nach einem richtigen Partner gesehnt! Endlich nicht mehr alleine sein. Nicht mehr alleine im Stall stehen, ohne Hilfe auf dem Feld arbeiten und dann abends erschöpft und einsam auf dem Sofa einschlafen.

Endlich wieder verliebt sein.

Aber es hatte einfach nicht funktioniert.

Lange Zeit hatte sie den Grund dafür nur bei sich selbst gesucht. Wenn er ungeduldig wurde, hatte sie sich bemüht ruhig zu bleiben. Hatte er über das Essen gemeckert, hatte sie versucht besser zu kochen. Wenn er sie mit starrem Blick abschätzig gemustert hatte, hatte sie sich hübscher angezogen und war zum Friseur gegangen.

Das alles hatte sie getan, weil er liebevoll und zärtlich sein konnte. Weil sie manchmal wie kleine Kinder miteinander lachten. Und weil sie glaubte, in seinen starken Armen Ruhe und Sicherheit zu finden.

Aber nur ein kleiner Anlass und sofort waren wieder seine Ungeduld und sein Jähzorn aus ihm herausgebrochen. Wenn er sie dann mit wutverzerrtem Gesicht ansah, wirkte er auf einmal wie ein völlig anderer Mensch.

Mit einem leisen Seufzer richtete sie sich auf und setzte sich auf die Bettkante. Auf dem Nachttisch stand ein Krug mit kaltem Wasser. Sie goss sich ein Glas ein und trank einen großen Schluck. Dann stellte sie sich ans Fenster und schaute hinaus in die Nacht. Der Mond spiegelte sich in den langen Kanälen, die das Grün der Marsch zerschnitten, bevor er *wieder hinter einer Wolke verschwand. Mit geschlossenen Augen atmete sie die frische Nachtluft ein. Schließlich legte sie sich zurück ins Bett, ließ aber die Vorhänge offen, um den Himmel weiter sehen zu können.*

Am meisten Angst machten ihr seine Selbstgespräche. Immer wieder erwischte sie ihn dabei, wie er leise murmelnd mit sich redete, manchmal, wenn er sich unbeobachtet fühlte, sogar laut mit sich selbst schimpfte. Als wenn er nicht alleine in seinem Körper steckte, so als stünde ein Geist neben ihm, den nur er sehen konnte.

Als sie ihn besorgt darauf angesprochen hatte, hatte er sie wütend aufgefordert, sich um ihre eigenen Angelegenheiten zu kümmern. Und sie schließlich auf dem Feld aufgebracht gegen einen Strohballen gepresst.

»Was hast du gehört? Sag mir sofort, was du gehört hast, du Miststück!«, hatte er gefaucht und ihr heiße Spucke ins Gesicht gestoßen.

In dem Moment war ihr klar geworden, dass sie getrennte Wege gehen mussten. Aber wie sollte sie ihm das sagen, ohne ihm wehzutun? Immer wieder hatte sie sich in den letzten Wochen die Sätze zurechtgelegt und doch geschwiegen. Bis heute. Er hatte mal wieder einen Tobsuchtsanfall bekommen. Und das nur, weil sie auf dem Markt freundlich mit Morten, einem Nachbarn, geplaudert hatte. Auf dem langen Weg zurück zu ihrem kleinen Hof hatten sie beide keinen Ton gesagt. Erst zu Hause in der Küche hatte sie die Kraft gefunden, ihm die Wahrheit zu gestehen:

»Ich kann nicht mehr. Ich liebe dich nicht. Ich will, dass du gehst, jetzt!«

Ihre Worte hatten ihn schwer verletzt. Wie ein getroffener Boxer hatte er den Kopf einzogen und war mit ungläubigem Blick vor ihr zurückgewichen. Für einen Moment hatte er wie ein kleines Kind gewirkt, dem die Mutter die Liebe ent-

zogen hat. Schon bereute sie ihre Worte und wollte wieder versöhnliche Töne anschlagen, als plötzlich diese Wut aus ihm herausbrach wie kochendes Wasser aus einem Geysir.

»Du Hure! Du verdammte Hure! Was bildest du dir ein?! Du kannst mich nicht einfach so davonjagen!«, fauchte er sie mit funkelnden Augen an.

Erschrocken rechnete sie damit, dass er sie schlagen würde. Das hatte er bisher nie getan, aber sie hatte schon mehrmals bemerkt, wie er in seiner Wut die Fäuste geballt hatte. Auch jetzt schien er wieder kurz davor zu sein und konnte sich offenbar nur mit Mühe zusammenreißen.

Vorsichtig versuchte sie ihm ihre Entscheidung zu erklären, erzählte ihm, wann sie das erste Mal Bedenken gespürt hatte und seit wann für sie endgültig feststand, dass sie ihn nicht mehr liebte, ja vielleicht sogar nie wirklich geliebt hatte. Doch dann sah sie seinen verächtlichen, gleichzeitig aber auch seltsam abwesenden Blick. Sie erkannte, dass jedes Wort zu viel war. Es hatte keinen Sinn, er würde sie nie verstehen, und genau das war der Grund, warum er gehen musste. Sie lebten in verschiedenen Universen, wie konnten sie da zusammen in einem Haus wohnen, sich sogar ein Bett teilen?

Tatsächlich sah er es wohl genauso. Plötzlich schnappte er sich seine schwere Lederjacke von der Garderobe und verließ ohne einen Abschied das Haus.

Das war vor sechs Stunden gewesen. Eine Zeit lang hatte sie vor dem Fernseher auf ihn gewartet, war dann aber ins Bett gegangen.

Ob er überhaupt noch einmal zurückkommen würde? Insgeheim hoffte sie, dass er genauso plötzlich aus ihrem Leben verschwinden würde, wie er vor ein paar Monaten bei ihr aufgetaucht und schon nach kurzer Zeit auf dem Hof eingezogen war. Schmerzhaft wurde ihr bewusst, wie wenig sie über ihn wusste.

Sie drehte den Kopf auf dem Kissen und schaute wieder aus dem Fenster. Erneut trieben ein paar dunkle Wolken träge vor den Mond, doch sie konnte seine milchige Scheibe hinter den grauen Schleiern noch gut erkennen.

Sie seufzte. Sie hatte das Richtige getan. Trotzdem hatte sie sich noch nie in ihrem Leben so traurig und einsam gefühlt.

Sie hörte, wie sich die Haustür knirschend öffnete, setzte sich im Bett auf und schaute an der halboffenen Schlafzimmertür vorbei ins Treppenhaus. Ein heller Schimmer drang von unten herauf. In der Küche war das Licht angeknipst worden.

Er war wieder da. Sie lauschte, wie er den Kühlschrank öffnete und wieder schloss. Das Klirren von Glas, dann das Knarren, als er auf den alten Holzdielen auf und ab ging.

Sollte sie noch mal mit ihm reden? Ihm sagen, dass er lieber auf dem Sofa schlafen sollte? Sie zögerte.

Auf einmal ein lautes Knirschen. Er kam die Treppe hinauf. Zu ihr. Plötzlich schlug ihr das Herz bis zum Hals. Schnell verkroch sie sich wieder unter ihre Decke. Wenn er noch einmal reden wollte, sollte er den ersten Schritt machen.

Sie hörte, wie er die Tür aufschob, das Zimmer betrat und vor ihrem Bett stehenblieb. Neben der frischen Marschluft, die von draußen hereinströmte, roch es auf einmal nach altem Leder, nach Schnaps und Bier. Sie verdrehte die Augen. Eine seiner positiven Eigenschaften war eigentlich, dass er im Gegensatz zu vielen anderen Männern im Norden keinen Alkohol trank. Ausgerechnet heute musste er damit anfangen.

Sie hörte seinen schweren Atem und fragte sich, was er gerade tat. Endlich zog sie sich die Decke vom Gesicht. Die Wolken waren weitergetrieben. Im wieder hellen Mondlicht konnte sie sehen, dass er direkt neben ihrem Bett stand. Die verschwitzten Haare klebten ihm am Kopf, er trug noch immer seine schwere, abgeschabte Lederjacke. Sie zuckte, als sie seine entrückte Miene sah. Wie eine Puppe. Jedes Licht war aus seinen Augen gewichen, als er den Kopf schieflegte und sie wie eine völlig Fremde betrachtete.

»Was ...?«

Sie wollte etwas sagen. Aber das Wort blieb ihr im Hals stecken, als sie bemerkte, was er in der Hand hielt.

»Oh Gott, nein ...«

Plötzlich, mit zusammengepressten Lippen und einem Ausdruck grenzenlosen Bedauerns hob er die Axt über seinen Kopf. Das Aufblitzen des Stahls im Mondlicht war das Letzte, was sie in ihrem Leben sah.

2

Aus dem Zugfenster blickte er ins Paradies. Die Sonne hatte den Kampf gegen den Morgendunst gewonnen. Keine Wolke war mehr am strahlend blauen Himmel zu sehen. Das helle Licht ließ das saftige Grün der Felder, der Bäume und der beginnenden Marsch funkeln. Verträumte Dörfer und gemütliche Städtchen rauschten am Fenster vorbei, um anschließend wieder den Blick auf weite Ebenen freizugeben. Er sah schwarz-weiße Kühe, immer wieder Schafe und riesige Vogelschwärme, die sich wie dunkle Wolken über den Himmel schoben. Nur das Meer, das sah er nicht. Noch nicht.

Krumme schaute sich im Zug um. Ende März war keine Hauptsaison, der Nord-Ostsee-Express war nur zur Hälfte besetzt. Die meisten der Mitreisenden schienen Einheimische zu sein, denn soweit er sehen konnte, war er der Einzige, der noch ein Auge für die Schönheit der Landschaft hatte. Die anderen spielten mit ihren Smartphones, lasen oder schliefen. Vorne im Wagen hatte sich eine Schulklasse aus Dänemark ausgebreitet. Genau wie er war sie in Hamburg in den Zug gestiegen. Seitdem rannten die vielleicht neun oder zehn Jahre alten Kinder ohne Unterbrechung im Gang auf und ab – trotz der Mahnungen ihrer erschöpften Lehrer, sich doch bitte endlich hinzusetzen.

Krumme störte der Trubel nicht, er würde bald mehr als genug Ruhe haben. Außerdem hatten ihm seine Kollegen im Polizeipräsidium Berlin-Neukölln für die Reise einen MP3-Player geschenkt und dazu einen Kopfhörer. Nicht diese kleinen Stöpsel, sondern einen großen, der die Ohren komplett bedeckte. Wenn er den auf den Kopf schob und seine Lieblingsmusik – Country und Folk – anschaltete, waren alle anderen Geräusche ausgeblendet.

»Warum willst du bloß wieder an die Nordsee?«, hatten ihn seine Kollegen gefragt. »Da regnet es ständig, der Wind bläst dir die letzten Haare vom Kopf. Und außerdem bist du dort oben beim letzten Mal fast verreckt!«

Das stimmte. Krumme konnte sich noch gut an die stürmische Nacht vor fast anderthalb Jahren auf dem Deich bei Kleebüll erinnern, als ihn ein Psychopath, dem er aus Berlin bis nach Nordfriesland gefolgt war, mit einem Messer niedergestochen hatte. Nur mit viel Glück hatte Krumme überlebt. Danach hatte er lange im Krankenhaus gelegen. Anschließend war er noch eine Weile an der Nordsee geblieben. Sein friesischer Kollege, Polizeihauptkommissar Mannsen, hatte ihn eingeladen, eine Zeit lang bei ihm in Kleebüll zu bleiben, um sich in Ruhe auszukurieren. Krumme lächelte, als er an den meistens gutgelaunten, kräftigen Mann und an die zwei Wochen in dem kleinen Reetdachhaus an der Dorfstraße dachte. Es war bitterkalt gewesen. Der Ostwind hatte ihn während seiner langen Spaziergänge fast umgeworfen. Aber er hatte das Salz auf seiner Haut gespürt und auf seinen Lippen geschmeckt. Hatte immer wieder überwältigt vor der stürmischen See gestanden und fasziniert den täglichen Wechsel der Gezeiten beobachtet. So wie sich die Natur hier immer wieder neu erfand, wollte nun auch Krumme etwas Neues entdecken, ja, vielleicht sogar einen Neubeginn wagen.

Er nahm einen Schluck Mineralwasser aus der Plastikflasche, die er in Hamburg am Bahnhof gekauft hatte. Während er das Getränk in seinem Mund hin und her schob, griff er nach seiner Brieftasche und zog ein Foto heraus.

Es war an den Ecken schon abgenutzt, die Farben waren verblichen. Trotzdem war es sein größter Schatz. Es zeigte ihn mit seiner Exfrau Maria und ihrer gemeinsamen Tochter Hannah am Ostseestrand, mit vom Wind zerzausten Haaren und geröteten Wangen in die Kamera lächelnd. Ein Relikt aus besseren, glücklicheren Zeiten. Nachdenklich lehnte er den Kopf gegen die kalte Scheibe und dachte über die Vergänglichkeit der Zeit nach. Die meisten Erinnerungen verschwanden im Nebel der Vergangenheit oder wurden vom menschlichen Geist verfälscht, bis sie sich zu völlig neuen Geschichten zusammenfügten. Aber wenn er an die beiden dachte, erschien ihm die gemeinsam verbrachte Zeit immer noch so klar, so lebendig, als wäre es gestern gewesen. Die schönen Stunden, die in seiner Erinnerung in hellem Licht funkelten, genau wie die traurigen, die bis heute an seinem Herzen zerrten und ihn in der Nacht wachhielten.

Er dachte zurück an Marias Besuch vor einem Monat. Der erste seit zwei Jahren! Wie sehr hatte er sich darauf gefreut! Voller Hoffnungen war er mit seinem alten Golf in die Waschanlage gefahren und hatte sich bei seinem türkischen Stammfriseur auf der Hermannstraße die Haare in Form bringen lassen. Schließlich hatte er sie mit einem dicken Strauß Nelken, ihren Lieblingsblumen, vom Lehrter Bahnhof abgeholt. Nervös wie ein Teenager beim ersten Rendezvous hatte er kaum einen Ton herausbekommen. Bloß kein falsches Wort.

Auch Maria hatte sich offensichtlich vorgenommen, nicht über die Vergangenheit zu sprechen. Sie hatte sich kaum verändert. In ihrer Lederjacke, den Jeans und ihrer blauen Bluse hatte sie wunderschön ausgesehen. Aber schon bei ihrem ersten unsicheren Blickwechsel auf dem Bahnsteig war ihm klar gewesen, dass es zwischen ihnen nie mehr so werden würde wie früher.

Vielleicht wäre es einfacher für ihn gewesen, wenn sie sich wenigstens gestritten hätten. Doch das hatten sie nicht. Er war sicher, dass auch Maria ihn immer noch mochte. Aber sie wollte einfach nicht mit ihm über diese schreckliche Sache reden, die Hannah damals zugestoßen war. Andere Paare wuchsen nach einer traumatischen Erfahrung enger zusammen. Maria hatte sich entschieden, diesen Albtraum alleine durchzustehen. So wie ihre Tochter ein neues Leben begonnen hatte, wollte auch Maria nicht mehr zurückschauen, vielleicht aus Angst, die Erinnerung könnte ihr noch einmal das Herz brechen.

Auch wenn Krumme keine Schuld traf, für sie war er ein Teil dieser dunklen Vergangenheit. Anders als seine Frau und seine Tochter lebte er immer noch das gleiche Leben wie damals, als Hannah überfallen worden war.

Krumme schloss traurig die Augen, als er sich an Marias Blick erinnerte, mit dem sie bei ihrem Besuch seine Wohnung und seine Möbel betrachtet hatte, die vor ein paar Jahren auch ihre eigenen gewesen waren.

»Willst du dir nicht mal was Neues zulegen?«, hatte sie ihn gefragt. Er hatte nur mit den Schultern gezuckt. Hätte er ihr sagen sollen, dass das alte Sofa, der abgenutzte Küchentisch und das durchgelegene Bett alles war, was er noch aus ihrer gemeinsamen Zeit besaß, die für ihn die schönste seines Lebens war?

Als sie nach zwei Tagen und einem kurzen Abschied wieder zurück nach Freiburg gefahren war, hatte er sich selbst wie ein altes Möbelstück gefühlt, das auf den Sperrmüll gehörte. Er war wieder in sein Büro im Präsidium gegangen und hatte stundenlang in den Regen auf der Sonnenallee hinausgeschaut. Schließlich hatte er an die Tür seines Vorgesetzten geklopft und Urlaub beantragt.

»Urlaub? Du?«, hatte sein Chef überrascht gefragt.

Krumme hatte bloß genickt. Tatsächlich war er seit seiner Trennung von Maria noch nie weggefahren.

Aber jetzt brauchte er endlich eine Pause. Das war der Grund, warum er unbedingt wieder an die Nordsee musste: Er wollte nachdenken, die Klarheit der Seeluft suchen, um herauszufinden, was er noch vom Leben zu erwarten hatte.

Plötzlich riss ihn ein Junge aus seinen Gedanken. Der Kleine sprang aus dem Gang neben ihn auf den Sitz, rutschte nach unten in den Fußraum und zog sich schließlich sogar Krummes leuchtend rote Jack-Wolfskin-Jacke über den Kopf.

»He …«, stammelte Krumme verblüfft und stellte die Musik aus. Er blickte hinunter zu dem Jungen. Seine verschwitzten weißblonden Haare klebten ihm an der Stirn. Aber er lächelte fröhlich und strahlte Krumme mit wasserblauen Augen an.

Leise flüsterte der Kleine ihm etwas zu – auf Dänisch, wie Krumme heraushörte – und hielt dabei den Zeigefinger vor seinen Mund. Krumme nickte nur stumm, während zwei kleine Mädchen aufgeregt durch den Gang stürmten und so schnell an seinem Platz vorbeihasteten, dass sie ihren Klassenkameraden nicht entdeckten.

Der Junge nickte seinem neuen Freund verschwörerisch zu und kletterte hoch auf den Sitz.

»*Mange tak*«, flüsterte er und grinste über das ganze Gesicht. Dann fiel ihm ein Bild in der Zeitung auf, die auf Krummes Schoß lag. Es zeigte einen getunten Porsche mit ultrabreiten Reifen. »Boah«, machte der Junge beeindruckt und schenkte ihm wieder ein freundliches Lächeln, das eine breite Lücke zwischen seinen Vorderzähnen entblößte. Schließlich blickte der Kleine vorsichtig nach links und rechts auf den Gang und rannte los – in die Richtung, aus der die Mädchen gerade gekommen waren.

Immer noch verwirrt sah Krumme dem Jungen hinterher. Er war ein bisschen aus der Übung im Umgang mit Kindern. Irgendwie fühlte er sich jedes Mal ein wenig in seiner Kauzigkeit ertappt, wenn sie ihn mit ihren offenen, neugierigen Augen anschauten.

Er seufzte und schaute aus dem Fenster. Gerade hatten sie den kleinen Bahnhof von Meldorf verlassen. Er schaltete seinen MP3-Player wieder ein und lehnte sich in seinen Sitz zurück. Nicht mehr lange und seine Reise war zu Ende.

3

Der Husumer Bahnhof war nur ein schmuckloser Regionalbahnhof außerhalb des Stadtzentrums. Doch als Krumme aus dem Zug stieg, kam er sich vor wie ein Wallfahrer, der endlich sein Ziel erreicht hat. Er schloss die Augen und konzentrierte sich ganz auf den Duft des nahen Meeres, lauschte dem Kreischen der Möwen, während ihm ein überraschend kalter Wind über das Gesicht strich, und holte tief Luft, um die eisige, nach der langen Zugfahrt angenehme Kälte einzuatmen. Er lächelte. Die erste Etappe war geschafft.

»Da ist er ja, unser Weltenbummler!«, ertönte auf einmal eine gemütliche Bassstimme. Ein Mann, dessen gewaltiger Bauch in einer grauen Windjacke steckte, stapfte strahlend auf Krumme zu. Unter seinen dichten Brauen blitzten muntere Augen, Nase und Wangen waren von winzigen roten Äderchen durchzogen, und aus einer Schiebermütze lugten ergraute Haare hervor. An seiner Seite ging ein Hüne. Mit wettergegerbtem Gesicht und einer ausgeblichenen blauen Latzhose schritt er in lehmverkrusteten Gummistiefeln neben dem Dicken her. Auch er lächelte freundlich, aber ihm war anzumerken, dass er sich hier auf dem Bahnhof, direkt neben dem gerade wieder losfahrenden Zug, unwohl fühlte.

»Krumme, lieber Freund, wie schön Sie wiederzusehen!«, begrüßte ihn Polizeihauptkommissar Mannsen, der Dicke, und breitete herzlich die Arme aus, eigentlich eher untypisch für einen geborenen Friesen, die normalerweise für ihre liebenswerte Verstocktheit bekannt waren. Da Krumme ihm schon die Hand entgegengestreckt hatte, gab es einen kurzen, peinlichen Moment, bis Mannsen sich durchsetzte und seinen Berliner Kollegen freundlich an die kräftige Brust drückte. Für einen Augenblick raubte Krumme die Mischung aus scharfem Schweißgeruch und *Old Spice* den Atem, dann ließ sein Freund ihn wieder los.

»Sie sind wirklich gekommen«, ächzte Krumme. »Aber das wäre doch nicht nötig gewesen.«

»Und wie das nötig ist!«, dröhnte Mannsen fröhlich und schlug ihm freundschaftlich auf die Schulter. »Denken Sie, ich lasse Sie hier mutterseelenallein durch die Gegend juckeln?«

»Ich muss doch nur in den Bus steigen …«

»Nix da! Wir bringen Sie zur Fähre. Sie kennen sich hier doch gar nicht aus. Am Ende landen Sie noch in irgendeinem Priel und gehen verloren.«

Das bezweifelte Krumme. Wer mit den verwirrend vielen und chronisch überfüllten Berliner Verkehrsmitteln keine Probleme hatte, würde bestimmt auch einen Bus auf einem fast ausgestorbenen Busbahnhof finden. Aber egal. Offensichtlich bedeutete es Mannsen viel, ihm helfen zu können. Und Krumme wollte nicht unhöflich sein.

Der nordfriesische Polizeibeamte zeigte auf seinen Begleiter.

»Harke wollte unbedingt mitkommen. Obwohl er sonst so gut wie nie in die Stadt fährt.«

Krumme bedachte den riesenhaften Mann mit einem verständnisvollen Nicken. Harke arbeitete als Knecht und Landarbeiter in Kleebüll. Ob das kleine Husum die einzige Stadt war, die er bisher gesehen hatte? Kaum vorstellbar, dass er schon mal in Hamburg gewesen war. Oder Berlin.

Harke lächelte verlegen. Anders als Mannsen reichte er Krumme nur seine riesige Pranke.

»Hallo«, sagte er und warf dabei einen unsicheren Blick auf den dampfenden Güterzug, der gerade auf dem anderen Gleis durch den Bahnhof rauschte.

»Hallo, Harke, schön dich wiederzusehen.« Krummes Freude war echt. Harke war ein Spinner – aber er hatte Krumme das Leben gerettet. Er hatte ihn damals in Kleebüll schwerverletzt auf dem Deich gefunden und auf seinen starken Armen durch Sturm und Regen zum nächsten Arzt getragen.

Harke nickte nur, machte aber keine Anstalten, die Hand des Kommissars wieder loszulassen. Dabei fixierte er Krumme so aufmerksam, als wollte er mit seinen meerwasserblauen Augen direkt in die Tiefen seiner Seele blicken. Irritiert versuchte Krumme seine Hand wieder zurückzuziehen, aber es gelang ihm nicht.

Mannsen verdrehte seufzend die Augen und klopfte dem hünenhaften Knecht freundlich auf die breite Schulter.

»Na komm, min Jung, Schluss mit den Spielereien. Greif dir seinen Koffer und ab zum Auto.«

Harke löste sich aus seiner inneren Starre, strich sich mit seiner Pranke verwirrt über die Stirn und schnappte sich dann das Gepäck. Mannsen beugte sich vertraulich zu Krumme hinüber, während sie ihm folgten.

»Keine Ahnung, was er hat. Eigentlich konnte er es kaum erwarten, Sie endlich wiederzusehen. Seit Tagen hat er von nichts anderem geredet.«

Krumme machte eine wegwerfende Handbewegung. Seine Geduld für Harkes Spleens war nach den Erlebnissen jener düsteren Nacht grenzenlos.

Der Husumer Bahnhof befand sich neben dem Stadtzentrum an einer Seitenstraße. Der kleine Parkplatz lag genau gegenüber einem nüchternen Bau aus den siebziger Jahren – dem Polizeipräsidium. Krumme betrachtete es nachdenk-

lich, während Harke seinen Rollkoffer in Mannsens zuge-
müllten zehn Jahre alten Volvo-Kombi hievte, der alleine im
Schatten des Bahndamms stand.

Mannsen stellte sich neben seinen Berliner Kollegen und
folgte dessen Blick zum Präsidium auf der anderen Straßenseite.

»Und? Was macht das Geschäft?«, erkundigte sich Krumme.

»Keine Ahnung, was die da gerade treiben.« Mannsen
zuckte mit den Schultern. »Bei uns ist im Moment alles ruhig. Ändert sich bestimmt, wenn die Hauptsaison beginnt
und die ganzen Städter wieder über uns herfallen. Wollen
wir? Sonst verpassen wir die Fähre.«

Krumme nickte. Je schneller er auf dem Schiff war, desto
eher hatte er seine Ruhe. Während Mannsen zur Fahrerseite
stapfte, sah er fragend zu Harke hinüber, um zu klären, wer
vorne sitzen sollte. Aber der hatte die Entscheidung schon
getroffen und quetschte sich, ohne zu zögern, auf den Bei-
fahrersitz.

Wieder wandte sich Mannsen hinter vorgehaltener Hand
an Krumme. »Harke sitzt immer vorne«, raunte er.

»Kein Problem«, flüsterte Krumme.

War es dann aber doch. Denn als er sich hinter Mannsens Sitz drücken wollte, musste er feststellen, dass er auf
der nach alten Männern und muffigen Socken riechenden
Rückbank nicht alleine war: Reiko, Harkes Dobermann, saß
hinter dem weit nach hinten geschobenen Sitz seines Herr-
chens und musterte Krumme stumm mit schwarzglänzen-
den Augen.

Mannsen quälte seinen massigen Körper leise ächzend
hinter das Steuer, dann drehte er sich zur Rückbank um.
»Tut mir leid«, meinte er, als er Krummes erschrockene Miene bemerkte. »Den hatte ich ganz vergessen.«

»Reiko wollte unbedingt mitkommen«, meldete sich Harke und lächelte dabei zum ersten Mal über das breite Gesicht. »Du bist doch sein Freund.«

Das musste wohl so sein. Nach Harkes Aussage war es Reiko gewesen, der ihn damals auf dem Deich gefunden hatte. Nur wenig später und er wäre elendig auf dem nassen Boden verblutet.

Krumme hatte dem Vierbeiner also sein Leben zu verdanken. Trotzdem war er nie richtig warm mit ihm geworden. Als Berliner war er Hunde in allen Spielarten gewohnt, aber Dobermänner hatte er noch nie leiden können. Er versuchte das Eis zu brechen, indem er Reikos Hals kraulte.

»Ach … hallo, mein Lieber, schön dich wiederzusehen«, behauptete er mit leicht nervöser Miene. Sofort fing Reiko leise an zu knurren. In seinen Augen meinte Krumme lodernde Flammen zu erkennen.

»Na, Reiko, sagst du dem Kommissar guten Tag?«, erkundigte sich Harke fröhlich.

Mannsen fing Krummes unbehaglichen Blick auf und grinste.

»Keine Sorge. Sobald wir losfahren, ist er ganz friedlich.«

Tatsächlich verstummte Reiko in dem Augenblick, als Mannsen den Volvo startete und vom Parkplatz fuhr. Ja, zu Krummes Überraschung legte er seinen Kopf sogar plötzlich auf seinen Schoß und schien von einer Sekunde zur anderen zu schlafen.

»Na, was hab ich gesagt?«, meinte Mannsen, »Reiko liebt Autofahren.«

Ganz im Gegensatz zu seinem Herrchen. Als Mannsen den Volvo durch die Stadt lenkte, vorbei an Husums kleinem Hafen und entlang der Bahnlinie hinaus Richtung Norden, krallte Harke seine Hände wie ein kleines Kind in die

Konsole und zuckte bei jedem Auto zusammen, das ihnen entgegenkam oder sie überholte.

»Und? Gute Fahrt gehabt?«, versuchte Mannsen die Konversation in Gang zu bringen.

»Ja.«

»War nicht viel los im Zug, was?«

»Mm«, machte Krumme nur, in der Hoffnung, dass Mannsen verstand, dass ihm gerade nicht nach Reden zumute war. Lieber wollte er aus dem Fenster die nordfriesische Landschaft betrachten. Sie fuhren über Schobüll hinaus Richtung Norden. Auf der linken Seite zeigte sich endlich das Meer. Seit er heute Morgen seine Wohnung in Neukölln verlassen hatte, hatte er sich auf diesen Moment gefreut. Zur Belohnung glitzerte die Nordsee wie auf einer Ansichtskarte endlos in der Mittagssonne. Im warmen Wagen konnte man sich gar nicht vorstellen, dass draußen eisige Kälte herrschte. Nur ein paar blasse Wolkenschleier trieben über den ansonsten strahlend blauen Himmel und spiegelten sich im Wasser, über das gerade ein kleiner Kutter an der Eiderstedter Halbinsel vorbei hinaus auf die offene See fuhr.

»Schön, oder?«, schien Mannsen seine Gedanken zu erraten.

Krumme atmete tief durch. Oh ja, das war es.

Sie bogen links nach Nordstrand ab. Das im Verhältnis zum belebten Husum eher karge Eiland war früher eine Insel gewesen, ein Überbleibsel der großen Burchard-Flut von 1634, die halb Nordfriesland zerstört und die Küstenlinie komplett verändert hatte. Doch dann war Nordstrand Anfang des 20. Jahrhunderts in einem aufwendigen Projekt wieder durch einen fast drei Kilometer langen Damm mit dem Festland verbunden worden. Seitdem war es weder eine Insel noch eine richtige Halbinsel – ein Zwitter im Herzen des nordfriesischen Wattenmeeres mit seinen vielen Eilanden und Halligen.

Ohne ein Wort zu sprechen, fuhren sie weiter. Krumme fiel auf, dass Harke immer noch seltsam angespannt wirkte. Den Kopf dicht unter das niedrige Wagendach gepresst starrte er auf die lange, gerade Straße, die sich vor ihnen durch das üppige Grün zog. Woran der große Mann wohl dachte? Krumme hatte schon gelernt, dass Harkes Fantasie ein geheimnisvolles Land war.

Endlich hatten sie es geschafft. Nach einer letzten Auffahrt über einen Deich erblickten sie Strucklahnungshörn, Nordstrands kleinen, aber im Moment sehr belebten Fährhafen. Die Fähre lag schon vor Anker. Ein großes, stolzes Schiff. Weiß in der Sonne glänzend lag es im Hafen, mit aufgeklapptem Bug, durch den sich ein langer Strom aus Passagieren, Autos und sogar Bussen schob. Kriminalhauptkommissar Theo Krumme lächelte zufrieden. Er hatte die letzte Etappe seiner kleinen Reise erreicht.

4

»Nein, tut mir leid, lieber Kollege«, sagte Mannsen bedauernd, während er Harke half, Krummes Koffer aus dem Wagen zu ziehen, »das ist die Fähre nach Pellworm!« Er zeigte auf einen deutlich kleineren, noch verwaisten Anleger auf der anderen Seite des Hafenbeckens. »Das Schiff zu den Halligen fährt da drüben ab.«

Krumme nickte enttäuscht.

»Tja, ich hatte Sie gewarnt. Bei einer Hallig ist eben alles eine Nummer kleiner. Aber Sie wollten es ja nicht anders.«

Das stimmte. Krumme hatte Mannsen angerufen und ihm von seinen Reiseplänen erzählt. Daraufhin hatte der friesische Kommissar alles getan, um ihn zu überzeugen, lieber nach Sylt, Föhr oder Amrum zu fahren.

»Das sind richtige Inseln! Da können Sie wirklich Urlaub machen. Mit Strand, Dünen, tollen Restaurants, schönen Frauen, allem, was das Herz begehrt. Auf Hooge gibt's nur Ringelgänse und sonst nichts.«

Aber Krumme wollte unbedingt auf eine Hallig. Tolle Restaurants hatte er auch in Berlin, und selbst da interessierten sie ihn wenig. Die kleinen Eilande, die er auf seinen Deichspaziergängen vor anderthalb Jahren beobachtet hatte, sahen viel spannender aus. Geheimnisvoll, vor allem am Abend, wenn die Sonne im Westen unterging. Wie goldene Schlösser mitten im Meer.

Doch von dem Zauber war an dem Anleger wenig zu spüren. Ein paar Möwen zogen am Himmel einsam ihre Kreise. Der Parkplatz war gerade mal zur Hälfte gefüllt. Außer Krumme warteten nur einige wenige Rucksackreisende, ein Ehepaar mit vier Hunden und zwei Familien auf die Fähre. Frierend suchten sie neben einem kleinen Kartenhäuschen Schutz vor dem Wind.

Mittendrin stand Harke, mindestens einen Kopf größer als alle anderen. Krumme fiel auf, dass der Knecht mit unglücklicher Miene auf Abstand zur Kaimauer blieb und skeptisch in das trübe Wasser schaute.

»Was hat er denn?«, fragte Krumme Mannsen leise.

»Angst.«

»Angst? Harke?«

»Er kann nicht schwimmen.«

»Nicht schwimmen?« Krumme sah ungläubig zu Harke hinüber, dessen Haare im stürmischen Wind fast senkrecht vom Kopf abstanden.

»Aber er wohnt doch nur wenige Meter vom Meer entfernt?«

»Na und? Ich kann auch nicht besonders gut schwimmen.«

»Aber …«

»Das ist ja das Schöne an der Nordsee. Wer hier lebt, muss nicht unbedingt eine Wasserratte sein. Man muss nur auf Ebbe warten und kann dann einfach zu Fuß durchgehen.«

Krumme sah wieder Harke an und runzelte nachdenklich die Stirn. Mannsen blickte auf seine Uhr. »Ich schau mal, wo die Fähre bleibt. Soll ich uns anschließend was zu futtern holen? Ich brauch dringend was zwischen die Kiemen.« Er zeigte zu einer kleinen Fischbude neben dem Parkplatz.

Krumme nickte dankbar. Seit Berlin hatte er nichts mehr gegessen, und erst jetzt merkte er, wie hungrig er war. Mannsen machte sich auf den Weg und stapfte erst einmal in Richtung Kartenhäuschen.

Krumme ging zu Harke, stellte sich neben ihn und schaute gemeinsam mit ihm auf das Meer hinaus. Aus dem Auto heraus hatte alles noch ganz friedlich gewirkt. Nun konnte er sehen, dass draußen vor dem kleinen Hafen doch recht heftiger Wellengang herrschte. »Ganz schön windig, was?«, bemerkte Krumme.

Der Knecht nickte nur, ohne die Schaumkronen auf dem Wasser aus den Augen zu lassen.

»Ich kann auch nicht so gut schwimmen«, gestand Krumme leise.

Harke schwieg. Gemeinsam sahen sie zu, wie die Wellen gegen den Anleger spritzten.

Auf einmal spürte Krumme einen heftigen Druck auf seiner Brust. Erinnerungen drängten sich in sein Bewusstsein. Trübes, stinkendes Wasser, das über seinem Kopf zusammenschlug. Luftblasen, die gurgelnd nach oben an die ferne Oberfläche stiegen. Das Gefühl von völliger Ohnmacht. Pochende Angst. Panik.

Er stöhnte und schüttelte den Kopf, um die dunklen Bilder zu verscheuchen.

Ja, er hatte genauso viel Respekt vor dem Wasser wie Harke. Aber Mannsen hatte Recht: Man musste nicht schwimmen können, um die Nordsee zu mögen. Die meisten kamen, um sich das Meer nur anzuschauen. Kaum einer wollte hier baden, dafür war das Wasser fast immer viel zu kalt.

»Willst du wirklich nach Hooge?«, sagte Harke auf einmal, ohne den Blick vom Horizont zu nehmen.

Krumme nickte entschlossen. »Wieso nicht? Ich will einfach nur meine Ruhe und …«

»Da ist etwas. Irgendwas Böses. Etwas sehr Böses«, unterbrach Harke ihn mit düsterer Stimme.

Krumme sah den Knecht überrascht an.

»Etwas Böses? Auf der Hallig? Wie kommst du denn darauf?«

28

»Nis. Nis hat es gesagt.«

Krumme seufzte. Nis war Harkes kleiner Kobold, sein Hausgeist, der mit ihm in seiner morschen Hütte wohnte. Alle in Kleebüll wussten von Harkes bestem Freund – gesehen hatte ihn noch keiner. Natürlich nicht.

»Nis sagt, auf Hooge lebt ein dunkler Schatten.«

Krumme grinste. »Also, auf dem Prospekt sah die kleine Insel sehr friedlich aus.«

»Hooge ist keine Insel«, korrigierte ihn Harke, ohne eine Miene zu verziehen.

»Dann eben Hallig.«

»Nis sagt immer die Wahrheit.«

»Woher will er das denn wissen? Hat er dort draußen auch … ein paar Freunde?«, fragte Krumme provozierend.

Harke sah ihn verständnislos an.

»Na ja, gibt es dort auch …«, Krumme zögerte kurz, bevor er weitersprach, »Hausgeister?«

»Aber natürlich! Hausgeister, Klabautermänner, die gibt es überall.«

Krumme lächelte. Er hatte den Knecht mit seinen Spinnereien wirklich vermisst.

»Und Nis meint also, dass einer von seinen Freunden böse ist?«

Harke fixierte den Kommissar und schüttelte heftig den Kopf. Dann senkte er die Stimme zu einem Flüstern. »Nein, da ist was anderes. Etwas sehr Böses. Etwas Dunkles.«

Die Worte waren kaum zu hören, und noch bevor Krumme sie völlig erfasst hatte, veränderte sich Harkes Miene. Ein Grinsen breitete sich auf seinem Gesicht aus, während er an Krumme vorbeisah.

»Ahh, Krabbenbrötchen!«

Krumme drehte sich um. Vor ihnen stand Mannsen, in beiden Händen Fischbrötchen.

»So, Männer, ich habe Backfisch, Matjes und Krabben. Wer will was?«

Krumme entschied sich für Backfisch. Während er seine Schrippe mit beiden Händen festhielt, blickte er zu Harke, der sein Krabbenbrötchen mit seligem Blick in nur drei großen Bissen hinunterschlang. Seine düstere Warnung hatte er offenbar längst wieder vergessen.

»Die Fähre kommt gleich. Gibt heute eine kleine Verspätung. Wegen des starken Ostwinds.«

Krumme sah Mannsen fragend an, während die Mayonnaise ihm das Kinn herunterlief. Er zog ein Taschentuch aus seiner Jackentasche und wischte sich das Gesicht ab.

»So ein Wind ist bei uns selten«, erklärte Mannsen, den letzten Bissen seines Matjesbrötchens kauend. »Der drückt das Meer bei Ebbe zusätzlich zurück. Sie können froh sein, wenn das Schiff heute überhaupt in Hooge anlegen kann …«

Ein lautes Tuten unterbrach ihn. Endlich lief die Fähre in den Hafen ein. Die *Adler Express*. Sie war viel kleiner als die Autofähre nach Pellworm, machte auf den ersten Blick aber einen sicheren und modernen Eindruck.

Krumme spürte ein leichtes Kribbeln und lächelte. Ab sofort begann sein Urlaub. Mannsen nickte ihm freundlich zu. Krumme sah zu Harke hinüber und dachte an dessen Warnung. Doch der Knecht war schon wieder ganz in seiner eigenen Welt versunken und starrte mit nervösem Blick auf das schäumende Wasser, das die *Adler Express* vor sich her schob.

5

Als Swantje nach so langer Zeit die Fähre nach Hooge wiedersah, kamen ihr fast die Tränen. Sie war nicht sicher, ob Heimweh der einzige Grund dafür war. Vielleicht war es auch die Angst vor den traurigen Erinnerungen, die sich in den nächsten Tagen mit neuem Leben füllen würden.

Sie hatte die Wartezeit abseits auf einer Bank verbracht. Sie wollte nicht jetzt schon auf alte Bekannte treffen und musterte die jungen Männer, die den Bootssteg zum Hafenkai schoben, genau. Ja, sie hatte ihre Gesichter schon einmal gesehen, aber das war zu lange her. Sie musste nicht befürchten, hier von irgendjemandem erkannt zu werden. Trotzdem zog sie sicherheitshalber die Kapuze ihrer Jacke fest um den Kopf, was bei dem stürmischen Wetter kaum auffiel.

Außer ihr bestiegen nur wenige Passagiere das Boot. Und die meisten wollten bestimmt nicht auf der kleinen Hallig aussteigen, sondern weiterfahren Richtung Amrum oder vielleicht sogar nach Hörnum auf Sylt.

Swantje entschied sich für den unteren Fahrgastraum und drückte sich in einer leeren Bank eng ans Fenster. Nervös suchte sie die Fahrgäste nach bekannten Gesichtern ab. Aber außer einem knutschenden Pärchen und einem allein reisenden älteren Herrn konnte sie von ihrem Platz niemanden sehen. Nebensaison, und dann auch noch klirrend kalt. Wer wollte da schon auf die nordfriesischen Inseln? Im warmen Frühling und Sommer war die Fähre dagegen immer rappelvoll.

Nach einem nur kurzen Halt löste sich das Schiff wieder vom Kai und verließ den Hafen. Der Kapitän begrüßte seine Gäste in einer kurzen, launigen Ansprache, entschuldigte sich für die Verspätung (der heftige Ostwind) und erklärte bei der Gelegenheit den Unterschied zwischen Backbord und Steuerbord. Stolz wies er auf seine starke Maschine hin. Er versicherte, dass sie die verlorene Zeit wieder aufholen würden. Und auch wegen des hohen Wellengangs sollte sich keiner Sorgen machen – die *Adler Express* war sturmerprobt und schon mit viel stärkeren Unwettern ohne Probleme klargekommen. Swantje konnte sich nicht erinnern, die Stimme des Kapitäns schon mal gehört zu haben. Er hatte einen starken osteuropäischen Akzent. Sie erinnerte sich, gehört zu haben, dass die ganze Reederei von einem polnischen Investor aufgekauft worden war. Oder war es ein ukrainischer? Sie seufzte, auf jeden Fall schien sich in ihrer Abwesenheit einiges geändert zu haben.

Entgegen der Ansage des Kapitäns schwankte das Schiff heftig. Dem älteren Herrn in ihrer Nähe schien das überhaupt nicht zu gefallen. Nervös sah er zur Fensterfront, wo immer wieder hohe Wellen gegen das Glas klatschten.

Das monotone Brummen der Motoren war kaum zu hören. Die *Adler Express* war ein modernes Schiff, und in den weichen Sesseln fühlte man sich wie in einem Flugzeug. Stumm zog draußen die Welt des nordfriesischen Wattenmeeres an ihnen entlang. Sie fuhren zunächst ein Stück Richtung Pellworm, um dann nach rechts an den Halligen Nordstrandisch Moor, der Hamburger Hallig und Habel entlang auf die Hallig Gröde zuzufahren.

Swantje sah, wie auf der anderen Seite das flache grüne Band der Insel Pellworm langsam an ihr vorbeizog, und betrachtete voller Wehmut die Halligen, auf denen sich oft nur zwei, drei kleine Gehöfte und Häuser eng aneinanderschmiegten. Sie beobachtete, wie das Wasser der Nordsee im Licht ständig seine Farbe wechselte, und verfolgte den Segelflug einer einsamen Möwe, die direkt über dem Wasser schwebend die Fähre begleitete.

Das war ihre Heimat. Hier war sie zu Hause, hier lebten ihre Mutter, ihre Freunde. Aber waren die Menschen, denen sie in den nächsten Tagen begegnen würde, wirklich Freunde? Zu viel Schlimmes war damals passiert, zu viel seitdem in ihrem Leben geschehen. Swantje seufzte. Obwohl der Anlass für ihre Rückkehr ein wunderschöner war, legte sich die Erinnerung wie ein Schatten auf ihr Gemüt.

Marc. In den letzten Jahren hatte sie mit aller Kraft versucht, sein Gesicht aus ihrem Gedächtnis zu verbannen. An manchen Tagen war es ihr gelungen, an anderen hatte sie vor lauter Weinen ihre Wohnung nicht verlassen. Schließlich war sein Bild in ihrem Kopf immer mehr verblasst, am Ende hatte sie geglaubt, ihn eines Tages sogar vergessen zu können. Doch jetzt, wo sie nach Hause fuhr, zurück in die Welt, in der sie beide so viele glückliche Stunden verbracht hatten, nahm ihr die Erinnerung an ihn fast den Atem. Sie wischte sich eine Träne von der Wange und lehnte ihr Gesicht gegen das kühle Fenster.

Ein leises Fluchen holte sie aus ihren trüben Gedanken. Sie blickte nach rechts und sah, wie der allein reisende Mann mit einer Flasche in der Hand den Gang hinunterstolperte. Offensichtlich hatte er sich an der Bar etwas zu trinken geholt. In dem Moment wurde die *Adler Express* von einer größeren Welle getroffen und geriet ins Schlingern. Nur ein kurzer Moment und für eine geborene Friesin wie Swantje überhaupt kein Problem. Aber der Mann war offenbar schon leicht seekrank. Gerade als er sich wieder auf seinen Platz setzen wollte, verlor er das Gleichgewicht und stürzte der Länge nach auf den Boden.

Besorgt sprang sie auf und half ihm auf die Beine.

»He, alles gut? Haben Sie sich wehgetan?«

»Ja. Äh, nein, kein Problem«, brummelte der Mann mit hochrotem Kopf, strich sich die Haare glatt und setzte sich hastig wieder auf seinen Platz. »Bin bloß über den Teppich gestolpert.«

Swantje lächelte wissend. »Ja, der Teppich. Den sollten die wirklich mal in Ordnung bringen.«

Der Mann nickte nur und nuckelte verlegen an seinem Mineralwasser. Swantje musterte ihn amüsiert.

»Ihr erstes Mal an der Nordsee?«

»Nein, ich war schon mal hier«, behauptete er fast trotzig. Dann seufzte er. »Aber mein erstes Mal *auf* der Nordsee. Hätte nicht gedacht, dass mich so ein paar blöde Wellen gleich umhauen.«

Der Mann blickte verlegen zur Seite. Swantje lächelte. Er musste um die fünfzig sein. Tiefe Falten zeigten, dass er wohl schon einiges in seinem Leben durchgemacht hatte, ein Eindruck, den seine hohe Stirn und die zerzausten Haare noch verstärkten. Aber das Leuchten in seinen Augen verriet, dass er seinen Humor noch nicht verloren hatte und über einen wachen Verstand verfügte.

»Sie kommen aus Berlin, oder?«, fragte Swantje.

»Hört man mir das etwa an?«

»Nein, Ihre Aussprache ist es eigentlich nicht.«

»Was dann?« Er sah sie neugierig an.

»An Ihrer Jacke hängt noch das Preisschild vom KaDeWe.« Grinsend zeigte Swantje auf seine Hüfte, wo tatsächlich ein kleines Zettelchen heraushing. Der Mann zog seine Jacke aus, riss den Zettel ab und nickte Swantje dankbar für ihren Tipp verlegen zu.

»Sie haben gute Augen.«

Swantje lächelte nur.

»Macht Ihnen der Seegang denn überhaupt nichts aus?«, erkundigte er sich.

»Ach, das ist doch noch gar nichts. Sie müssen mal im Herbst wiederkommen. Dann sind die Wellen so hoch wie das ganze Schiff.«

»Tatsächlich?« Der Mann schaute unsicher an die Decke.

»Wohin wollen Sie denn?«, erkundigte sie sich.

»Nach Hooge.«

»Wirklich?« Sie musterte ihn neugierig.

»Wieso so überrascht?«

»Weil ich da aufgewachsen bin. Und zu dieser Jahreszeit fahren die meisten Leute durch. Nach Sylt. Oder Amrum.«

»Nein, ich will lieber auf eine Hallig. Für zwei Wochen.«

»So lange? Aber was wollen Sie denn da machen?«

Wieder klatschte eine große Welle gegen die Scheibe. Im herunterlaufenden Wasser sah es aus, als löste sich die ganze Welt auf. Der Mann blickte mit unsicherer Miene nach draußen.

»Eigentlich wollte ich bloß ein bisschen Ruhe haben. Lesen. Spazierengehen. Mal nicht an die Arbeit denken.«

»Und was arbeiten Sie, dass Sie ausgerechnet die extreme Stille einer Hallig brauchen?«

Der Mann sah sie leicht verwirrt an.

Swantje wurde rot. »Entschuldigung, ich bin viel zu neugierig. Wir kennen uns ja gar nicht.«

»Nein, nein, schon gut. Ich bin … Ich bin Lehrer.«

»Tatsächlich?! Für welche Fächer?«

Wieder zögerte er kurz. »Deutsch. Deutsch und Geschichte.«

»Ehrlich? Das gibt's doch nicht!« Swantje rutschte auf der Sitzbank ein Stück weiter in seine Richtung, so dass sie sich jetzt direkt am Gang gegenübersaßen. »Was für ein Zufall! Genau die Fächer studiere ich auch. Auch auf Lehramt.«

Ihr neuer Bekannter nickte verlegen. »Das ist ja ein Zufall«, sagte er, schien sich aber nicht sonderlich darüber zu freuen. »Wo studieren Sie denn?«

»In Marburg. Sechstes Semester. Und Sie? Also, wo haben Sie studiert?«

Der Mann räusperte sich. »In ... Berlin. Aber das ist schon sehr lange her.« Er räusperte sich noch einmal. Offensichtlich wollte er nicht über das Thema reden. Swantje entschied, ihn nicht weiter auszufragen. Für einen kurzen Moment schwiegen beide und schauten aus dem Fenster.

»Und jetzt wollen Sie nach Hause zu Ihrer Familie?«, erkundigte sich der Mann.

»Ja, zu meiner Mutter. Und eine gute Freundin von mir hat gerade ein Baby bekommen.«

»Ah, wie nett.«

Sie lächelte. »Ja, ein richtiges Halligbaby. Das ist was ganz Besonderes. Da kommen alle Nachbarn und Freunde zusammen und stoßen auf das Kleine an.«

»Und Sie kommen sogar extra aus Marburg ...«

»Swantje?«, wurde er plötzlich von einer lauten Stimme unterbrochen.

Swantje und ihr neuer Bekannter drehten sich zu der Stimme um. Vor ihnen im Gang stand eine junge Frau in engen Jeans und einem blauen Matrosenpullover. Ihre blonden Haare hatte sie streng nach hinten gebunden, was ihre nicht unattraktiven, aber doch recht harten Gesichtszüge noch betonte.

»Ich fasse es nicht, du bist es wirklich!«

»Hallo, Inga.« Swantje stand auf.

Inga jauchzte vor Begeisterung und umarmte sie überschwänglich. Swantje zwang sich zu einem Lächeln. Ihr fiel es sichtlich schwer, die Umarmung mit der gleichen Herzlichkeit zu erwidern. Über Ingas Schulter hinweg sah sie ihren Gesprächspartner mit hochgezogenen Augenbrauen an.

»Mensch, was für eine Überraschung! Birte hat gesagt, du kommst erst morgen!«

»Wollte ich zuerst auch. Aber dann hat mich meine Mutter gefragt, ob ich nicht schon einen Abend früher kommen will.«

Inga nickte. »Ist ja auch richtig.«

Sie bemerkte, dass sie offensichtlich gerade ein Gespräch zwischen Swantje und dem älteren Herrn unterbrochen hatte. Unsicher sah sie zwischen beiden hin und her.

»Ah, Inga, darf ich dir Herrn …« Swantje sah fragend zu dem Mann hinüber.

»Krumme. Ich heiße Krumme.«

»Darf ich dir Herrn Krumme vorstellen. Er fährt auch nach Hooge. Herr Krumme will Urlaub bei uns machen. Zwei Wochen lang.«

»Oh, da wünsche ich Ihnen viel Spaß. Hoffentlich wird es noch ein bisschen wärmer.«

Krumme nickte nur. Wieder schwiegen alle für einen kurzen, unangenehmen Moment.

»Und wie läuft das Studium in Marburg? Alles gut?«, unterbrach Inga das Schweigen.

Swantje nickte. »Macht total Spaß. Deutsch und Geschichte ist genau mein Ding. Übrigens: Herr Krumme ist auch Lehrer. Mit den gleichen Fächern.«

Inga schenkte Krumme ein knappes Lächeln. Sie schien nicht so recht zu wissen, was sie von ihm halten sollte.

»Und wie läuft es bei dir? Arbeitest du immer noch in der Bücherei in Husum?«

»Nein, die hat dichtgemacht. Schon vor zwei Jahren.«

»Oh nein, wie schade.«

»Ja, das ist es …« Inga sah traurig in die Ferne.

»Und was machst du jetzt? Eine andere Bücherei oder …«

»Ich arbeite hier auf dem Schiff. Im Andenkenladen«, gestand sie ein wenig kleinlaut.

»Wirklich? In der Höhle?« Im selben Moment, da Swantje es aussprach, bereute sie ihre Worte auch schon. Früher hatten sie den kleinen Andenkenladen der *Adler Express* immer so genannt, weil er sich ganz unten im dunklen Bauch des Schiffes befand.

Inga presste die Lippen aufeinander. »Ja, ich weiß, ist nichts Dolles. Aber in der Nebensaison muss man nehmen, was man kriegt.«

»Ja, natürlich! Klar.« Swantje nickte und bemühte sich besonders freundlich dreinzuschauen. Sie räusperte sich verlegen. »Hast du die kleine Ida schon gesehen?«, versuchte sie das Thema zu wechseln.

»Natürlich!« Inga strahlte. »So ein Engel! Die Kleine ist zum Knutschen.«

»Vielleicht gehe ich ja doch schon mal heute vorbei.«

Inga nickte. Dann stemmte sie seufzend die Hände in die Hüfte. »So, tut mir leid, ich muss wieder runter in den Laden. Heute ist zwar kaum was los, aber trotzdem …«

Sie nahm Swantje noch mal in den Arm. »Tschüss, meine Süße. Schön, dass du wieder zurück bist. Wir sehen uns spätestens morgen Mittag.«

Damit winkte sie und ging.

Zuerst lächelte Swantje noch, doch dann froren ihre Gesichtszüge ein, und sie sah Inga mit ernster Miene hinterher. Bis sie bemerkte, dass Krumme sie mit einem wissenden Lächeln beobachtete.

»Schön, wieder nach Hause zu kommen, oder?«, fragte er mit leicht ironischem Unterton.

Swantje nickte zustimmend. Doch in Wahrheit fragte sie

sich, ob es nicht doch ein Fehler war, nach drei Jahren zum ersten Mal wieder zurückzukehren.

Sie sah aus dem Fenster. Sie hatten die Hallig Gröde fast erreicht und passierten nun Langeneß Richtung Westen. Sie konnte die Warften der größten Hallig Nordfrieslands erkennen, die sich wie Perlen an einer langen Kette aneinanderreihten. Schnell blickte sie nach backbord, wo gerade eine Welle gegen das Fenster klatschte. Langsam lief das Wasser die Scheibe herunter und verwischte die Konturen des grünen Strichs am Horizont.

Hooge. Hinter den rollenden Wellen tauchte endlich die Hallig auf. Schon konnte sie in der Ferne die ersten Konturen der Warften erkennen, die spitz über den niedrigen Seedeich reichten.

Hier war sie aufgewachsen, zur Schule gegangen. Hier lebte seit Generationen ihre Familie. Hier kannte sie jedes Haus, jeden Weg, ja, jeden Grashalm. Swantje konnte sich daran erinnern, wie sie als kleines Mädchen immer aufgeregt auf dem Deck der Fähre herumgesprungen war, um einen ersten Blick auf *ihre* Hallig zu erhaschen. Stolz, hier leben zu dürfen, mitten in der Nordsee.

Jetzt drückte sie sich unsicher in den Sitz. Sie hatte Angst. Von Wiedersehensfreude keine Spur. Swantje überlegte ernsthaft, ob sie nicht einfach auf der Fähre bleiben und weiter bis nach Amrum oder Sylt fahren sollte.

Sie hätte es bestimmt getan, wenn sie geahnt hätte, was für ein Albtraum sie in den nächsten Tagen auf der Hallig erwarten würde.

6

Als Krumme den Hoogener Hafen zum ersten Mal erspähte, meinte er, eine Baustelle vor sich zu sehen. Erst auf den zweiten Blick erkannte er, dass das Gerüst, das hoch in den Himmel ragte, kein Baukran war, sondern die Landungsbrücke für eine Autofähre. Auch als die *Adler Express* kurz an einem fast leeren Bootssteg anlegte, war von romantischer Hafenatmosphäre nichts zu spüren.

Daran war nicht zuletzt die Kälte schuld. Kaum hatte Krumme den schützenden Innenraum des Schiffes verlassen, schob ihn der eisige Ostwind mit brutaler Wucht die kleine Landungsbrücke hinunter, die das Personal der Fähre an den Steg der Hallig geschoben hatte.

Nur einige wenige Passagiere stiegen mit ihm aus. Krumme zog sich die Kapuze seiner neuen Jacke über den Kopf und schaute sich um. Eine kleine gemauerte Baracke, ein paar Baucontainer, ein Pferdewagen ohne Pferde, eine alte Zeitung, die der Wind herumwirbelte, eine große Möwe, die auf einem Poller saß und ihn argwöhnisch musterte – mehr gab es am Hoogener Hafen nicht zu entdecken.

»Enttäuscht?«, erkundigte sich Swantje, die junge Frau, die er auf der Überfahrt kennengelernt hatte. Er hatte sie sofort ins Herz geschlossen, schon als sie sich alleine auf die Bank gesetzt und gedankenversunken aus dem Fenster geblickt hatte. Und vor allem, als sie ihm so nett auf die Beine geholfen und ihn dabei mit ihren klarblauen Augen angelächelt hatte.

Bildhübsch war sie. Hohe Wangenknochen, tiefe Grübchen, wenn sie lächelte. Blonde Haare, die der Wind jetzt wie einen Sonnenkranz um ihr Gesicht schob. Krumme war überzeugt, dass die Männer bei ihr Schlange standen. Aber es war nicht ihre natürliche Schönheit, die ihn für sich einnahm. Swantje war wie eine blonde Kopie seiner dunkelhaarigen Tochter. Sie hatte das gleiche freundliche Blitzen in den Augen, wie Hannah es gehabt hatte – vor dieser schrecklichen Nacht, die ihr Leben und das ihrer Familie für immer verändert hatte. Trotzdem schien es auch in Swantjes Leben Dunkles gegeben zu haben. Krumme erinnerte sich an den traurigen Blick, mit dem sie aufs Meer gestarrt hatte.

Jetzt aber lächelte sie und wartete, den Rucksack umgeschnürt, immer noch auf seine Antwort.

»Enttäuscht? Wieso? Ich habe doch noch gar nichts gesehen«, sagte er.

»Viel mehr wird hier auch nicht kommen, tut mir leid.« Sie zwinkerte ihm grinsend zu.

»Swantje?«, meldete sich auf einmal die gebrochene Stimme eines jungen Mannes, dessen vom salzigen Wind verklebte Haare in alle Richtungen abstanden. Auf seinem breiten, von Sonne und Salzwasser gezeichneten Gesicht war der Schatten eines Barts zu erkennen. Er trug einen dicken Wollpullover und einen Blaumann und war offensichtlich Hafenarbeiter und -meister in einer Person. Mit ungläubig aufgerissenen braunen Augen starrte er Swantje an wie eine Außerirdische.

»Lars! Wie schön, dich wiederzusehen!«, rief Swantje und nahm ihn freundlich in den Arm. Krumme bemerkte, dass der junge Mann Swantjes Umarmung erst nach kurzem Zögern erwiderte, so als wollte er gar nicht glauben, dass sie wirklich aus Fleisch und Blut vor ihm stand. Doch dann lächelte er verträumt in ihrem Rücken und schien sie gar nicht mehr loslassen zu wollen.

»Ich verstehe nicht ... Birte hat gesagt, du kommst erst morgen ...«

»Na und? Jetzt bin ich eben schon heute da. Schlimm?«

Lars konnte es immer noch nicht fassen. »Nein, nein, überhaupt nicht. Das ist ... wunderbar.«

Er starrte sie an, schien Swantjes Anblick regelrecht einzusaugen, so als hätte er Angst, jeden Moment wieder aufzuwachen. Dann gab er sich doch einen Ruck.

»He, gib mir deinen Rucksack. Ich fahr dich nach Hause.« Lars zeigte auf einen alten, verbeulten Ford Fiesta aus den achtziger Jahren, das einzige Auto weit und breit.

»Nicht nötig. Ich gehe lieber zu Fuß. Ist ja nicht so weit.«

»Aber bei der Kälte ...«

Swantje schüttelte den Kopf. »Lass mal. Außerdem musst du dich doch gleich noch um die Fähre aus Schlüttsiel kümmern.«

»In ein paar Minuten wäre ich doch wieder da.«

Swantje streichelte ihm mit der flachen Hand über den Oberarm.

»Ich weiß. Aber ich war so lange weg. Ich möchte einfach ganz in Ruhe ankommen.«

Lars nickte nur langsam, ließ seinen Blick aber nicht von Swantjes Gesicht. Krumme, der direkt neben ihr stand, schien er überhaupt nicht wahrzunehmen.

»Ich habe das von Geert gehört«, sagte Swantje. »Tut mir wirklich leid.«

»Geht schon wieder«, erwiderte Lars.

»Wirklich?« Swantje musterte ihn prüfend. Dann fügte sie vorsichtig hinzu: »Meine Mutter hat erzählt, er kann kaum noch sprechen.«

»Das war auch so. Aber mittlerweile ist das alles schon zwei Jahre her. Schnacken ist nicht das Problem.«

Swantje sah Lars betroffen an, wohl auch, weil sie dabei

ertappt worden war, dass ihre Informationen längst verjährt waren.

»Dann ist ja gut«, sagte sie schnell und drückte ihn. »Wir sehen uns morgen bei Inga, okay?«

Damit löste sie sich aus der Umarmung und sah zu Krumme.

»Wo müssen Sie denn hin?«

»Auf die Backenswarft. ›Hus Adams‹.«

»Na, das ist ja schon da vorne. Dann können wir ja ein Stück zusammen gehen.«

»Sehr gerne.«

Krumme drehte sich zu Lars um, der immer noch am Steg stand und Swantje mit großen Augen hinterhersah. Erst als er Krummes Blick bemerkte, ging er mit gesenktem Kopf zum Anleger der Autofähre aus Schlüttsiel.

»Ihre Rückkehr sorgt hier ja für einiges Aufsehen.«

Swantje nickte und zog den Reißverschluss ihres Anoraks hoch bis zum Kinn. »Ich kenne Lars schon mein ganzes Leben lang. Er ist hier auf der Insel so eine Art Mädchen für alles. Wenn die Fähren kommen, arbeitet er am Anleger, er hilft als Handwerker überall aus, ist beim Küstenschutz. Außerdem ist er geprüfter Wattführer.«

»Und wer ist Geert?«

»Sein Vater. Er hatte einen Schlaganfall und sitzt seitdem im Rollstuhl.«

»Oh«, machte Krumme und schwieg einen Moment. »Lars scheint Sie sehr zu mögen?«, fragte er dann.

Swantje strich sich eine blonde Strähne aus der Stirn. »Lars ist für mich fast so was wie ein Bruder.«

»Trotzdem haben Sie ihn ewig nicht mehr gesehen.«

Swantje zuckte nur mit den Schultern und schwieg.

»Wie lange waren Sie denn nicht mehr auf Hooge?«, erkundigte sich Krumme.

»Fast drei Jahre.«

»So lange? Und Sie sind nicht einmal zu Besuch gekommen?«

Swantje sah ihn mit ihren blauen Augen nachdenklich an. Auf einmal war alle Leichtigkeit aus ihrem hübschen Gesicht verschwunden.

»Hat sich nicht ergeben.«

Ihre Miene verriet, dass sie das Thema nicht vertiefen wollte. Stattdessen hakte sie sich bei ihm ein und lächelte wieder. »Kommen Sie, ich bringe Sie zu Ihrer Pension.«

Nur eine kleine Straße, eigentlich nicht mehr als ein asphaltierter Weg führte vom Hafen in die Hallig hinein. Es hatte angefangen zu nieseln. Von dem blauen Himmel, der ihn bei seiner Ankunft in Husum noch begrüßt hatte, war nichts mehr zu sehen. Krumme spürte, wie eine unangenehme Kälte seine Beine hinauf kroch. Allzu viel sehen konnte er nicht. Vor ihnen näherte sich auf der rechten Seite die Backenswarft, doch schon die nächsten Siedlungen waren im Regendunst kaum zu erkennen. Vom Land aus hatte er immer den Eindruck gehabt, die kleinen, dorfähnlichen Hügel würden wie Schlösser inmitten der Nordsee schwimmen. Jetzt sahen die Warften wie Geisterschiffe aus, die auf rätselhafte Weise auf einer scheinbar endlos grünen Wiese gestrandet waren. Menschen waren nicht zu sehen, bloß ein paar müde Pferde, die wie pelzige Statuen auf ihrer Weide standen, und frierende Schafe, die sich zum Schutz vor dem eisigen Wind in riesige Heuballen drückten. Von einigen konnte Krumme nur die Hinterteile erkennen.

Swantje erriet seine Gedanken. »Man kommt sich vor, als sei man der einzige Mensch auf der Welt, oder?«

»Ein bisschen, ja.«

»Keine Sorge. Auf den Warften ist es dafür richtig kuschelig. Da finden Sie alles, was Sie zum Leben brauchen.«

Krumme musterte die Backenswarft, die sich nur ein paar hundert Meter entfernt befand. Ein kleiner Hügel, auf dem sich rund zehn Häuser und Gehöfte aneinanderschmiegten. Der Hallighafer bog sich im Wind. Auf einer Wäscheleine knatterten Bettlaken, die trotz des Nieselregens keiner abnehmen wollte. Aus der Richtung eines größeren Gebäudes ertönten plötzlich laute Stimmen und Rufe.

»Unser Schullandheim«, erklärte Swantje. »Wie es aussieht, werden Sie auf der Warft nicht alleine sein.«

Tatsächlich erblickte Krumme jetzt mehrere Jugendliche, die auf einem kleinen Platz Fußball spielten. Als er und Swantje sich dem Haus näherten, hörte er das leise Scheppern von Geschirr und konnte auf einmal neben dem Gras, dem Salz und dem Dung auch Eintopf und Bratenfett riechen.

»So, da wären wir schon.« Swantje blieb stehen und zeigte auf einen kleinen Pfad, der sich zwischen zwei Häusern in das Innere der Warft schlängelte. »Das ›Hus Adams‹ ist gleich dahinter.«

»Vielen Dank fürs Herbringen.«

»Keine Ursache.«

»Und Sie haben es auch nicht mehr weit?«

Sie zeigte zur nächsten Warft, der Hanswarft, die im immer heftiger werdenden Regen in knapp einem Kilometer Entfernung zu erkennen war und auf der ein markanter Funkturm in den grauen Himmel ragte. »Hier auf Hooge ist nichts weit.«

Krumme lächelte. »Ich hoffe, wir sehen uns noch mal.«

»Aber ganz bestimmt, Herr Krumme.« Sie grinste. »Wenn Sie mögen, zeige ich Ihnen mal Hooges zahllose Attraktionen.«

»Sehr gerne.«

»Leider kann ich Ihnen meine Telefonnummer nicht geben. Ich hab mein Handy in Marburg vergessen.«

45

»Oh, wie dumm …«

»Egal. Hier spielt das keine Rolle. Ob man will oder nicht: Auf einer Hallig läuft man sich ständig über den Weg.«

Krumme nickte unsicher lächelnd, leicht überfordert von all den Eindrücken. Auch wenn es gar nicht so viel zu sehen gab, er brauchte immer eine Weile, bis er sich an einem neuen Ort zurechtfand. Swantje reichte ihm die Hand.

»Keine Sorge, so schnell werden Sie mich nicht los. Schließlich müssen Sie mir unbedingt noch mehr von Ihrer Schule erzählen.«

Krumme presste die Lippen aufeinander. Das hatte er jetzt davon, dass er ihr nicht die Wahrheit gesagt hatte. »Gerne«, brummte er und schüttelte ihre Hand. Dann griff er nach seinem Koffer und stapfte die kleine Anhöhe hinauf in die Warft hinein.

7

Im Inneren der Backenswarft fühlte sich Krumme augenblicklich wie in einer anderen Welt. Hatte er eben noch den weiten, wenn auch aktuell wolkenverhangenen Blick über die flache Hallig gehabt, stand er auf einmal mitten in einem kleinen Dorf. Die rot geklinkerten Häuser und Gehöfte standen dicht an dicht. Schmale, kopfsteingepflasterte Pfade schlängelten sich vorbei an den Gebäuden und den liebevoll gepflegten Gärten. In der Mitte befand sich ein kleiner Teich, in dem das Regenwasser aufgefangen wurde. Schließlich gab es auf den Halligen kein Grundwasser, so viel hatte Krumme schon aus dem Reiseführer gelernt, den er sich noch am Berliner Bahnhof zugelegt hatte.

Schnell hatte er das ›Hus Adams‹ entdeckt. Unter einem großen Reetdach drückte es sich an den Rand der Backenswarft. Krumme musste ein bisschen suchen, bis er den Eingang, eine alte zweigeteilte Bauerntür, gefunden hatte. Da er keine Klingel sehen konnte, benutzte er den alten Türklopfer aus Messing, der die Form eines Vogels hatte. Er klopfte. Einmal, zweimal, aber nichts passierte. Konnte es sein, dass keiner zu Hause war? Dabei hatte er gestern extra noch mal angerufen und sich die Reservierung bestätigen lassen.

Endlich hörte er ein leises Schlurfen, dann wurde der obere Teil der Tür mit einem rostigen Quietschen geöffnet. Eine Frau mittleren Alters mit einer geblümten Küchenschürze blickte ihm fragend entgegen. Sie war fast einen Kopf kleiner als er und hatte ein breites, gutmütiges Gesicht. Allerdings sah sie sehr müde aus und wirkte dadurch älter, als sie wohl war. Krumme schätzte sie auf Mitte vierzig. Ihre roten Haare hatte sie zu einem strengen Zopf zusammengebunden.

»Moin.«

Sie musterte ihn misstrauisch. Krumme wurde bewusst, dass er mit seiner zugezogenen Kapuze bedrohlich aussehen musste. Schnell zog er sie nach unten.

»Frau Adams?«

Sie nickte.

»Schönen guten Tag, mein Name ist Krumme. Ich hatte bei Ihnen ein Zimmer reserviert.«

Ein interessiertes Leuchten glitt über ihr Gesicht. »Ach ja, Herr Krumme. Aus Berlin. Kommen Sie rein.«

Sie öffnete nun auch den unteren Teil der Tür und trat zur Seite. Er schob sich mit seinem schweren Koffer an ihr vorbei ins Haus. Bei näherem Hinsehen fiel ihm auf, dass Frau Adams keine müden Augen hatte, sondern rote. Offensichtlich hatte sie gerade geweint. Krumme sah sie überrascht an. Doch als sie seinem Blick verlegen auswich, wandte er sich diskret ab und schaute sich stattdessen in dem kleinen Flur um.

Viel Holz. In der Wand das alte Fachwerk, auf dem Boden ausgetretene Dielen. Die Regale quollen fast über vor ausgestopften Möwen, Gänsen und anderen Vögeln, deren Namen er nicht kannte. Durch eine niedrige Tür konnte er den wie ein friesisches Museum wirkenden Frühstücksraum sehen. Am Ende des Flurs führte eine weitere Tür mit Durchreiche in die Küche. Krumme roch frischen Kaffee und Kuchen. Eine enge Treppe führte hoch zu den Zimmern.

»Hübsch haben Sie es hier«, sagte er und tat so, als würde er nicht bemerken, dass Frau Adams sich in seinem

Rücken die verweinten Augen mit dem Schürzenzipfel abwischte.

Leise zog sie die Nase hoch und räusperte sich kurz. »Hatten Sie eine gute Reise?«

Er drehte sich zu ihr um. »Ja, alles gut. Nur die Überfahrt war ein bisschen stürmisch.«

»Tja, der Ostwind. Eigentlich ungewöhnlich heftig für diese Jahreszeit.«

Er nickte bloß und schaute sich dabei weiter um.

»Soll ich Ihnen Ihr Zimmer zeigen?«, fragte sie.

»Gerne«, sagte er lächelnd.

Sie ging ihm voran die Treppe hinauf in die erste Etage, in der sich sechs Gästezimmer befanden. Er erfuhr, dass nur eins davon mit zwei Niederländerinnen belegt war. Mit ihnen musste Krumme sich ein Etagenbad und eine Toilette teilen, dazu gab es einen Gemeinschaftsraum mit einem gut gefüllten Bücherregal und einem alten Röhrenfernseher. Schließlich zeigte Frau Adams ihm seine Bleibe für die nächste Zeit – eine kleine, aber gemütliche und sehr sauber wirkende Kammer mit Schräge, einem kleinen Waschbecken, einem bequem aussehenden Einzelbett, einem Tisch und Stuhl. Durch das halboffene Fenster konnte er das Rauschen des immer heftiger werdenden Regens hören.

»Gefällt es Ihnen?«

»Aber ja, natürlich.«

»Ich weiß, ist alles ein wenig einfacher bei uns. In Berlin sind Sie bestimmt mehr Luxus gewöhnt.«

Krumme dachte an seine große Altbauwohnung in Neukölln mit ihren über drei Meter hohen Decken.

»Nein, überhaupt nicht. Ich finde es sehr gemütlich«, sagte er und meinte es auch so. Dann hievte er seinen Koffer aufs Bett. Frau Adams ordnete die bunten Wiesenblumen in der kleinen Vase. »Frühstück gibt's von halb acht bis halb zehn«, erklärte sie. »Frische Handtücher finden Sie im Schrank. Und wenn Sie noch irgendetwas brauchen – unten neben der Küchentür ist eine kleine Klingel.«

»Danke, gut zu wissen.«

Als er einen Blick aus dem Fenster riskierte, bemerkte er aus dem Augenwinkel, dass Frau Adams ihn mit ihren traurigen Augen interessiert musterte. Krumme schenkte ihr ein unsicheres Lächeln.

Frau Adams lächelte ertappt zurück. Mit ihrer kleinen, kräftigen Hand strich sie sich über den Kopf und atmete tief durch.

»Na gut. Dann wünsche ich Ihnen eine schöne Zeit auf Hooge.«

Sie nickte ihm noch einmal zu, drehte sich um und verließ den Raum. Krumme schloss die Tür hinter ihr.

Was war nur mit ihr los? Warum hatte sie geweint? Hätte er sie fragen sollen, ob alles in Ordnung ist? Er kratzte sich am Kopf, beschloss dann aber, sich vorerst keine weiteren Gedanken um Frau Adams zu machen. Schließlich fing jetzt sein Urlaub an.

Mit einem müden Seufzer ließ er sich auf das Bett fallen. Er lächelte. Die Matratze war genau richtig, nicht zu hart und nicht zu weich. Er schob sich die Schuhe von den Füßen, streckte sich aus und starrte versonnen an die Decke.

Jetzt war er also auf der Hallig angekommen. Von dem Zauber, den er sich aus der Ferne eingebildet hatte, war noch nichts zu spüren. Keine goldenen Schlösser, sondern geduckte Bauernhäuser im trüben Regen. Aber der würde schon irgendwann aufhören.

Was hatte Harke noch mal gesagt? *Etwas Böses und Dunkles lebt auf der Hallig.* Davon konnte er bis jetzt nun überhaupt nichts spüren. Auf ihn machte Hooge einen äußerst friedlichen und harmlosen Eindruck. Nur der Fähranleger erinnerte aus der Entfernung an einen riesigen Galgen. Krumme grinste.

Er dachte an Swantje. Verrückt, wie ähnlich sie seiner Tochter Hannah sah. Ob sie sich mit der freundlichen Swantje auch so gut verstehen würde wie er? Er fragte sich, was Hannah und auch Maria wohl gerade machten – und fühlte sich in der kleinen Kammer, hier am Ende der Welt, mit einem Mal sehr einsam. Plötzlich erinnerte er sich an ihre gemeinsamen Urlaube an der Ostsee, daran, wie sie glücklich durch den warmen Sand gelaufen waren, und er spürte, wie sich sein Herz vor Sehnsucht nach seiner verlorenen Familie verkrampfte.

Dann schüttelte er den Kopf. Jetzt war keine Zeit für traurige Gedanken! Er überlegte, was er tun sollte. Ein Spaziergang kam bei dem Wetter nicht in Frage. Auf dem Tisch lag ein Ordner, in dem Frau Adams allerlei Prospekte zur Hallig und zum nordfriesischen Wattenmeer sauber abgeheftet hatte. Er suchte nach einem Restaurant und fand den »Friesenpesel«, Hooges älteste Gaststätte noch aus dem 18. Jahrhundert, die sich nur ein paar Meter weiter ebenfalls auf der Backenswarft befand. Mit dem Vorsatz, später dort vorbeizuschauen, schloss er die Augen. Zuerst musste er sich ein wenig von seiner Reise erholen.

Die Arme hinter dem Kopf verschränkt lauschte er dem monotonen Prasseln des Regens, hörte, wie die Tropfen gleichmäßig auf die Blätter der Eiche platschten, die vor seinem Fenster stand. Im Hintergrund rauschte das stürmische Meer, dessen Salz er bis hierher riechen konnte.

Er öffnete die Augen und schaute auf seine Armbanduhr. Kurz vor halb fünf.

In einem kleinen Regal über seinem Nachttisch standen mehrere Bücher. Ohne vom Bett aufzustehen, griff er nach einem kleinen verschlissenen Band mit nordfriesischen Sagen und Märchen. Dann rückte er das Kissen in seinem Rücken zurecht und begann zu lesen. Die gestelzte, altmodische Sprache wirkte wie aus einer längst vergessenen Zeit, passte aber gut zu der gruseligen Geschichte.

Die Buchstaben waren ziemlich klein, aber Krumme war gerade viel zu faul, um nach seiner Lesebrille zu suchen. So spürte er schon nach drei Seiten, wie seine Lider schwer wurden. Er blinzelte gegen die Müdigkeit an, schloss schließlich die Augen und fiel im nächsten Moment in einen tiefen Schlaf.

8

»Was für ein Engel!«

»Oh ja, das ist sie.«

»Die kleinen Pausbäckchen! Und sieh dir nur diese blauen Augen an!«

»Was meinst du, was ich den ganzen Tag tue?«

»Am liebsten würde ich sie mitnehmen.«

Birte knuffte Swantje grinsend in die Seite. »Untersteh dich! Ida gehört mir!«

Swantje nickte lächelnd. Sie hielt ihren kleinen Finger in die Wiege. Sofort schnappte das Baby mit seinen Händchen danach. Dazu sah Ida Swantje aus ihren Kulleraugen an, mit einem Blick, der so viel Unschuld, Reinheit und Weisheit ausstrahlte, dass Swantje das Gefühl hatte, das Baby würde ihr direkt ins Herz schauen.

Sie seufzte und zog ihre Hand behutsam wieder zurück.

»Noch einen Tee?«, erkundigte sich Birte.

Swantje nickte. Sie setzte sich zwischen die dicken Kissen auf das Sofa und winkelte ihre Beine an. Schweigend sah sie zu, wie ihre Freundin die kleine Tonkanne von der Heizplatte nahm und ihr eine Tasse eingoss. Friesenmischung, natürlich. Dann griff Birte nach einer Flasche mit Rum und füllte die Tasse bis zum Rand auf.

Swantje hob die Hand. »Nicht so viel.«

»Jetzt stell dich nicht so an. Anders lässt sich dieses Schietwetter nicht aushalten.«

»Und du?«

Birte grinste. »Ich darf nicht. Ich stille doch noch.«

Swantje lächelte, nahm die dampfende Tasse entgegen und wärmte ihre Hände daran. Sie blickte aus dem Fenster und konnte sehen, wie der Ostwind die dunklen Regenschleier über das nahe Watt trieb. Dahinter versank die Abendsonne am Horizont und tauchte die Wolken in ein warmes Licht.

»Morgen wird's schön«, sagte Birte.

Swantje nickte nur. Sie nippte an ihrem heißen Tee und betrachtete ihre Freundin. Die Schwangerschaft hatte Birtes Gesicht genau wie ihren Körper breiter werden lassen. Unter ihrem T-Shirt konnte sie immer noch die Spuren des Babybauchs erkennen. Insgesamt wirkte Birte viel mütterlicher. Swantje fand, dass das ihrer Freundin sehr gut stand.

Sie blickte wieder in die Wiege. Ida war eingeschlafen.

»Andy muss sehr stolz sein.«

»Oh ja, er ist ganz verrückt nach der kleinen Maus.«

»Schade, dass er nicht da ist«, sagte Swantje, obwohl sie es eigentlich viel besser fand, alleine mit Birte und dem Baby.

»Ich kann ihn anrufen. Er ist mit Henning auf der Ockenswarft und bastelt an einem kaputten Trecker herum. Aber wenn sie hören, dass du heute schon gekommen bist, werden sie bestimmt alles stehen und liegen lassen.«

Swantje meinte eine leichte Bitterkeit aus Birtes Bemerkung herauszuhören. Sie schüttelte den Kopf. »Ach lass mal. Morgen sehen wir uns ja sowieso alle.«

Birte nickte und nahm sich einen Keks aus einer Kristallschale, die sie auf den kleinen Couchtisch gestellt hatte.

»Erzähl doch mal von Marburg. Was macht dein Studium?«

Swantje berichtete von ihrem Studentenalltag in der fernen Universitätsstadt, von ihren Kommilitonen, den Professoren und verriet, dass sie sich bereits auf ihr Examen vorbereitete.

»Und dann? Wo willst du hin, wenn du fertige Lehrerin bist?«, fragte Birte. »Kommst du zurück nach Hooge? Die alte Sörensen würde sich sicher freuen, wenn sie endlich jemand ablöst.«

Imke Sörensen war ihre Lehrerin auf der kleinen Halligschule gewesen, damals, in einem anderen Leben. Nur zehn Kinder waren sie in der Klasse gewesen.

Unsicher zuckte Swantje mit den Schultern.

Birte zeigte zu der Wiege. »Ida würde sich bestimmt freuen.«

Swantje lächelte, schwieg aber. Für einen Moment sagten beide kein Wort.

»Tut mir leid, dass ich nicht zu eurer Hochzeit gekommen bin«, durchbrach Swantje die Stille.

»Schon gut. Du hattest ja so viel zu tun …«

»Ja, schon, aber trotzdem …« Swantje sah Birte verlegen an.

»He, egal. Jetzt bist du doch hier. Das ist alles, was zählt.«

Im Nebenzimmer klingelte ein Telefon.

»Warte kurz. Bin gleich wieder da«, sagte Birte, stand auf und verschwand im Hausflur.

Swantje blieb alleine mit Ida zurück. Mit einem verliebten Lächeln betrachtete sie das schlafende Baby. Dann fiel ihr Blick auf ein schmales Regal über dem Kamin, auf dem Birte Fotos arrangiert hatte. Swantje stand auf, um sie sich genauer anzuschauen.

Es war, als würde sie in die Vergangenheit schauen. Auf allen Bildern war ihre alte Hallig-Clique zu sehen. Birte, Inga, Lars, Andreas, Henning. Und sie selbst. Als Kinder auf dem kleinen Schulhof der Ockelützwarft. Als Teenager beim Segeln. Auf einer Wattwanderung nach Japsand. Auf einem Familienfest vor der Kirchwarft. Zusammen mit einem neugeborenen Kalb. Auf einem Ausflug nach Husum.

Swantje im Arm von Andreas und Henning, Tequila trinkend auf dem Hooger Trachtenfest – und zusammen mit Inga und Birte in knappen Bikinis beim Sonnenbaden. Dazu gab es Bilder, die nur Birte und Andreas zeigten. Mit strahlenden Gesichtern vor der Kirche nach der Hochzeit. Die ganze Hallig war gekommen, nur sie, Swantje, fehlte. Das Bild rechts davon zeigte eine hochschwangere Birte, daneben Andreas, der mit aufgeblasenen Backen Faxen über seine rundlicher gewordene Frau machte. Und schließlich ein Foto der neugeborenen Ida in einem rosa Rahmen.

Swantje betrachtete die Bilder traurig. Ein Blick in eine Vergangenheit, in eine Zeit der Unschuld, die nie wieder zurückkehren würde.

Sie stutzte, als sie ein weiteres Foto entdeckte, das mit der Vorderseite nach unten auf dem Regal lag. Birte musste es extra so hingelegt haben. Sie nahm es in die Hand und hatte sofort das Gefühl, dass ein spitzer Dolch sich tief in ihr Herz bohrte.

Auf den ersten Blick zeigte das Foto nichts Neues. Ihre Clique beim gemeinsamen Picknick an ihrer Lieblingsstelle auf Hooge. Nur von dort, der westlichen Spitze der Hallig, hatte man den offenen, unverstellten Blick auf die weite Nordsee. Grinsend und lachend saßen sie im Kreis. Birte, Inga, Andreas, Henning, sie selbst.

Und hinter ihr, fast verdeckt von ihrem Rücken: Marc …

Auch er lächelte, aber bei weitem nicht so ausgelassen wie die anderen in der Runde. Eher verhalten, schüchtern, so als ob er sich bemühte, besonders freundlich zu sein, um dazuzugehören.

Für einen Moment hatte Swantje das Gefühl, als hätte die Welt aufgehört, sich zu drehen, so als bliebe die Zeit stehen. Ihr Blick verharrte auf seinem Gesicht, als hoffte sie, dass

Marc sich auf einmal bewegen und ihr sein Geheimnis verraten würde.

Swantje drehte sich erschrocken um. Nur aus den Augenwinkeln hatte sie einen Schatten am Fenster wahrgenommen. Ein Vogel? Nein, sie war sicher, dass es etwas Größeres gewesen sein musste.

Als ob eben noch jemand draußen gestanden und sie beobachtet hatte ...

Vielleicht hatte sie sich den kurzen Lichtwechsel aber auch nur eingebildet, und es war bloß ein Windzug gewesen, der die Kerze auf dem Fensterbrett zum Flackern gebracht hatte. Langsam ging sie zum Fenster und spähte hinaus in den Garten. Hagebuttensträucher krümmten sich im Wind, und Birtes Gemüsebeete waren im letzten Licht des Tages kaum noch zu erkennen. Die dahinter zitternden mannshohen Hecken waren nicht mehr als dunkle Schatten. Schwere Regentropfen prasselten in eine Pfütze neben dem Fenster. Sonst war da nichts. Und trotzdem ...

»Kannst du ihn immer noch nicht vergessen?«, riss sie plötzlich Birtes Stimme aus ihren Gedanken. Überrascht drehte sie sich um und sah ihre Freundin, die in der Tür stand und sie nachdenklich musterte.

Swantje blickte wieder auf das Bild in ihrer Hand und betrachtete Marcs schüchternes Lächeln. Sie schüttelte den Kopf. Eine Träne lief ihr über die Wange. Birte trat zu ihr und legte ihr einen Arm um die Schulter.

»Ach Süße ...«

Mehr sagte sie nicht. Swantje spürte in ihrer Stimme weniger Mitgefühl als sanfte Resignation darüber, dass sich in all den Jahren nichts verändert hatte. Swantje wandte ihr verlegen lächelnd das Gesicht zu.

»Schon gut«, hauchte sie.

»Das war Andy.« Birte hielt das Telefon hoch und legte es

dann auf die Anrichte. »Es ist so, wie ich gesagt habe. Kaum hab ich ihm verraten, dass du schon heute da bist, hat er das Werkzeug in die Ecke geworfen. Er kommt gleich. Henning natürlich auch.«

Swantje wischte sich mit der Hand über die Augen. »Ich wollte eigentlich gerade gehen.«

»Aber mehr als eine Viertelstunde brauchen die beiden nicht.«

Doch Swantje hatte sich schon auf das Sofa gesetzt und zog sich ihre Schuhe an. »Nicht böse sein. Ich bin hundemüde. Ich muss unbedingt ins Bett.«

»Aber es ist doch noch so früh …«

Swantje stand auf und nahm ihre Freundin in den Arm. »Wir sehen uns morgen, ja? In der »T-Stube«. Sag Andy und Henning einen lieben Gruß. Ich freue mich schon, sie und die anderen wiederzusehen.« Sie lächelte tapfer. Birte nickte nur.

Kurz darauf hatte Swantje sich verabschiedet und stand alleine vor Birtes Haus. Sie sah sich um, atmete die frische Abendluft ein und schämte sich ein wenig für ihre Schreckhaftigkeit vorhin. Nirgends war sie so sehr zu Hause wie auf der Hanswarft, hier kannte sie jeden Baum, jede Hecke, jeden Grashalm. Kein Grund, sich vor irgendetwas zu fürchten.

Ihr fiel ein, dass Andy und Henning jeden Moment um die Ecke kommen konnten. Nein, den beiden wollte sie jetzt nicht begegnen. Morgen ging es nicht anders, morgen würde sie alle wiedersehen. Aber bitte nicht heute.

Sie gab sich einen Ruck und wandte sich zum Nachbarhaus, wo ihre Mutter bestimmt noch wach war und auf sie wartete.

9

Vorsichtig tastete er sich den dunklen Hohlweg entlang. Am Ende konnte er ein kleines Licht erkennen. Nicht mehr als ein Glimmen, doch für ihn war es voller Hoffnung und Zuversicht, wie ein einsamer Stern am Nachthimmel. Er versuchte schneller zu gehen. Aber es war, als klebten seine Füße am Boden. Und mit jedem Schritt wurde es schwieriger vorwärtszukommen. Als ob er durch tiefen Morast stapfte. Doch da war kein Schlamm, kein Sumpf zu seinen Füßen.

Das Licht wollte nicht näher kommen. Dabei spürte er, fühlte mit jeder Faser seines Körpers, dass er so schnell wie möglich dorthingelangen musste! Irgendetwas bewegte sich davor. Etwas geschah da vorne. Er konnte nicht erkennen, was – aber er wusste, es war nichts Gutes. Ganz im Gegenteil!

Mit aller Macht stemmte er seinen Körper gegen die unsichtbare Mauer. Schnell, er durfte keine Zeit verlieren! Jede Sekunde zählte! Regen setzte ein, eiskalte Tropfen prasselten hart auf seine Haut. Er schloss die Augen und presste die Lippen aufeinander. Nein, er durfte nicht aufgeben, dort passierte etwas Schlimmes, und er war der Einzige, der es verhindern konnte.

Tatsächlich gelang es ihm, ein paar Schritte vorwärts zu machen. Schon konnte er sehen, dass das Licht zu einer einsam flackernden Laterne gehörte. Er erkannte einen Körper, der sich in dem Lichtschein hin und her bewegte. Ein Phantom. Ein Schatten ohne Gesicht.

Und er war nicht alleine, auch das konnte er aus der Entfernung sehen. Da lag etwas. Jemand. Regungslos.

Ein Schrei zerriss die Dunkelheit. Gellend, verzweifelt, in Todesangst.

»Nein!«, rief er, »bitte nicht! Nicht schon wieder!«

Mit aller Gewalt drückte er sich nach vorne, fühlte sich dabei wie von einem riesigen Gummiband zurückgehalten. Zum Licht, er musste zum Licht!

Plötzlich ein Ruck. Das Band riss! Wie befreit konnte er auf einmal wieder laufen. Schnell, immer schneller! Er flog durch die Nacht, den dunklen Weg entlang! Weiter, immer weiter. Er durfte nicht zu spät kommen!

Dann hatte er es geschafft. Endlich hatte er sein Ziel erreicht. Der Schatten war verschwunden. Doch der Körper am Boden war noch da. Ein Frauenkörper mit seltsam verrenkten Armen und Beinen. Sie lag neben einem großen Stein, einem Findling mit rauer, blutiger Oberfläche und rührte sich nicht.

Er war zu spät. Schon wieder. Tränen liefen ihm über die Wangen, als er in die Knie ging. Hannah. Seine Tochter. Er hatte sie auch diesmal verloren. Er würde sie immer wieder verlieren. Behutsam drehte er ihren an dem Stein liegenden Kopf zu sich, um ihr Gesicht zu sehen …

Aber es war nicht Hannah. Es war Swantje. Sie strahlte ihn mit ihren meerblauen Augen an und lächelte. Ein totes, starres Lächeln. Dann öffnete sie den Mund – und schrie, so laut und grell, wie er noch nie einen Menschen hatte schreien hören …

Stöhnend schreckte er hoch! Wo war er? Er brauchte einen Moment, bis er begriff, dass er in seinem Bett in einer kleinen Kammer auf einer einsamen Hallig war. Mittlerweile war es dunkler Abend geworden. Oder Nacht? Krumme hatte jedes Zeitgefühl verloren.

Ächzend griff er nach einem kleinen Handtuch, das neben

dem Bett auf einem Stuhl lag, und wischte sich den Schweiß von der Stirn. Er fluchte leise. Schon wieder dieser schreckliche Traum. Seit Jahren verfolgte er ihn fast jede Nacht. Aber was hatte Swantje jetzt darin zu suchen? Er …

Ein Schrei gellte durch die Nacht! Krumme zuckte so erschrocken zusammen, dass er sich den Kopf am Bettrahmen stieß. Benommen fasste er sich an die Stirn. Träumte er etwa immer noch? Nein, er spürte seinen verkrampften Körper, konnte die feuchte Nässe riechen, die durch das halboffene Fenster in sein Zimmer strömte. Er war wach.

Was war das für ein Schrei gewesen?! Eine Frau! Oder ein Kind? Unten im Garten! Krumme schwang sich aus seinem Bett und rannte barfuß zur Zimmertür hinaus. Im Flur flackerte nur der schwache Schein der kleinen Lampe über der Toilettentür. Er lauschte nach anderen Geräuschen. Aber alles war still. Er spürte die kalten Holzdielen unter den nackten Füßen. Atemlos hastete er die steile Treppe hinunter und lief zur Haustür. Schnell schob er die Riegel zur Seite, stieß die Tür auf und sprang hinaus in die Dunkelheit. Der Regen hatte aufgehört. Aber die feuchtkalte Nachtluft legte sich ihm wie ein nasses Tuch aufs Gesicht. Er versuchte sich zu orientieren. Um ihn herum war alles schwarz. Der Himmel war wolkenverhangen, und Lampen gab es in der Nähe nicht. Nasse Äste klatschten ihm ins Gesicht. Seine nackten Füße rutschten über den glitschigen Rasen, nur mit Mühe konnte er das Gleichgewicht halten.

Und wieder durchschnitt ein Schrei die Dunkelheit, zwei sogar, direkt hintereinander. Irritiert stockte er für den Bruchteil einer Sekunde, bevor er sich um die Ecke warf.

»Was ist …?«

Zwei Schatten sprangen auseinander. Als dunkle Flecken huschten sie in verschiedene Richtungen davon, direkt über dem Boden.

Katzen! Krumme erkannte, dass er nur zwei rollige Katzen gehört hatte! Keine Frauen oder Kinder in Not. Wie konnte er nur so dämlich sein!? War er schon so sehr Stadtmensch, dass er das Geschrei liebestoller Vierbeiner nicht von Menschenschreien unterscheiden konnte? Völlig aus der Puste stemmte er die Hand in die Hüfte, spürte die pochende Narbe an seinem Bauch. Verdammt, ein paar schnelle Schritte und er war völlig außer Atem.

Verschämt schob er die Schuld für seinen Irrtum auf seinen Albtraum. Kein Wunder, dass er Gespenster sah, wenn er so fürchterliche Bilder im Kopf hatte. Trotzdem. Ein Kriminalhauptkommissar aus der Großstadt, der sich von zwei kleinen Kätzchen erschrecken ließ … Krumme zwang sich zum gleichmäßigen Atmen, um wieder zu klarem Verstand zu kommen.

Plötzlich hörte er ein leises Knirschen, direkt hinter sich, aus der Dunkelheit hinter dem Haus. Dieses Mal war es keine Katze, ganz bestimmt nicht. Krumme spürte die Gegenwart von etwas anderem, etwas Großem.

Langsam drehte er sich um.

»Hallo?«, flüsterte er vorsichtig in das schwarze Nichts hinein. Hier im Schatten des Hauses war es so dunkel, dass er die Hand nicht vor den Augen erkennen konnte. Wieder ein Knacken, als ein großer Fuß auf einen abgebrochenen Ast trat.

Krumme schrie erschrocken auf, als sich die Gestalt auf ihn zubewegte und ein Riese aus dem Dunkel heraus auf ihn zutrat …

Ein schlammverschmierter Riese, ein Golem, mindestens einen Kopf größer als er selbst! Der halbe Mond tauchte kalt leuchtend hinter einer Wolke auf. Im fahlen Licht funkelten die Augen des Riesen bedrohlich, als er stumm auf Krumme zuging und beide Arme hob.

10

Die Sonne war gerade untergegangen, aber ihre hellen Strahlen brachten am Horizont immer noch die Wolken zum Glühen. Nach und nach breitete sich das Licht aus, und schon nach wenigen Momenten stand der ganze Himmel in Flammen.

Das Meer, das am Tag noch stürmisch auf den breiten Strand gekracht war, hatte sich wieder beruhigt. Zwischen den Wellen waren nur einzelne Windsurfer zu sehen, die meisten hatten ihre Sachen zusammengepackt und saßen nun in Grüppchen verstreut im weißen Sand, lachten, tranken Bier oder grillten in vom Wind geschützten Mulden oder hinter bunten Strandmuscheln.

In St. Peter-Ording hatte die Surfsaison begonnen. Jetzt gehörte der Strand den jungen Leuten, die für ihren Sport aus ganz Deutschland hierher an die weiße Spitze der Eiderstedter Halbinsel gekommen waren. Für Windsurfer war »SPO« eine der besten Adressen in ganz Europa.

Mit starrem Blick betrachtete er das bunte Treiben vom Holzsteg aus, der scheinbar endlos lang über den Strand führte. Dabei trank er einen tiefen Schluck aus der Bierflasche, die er sich in einem Imbiss gekauft hatte. In einer Plastiktüte, die auf seinen nackten Füßen lag, hatte er noch mehr.

Die vielen Menschen faszinierten ihn. Die vielen jungen Menschen. Er war auch noch keine dreißig Jahre alt. Aber Partys, Ausgehen, laute Musik, Flirten – das alles war nicht Bestandteil seines Lebens.

Er verließ den Steg und stapfte, mit gleichmäßigen, schweren Schritten und der baumelnden Plastiktüte in der Hand, barfuß durch den tiefen Sand. Die Hitze des Tages war abgeklungen. Der vom Meer heraufwehende Wind kühlte seinen von der Arbeit verschwitzten Körper. Während er an den anderen Strandbesuchern vorbeiging, bewegten sich seine Lippen, als ob er ihnen einen stillen Gruß zuraunte. Aber falls er wirklich etwas sagte, gingen seine Worte im allgemeinen Stimmengewirr unter. Keiner beachtete ihn.

Schließlich blieb er stehen. Er kniff die Augen zusammen und blickte zu der Blondine, die alleine auf einem Handtuch saß und das letzte Licht des zu Ende gehenden Tages betrachtete.

Sie trug nur eine kurze Jeanshose und ein Bikinioberteil. Die schlanken, braungebrannten Beine hatte sie ausgestreckt, während sie sich nach hinten auf ihren Armen mit den Händen im warmen Sand abstützte. Die langen, von Sonne und Salzwasser gebleichten Haare wehten im Wind.

Er legte den Kopf zur Seite und verzog den Mund zu einem Grinsen. Dann strich er rasch sein T-Shirt glatt und setzte sich neben sie. Nicht zu dicht, er wollte schließlich nicht aufdringlich wirken. Aber doch so nah, dass er sich mit ihr unterhalten konnte. Er blickte betont beiläufig in ihre Richtung und lächelte schief. Doch die Blondine beachtete ihn gar nicht, sondern starrte weiter hinaus aufs Meer.

Er tat es ihr gleich und blickte eine Weile in Richtung Horizont. Dann wandte er sich ihr zu.

»Schöner Abend, was?«

Er war sicher, dass sie ihn verstanden haben musste, doch sie reagierte nicht. Trotzdem nickte er bedächtig. Er sah wieder aufs Meer, wo ein paar Windsurfer mit den Wellen kämpften.

»Ich werde nie verstehen, was der Quatsch soll«, sagte er. »Ein Brett mit einem Segel drauf. Kinderkram. Auf einem richtigen Segelschiff würden die blöd gucken.« Er blickte zu ihr herüber, in der Hoffnung auf einen zustimmenden Blick. Aber sie sah nur weiter wie versteinert zur Brandung.

Ganz in der Nähe jubelte eine kleine Gruppe. Ein junger Mann mit langen schwarzen Locken hatte eine Gitarre herausgeholt und fing an, mit rauer Stimme Beatles-Lieder zu singen.

Er beobachtete die jungen Leute und bewegte den Kopf sachte im Takt. Dann starrte er auf seine nackten Füße.

»Ich kann leider kein Instrument spielen. Hab nie die Zeit gehabt, eins zu lernen.« Er nahm eine Handvoll Sand und sah zu, wie er zwischen den Fingern leise zischend auf den Boden rieselte. Dann nippte er an seinem Bier. Ein letzter schaler Schluck und die Flasche war leer. Er griff in seine Plastiktüte und holte zwei neue heraus.

»Auch eins?«, fragte er die junge Frau.

Zum ersten Mal reagierte sie auf ihn. Ohne eine Miene zu verziehen, sah sie ihn an und schüttelte den Kopf. »Nein, danke.«

»Ist noch kalt.«

Erneut schüttelte sie den Kopf. Dann wandte sie sich wieder dem Meer zu.

Er mochte ihre Augen. Sie waren grün und leuchteten im Halbdunkel wie frisches Gras.

Mit einem lauten »Plopp« öffnete er den Bügelverschluss seines Bieres und nippte. Dann nahm er sich die Zeit, die junge Frau genauer anzusehen. Mit zusammengepressten Lippen musterte er ihre festen Brüste und ihren sportlich-straffen Bauch. Um den Hals trug sie eine Kette mit einem kleinen Diamanten, der im Schein der Lagerfeuer um sie herum blinkte.

»Hübsch«, sagte er heiser. Sie sah ihn verständnislos an, worauf er mit dem ausgestreckten Finger auf ihren Hals zeigte.

Angewidert schüttelte sie den Kopf und setzte sich aufrecht auf ihr Handtuch, zog die Knie an die Brust und hielt sie mit den Armen fest.

Einen langen Moment starrte er sie an, taxierte ihre Beine und den makellos braunen Rücken. Dann schnalzte er leise mit der Zunge. Wieder bewegten sich seine Lippen. Es schien, als würde er ihr Worte zuwerfen, Worte, die allerdings nur in seinem Universum zu hören waren.

»Hi, Süße!« Ein großer, breitschultriger Mann marschierte mit einem Surfboard unter dem Arm durch den tiefen Sand auf sie zu. Das Salzwasser glitzerte auf seiner braungebrannten Haut und in seinen blonden Korkenzieherlocken. Schnell stand die junge Frau auf und fiel ihrem Freund um den Hals.

»Eric, endlich!« Sie küsste ihn auf den Mund. Er ließ sein Board in den Sand fallen und hob sie hoch, wie eine Puppe.

»Hast du meinen Push Tack gesehen? War das nicht klasse?«

»Ich habe alles gesehen! Sah super aus!«

»Hab schon gedacht, ich kriege das nie mehr hin!«

Sie legte den Kopf an seine Brust, schmiegte ihren Körper so eng wie nur möglich an ihn und schloss erleichtert die Augen.

Der blonde Hüne lachte. »Chrissy, was ist denn los mit dir?«

»Ach, ich freue mich nur, dass du wieder da bist.«

Eric lächelte. Dann bemerkte er den anderen Mann. Er trug ein verschwitztes T-Shirt und saß ganz in der Nähe im Sand. Im flackernden Licht eines nahen Lagerfeuers konnte man deutlich den verächtlichen Blick erkennen, mit dem er ihn und seine Freundin beobachtete.

Eric verstand. Sein Lächeln gefror.

»Ist wirklich alles gut bei dir?«, fragte er seine Freundin, ohne den Mann aus den Augen zu lassen.

»Ja, komm, lass uns zum Campingplatz gehen.«

Eric wandte sich an den Fremden. »Hey, Meister, was gibt's denn hier zu glotzen?«

Der Mann mit den verschwitzten Haaren zeigte keine Regung. Er war nicht besonders groß, wirkte aber durchtrainiert. Zäh. Eric war sicher, dass seine sehnigen Muskeln das Ergebnis harter Arbeit waren. Einen Fitnessclub hatte dieser Kerl bestimmt noch nie von innen gesehen.

Eric machte einen Schritt auf ihn zu. »Ich habe dich was gefragt!«

Ein paar in der Nähe sitzende Strandbesucher verstummten und sahen sich nach ihnen um.

Schweißperlen sammelten sich auf der Stirn des Mannes und rannen von den Schläfen hinunter zum Hals. Aber er beobachtete nicht mehr das Pärchen, sondern konzentrierte sich auf den Horizont, der langsam im Schatten der Dämmerung verschwand. Dabei bewegten sich seine Lippen wieder, begleitet von leisen Zischlauten. Er schien in einer geheimen Sprache zu sprechen.

Das Mädchen packte ihren Freund am Arm.

»Schatz, bitte lass uns gehen.«

Eric starrte auf den vor ihm sitzenden Mann. Schließlich spuckte er abfällig auf den Boden.

»Ja, komm«, sagte er zu Chrissy. »Der Schwachkopf ist es nicht wert, sich aufzuregen.«

Dann packte er sein Surfbrett, legte den Arm um seine hübsche Freundin und ging mit ihr davon.

Der Mann, der immer noch alleine im Sand saß, schien die beiden gar nicht zu beachten. Weiter stumm mit einem unsichtbaren Gegenüber redend starrte er zum Meer.

Doch dann wendete er den Kopf nach rechts und sah dem Pärchen mit regloser Miene hinterher, beobachtete, wie sie gemeinsam mit dem Surfboard unterm Arm über den weißen, endlosen Strand stapften. Und schließlich vor den Dünen kaum noch zu sehen waren.

Dann stand auch er auf.

Die Duschen und Toiletten befanden sich am Rand des Campingplatzes in einem flachen, schmucklosen Gebäude. Aber sie waren sauber und zu dieser späten Stunde wie ausgestorben.

Eric war zufrieden mit dem Tag. Als er alleine unter der Dusche stand, dachte er an seinen Push Tack zurück. Wie oft hatte er in den letzten Tagen versucht, dieses schwierige Manöver hinzubekommen? Heute hatte es endlich geklappt!

Euphorisiert von seinem Erfolg hatte er gerade mit Chrissy geschlafen. Während seine Freundin nun in ihrem gemeinsamen Van döste, wollte Eric sich endlich das Salz und den Sand vom Körper waschen. Vor dem Sex mit Chrissy war dafür keine Zeit mehr gewesen.

Den verschwitzten Spinner vom Strand hatte er längst vergessen.

Eric stieg aus der Dusche, trocknete sich ab und zog seine Bermudas an. Durch die offenen Fenster konnte er das Rauschen des Windes über den Dünen hören. Oder war es sogar das Meer? Er war nicht sicher. Jetzt war Ebbe. Eigentlich musste sich das Meer so weit zurückgezogen haben, dass man es selbst von der Spitze der Dünen hinter dem breiten Strand kaum noch sehen konnte.

Er betrachtete sich im Spiegel und lächelte zufrieden. In der Nordseesonne hatte er Farbe bekommen. Und seine dichten Locken waren wieder ein bisschen blonder geworden.

Er fühlte sich großartig. Die Luft war angenehm mild und

roch nach Salz. Er spürte in seinen Muskeln immer noch den Tag auf dem Surfbrett. Und gleich würde er sich an Chrissys weichen, warmen Körper kuscheln und bestimmt sofort einschlafen.

Vorher musste er allerdings noch das Weizenbier loswerden, mit dem sie vorhin angestoßen hatten. Von angenehmer Müdigkeit erfüllt schlappte er in seinen Badelatschen in die Toilette. Er seufzte zufrieden, als er seine Bermudas aufknöpfte.

Der erste Schlag traf ihn am Hinterkopf. Eric sackte stöhnend zu Boden. Mehr ungläubig als erschrocken drehte er sich um. Vor dem grellen Neonlicht sah er einen schwarzen Schatten, der mit einer schweren Eisenstange nach ihm ausholte. Eric hob den Arm, um den Schlag abzuwehren. Aber er hatte keine Chance. Die Stange traf ihn heftig am Unterarm und zerschmetterte den Knochen. Ein hartes Knacken in der absoluten Stille.

Eric stöhnte. Auf einmal versank alles in einem Nebel aus Schmerzen. Ächzend griff er mit seinem anderen Arm an das Urinal und versuchte, sich aufzurichten.

Eine starke Hand packte ihn an seinen Haaren. Hob seinen Kopf an und schlug ihn mit aller Wucht gegen das Porzellan des Pissoirs, einmal, noch einmal, immer und immer wieder. Dann wurde er achtlos auf den hellen Fliesenboden gestoßen.

Das Letzte, was Eric in seinem Leben sah, war dunkles Rot. Blut. Sein Blut, das in einem immer kräftigeren Strom in den Ausguss floss. Er war jetzt doch sicher, dass er in der Ferne das gleichmäßige Rauschen des Meeres hörte. Aber riechen konnte er nur alten, abgestandenen Schweiß.

11

Krumme war sich sicher, dass er noch nie in seinem Leben einen so leckeren Kaffee getrunken hatte. Auch das frisch gebackene Brot war ein Traum. Selig nahm er das kleine Glasschälchen mit der selbstgemachten Erdbeermarmelade aus der Etagere, die auf seinem Tisch stand, schnupperte daran und genoss den fruchtigen Duft. Dann schmierte er sich eine dicke Schicht auf seine vierte Scheibe Brot. Oder war es die fünfte? Vielleicht lag es an der Seeluft. Er konnte sich jedenfalls nicht erinnern, jemals mit so großem Appetit gefrühstückt zu haben.

Mit vollen Backen schaute er durch das Fenster hinaus in den Garten. Am Gartenzaun blühten rote und weiße Rosen. Hinter der akkurat geschnittenen Hecke sah er das Reetdach des Nachbarhauses. Auf dem frisch gemähten Rasen mümmelte ein Kaninchen neben einem Strandkorb. Und über allem strahlte ein makellos blauer Himmel. Keine Spur mehr von den Schatten der Nacht und dem Schmuddelwetter des vergangenen Tages. Im Hintergrund dudelte leise Enya-Musik aus einem Lautsprecher. Krumme fühlte sich wie in einem zum Leben erwachten Werbeprospekt über Nordfriesland.

»Alles gut bei Ihnen?«, erkundigte sich eine warme Frauenstimme.

»Ja, alles perfekt.« Krumme lächelte Frau Adams zu. Und sie lächelte zurück. Ohne zu fragen, nahm sie die kleine Porzellan-Kaffeekanne, die auf seinem Tisch stand, und füllte seine Tasse nach.

Ihm fiel auf, dass sie eine neue Frisur hatte. Am Tag zuvor hatte sie ihre roten Haare zu einem strengen Zopf nach hinten gebunden. Heute trug sie die Haare offen. In sorgfältig arrangierten Wellen lagen sie auf ihren Schultern und ließen Frau Adams wesentlich jünger erscheinen – auch wenn Krumme jetzt deutlich einige graue Strähnen erkennen konnte.

»Wenn Sie noch einen Wunsch haben, sagen Sie einfach Bescheid.«

»Sehr gerne.«

Konnte es sein, dass sie sogar ein bisschen Rouge aufgelegt hatte? So als hätte sie seine stille Frage gehört, nickte sie ihm noch mal kurz zu und verschwand wieder in der Küche, aus der bereits der Duft frischen Apfelkuchens in den Gastraum zog.

Krumme sah sich diskret um. Außer ihm saßen nur zwei holländische Damen um die fünfzig im Frühstücksraum. Der Kleidung nach zu urteilen wollten sie anschließend auf eine Wanderung gehen. Sie sprachen mit gedämpften Stimmen, als ob sie befürchteten, dass irgendjemand mithörte. Dabei warfen sie Krumme immer wieder freche Blicke zu, um anschließend wie junge Mädchen kichernd die Köpfe zusammenzustecken. Weitere Gäste gab es in der Pension wohl nicht. Zumindest hatte Frau Adams nicht mehr Tische eingedeckt.

Er fühlte sich wie in einem kleinen Museum. Die Holzdielen waren genau wie die polierten Tische und Holzbänke mindestens hundert Jahre alt. Die Wände zierten Delfter Kacheln mit blau-weißen, zumeist maritimen Motiven. Aus der gleichen Zeit stammten wohl auch die vergilbten Fotos, die zeigten, wie hart und entbehrungsreich das Leben auf den Halligen früher gewesen war. Bauern, die ihre Kühe zurück in die Scheunen trieben. Kinder bei der Feldarbeit, die dünnen Beine in kurzen Hosen. Alte Männer, die mit einer Pfeife im Mund vor ihren von Wind und Wetter gezeichneten Häusern saßen und misstrauisch in die Kamera linsten. Bilder von heftigen Sturmfluten, in denen nur noch die Warften wie graue Trutzburgen in der tosenden See zu sehen waren. Ein Foto, das Krumme besonders beeindruckte, zeigte einen Halligfriedhof bei »Land unter«. Alles war unter dem stürmischen Meer verschwunden. Allein die Grabsteine ragten noch aus den Wellen.

Aber was im Speiseraum – und in der ganzen Pension – besonders auffiel, waren die vielen ausgestopften Vögel. Auf den Regalen, auf den Tischen, auf kleinen Emporen an der Wand und extra aufgestellten Säulen: überall Vögel. Krumme war kein Experte, aber er erkannte verschiedene Möwen- und Gänsearten, dazu viele kleine braune Vögel, deren Name ihm nicht mehr einfiel. Neben seinem Tisch hing sogar ein ausgestopfter Seeadler an der Wand und starrte ihn mit seinen schwarzen Murmelaugen so böse an, dass Krumme unwillkürlich den Blick senkte.

»Das ist Attila!«, hörte er plötzlich eine seltsam schnarrende Stimme hinter sich.

Sie gehörte einem großen, hageren Mann mit hoher, kahler Stirn und leicht abstehenden Ohren. Seine Nase hatte Ähnlichkeit mit dem Schnabel des toten Adlers, den er jetzt mit seinen langen Fingern voller Andacht und Demut streichelte.

»Ich habe ihn vor fünf Jahren draußen auf einer Salzwiese gefunden. Der Arme hatte einen Kronkorken verschluckt und war elendig daran erstickt. Zuerst wollte ich ihn dem Multimar in Tönning schenken, aber die hatten schon ein Exemplar.« Der Mann war Engländer, das hörte Krumme sofort. Sein Deutsch war nahezu perfekt, nur seine Sprachmelodie klang immer noch leicht britisch. So machte er aus »ich« »ick« und aus jedem »o« ein »ö«.

Krumme nickte. »Haben alle Ihre Vögel Namen, Herr Adams?«, erkundigte er sich.

»Aber natürlich! Haben Sie eine Ahnung, wie lange es dauert, bis man einen Vogel präpariert hat?«

Hatte Krumme nicht. Er schüttelte den Kopf.

»Eine Ewigkeit. Da baut man ein ganz besonderes Verhältnis zu den Tieren auf.«

Der große Mann setzte sich zu ihm an den Tisch und musterte ihn mit besorgtem Blick durch die dicken Gläser seiner randlosen Brille.

»Haben Sie den Rest der Nacht noch gut geschlafen?«

»Ja, schon …«

»Tut mir leid, dass ich Sie so erschreckt habe. Das wollte ich wirklich nicht.«

»Bin ja selbst schuld. Ich hätte vor dem Einschlafen nicht diese friesischen Schauermärchen lesen dürfen.«

»Vielleicht wäre mein Anblick auch nicht so furchterregend gewesen, wenn ich nicht kurz vorher ausgerutscht und in den Schlamm gefallen wäre.«

Herr Adams kicherte. Es hörte sich an wie das heisere Lachen einer Hyäne.

Krumme zwang sich zu einem Lächeln und nippte an seinem Kaffee.

»Sie hätten mal Ihr Gesicht sehen sollen! Als sei Ihnen der Allmächtige höchstselbst erschienen!« Wieder gackerte die Hyäne.

»Steve, nun lass den armen Herrn Krumme doch in Ruhe frühstücken.« Frau Adams war mit einer frischen Kanne Kaffee unterwegs zu den beiden Holländerinnen und warf ihrem Mann im Vorbeigehen einen vorwurfsvollen Blick zu.

»Oh, ja, natürlich«, bemerkte Herr Adams seine Unhöflichkeit, machte aber keinerlei Anstalten aufzustehen. Stattdessen leckte er sich über die Lippen und sah lächelnd aus dem

Fenster, während er mit seinen langen Fingern versonnen auf die Tischplatte trommelte. Krumme fragte sich, ob er weiteressen sollte oder ob es nicht Zeit war, sein Frühstück zu beenden. Im Hintergrund ging Frau Adams zurück in die Küche und schenkte Krumme einen mitleidigen, fast traurigen Blick.

»Wie lange wollen Sie noch mal auf Hooge bleiben?«, fragte Herr Adams plötzlich.

»Zwei Wochen.«

»So lange? Sehr schön. Dann haben Sie ja genug Zeit, um alles zu sehen.«

»Das will ich hoffen.«

»Sagen Sie bloß, Sie sind wegen der Ringelgänse hier?« Adams grinste.

Krumme schüttelte den Kopf.

»Wie schade. Die Insel ist gerade voll von Ringelgänsen. Machen Zwischenstation und futtern sich voll, bevor sie weiter zum Brüten Richtung Sibirien fliegen. Ein einmaliges Erlebnis. Ich kann Sie ja mal mitnehmen.«

»Das wäre sehr … schön.«

»Steve, was habe ich gerade gesagt? Herr Krumme möchte in Ruhe essen!«, mahnte Frau Adams, die wieder zurück in den Frühstücksraum gekommen war, dieses Mal mit einer frischen Kaffeekanne für Krumme. Sie klang nicht böse, sondern eher resigniert, so als redete ihr Gatte ständig auf diese Weise mit seinen Gästen.

»Tut mir leid«, wandte sie sich jetzt an Krumme, »aber wenn Steve einmal anfängt, von seinen Vögeln zu erzählen, kann er nicht mehr aufhören.«

»Schon gut«, sagte Krumme vorsichtig.

»Siehst du, Schatz, der Herr interessiert sich auch für Ornithologie.« Er drehte sich zu Krumme: »Haben Sie ein Fernglas dabei?«

»Ich glaube ja …«

»Sagen Sie Bescheid, wenn Sie doch eins brauchen. Ich habe genug davon.«

Damit stand Herr Adams endlich auf. Er strahlte übers ganze Gesicht.

»Wir werden bestimmt noch viel Spaß haben.« Er grinste unschuldig wie ein kleiner Junge. »Wissen Sie, wie man mich auf Hooge nennt?« Herr Adams machte eine Kunstpause und sah Krumme erwartungsvoll an. »Den ›Vögelkönig‹! Verstehen Sie? Weil ich Vögel so liebe! *Vögelkönig*!«

Er brach in schallendes Gelächter aus.

Krumme stutzte und brauchte einen Moment, bis er den Versprecher verstand. »Ah … äh, Vögelkönig, sehr schön.« Er lächelte.

Herr Adams gackerte noch eine ganze Weile, bevor er endlich den Frühstücksraum verließ.

Erleichtert atmete Krumme durch. Bloß schnell weg.

Hastig stand er auf und machte sich auf den Weg zu seinem Zimmer. Dabei kam er auch an der Küchentür vorbei. Während Herr Adams im Hintergrund gutgelaunt »Hoch auf dem gelben Wagen« pfiff, blickte seine Frau Krumme durch die offene Klappe mit traurigen Augen an. Sie lächelte schüchtern. Es sah fast aus wie ein Hilferuf.

12

Überwältigend! Das war das erste Wort, das Krumme einfiel, als er die kleine Anhöhe am Rand der Warft erreicht hatte, die Hände in die Hüften stemmte und sich umsah. Das satte Grün der Halligwiesen und der Bäume, das dunkle Rot der sich eng aneinanderschmiegenden Häuser, das in der Sonne glitzernde Wasser der Nordsee und der Priele – und darüber das makellose Blau des friesischen Himmels. Krumme lächelte. Die Aussicht war so fantastisch, dass es ihm beinahe den Atem verschlug. Genau das war es, was er erwartet hatte, damals, auf dem Deich, als er aufs Meer hinausgeschaut und die in der Sonne verheißungsvoll aufleuchtenden Warften gesehen hatte. Da draußen ist das Paradies, hatte er gedacht. Jetzt wusste er, dass er Recht gehabt hatte. Wenn es stimmte, was Harke sagte, dass das Böse auf dieser Hallig lebte, dann musste es sich verdammt gut verstecken! Im Himmel konnte es kaum schöner sein als hier auf Hooge.

Aber frisch war es. Der Wind hatte gedreht und kam jetzt nicht mehr aus Osten, sondern aus Westen, direkt vom Meer. Mehr noch als am Vortag konnte er das Salz in der Luft schmecken und auf der Haut spüren. Krumme zog sich die Kapuze seines Anoraks über den Kopf und machte sich auf den Weg.

Er begann seinen Rundgang mit einem kleinen Bogen um die Backenswarft, vorbei an der großen, einladenden Sonnenterrasse des »Friesenpesels«. Gedämpft schallte die sonore Stimme eines Radiosprechers an sein Ohr, Wäsche knatterte im Wind, Kinder spielten irgendwo zwischen den Häusern im Inneren der Warft. Doch weit und breit war keine Menschenseele zu sehen.

Überhaupt hatte er das Gefühl, alleine auf der Hallig unterwegs zu sein. Das mochte sich bald ändern. Als er aufgebrochen war, hatte er mehrere Pferdewagen auf dem Weg zum Fähranleger gesehen, die die Tagesausflügler auflesen würden. Am Hafen warteten sie neben dem Postauto und ein paar Lieferwagen auf die Ankunft der Fähren aus Nordstrand und Schlüttsiel.

Krumme konnte ohne Mühe die gesamte Hallig überblicken. Bis auf die Warften war Hooge ein einziger grüner Teppich, nur durchzogen von einigen in der Sonne glitzernden Prielen. Er konnte in jeder Richtung bis ans Ende des Eilands schauen, im Westen bis zur Westerwarft, im Süden bis zur Ockenswarft, die, obwohl sie sich im Moment hinter der Hanswarft versteckte, mit ihrem hohen Funkmast deutlich zu erkennen war.

Alles schien auf surreale Weise greifbar und nah. Nur durch die immer wieder auffliegenden Vogelschwärme bekam diese wunderbare Landschaft Tiefe und Perspektive.

Krumme hatte noch nie so viele Vögel an einem Ort erlebt. Zu beobachten, wie sie sich plötzlich, auf ein geheimnisvolles Kommando hin, erhoben und wie eine dunkle Wolke stumm über die grünen Felder glitten, dabei ständig ihre Richtung wechselten, um sich schließlich auf dem Rasen niederzulassen, gehörte zu den schönsten Dingen, die er in seinem Leben gesehen hatte. Vielleicht sollte er sich doch mal ein bisschen von Herrn Adams herumführen lassen, dachte er. Allerdings nur für einen kurzen Moment, dann schüttelte er energisch den Kopf.

Sein erster Weg führte ihn zu einem weiteren kleinen Hafen, der sich aber im Gegensatz zum Fähranleger innerhalb des flachen Seedeichs befand und nur über eine Schleuse mit dem Meer verbunden war. Er wusste nicht, wie viele Segelschiffe hier im Sommer vor Anker gingen. Jetzt, Ende März, war es einsam und verlassen. Nur eine einzige Jolle lag schräg am Anleger auf dem schlammigen Boden, denn aktuell war Ebbe, und das Wasser hatte sich durch die offene Schleuse auch aus dem Hafenbecken zurückgezogen.

Ein deprimierender Anblick. Gleichzeitig war es faszinierend mitanzusehen, wie das Wasser gurgelnd aus den Prielen in den Hafen ablief. Krumme lehnte sich an ein Metallgeländer, blickte hinunter auf den Hafengrund und beobachtete, wie zahllose Vögel den nackten Boden nach etwas Essbarem absuchten. Sonst war es fast vollkommen still. Nur ein Metallseil des auf der Seite liegenden Segelschiffes surrte im Wind.

Plötzlich hörte er Schritte hinter sich. Die zwei Niederländerinnen hatten sich ebenfalls für einen Spaziergang zum Hafen entschieden. Eingepackt wie Astronautinnen näherten sie sich der Mole. Als sie an Krumme vorbeikamen, schenkten sie ihm ein kurzes Lächeln und gingen weiter Richtung Meer. Dabei schauten sie sich noch einmal verstohlen nach ihm um und kicherten, als Krumme sie dabei ertappte. Nachdenklich beobachtete er, wie die beiden auf dem Seedeich Richtung Fähranleger marschierten.

Er beschloss, sich das auf hohen Holzstelzen erbaute Haus anzuschauen, das neben dem Hafengelände wie ein von der Zeit vergessener Dinosaurier in den Himmel ragte. In der Hochsaison war hier das Zuhause des örtlichen Segelclubs, jetzt waren alle Türen und Fenster verschlossen. Krumme kletterte eine Holztreppe hoch auf eine Galerie, die um das ganze Haus herumführte. Oben angekommen streckte er sich und ließ einmal mehr seinen

Blick über die Hallig schweifen. Am Horizont konnte er die grüne Linie von Langeneß erkennen. Dahinter die Insel Föhr mit ihrem dichten Baumbewuchs. Weiße Fähren fuhren auf dem Meer dazwischen, mittendrin tuckerte ein roter Krabbenkutter. Ob sie auch die Hallig belieferten? Krumme freute sich schon auf ein Omelett mit extra vielen Krabben, eines seiner Lieblingsessen seit seinem letzten Besuch in Nordfriesland.

Lange Zeit hatte er den Mann gar nicht bemerkt. Erst als die Gestalt einen kleinen Schritt nach rechts machte, erkannte Krumme, dass die dunkle Kontur in der Ferne auf dem Seedeich ein Mensch war und kein Holzpfosten oder Baum. Er kniff die Augen zusammen, um besser sehen zu können. Tatsächlich, er täuschte sich nicht. Der Mann – oder war die vermummte Person in dem dicken Anorak eine Frau? – schaute in seine Richtung. Und dabei hielt er oder sie sich ein Fernglas vor die Augen. Zuerst glaubte Krumme, der oder die Unbekannte würde nur zufällig in seine Richtung schauen. Aber als er sich etwas nach rechts und links schob, bewegte sich die kleine Figur am Horizont entsprechend mit und behielt ihn im Visier.

Krumme versuchte Einzelheiten auszumachen, aber die Entfernung war einfach zu groß. Wie dumm, dass er Herrn Adams' Angebot ausgeschlagen hatte, ihm ein Fernglas auszuleihen. Und noch dümmer, dass er sein eigenes nicht mit auf die Hallig genommen hatte und das vor Herrn Adams nicht hatte zugeben wollen.

Die Gestalt verharrte immer noch auf der Stelle und ließ ihn nicht aus den Augen. Krumme hob die Hand und winkte, erhielt aber keine Reaktion. Langsam ging er auf der Holzgalerie entlang, den Blick weiter auf den Deich gerichtet. Als er um die Ecke bog, rannte er fast gegen einen mattsilbernen Apparat auf einem Betonsockel, der in die

Galerie hineinragte – ein Münzfernglas! Hastig kramte er in seinen tiefen Jackentaschen nach Kleingeld. Schließlich fischte er ein 50-Cent-Stück heraus und stopfte es in den Münzschlitz. Er blickte durch das Fernglas, schwenkte es und suchte nach dem richtigen Ausschnitt, um zu erkennen, wer sein geheimnisvoller Fan war. Gar nicht so leicht, das Erste, was er sah, war ein vergrößertes Stück Seegras. Endlich hatte er das Gerät richtig justiert, spähte gespannt zum Deich hin und sah ... nichts. Nicht mal eine Kuh oder ein Schaf. Nichts. Der Seedeich war leer.

Verdutzt blickte er am Teleskop vorbei. Die Person mit dem Fernglas war tatsächlich verschwunden.

Wie konnte das sein? Hatte er sich den heimlichen Beobachter nur eingebildet? Nein, ganz bestimmt nicht.

Verärgert über sich selbst, weil er nicht schneller reagiert hatte, stapfte er wieder die Treppe von der Galerie hinunter auf das Hafengelände.

Er beschloss, seinen Spaziergang fortzusetzen. Für einen Moment überlegte er den Seedeich entlang bis zur Westspitze zu marschieren. Vielleicht konnte er ja eine Spur des Unbekannten finden.

Doch der Westwind blies ihm so frostig ins Gesicht, dass er lieber landeinwärts ging, um sich die Kirchwarft anzuschauen. Auf halber Strecke wurde er von einem vollbesetzten Pferdewagen mit Tagesbesuchern überholt. Als er schließlich mit eiskalter, geröteter Nase am Ziel ankam, blieb er unsicher am Zaun stehen und beobachtete, wie die Touristen lärmend über den alten Friedhof eilten und in die kleine Kirche strömten.

Krumme war nicht nach Gesellschaft. Kurzerhand beschloss er, den Besuch der Kirchwarft zu vertagen und lieber ein Stück in die Hallig hineinzugehen. Er entschied sich für einen Landwirtschaftsweg Richtung Süden zur Ockelützwarft.

Krumme stopfte seine Hände tief in die Taschen und marschierte langsam die Straße entlang, neben einem langen Priel, auf dem sich verschlafene Enten vom Wind hin- und hertreiben ließen.

Ganz in der Ferne, schon fast auf der anderen Seite der Hallig, konnte er die beiden Holländerinnen sehen. Dazwischen gab es nichts, außer einer verwitterten Bank, die für sein Gefühl ziemlich genau in der Mitte des kleinen Eilands stand. Darauf saß ein anderer einsamer Wanderer und starrte reglos auf die endlosen Vogelwiesen. Wieder konnte Krumme aus der Entfernung und wegen der dicken Jacke nicht erkennen, ob es sich um eine Frau oder einen Mann handelte. Im Näherkommen allerdings stellte er fest, dass ihm die Körperhaltung irgendwie bekannt vorkam.

Und tatsächlich, er war noch hundert Meter entfernt, als die Gestalt die Kapuze nach hinten schob und ihre blonden Locken vom stürmischen Westwind erfasst wurden.

13

Wieder war die Erinnerung an Marc so intensiv, dass ihr Herz zu zerspringen drohte. Sie hatten überall auf der Hallig glückliche Stunden erlebt, aber hier, an dieser Stelle, erfasste sie das Gefühl seiner Gegenwart so unmittelbar, dass sie meinte, seine Stimme zu hören, seinen Atem zu spüren und seinen Körper riechen zu können.

Manchmal hatten sie hier Ewigkeiten zusammen gesessen, ohne ein Wort zu sagen. Dann hatte er seinen Arm um sie gelegt, und sie hatten schweigend der Natur gelauscht, den Vögeln über ihren Köpfen, dem warmen Wind, der ihnen durch die Haare strich, dem nahen Meer mit seinem gleichmäßigen, beruhigenden Rauschen. Sie hatten gesehen, wie sich das Glitzern der Sonne langsam über das Wasser des Priels schob, der sich vor ihnen wie ein Versprechen in drei Richtungen öffnete.

Sie schloss die Augen und hörte Marcs Stimme, so klar und deutlich, als würde er noch immer neben ihr sitzen.

»Ich liebe dich. Ich liebe dich jeden Moment. Und jeden Moment mehr.«

Sie spürte, wie ihr eine warme Träne über die Wange lief.

Langsam öffnete sie die Augen. Konnte es sein, dass die letzten drei Jahre nur ein langer böser Traum gewesen waren? Dass er immer noch neben ihr saß?

Nein. Marc war weg, der Platz neben ihr war leer.

Traurig blickte sie über die weiten Wiesen, versuchte noch einmal die Erinnerung an ihn so lebendig werden zu lassen, dass sie sich mit Händen greifen ließ. Aber es wollte ihr nicht gelingen. Sie war alleine. Und ohne Marc würde sie es auch immer bleiben.

Sie dachte an das bevorstehende Essen in der »T-Stube«, an das Wiedersehen mit den anderen.

Ihre Miene verfinsterte sich. Wie sollte sie das nur überstehen? Heute Morgen, beim Frühstück mit ihrer Mutter, hatte sie ernsthaft überlegt, gleich wieder abzureisen und auf direktem Weg zurück nach Marburg zu fahren. Sie hatte die süße Ida unbedingt sehen wollen, ja, vielleicht auch Birte. Aber alle an einem Tisch – das konnte nur ein Albtraum werden. Denn natürlich würde es neben Klein-Ida bloß ein Thema geben: Swantje selbst, ihr neues Leben. Und die Vergangenheit. Das, was damals in der Nacht vor ihrer Hochzeit geschehen war. Der Hochzeit, zu der es nie gekommen war.

Sie fröstelte, obwohl sie in der prallen Sonne saß. Seufzend schob sie ihre Hände tief in die Taschen und schaute sich um.

In ungefähr einem Kilometer Entfernung, auf dem Weg zwischen der Hanswarft und dem Fähranleger, konnte sie einzelne Wanderer sehen. Die Planwagen-Kutsche mit den Tagesausflüglern wackelte langsam Richtung Süden.

Sie schirmte die Augen mit der Hand ab und blickte nach links zur Kirchwarft und zum Seglerhafen. Ein Mann in einer roten Jacke kam mit seltsam unrunden Bewegungen langsam näher.

Sie kannte diesen Gang, er war ihr schon gestern aufgefallen. Und tatsächlich, als er nach einigen Minuten ihre Bank erreicht hatte, strahlte Swantje über das ganze Gesicht.

»Einen wunderschönen guten Morgen, Herr Krumme!«

Verblüfft hob er die Augenbrauen. »Swantje? Das ist ja eine Überraschung!«

»Ich habe Ihnen doch gesagt, dass wir uns bald wiedersehen.«

»Aber so bald? Hooge ist klein, trotzdem wird es hier außer uns beiden doch bestimmt noch andere Menschen geben.«

»Die gibt es – allerdings haben sie zu tun und müssen arbeiten. Und alle übrigen können gar nicht anders, als sich ständig über den Weg zu laufen.«

Krumme zeigte auf die Bank. »Dann haben Sie hier also nicht extra auf mich gewartet?« Er lächelte.

Swantje klopfte auf den Platz neben sich. »Wer weiß? Vielleicht wollte ich, dass Sie mir endlich mehr von Ihrer Arbeit erzählen.«

Krumme setzte sich neben sie und räusperte sich. »Na ja, da gibt's nicht viel zu erzählen.«

»Kommen Sie, wir sind Kollegen. Ich will *alles* wissen.«

»Ach … vielleicht später.«

Er lehnte sich leise ächzend zurück und fasste sich dabei an seine schmerzende Hüfte.

Swantjes Blick folgte seiner Bewegung. »Sagen Sie bloß, Sie haben von dem kleinen Spaziergang schon Seitenstechen?«

Krumme sah sie kurz irritiert an, dann schüttelte er den Kopf. »Alte Sportverletzung.«

»Was für einen Sport machen Sie denn?«

»Sie wollen aber wirklich alles ganz genau wissen, was?«

Sie grinste. »Tja, so ist das eben auf der Hallig. Hier passiert so wenig, dass wir alle Gäste sofort ins Kreuzverhör nehmen, um zu erfahren, was draußen in der Welt passiert.«

Krumme lächelte und ließ seinen Blick über das Panorama schweifen.

»Schön haben Sie's hier.«

Swantje nickte nur. Für einen Moment schwiegen beide.

»Wie war denn Ihre erste Nacht auf Hooge?«

»Ganz ... okay.«

»Sind Sie gut untergebracht?«

»Doch, doch. Mein Zimmer ist sehr gemütlich. Und das Frühstück war wirklich lecker.«

»Und wie kommen Sie mit den Adams klar?«

»Kennen Sie sie?«

»Nur flüchtig. Sie leben noch nicht lange auf Hooge. Ich glaube, sie sind ungefähr ein Jahr, bevor ich weggegangen bin, hergezogen.«

»Er ist schon ein bisschen ... verrückt, oder?«

Swantje grinste. »Der Vögelkönig?«

Krumme nickte lächelnd.

Swantjes blaue Augen blitzten. »Ich denke, Sie werden noch viel Spaß mit ihm haben.«

»Den hatte ich schon.«

»Ach ja?« Sie sah ihn interessiert an, aber Krumme winkte ab. Er streckte die Beine aus und sah einem Schwarm Ringelgänse hinterher, der sich auf der Wiese vor ihnen in die Luft geschwungen hatte und laut schnatternd über sie hinwegflog.

»Was ist mit Ihrem Essen?«

Swantje schaute ihn verblüfft an.

»Sie waren doch verabredet? Mit Inga, Lars und Ihren ganzen Freunden. Um sich die kleine Ida anzuschauen.«

»Sie haben sich sogar alle Namen gemerkt?«

Krumme sah sie mit ertappter Miene an und zuckte mit den Schultern.

Swantje lächelte wissend. »Aber als Lehrer hat man da ja viel Übung, oder?«

Krumme nickte langsam. »Vielleicht, kann sein. Aber was ist jetzt mit Ihrem Treffen? Haben Sie keine Lust, Ihre Freunde wiederzusehen?«

Er schaute sie mit seinen wachen braunen Augen aufmerksam an. Swantje blickte auf ihre Uhr.

»Ja, Sie haben Recht. Ich sollte langsam los.«

Sie stand auf. Ihre Beine fühlten sich wackelig an. Alles in ihr sträubte sich gegen dieses große Wiedersehensfest. Krumme beobachtete sie interessiert. Bestimmt hatte er längst bemerkt, dass sie vor Nervosität zitterte. Oder war es Angst?

Als sie Krummes aufmunterndes Lächeln sah, kam Swantje eine Idee. Sie strich sich die blonden Strähnen, die der Wind ihr immer wieder ins Gesicht schob, zur Seite und strahlte ihren neuen Freund an. »Herr Kollege, wie sieht's aus: Hätten Sie Lust, mal richtige *Halliglüüd* kennenzulernen?«

14

»Ihr Lieben, darf ich euch Herrn Krumme vorstellen? Er kommt aus Berlin und ist das, was ich erst noch werden möchte: Lehrer für Geschichte und Deutsch. Wir haben uns auf der Fähre kennengelernt. Gerade habe ich ihn wiedergetroffen, unten am Priel. Und da habe ich ihm gesagt, kommen Sie mit, Sie müssen unbedingt meine besten Freunde kennenlernen!«

Sie saßen in der »T-Stube« auf der Hanswarft. Der Name war irreführend, die »Stube« war ein großes, aber sehr gemütliches Restaurant unter einem hohen, offenen Reetdachgiebel. Hier hatten Idas Eltern einen Tisch für sich und ihre Gäste decken lassen. Swantje strahlte über das ganze Gesicht, während ihre Freunde Krumme eher skeptisch musterten. Alle schienen sich zu fragen, warum Swantje zu diesem doch ziemlich familiären Termin einen völlig Fremden mitschleppte. Krumme schaute in die Runde, sah die abschätzigen Mienen und dachte nur eins: Was hab ich hier zu suchen? Warum bloß hatte er sich von Swantje bequatschen lassen?

Natürlich wusste er, warum. Weil Swantje ihn auf fast schmerzhafte Weise an seine jetzt in Australien lebende Tochter Hannah erinnerte – zumindest an die fröhliche junge Frau, die Hannah vor dieser schrecklichen Nacht in Pankow gewesen war. Das gleiche freundlich-freche Lächeln, der neugierige Blick, das gleiche große Einfühlungsvermögen in Verbindung mit einer liebenswerten Ungeduld.

Swantje war wie seine Tochter in blond – und wie hätte er seiner Tochter jemals einen Wunsch abschlagen können?

Krumme sah in die misstrauischen Gesichter von Swantjes Freunden, und auf einmal wurde ihm klar, dass sich wohl alle fragten, ob er ihr älterer Freund, ihr »Sugardaddy«, war. Er rutschte auf seinem Stuhl herum und blickte mit verlegenem Lächeln in die Runde.

Swantje schien sein Unbehagen zu spüren und hakte sich bei ihm ein, um allen zu zeigen, dass er am heutigen Tag dazugehörte.

»Also, passen Sie auf, ich stelle Ihnen mal die ganze Bande vor. Der Riese hier zum Beispiel, das ist Andreas, Idas Vater.«

»Willkommen auf Hooge, Herr Krumme.« Andreas war ein stämmiger, durchaus attraktiver Hüne mit einem gemütlichen Bauch und einem breiten, offenen Gesicht. Zur Begrüßung drückte er Krummes Hand so fest, dass seine Knöchel knackten. Swantje deutete auf die neben ihm sitzende junge Frau, die sich für den heutigen Anlass offenbar besonders hübsch angezogen hatte. Sie musste Idas Mutter sein, die gerade beendete Schwangerschaft war ihr noch deutlich anzusehen. Die Schatten unter ihren Augen verrieten, dass ihr Baby sie wohl nur selten durchschlafen ließ. Trotzdem strahlte sie Glück und Zufriedenheit aus und begegnete Krumme mit einem herzlichen Lächeln. Er mochte sie auf den ersten Blick.

»Das ist Idas Mutter, Birte, meine allerbeste Freundin.«

»Ach ja?« Inga, die Krumme schon auf der Fähre kennengelernt hatte, gab sich empört. Zur Feier des Tages hatte sie Jeans und eine Blümchenbluse angezogen. Swantje legte ihr lächelnd die Hand auf die Schulter.

»Inga, meine zweite allerbeste Freundin, kennen Sie ja bereits von der Fähre.«

Dann zeigte sie auf den Mann am Kopfende des Tisches.

»Lars haben Sie gestern auch schon mal gesehen.« Krumme hätte ihn trotzdem kaum wiedererkannt. Am Tag zuvor war Lars' Gesicht noch von Bartstoppeln überzogen gewesen, er hatte einen dicken Pullover getragen, und seine Haare hatten vom Salzwasser verklebt in alle Richtungen abgestanden. Heute trug er ein sauberes weißes Hemd, er war ordentlich rasiert und hatte sich die Haare brav zur Seite gekämmt. Aber er schaute Krumme noch genauso unsicher an wie am Vortag.

»Und dann haben wir hier noch Henning«, kam Swantje zum letzten Gast am Tisch, einem schlaksigen jungen Mann mit wachen blauen Augen, mit denen er Krumme jetzt aufmerksam betrachtete. Swantje fuhr ihm freundschaftlich durch die kurzgeschorenen roten Haare. »Er ist genau wie Sie eigentlich nur zu Gast auf Hooge. Henning lebt sonst auf Langeneß.«

Henning reichte ihm die Hand. »Freue mich, Sie kennenzulernen, Herr Krumme. Wenn Sie mal eine richtige schöne Hallig sehen wollen, auf Langeneß sind Sie immer willkommen.«

Die anderen stöhnten und verdrehten die Augen. Swantje breitete die Arme aus. »Das sind sie, meine Freunde. Wir kennen uns schon unser ganzes Leben. Aber der kleine Schatz da ist der eigentliche Grund, warum wir hier zusammengekommen sind.« Sie zeigte zu der Wiege, die in der Nähe des Kamins aufgestellt war. Krumme riskierte vorsichtig einen Blick auf das schlafende Baby und lächelte.

»Ach, süß ...«

Die anderen stellten sich jetzt um die Wiege und lächelten gerührt. Der erste ehrliche Moment, seit er in die »T-Stube« gekommen war, dachte Krumme. So wie sich keiner der Anwesenden über seine Gegenwart freute, war Swantjes Herzlichkeit gegenüber ihren Freunden ebenfalls weitgehend gespielt. Das nervöse Zittern ihrer Hand, als sie ihm ihre alte Halligclique vorgestellt hatte, war Krumme nicht entgangen. Auch umgekehrt hatten zwar alle vorgegeben, sich wie verrückt über Swantjes Rückkehr zu freuen, aber er hatte sehr wohl bemerkt, dass die fünf sie hinter ihrem Rücken nachdenklich betrachtet hatten. Wie lange hatte Swantje sich nicht mehr auf der Hallig blicken lassen? Drei Jahre! Krumme fragte sich, was damals vorgefallen war, dass Swantje ihre Freunde so lange nicht mehr hatte sehen wollen. Oder hatten sie sich einfach auseinandergelebt?

Birte und Andreas baten zu Tisch. Die Kellnerin kam und nahm die Bestellungen auf. Krumme und Swantje waren die Einzigen, die sich für eine nordfriesische Spezialität entschieden, Swantje für Scholle, Krumme, der neben ihr Platz genommen hatte, für den Matjesteller. Die anderen wählten Schnitzel und Steak. Wenn man an der Nordsee lebte, schien sich die Lust auf Fisch und Meeresfrüchte in Grenzen zu halten.

Zunächst lauschte Krumme nur der Unterhaltung der Runde. Während Swantje sich für den neuesten Halligtratsch interessierte und immer wieder laut auflachte, registrierte Krumme, wie interessiert vor allem die Männer zu ihr herüberblinzelten. Kein Wunder. Swantje sah heute besonders hinreißend aus und war neben dem Baby der absolute Mittelpunkt der Runde. Henning, Lars und selbst der verheiratete Andreas konnten den Blick nicht von ihr lassen. Krumme war sicher, dass sie schon in ihren Halligzeiten für einiges Aufsehen in Nordfriesland gesorgt hatte.

Nach dem – sehr guten – Essen wurde mit einem Korn auf das mittlerweile wache Baby angestoßen. Und weil die Flasche, trotz der frühen Mittagsstunde, nun schon mal auf dem Tisch stand, wurde die Stimmung langsam ausgelassener. Krumme beteiligte sich immer mehr am Gespräch.

Er erfuhr, dass Andreas einer der letzten Halligbauern war und hier auf der Hanswarft den Hof von Birtes Eltern übernommen hatte. Henning verriet ihm, dass er gar nicht mehr auf Langeneß lebte, sondern einen eigenen, gut gehenden Laden für Motorradzubehör in Husum besaß. Nur der schüchterne Lars wollte nicht viel von sich erzählen. Dafür verrieten ihm die anderen, dass ohne Lars auf der Hallig praktisch nichts lief. Wie Krumme schon mit eigenen Augen gesehen hatte, war er eine Art Hafenmeister, er reparierte die vom ewigen Salzwasser verdreckten Trecker, engagierte sich beim Inselschutz und half manchmal sogar als Briefträger aus. Und das alles tat er, obwohl er sich auf seinem kleinen Hof noch alleine um seinen schwerbehinderten Vater kümmern musste. Krumme war beeindruckt und hätte gerne mehr über den jungen Mann erfahren, doch plötzlich wurde er selbst von der beschwipsten Inga in Beschlag genommen. Als gelernte Bibliothekarin wollte sie unbedingt alles über seine Arbeit als Deutschlehrer wissen. Krumme versuchte das Thema zu wechseln, doch unglücklicherweise stieg nun auch Swantje mit ein. Als sie sich nach seiner Arbeit in Berlin erkundigte, verstummten die Gespräche am Tisch, und alle Augen richteten sich gespannt auf Krumme.

»Lehrer in Berlin, das muss doch ziemlich anstrengend sein«, erkundigte sich Birte.

Krumme wand sich unter ihrem neugierigen Blick.

»Wenn man im Fernsehen sieht, was da so abgeht, vor allem in Neukölln …« Sie schüttelte den Kopf.

»Na ja …« Krumme räusperte sich. »So schlimm ist es nun auch nicht.«

»Wissen Sie, wie groß unsere Klasse damals auf der Halligschule war?«, fragte Henning und gab gleich selbst die Antwort: »Gerade mal zehn Schüler! Verrückt oder?«

Krumme lächelte. »Wie nett. Muss ja großen Spaß gemacht haben.«

»Wie viele Schüler sind denn in Ihren Klassen?«, wollte Inga wissen.

Krumme seufzte stumm. »Äh, dreißig ... ungefähr.«

Er sah zu Swantje, die hinter den anderen stand und stolz wirkte, weil ihr Überraschungsgast nun doch Teil der Runde geworden war. Aber sie registrierte nun auch, wie unglücklich Krumme dreinblickte.

»Jetzt ist aber gut. Herr Krumme macht Urlaub. Merkt ihr nicht, dass er nicht über seine Arbeit reden möchte?«

»Na schön. Wie wäre es dann, wenn du uns ein bisschen mehr über *dich* erzählen würdest, Swantje?«, meldete sich Andreas, während er allen noch eine Runde Korn eingoss und nur seine Frau Birte, die noch stillte, ausließ. Ihre Miene verriet, wie wenig es ihr gefiel, dass ihr Mann sich schon wieder nachschenkte.

»Aber ich habe euch doch schon alles erzählt«, sagte Swantje unsicher.

»Nur von deinem Studium. Aber wie sieht es mit deinem Privatleben aus? Ich meine, hast du einen neuen ... Freund?«

Erschrockenes Schweigen ringsum. Krumme sah überrascht in die erstarrte Runde. Wie es aussah, hatte Andreas ein Tabu gebrochen.

Swantje presste die Lippen aufeinander und sah dem jungen Mann direkt in die Augen. »Nein. Und eigentlich ist das auch kein Thema, über das ich reden möchte.«

Birte und Inga warfen Andreas einen vorwurfsvollen Blick zu. Der schien noch immer nicht begriffen zu haben, dass er die falsche Frage gestellt hatte. Im Gegenteil, er hakte sogar noch einmal nach.

»Aber warum denn nicht? Wir sind doch deine besten Freunde.«

Swantje schwieg und zwang sich zu einem säuerlichen Lächeln. Es herrschte eine unbehagliche Stille.

»Ich glaube«, unterbrach Inga das Schweigen, »deine besten Freunde, das sind wir nicht mehr, oder, Swantje?«

»Aber natürlich seid ihr das.« Swantje seufzte.

»Nein, sind wir nicht. Du bist immer noch böse auf uns wegen …« Inga sah kurz nachdenklich zu Krumme. »… wegen damals.«

»Bitte, Inga! Ein für alle Mal: Ich bin nicht böse – aber ich will trotzdem nicht wieder davon anfangen.« Swantje blickte aus den Augenwinkeln ebenfalls unsicher zu Krumme hinüber, der sich einmal mehr darüber ärgerte, überhaupt mitgekommen zu sein. Hätte er doch nur nicht seinen Spaziergang über die sonnige Hallig unterbrochen!

»Ich kann Swantje gut verstehen«, meinte Henning.

»Ich nicht«, ließ Andreas nicht locker. Wieder an Swantje gewandt sagte er: »Du hast dich drei Jahre nicht gemeldet, kein Anruf, kein Brief, nichts. Und jetzt kommst du zurück, und alles soll wie früher sein? Wie damals, bevor diese …« Wieder der kurze Blick zu Krumme. »Diese Sache passiert ist.«

»Andy, nun lass doch …«, sagte Birte. Dabei klammerte sie sich an die kleine Ida wie an einen Rettungsring.

Krumme hob die Hand wie ein Schuljunge. »Ich glaube, ich gehe mal besser. Ich habe gesehen, dass es hier auf der Warft ein sehr interessantes Naturkundehaus gibt.«

»Nein, Herr Krumme, Sie können gerne bleiben!«, sagte Swantje ungewohnt bestimmt. »Soweit ich weiß, gibt's gleich noch Kuchen, oder?« Sie blickte zu Birte, die sofort mit Nachdruck nickte.

»Genau. Lassen wir doch die alten Geschichten«, meinte jetzt auch Henning. »Was haltet ihr davon, wenn wir nachher alle zusammen noch einen Spaziergang machen?

Ich könnte mir vorstellen, dass Ida die Strandläufer sehen möchte.«

Alle nickten. Swantje schenkte Henning ein dankbares Lächeln. Birte rief die Kellnerin zu sich und bestellte Torte, Kaffee und Tee für alle. Die Stimmung schien sich wieder zu entspannen. Trotzdem hatte Krumme das Gefühl, er hätte besser gehen sollen.

»Ach, wie nett«, meldete sich auf einmal eine gackernde Stimme mit leicht englischem Akzent, »wie ich sehe, hat der Herr Kommissar schon Freunde gefunden.«

Sämtliche Köpfe wandten sich ruckartig dem großen Mann mit der olivfarbenen Jagdjacke zu, der gerade in die »T-Stube« gekommen war.

»Kommissar?!«, wiederholte Inga ungläubig.

Krumme spürte auf einmal, wie eine heiße Flamme in seinem Bauch zu lodern begann. Und das hatte nichts mit dem Korn zu tun.

»Aber ... Herr Krumme ist doch Lehrer?«, fragte Andreas misstrauisch.

Krumme blickte zu Herrn Adams und versuchte ihn mit aufgerissenen Augen zu ermahnen, doch endlich die Klappe zu halten. Aber der zog nur fragend die Augenbrauen in die Höhe, zuckte die Achseln und sah dann irritiert in die Runde.

»Ja, aber ...?«, stammelte Adams und zeigte auf Krumme. »Er ist doch ...« Dann wandte er sich wieder direkt an ihn. »Sie sind doch Kriminalkommissar, in Berlin, oder nicht? Das hat zumindest Kommissar Mannsen aus Bredstedt erzählt, als er das Zimmer für Sie reserviert hat.«

Mit gequälter Miene verdrehte Krumme die Augen. »Tschuldigung, ich wollte nicht ...«, stotterte Adams verlegen, ohne zu wissen, was er eigentlich falsch gemacht hatte. Unsicher schaute er in die verblüfften Gesichter.

»Na ja, wie dem auch sei, ich wünsche noch einen schönen Tag«, sagte er schließlich, machte auf dem Absatz kehrt und verschwand hastig Richtung Tresen.

Auf einmal war die Stille in der »T-Stube« ohrenbetäubend – trotz der leisen Jazzmusik aus dem Radio. Alle blickten erwartungsvoll zu Krumme.

»Stimmt das?«, fragte Andreas schließlich. »Sie sind Kommissar?«

Krumme rutschte nervös auf dem Lederpolster seines Stuhls herum. Seine Ohren hatten die Eigenschaft, in peinlichen Situationen rot anzulaufen. In diesem Moment fühlte es sich an, als trüge er zwei hellrot leuchtende Wärmelampen am Kopf. Er nickte langsam.

Vor allem Swantje sah ihn fassungslos an. »Kein Lehrer?«

Krumme schüttelte den Kopf. Noch nie in seinem Leben hatte er sich so geschämt wie in diesem Moment.

»Aber warum haben Sie ...?« Swantje brach mitten im Satz ab.

»Jetzt komm schon, was soll das Theater?« Das war Andreas. Er schaute grimmig, aber sein böser Blick galt nicht Krumme, sondern Swantje.

»Was ... Was meinst du?« Swantje sah ihn fragend an.

»Was ich meine? Willst du uns verarschen? Das hast du doch extra gemacht!«

»Ich weiß wirklich nicht, was ...« Doch bevor Swantje weitersprechen konnte, schnitt Andreas ihr das Wort ab.

»Ach, komm schon! All die Jahre meldest du dich nicht. Und dann kommst du zurück und bringst einen Polizisten mit?! Gib doch wenigstens jetzt zu, dass du uns alle noch immer für Verbrecher hältst!«

Swantje wirkte, als hätte ihr jemand ins Gesicht geschlagen. Wie ein Fisch auf dem Trockenen schnappte sie nach Luft. Und konnte dabei den Blick nicht von Krumme lassen.

Er räusperte sich und stand auf. »So, jetzt muss ich mir aber unbedingt mal das Wattenmeerhaus anschauen.«

Kein Widerspruch von den jungen Leuten, die ihn wütend, entsetzt oder einfach nur grenzenlos enttäuscht anstarrten.

15

»Was bist du bloß für ein Miststück, Swantje!«

»Wie oft soll ich es noch sagen: Ich kenne ihn kaum. Ich hatte wirklich keine Ahnung, dass er bei der Polizei ist!«

Inga winkte ab. »Von wegen. Ihr habt doch schon auf der Fähre beieinandergehockt.«

»Und vom Anleger seid ihr auch zusammen weggegangen«, sagte Lars.

Andreas schüttelte den Kopf. »Ich fasse es nicht. Schleppst einfach einen Bullen mit auf die Hallig! Was sollte er für dich tun? Uns ausspionieren?«

Swantje nippte an ihrem Kaffee. Ihre Hand zitterte so sehr, dass sie beim Abstellen etwas von der heißen Flüssigkeit verschüttete. Sie schwieg, während die anderen sie wütend anstarrten. Nur Birte, die immer noch die mittlerweile schlafende Ida im Arm hielt, hatte Mitleid mit ihrer Freundin.

»Nun hört schon auf, auf ihr herumzuhacken!«

Andreas sah seine Frau vorwurfsvoll an. »Sag bloß, du bist auf ihrer Seite?«

Birte legte das Baby zurück in die Wiege. »Wir haben damals gestritten, bevor Swantje gegangen ist. Und jetzt ist sie nach so langer Zeit zurück, und schon wieder streiten wir.«

»Aber das ist bestimmt nicht unsere Schuld.«

»Können wir die Vergangenheit nicht einfach vergessen? Bitte!«

Für einen Moment sagte keiner etwas. Swantje starrte auf die Häkeltischdecke und wagte nicht aufzusehen.

»Du hast nie wieder was von Marc gehört, oder?«, fragte Henning, jetzt eher mitfühlend als vorwurfsvoll.

»Spinnst du?« Andreas sah ihn verständnislos an. »Jeder weiß, dass Marc sich aus dem Staub machen wollte und dabei ertrunken ist.«

»Das ist überhaupt nicht bewiesen!« Swantje blickte ihn finster an.

»Frag mal die Polizei. Die ist sich da ganz sicher.« Trotzig verschränkte Andreas die Arme vor der Brust.

»Nein!«, blaffte Swantje. »Marc kann nicht ertrunken sein. Weil er Hooge damals gar nicht verlassen hat. Irgendwas ist ihm zugestoßen, hier auf der Hallig, das wisst ihr genauso gut wie ich.« Die Anspannung war ihrer Stimme deutlich anzuhören.

Andreas lehnte sich zurück. »Also, ich weiß gar nichts. Ich weiß nur, dass der Kerl auf eurer Hochzeit auf einmal nicht mehr da war. Und tut mir leid, dafür gibt es für mich nur eine Erklärung.« Andreas sah Swantje tief in die Augen.

Wütend ballte Swantje die Fäuste. Wieder fühlte sie sich wie in einem Albtraum, dem gleichen Albtraum wie vor drei Jahren. »Marc hat mich *nicht* sitzen gelassen!«

»Hat er doch. Weil er ein Idiot war.«

»Andy, hör auf …« Birte legte die Hand auf den Arm ihres Mannes.

»Vielleicht war er auch kein Idiot, sondern einfach nur schlau genug, um zu erkennen, dass du viel zu gut für ihn warst.«

Swantje stöhnte verärgert auf. Die Blicke ihrer Freunde zeigten, dass sie genauso dachten wie Andreas.

»Ihr habt ihn ja nie gemocht.«

Inga stöhnte. »Jetzt geht das wieder los.«

»Stimmt doch. Ihr habt ihn nie gemocht«, wiederholte Swantje trotzig. »Weil er nicht von hier war. Weil er aus

Frankfurt kam. Und weil er mein Verlobter war«, fügte sie leise hinzu.

Die Freunde wechselten Blicke. Andreas verdrehte die Augen.

»Aber Süße, das stimmt doch nicht. Ich habe Marc wirklich gemocht. Er war ein netter Kerl, oder nicht?«, fragte Birte in die Runde. Die anderen verzogen keine Miene.

»Also ich gebe zu, dass ich meine Probleme mit ihm hatte«, sagte Andreas. »Man hat schon gemerkt, dass er nicht von hier war. Ständig hat er an seinem Handy rumgespielt.«

»Er hat nicht daran rumgespielt, er hat gearbeitet! Ohne sein Handy hätte er gar nicht so lange hier oben bleiben können.«

Andreas winkte ab. »Wenn es ein bisschen zu nieseln anfing, wollte er das Haus nicht mehr verlassen.«

»Fisch oder Krabben mochte er auch nicht«, behauptete Henning.

»Und auf eine Wattwanderung hatte er keine Lust. War ihm zu ekelig«, sagte Lars, senkte dabei aber verlegen den Blick vor der empörten Swantje.

»Das stimmt doch alles nicht. Marc hat Nordfriesland geliebt! Das muss ich ja wohl besser wissen als ihr! Wir waren ständig zusammen unterwegs.« Sie fixierte Lars: »Auch im Watt!«

Allgemeines Schweigen. Birte rutschte unbehaglich auf ihrem Stuhl herum, der neben Idas Wiege stand. »Wieso müssen wir immer wieder darüber reden? Swantje hat ihn geliebt, und das ist es, worauf es ankommt.«

Swantje presste die Lippen aufeinander und schwieg.

Henning räusperte sich. »Birte hat Recht. Vergessen wir die alten Geschichten.«

Aber Andreas wollte unbedingt noch etwas loswerden: »Wie auch immer, ich habe keine Ahnung, ob dein Freund jemals begriffen hat, was das Leben hier auf den Halligen für uns bedeutet.«

»Was bedeutet es denn?« Swantje hatte Tränen in den Augen.

»Dass wir aufeinander aufpassen. Dass wir uns gegenseitig helfen, aufeinander achten, nicht nur bei ›Land unter‹, sondern auch im ganz normalen Alltag. Hier auf den Halligen sind wir nicht einfach nur gute Freunde. Sondern eine große Familie.«

»Große Familie? So wie die Mafia? Entweder du ziehst am gleichen Strang, oder du wirst aus dem Weg geräumt und mit einem Betonklotz im Meer versenkt.«

Andreas seufzte. »Das ist doch Tüdelkram, Swantje.«

Henning nickte. »Andy hat Recht, Marc mag ja ganz in Ordnung gewesen sein. Aber er war eben doch ein bisschen anders als wir.«

Swantje stand auf und wischte sich mit dem Handrücken eine Träne aus dem Augenwinkel. »Und was, wenn ich ihn genau dafür geliebt habe?«

Damit ging sie zur Garderobe, nahm ihre Jacke vom Haken und verließ die »T-Stube«, ohne sich noch einmal umzudrehen.

Die Clique blieb schweigend am Tisch zurück. Für einen langen, unbehaglichen Moment sagte keiner etwas.

»War das jetzt wirklich nötig?«, fragte Birte schließlich und sah dabei vor allem Andreas vorwurfsvoll an.

»Ich lass mich doch nicht verarschen!«, schimpfte ihr Mann.

»Meint ihr nicht, wir sollten Swantje endlich die Wahrheit sagen?«, fragte Henning in die Runde.

»Warum? Was würde das ändern?«, blaffte Andreas.

»Na ja, vielleicht würde Swantje dann verstehen, warum …« Henning stockte, als er die verständnislosen und ablehnenden Blicke der anderen bemerkte. Er seufzte.

»Willst du ihr etwa noch einmal das Herz brechen?«, fragte Birte.

»Nein, natürlich nicht«, erwiderte Henning leise und nippte an seinem längst leeren Schnapsglas.

16

Wie hatte das nur passieren können?

Wieso hatte er bloß mit dieser Lügengeschichte angefangen? Lehrer für Geschichte und Deutsch – was für ein Blödsinn! Das hatte er jetzt davon! Krumme wäre am liebsten im Erdboden versunken.

Sein ganzes Leben lang hatte er Wert darauf gelegt, ehrlich zu sein. Integer. Hatte sich bemüht, klare Ansagen zu machen und für seine Entscheidungen mit geradem Rücken einzustehen. Die ganze Welt ging vor die Hunde, überall hatten Blender und Lügner das Sagen. Dem hatte Krumme sich als Vertreter des Gesetzes immer entgegenstemmen wollen.

So weit die Theorie.

Mit hochrotem Kopf war er aus der »T-Stube« geflohen, runter von der Hanswarft, über die Felder, vorbei an Kühen, Schafen und den unvermeidlichen Ringelgänsen, immer weiter geradeaus bis hin zum Meer. Hier saß er nun an der Südseite der Hallig auf einer Bank und starrte hinaus aufs Wasser, das jetzt mit flachen Wellen leise an den Seedeich schlug. In der Ferne konnte er die grüne Küste Pellworms sehen, den rotweißen Leuchtturm und den trotzigen Turm der Alten Kirche. Und die kleine Hallig Süderoog, die am Horizont wie eine Fata Morgana aus dem Wasser ragte.

Ein Sonnenstrahl brach hinter einer Wolke hervor und tauchte ihn auf seiner Bank in helles, warmes Licht. Dabei hätte Krumme sich gerade am liebsten in einer Nebelbank vor der Welt versteckt.

Bestimmt würde sich seine Lügengeschichte auf dem kleinen Eiland blitzschnell herumsprechen. Alle würden sie mit dem Finger auf ihn zeigen. Wollte er sich das wirklich antun?

Andererseits: Sollten die Leute doch reden! Das war er gewohnt. Im Polizeipräsidium in Neukölln, wo Krumme schon seit Jahren den Ruf eines seltsamen Kauzes hatte, wurde ständig über ihn getratscht. Hatte ihn das jemals gestört? Nein!

Er war ja nicht hergekommen, um Freunde zu finden. Er hatte einfach nur ein bisschen Ruhe gesucht, um über alles nachzudenken. Über seine Arbeit. Die Zukunft. Seine zerbrochene Familie. Über sich selbst.

Krumme spürte die auf einmal überraschend warme Sonne auf seiner Haut. Der Blick über das Meer war einfach überwältigend. Und niemals hatte er so eine vollkommene Stille erlebt, eine Stille, die durch die trägen Schreie der vielen Ringelgänse auf dem Feld hinter ihm fast noch verstärkt wurde.

Nein, Krumme war überzeugt, dass es auf der ganzen Welt keinen besseren Ort gab, um zu sich selbst zu finden. Er würde bleiben. Mit Swantje musste er noch einmal reden. Dass sie jetzt schlecht über ihn dachte, schmerzte, aber Krumme war sicher, dass er ihr seine Lüge erklären konnte. Ja, er war nicht ehrlich zu ihr gewesen. Aber er hatte nun mal sehr oft die Erfahrung gemacht, dass Menschen ihm gegenüber verkrampften und kein Wort mehr herausbrachten, wenn sie von seinem Beruf erfuhren – egal ob sie etwas zu verbergen hatten oder nicht. Oder sie fingen an, ihn mit Fragen nach möglichst blutigen Details aus seinem Polizeialltag zu nerven. Nein, Krumme wollte einfach als Privatmann ein bisschen Urlaub machen, deshalb hatte er Swantje angeflunkert. Ein Fehler, natürlich. Dass die Wahrheit über seinen Beruf schließlich einen Streit zwischen Swantje und ihren Freunden ausgelöst hatte, tat ihm sehr leid.

Für einen kurzen Moment fragte er sich, was damals, vor drei Jahren, zwischen den Freunden passiert war. Der Kommissar in ihm drängte darauf, mehr zu erfahren, aber der Urlauber schüttelte warnend den Kopf. Bloß nicht einmischen, sonst würde er hier auf der Hallig nie seine Ruhe haben.

Krumme zog den Reißverschluss seiner Jacke auf, lehnte sich mit geschlossenen Augen auf der Bank zurück und genoss die frische Luft und die himmlische Ruhe. Auf einmal fühlte er sich nicht mehr wie ein Besucher dieser einmaligen Natur, sondern wie ein Teil von ihr, wie etwas, das schon immer hierher, ans Ende der Welt, gehört hatte.

Für andere musste es so aussehen, als wäre er eingeschlafen. Aber ganz im Gegenteil: Noch nie waren seine Sinne so wach und lebendig gewesen wie auf dieser Bank auf Hooge.

Endlich öffnete er die Augen und schaute sich um. Vor ihm auf dem Meer war ein kleines Fischerboot aufgetaucht. Begleitet von einem Schwarm Möwen zog es vor der grünen Linie Pellworms einen schäumenden Pfeil durch das blassblaue Wasser, manchmal im Schatten der Wolken, dann wieder im Licht der strahlenden Sonne.

Er blickte nach links und rechts und konnte nirgends einen Menschen entdecken. So als wäre er alleine auf der Welt. Herrlich!

Als er sich nach hinten umschaute, erkannte er, dass er doch nicht ganz alleine war. Am Rand des Weges, der zurück zur Hanswarft führte, stand ein Bauer auf dem Feld neben einer Kuh und ihrem Kalb. Er hatte die Hände tief in den Taschen seines Bundeswehrparkas vergraben und rührte sich nicht. Krumme blinzelte ungläubig, er war nicht sicher, ob er seinen Augen trauen konnte. Trug der Mann etwa keine Hosen? Er kniff die Augen zusammen, um besser sehen zu können. Und tatsächlich: Zwei bleiche nackte Beine steckten in großen, schlammverschmierten Gummistiefeln!

Wie ein knorriger Baum ragte der Mann darin auf dem Feld empor – und hatte nur Augen für das auf dem Boden liegende Kälbchen.

Krumme lächelte. Die Halligbewohner waren schon ein seltsames Völkchen.

Leise ächzend stemmte er sich von der Bank hoch und spazierte zurück Richtung Warft. Als er den Seedeich verließ und die lange asphaltierte Spur zurück ins Innere der Hallig betrat, scheuchte er eine einsame Ringelgans auf. Aufgeregt schnatternd wackelte sie über die Wiese und flog dann davon. Auf einmal schien es, als geriet die ganze Welt in Bewegung. Hunderte, vielleicht tausende weitere Vögel erhoben sich in den Himmel. Die schwarze Vogelwolke glitt elegant und mit atemberaubender Geschwindigkeit über das Feld, stieg nach oben, senkte sich von einer unsichtbaren Hand geleitet herab und landete schließlich zurück auf der grünen Halligwiese. Das Naturschauspiel in höchster mathematischer Perfektion hatte sich ganz plötzlich aufgelöst, und aus dem Schwarm war wieder nur eine große Herde zahlloser, anscheinend ziellos umherwandernder Vögel geworden.

Mittendrin stand immer noch der Bauer. Ungerührt von den ihn umkreisenden Vögeln hatte er nicht einmal den Blick von dem Kalb abgewendet. Krumme beschloss, sich die beiden genauer anzusehen.

Er verließ den Weg, sprang über einen kleinen Graben und ging einen schmalen Pfad entlang, bis er den Bauern erreicht hatte. Der ältere Mann war gut einen Kopf größer als Krumme. Sein Schädel war fast völlig kahl. Seine Haut war durchzogen von tiefen Falten, wodurch sein Gesicht eine besondere Würde ausstrahlte, die durch seine runde Nickelbrille noch verstärkt wurde – trotz seiner ungewöhnlichen Kleidung. Krumme konnte jetzt sehen, dass der Mann unter seinem oliven Parka immerhin nicht völlig nackt war, sondern wenigstens eine ausgeleierte Unterhose über seinem kleinen Hintern hängen hatte.

Bisher hatte der Mann sich noch immer nicht gerührt. Nur ein kurzes Zwinkern in seinen Augenwinkeln verriet, dass er bemerkt hatte, dass er nicht mehr alleine war.

Krumme stellte sich neben ihn und betrachtete das kleine Kalb, das friedlich schlafend vor seinen Füßen lag.

»Süß«, sagte Krumme.

Der Bauer nickte.

»Wie heißt es denn?«

»Mmh?«

»Der Name. Hat das Kleine schon einen Namen?«

»Das ist ein Kalb, das hat keinen Namen«, erwiderte Krummes Gegenüber mit leicht vorwurfsvollem Unterton.

»Ist es krank?«

»Nein, wieso?«, fragte der Mann.

»Na ja, weil …« Krumme stockte, entschied sich zu schweigen und einfach das schlafende Tier zu betrachten. Hinter sich hörte er, wie die große Kuh, wahrscheinlich die Mutter des Kleinen, das grüne, saftige Gras aus dem Boden rupfte.

»Es ist wie ein Wunder.« Dieses Mal war es der Bauer, der die Stille unterbrach. »Gestern war es noch nicht da. Und heute …« Mit einem feierlichen Armschwung zeigte er auf das Tier.

»Verrückt«, fand auch Krumme.

»Urlaub?«, erkundigte sich jetzt der Bauer. Dabei schaute er ihn zum ersten Mal direkt an.

Krumme versuchte sich dem Gesprächsfluss des Mannes anzupassen und nickte nur.

»Und wieso Hooge?«

»Ich finde es sehr schön hier.«

»Hooge ist schön. Aber klein.«

»Genau deshalb gefällt es mir.«

Der Bauer schenkte ihm ein kurzes, zufriedenes Lächeln. Dann schwiegen die beiden wieder eine Weile. Krumme fühlte sich auf einmal sehr entspannt. Trotz der wenigen Worte verspürte er in der Gegenwart des friedlich schlafenden Kälbchens eine tiefe Verbundenheit mit dem friesischen Bauern. Da störte es auch nicht, dass ihm ein paar Regentropfen auf die Stirn fielen, obwohl über ihm gar keine Wolke zu sehen war. Oder hatte der Wind Meerwasser von der Nordsee herübergeweht?

Ihm fiel auf, dass das kleine Tier zuckte. Vielleicht träumte es gerade schlecht. Oder besonders schön. Krumme hatte den Eindruck, dass es im Schlaf über das ganze Maul lächelte.

»Ich gehe dann mal«, sagte er schließlich.

Der Bauer hielt kurz den ausgestreckten Zeigefinger an die Stirn. »Viel Spaß noch auf Hooge. Und passen Sie auf sich auf. Passen Sie gut auf sich auf!«

»Gibt es denn etwas, wovor ich Angst haben sollte?« Krumme grinste.

Der alte Mann mit dem ledrigen Gesicht betrachtete ihn mit ernster Miene. Dann schüttelte er den Kopf: »Ist nur so ein Schnack.«

Krumme nickte und stapfte endlich über den weichen Boden davon. Als er den befestigten Weg erreichte, schaute er sich noch mal um. Der Bauer stand weiter da, die Hände tief in den Taschen, die Schultern hochgezogen. Dann zog er kurz seine rechte Hand heraus und kratzte sich nachdenklich an seinem nackten Schädel.

Eine Viertelstunde später hatte Krumme die Straße erreicht, die ihn um die Hanswarft herum zurück zu seiner Pension auf der Backenswarft führte. Krumme drehte sich noch einmal um. Am Horizont glitzerte das Meer, das sich mit der beginnenden Ebbe langsam zurückzog. Auf den endlosen grünen Wiesen lagerten überall Ringelgänse, dazwischen schimmerten die Priele wie ein feines Geflecht aus funkelnden Diamanten. Auch die Kuh mit ihrem Kälbchen konnte Krumme gut erkennen. Nur von dem Bauern war nichts mehr zu sehen.

17

Es knackte leise, als er das scharfe Messer in den Brustkorb drückte. Mit einem beherzten Ruck zog er die Klinge nach unten. Er lächelte zufrieden über seinen sauberen Schnitt. Mit beiden Händen presste er den aufgebrochenen Körper auseinander und griff mit seiner Rechten nach den herausfallenden Innereien. Die Stirn in Falten gelegt und die Augen zusammengekniffen zog er zuerst mit zwei Fingern den langen Darm heraus, griff dann mit der ganzen Hand nach dem Herzen, riss es heraus und legte es in eine Schale. Schließlich entfernte er den Magen und die übrigen Organe.

Krumme verzog angewidert das Gesicht. In der Pathologie hatte er oft miterlebt, wie Tote für die Untersuchung komplett ausgeweidet wurden, und als Kommissar der Berliner Sitte hatte er viele Opfer von schrecklichen Gewalttaten gesehen. Durchgeschnittene Kehlen, abgetrennte Genitalien, zertrümmerte Köpfe und zahllose Opfer von Messerstechereien. Natürlich hatte er sich an diese Anblicke niemals gewöhnt, trotzdem hatte er über die Jahre eine gewisse Routine entwickelt. Aber auf seltsame Weise berührte es ihn jetzt ganz besonders zu sehen, wie dieses unschuldige Wesen völlig auseinandergenommen wurde.

Herr Adams schien zu spüren, dass er beobachtet wurde. Er sah von der toten Gans auf und entdeckte Krumme, der hinter ihm in der offenen Tür stand. Sie führte zum Flur. Auf der anderen Seite ging es zum Speiseraum der Pension, aber das schien Herrn Adams nicht zu stören.

»Herr Krumme, da sind Sie ja endlich! Ich habe schon auf Sie gewartet!«

»Ach ja?«

Adams stand auf und lud Krumme mit einer Geste zum Eintreten ein.

»Ich wollte mich doch unbedingt bei Ihnen entschuldigen.«

»Wofür?«

»Nun ja ... Tut mir leid, dass ich mich vorhin verplappert habe. Aber ich hatte ja keine Ahnung, dass niemand wissen soll, dass Sie ein Kommissar sind.«

»Schon gut.«

»Wirklich? Die anderen schienen alle völlig entsetzt zu sein.«

»Keine Sorge, das hat sich ... aufgeklärt.«

»*Oh, really?*«

Krumme nickte und ließ die Augen nicht von der ausgeweideten Gans.

»Ein Glück. Ich hatte schon ein schlechtes Gewissen.« Adams kratzte sich an der Stirn – mit seinen blutverschmierten Handschuhen. Krumme versuchte, sich seinen Ekel nicht anmerken zu lassen, und zwang sich zu einem versöhnlichen Lächeln.

»Das müssen Sie nicht. Alles in Ordnung.«

»Warum sind Sie denn hier undercover unterwegs?«

»Bin ich ja gar nicht.«

»Sind Sie einem Verbrechen auf der Spur?«, fragte Adams neugierig grinsend. Krumme fand, dass er dabei einem Frettchen ähnelte.

»Nein, im Ernst: Ich will hier bloß Urlaub machen.«

»Ach.« Adams war enttäuscht. Als er bemerkte, wie Krumme die aufgeschnittene Ringelgans auf dem Tisch betrachtete, hellte sich seine Miene auf. »Interessieren Sie sich auch für Präparationen?«

»Ich weiß nicht ...«

»Mein Hobby«, erklärte Adams stolz und zeigte auf bereits fertiggestellte Vögel, die auf einem anderen Tisch standen. »Ich liebe es, Tiere für die Ewigkeit zu konservieren, ihre Schönheit in einem besonderen Moment festzuhalten und mich immer wieder daran zu erfreuen. Schauen Sie hier.« Stolz zeigte er auf eine Möwe, die auf einem Stein stand, den Kopf nach unten streckte und dabei beide Flügel weit ausbreitete. »Mein jüngstes Werk. Eine Silbermöwe kurz vor dem Flug. Als ob sie gerade einen glitzernden Fisch im Wasser erspäht hat und zuschnappen will.« Er strahlte über das ganze Gesicht: »Ich habe sie Charlie getauft.«

»Sie geben ihnen Namen?!«

»Aber ja. Jeder Vogel hier hat einen. Es sind doch nicht einfach nur Schmuckstücke. Für mich leben diese Tiere weiter und werden auf ihre Weise immer lebendig sein. Sie sind wie ... wie meine Kinder.« Adams fasste Krumme am Arm und zog ihn zu einer Anrichte, wo er ihm seine anderen aktuellen Werke präsentierte: Mike, den Austernfischer, die Küstenseeschwalbe Frieda und Tiny-Tim, die Zwergseeschwalbe. Adams größter Schatz war ein Seeadler mit dem Namen Washington. Und drei kleine Ringelgänse, die Adams um ein kleines Gelege aufgestellt hatte und Tick, Trick und Track nannte.

»Haben Sie die alle selbst erlegt?«, erkundigte sich Krumme.

»Wo denken Sie hin?!« Adams blickte ihn entrüstet an. »Ich könnte doch niemals einem Tier etwas antun! Die habe ich alle auf der Hallig gefunden. Manche sind auch am Strand angespült worden. Ich habe sie aufgesammelt und sorge dafür, dass sie hier ein neues, ein besseres Leben bekommen.«

Krumme sah zu der aufgeschlitzten Ringelgans auf dem Tisch und hatte da so seine Zweifel.

»Was ist mit dem hier?« Er hatte einen kleinen braunen Vogel mit einem langen Schnabel entdeckt, dessen Kopf träge zur Seite hing.

»Das ist Fritzchen, auch ein Austernfischer. Keine Ahnung, warum er mir immer wieder Probleme macht. Moment.«

Adams zog eine Schublade auf und präsentierte nach kurzer angestrengter Suche eine lange Nadel. »Damit müsste es gehen.« Er schob seine Brille zurecht, rückte den Kopf des Vogels an die richtige Stelle und fixierte ihn, indem er ihm die Nadel von oben durch den kleinen Schädel in den Körper drückte. Krumme meinte ein leises Quietschen zu hören. Oder war es ein verzweifelter Hilferuf?

»So, jetzt bist du wieder ein ganz Schöner, nicht wahr?«, flüsterte Adams versonnen, streichelte dem Tier über das Gefieder und hauchte ihm einen zarten Kuss auf den Schnabel.

»Steve! Was treibst du hier schon wieder?«

Frau Adams war in der halboffenen Tür erschienen und sah ihren Mann vorwurfsvoll an.

»Wie oft habe ich dir gesagt, du sollst die Tür zu deiner Gruselkammer verschließen. Was sollen unsere Gäste denken? Die Leute wollen gegenüber essen!«

»Aber Darling, ich wollte doch nur kurz unserem Kommissar Kru…« Adams schob mit verschwörerischer Miene seine Unterlippe nach vorne und zwinkerte ihm zu, »Verzeihung, *Herrn* Krumme meine Arbeit zeigen.«

Frau Adams bemerkte erst jetzt, dass ihr Mann nicht alleine war. Krumme stand in der Ecke und winkte ihr verlegen zu. »Guten Abend, Frau Adams.«

Die Wirtin betrachtete ihn verwirrt und schien sich zu fragen, was er hier verloren hatte. »Ach, hallo, Herr Krumme. Hat mein Mann Sie mit seinen Ferkeleien belästigt?«

»Nein, nein. Alles gut. Ich finde das alles wirklich äußerst … interessant.«

Krumme fand nicht, dass er sehr überzeugend wirkte. Aber Herr Adams nickte seiner Frau zufrieden zu, um ihr zu zeigen, dass sie sich keine Gedanken machen musste.

Frau Adams' Blick fiel auf die Gänseinnereien. Angewidert verzog sie das Gesicht und wandte sich dann wieder an ihren Gast: »Haben Sie noch Hunger, oder ist der Ihnen nach der Sache hier vergangen?«

Irritiert sah Krumme sie an.

Sie schmunzelte. »Ich möchte eigentlich nur wissen, ob Sie heute noch mal weggehen oder lieber hier zu Abend essen wollen?«

Krumme lächelte. »Wenn es Ihnen recht ist, würde ich gerne hierbleiben.«

18

»Ich muss mich für Steve entschuldigen«, sagte Frau Adams leise, als sie Krumme einen Teller mit Wurst und Käse und einen Korb mit frisch gebackenem Brot auf den Tisch stellte. »Er hat mir verraten, was er in der ›T-Stube‹ angerichtet hat.«

Mittlerweile war es dunkel geworden. Frau Adams hatte bereits das Licht in dem Essensraum angeschaltet. Kleine Lampen an den Wänden tauchten den niedrigen Raum in ein warmes Licht. Es hätte richtig gemütlich sein können – wären da nicht die bedrohlichen Schatten der vielen ausgestopften Vögel an der Wand gewesen. Vor allem Attila, der Seeadler, schaute so grimmig, als wollte er sich jeden Moment auf die Salami stürzen.

Krumme saß ganz alleine im Raum, die kichernden Holländerinnen hatten sich wohl entschieden, ihr Abendessen irgendwo auswärts einzunehmen. Er wandte sich an Frau Adams, die ihre Haare wieder offen trug und müde und erschöpft wirkte: »Sie müssen Ihrem Mann keine Vorwürfe machen. Es war allein mein Fehler. Ich hätte einfach von Anfang an die Wahrheit sagen sollen.«

»Ihr Kollege aus Bredstedt, der das Zimmer für Sie gebucht hat, der hatte ja darum gebeten, dass wir nicht allen von Ihrem Beruf erzählen. Habe ich Steve natürlich auch gesagt, aber er hört einfach nicht zu.«

»Ist wirklich nicht so schlimm.«

Frau Adams schüttelte den Kopf. »Es ist zum Verrücktwerden, wie unaufmerksam er manchmal ist. Alles, was er im Kopf hat, sind seine blöden Vögel. Irgendwann werde ich die muffigen Dinger allesamt auf einen Haufen werfen und anzünden.«

Krumme wollte mit Frau Adams nur ungern weiter über ihren Mann reden. Lieber konzentrierte er sich darauf, die frische, leicht salzige Butter auf eine köstlich duftende Scheibe Brot zu streichen. Überhaupt hätte er gerne seine Ruhe gehabt. Aber Frau Adams setzte sich, ohne zu fragen, an seinen Tisch und sah ihn auf einmal mit einem verklärten Lächeln an.

»Sie haben auf Hooge ja schnell Freunde gefunden. Gerade mal ein paar Tage hier, und schon werden Sie von den Halliglüüd zum Familienfest eingeladen!«

»Zufall.«

»Nein, ich bin sicher, dass Sie als Kommissar jemand sind, der auf die Menschen zugeht. Der sich für andere interessiert.« Sie lächelte und versuchte, ihm dabei direkt in die Augen zu sehen. Verlegen senkte Krumme den Blick.

»Haben Sie die kleine Ida schon gesehen?«, wechselte er das Thema.

»Das Baby? Nein ...« Frau Adams schaute nachdenklich zum Fenster hinaus in die Dunkelheit.

»Sehr süß. Und ihrer Mutter wie aus dem Gesicht geschnitten.«

»Ach ja? Vielleicht habe ich Glück und treffe die beiden mal.«

Krumme sah sie erstaunt an. »Laufen Sie sich hier auf Hooge denn nicht ständig über den Weg?«

Frau Adams zuckte nur mit den Schultern.

»Ich dachte, die Halligbewohner sind wie eine große Familie?«, hakte Krumme nach.

»Die geborenen Hoogener vielleicht. Und hier auf der Warft kenne ich natürlich meine Nachbarn. Aber wenn ich ehrlich bin, haben wir als Zugezogene nur wenig Kontakt zu den Bewohnern der anderen Warften.«

»Wie schade.«

Frau Adams nickte traurig. »Ist eben immer viel zu tun. Und Steve ist ständig mit seinen blöden Vögeln unterwegs. Da bleibt kaum Zeit für Gesellligkeit.«

Schon wieder waren sie bei ihrem Mann gelandet. Krumme überlegte, wie er schnell das Thema wechseln konnte.

»Kennen Sie denn Swantje …« Irritiert stockte er, als er bemerkte, dass er ihren Nachnamen gar nicht wusste.

»Swantje Holdt?«, half Frau Adams ihm. »Die junge Frau, die in Marburg studiert?«

Krumme nickte. »Ich habe sie auf der Fähre kennengelernt. Sie hat mich auf die Feier mitgenommen.«

»Dann kennen Sie sie bestimmt besser als ich.«

»Haben Sie von dieser … von dieser Sache gehört, die damals passiert ist?«

»Sie meinen, dass ihr Verlobter sie einen Tag vor der Hochzeit sitzen gelassen hat.«

»Sitzen gelassen?«

»Andreas – das ist der Vater von dem Baby –, der hat mir mal die Geschichte erzählt. Am Polterabend hat Swantjes Zukünftiger kalte Füße bekommen und sich einfach abgesetzt.«

»Und wohin?«

»Keine Ahnung, wo er hinwollte. Aber weit gekommen ist er ja nicht. Sie haben sein Boot gefunden, kaputt. Aber von ihm keine Spur. Er muss irgendwo im Meer ertrunken sein.«

»Ertrunken?«

Sie nickte. »Geschieht ihm recht. Man darf es ja eigentlich nicht laut sagen, aber ich persönlich finde, kein Mann sollte seine Braut so sitzen lassen.« Sie trommelte gelangweilt mit den Fingern auf den Tisch. »Aber mehr weiß ich auch nicht.«

»Schade.«

»Wenn Sie Inseltratsch hören wollen, bin ich leider nicht die Richtige.« Sie sagte das in einem Ton ehrlichen Bedauerns. Für einen Moment starrte sie versonnen auf ihre Hände und zupfte die Spitzentischdecke zurecht.

Dann riss sie sich von ihren Gedanken los und lächelte ihn an. »Noch ein Bier? Oder ein Likörchen? Ich würde auch einen mittrinken.«

Krumme schüttelte den Kopf. »Nein, danke, ich glaube, ich werde ins Bett gehen. Ich bin hundemüde. So viel frische Luft bin ich einfach nicht mehr gewohnt.«

Kurze Zeit später saß er alleine in seinem Zimmer auf dem Bett und schaute aus dem Fenster. Noch konnte er die Konturen des Nachbarhauses vor dem letzten Glimmen des Abendlichts gut erkennen. Das Fenster hatte er auf Kipp gestellt, damit frische Luft ins Zimmer kam. Er stand auf und betrachtete sein Gesicht im Spiegel über dem kleinen Waschbecken. Die Seeluft tat ihm gut. Er hatte Farbe bekommen und sah nicht mehr so käsig aus wie in Berlin.

Richtig müde war er eigentlich noch nicht. Aber lieber wollte er alleine vor dem Fernseher versacken, als sich mit Frau Adams zu betrinken. Ihr offensichtliches Interesse an seiner Person schmeichelte ihm, aber nach dem Schlamassel mit Swantje und ihren Freunden wollte er nicht auch noch für einen Ehekrach zwischen den Adams verantwortlich sein.

Schließlich beschloss er, sich trotz der frühen Stunde ins Bett zu legen und ein Buch zu lesen. Aber vorher wollte er noch duschen. Bei seinen langen Wanderungen war er ziemlich ins Schwitzen geraten. Offensichtlich funktionierte der Wärmeaustausch bei seiner nagelneuen Multifunktionsjacke doch nicht so gut. Vielleicht war sie auch einfach zu dick für diese Jahreszeit.

Krumme zog sich aus und wickelte sich ein großes Handtuch um die Hüfte. Dann öffnete er die Tür einen Spaltbreit und spähte auf den Flur hinaus. Ob er den kurzen Weg zum Duschbad in diesem Aufzug riskieren konnte? Kein Mensch in Sicht. Auch aus dem Fernsehraum war nichts zu hören. Krumme schlüpfte hinaus und war schon fast an der Tür zur Dusche angekommen, als Frau Adams aus einem der hinteren Zimmer heraustrat. Im Arm trug sie ein paar Laken. Nun blieb sie vor Krumme stehen und sah ihn mit großen Augen an.

»Ah, hallo«, murmelte er verlegen.

Frau Adams musterte verwirrt seinen halbnackten Körper, bemerkte dann ihre Indiskretion und blickte Krumme mit hochrotem Kopf ins Gesicht.

»Entschuldigung …«, sagte sie. Für einen kurzen Augenblick konnten sich die beiden nicht entscheiden, wer wem dem Vortritt lassen sollte. Dann machte sie ihm endlich den Weg frei und blieb mit verkniffenem Lächeln an der Wand stehen.

»Duschen tut gut. Danach kann ich viel besser schlafen«, sagte Krumme überflüssigerweise und tapste zum Badezimmer.

»Was … was ist das für eine schlimme Narbe?«, erkundigte sich Frau Adams und deutete auf seine Hüfte.

»Berufsunfall. Nichts Schlimmes«, erwiderte Krumme hastig und verschwand endlich in dem kleinen Duschraum.

Zum zweiten Mal an einem Tag kam er sich vor wie ein Vollidiot. Er hatte die fünfzig gerade hinter sich gelassen, trotzdem benahm er sich in der Gegenwart von Frauen wie ein schüchterner Teenager. Seit der Scheidung von Maria fehlte ihm einfach die Übung.

Erneut betrachtete er seinen Körper im Spiegel. Er seufzte. Die besten Jahre hatte er hinter sich, und das lag nicht nur an der großen Narbe, die über dem weißen Handtuch feuerrot leuchtete. Er hielt die Luft an, aber auch mit eingezogenem Bauch sah man ihm das Alter deutlich an.

Er duschte lange, am Ende auch mit kaltem Wasser, trocknete sich anschließend sorgfältig ab und horchte dann an der Tür, ob Frau Adams immer noch im Flur zu Gange war. Tatsächlich hörte er ihre leisen Schritte. Ob sie ihn etwa auf dem Weg zurück in sein Zimmer abfangen wollte? Für einen kurzen Moment hatte er ein lebendiges Bild vor Augen, Frau Adams mit leidenschaftlichem Blick in seinem blütenweißen Bett auf ihn wartend … Aber dann dachte er an die Präparationswerkzeuge ihres Mannes, die vielen Messer, die Nadeln – und die in einer kleinen Metallschale liegenden Vogelinnereien.

Nein, es war besser, sich von Frau Adams fernzuhalten. Krumme hatte keine Lust, ausgestopft im Flur der Pension zu enden.

Er wartete eine Weile, ließ das Wasser laufen, um vorzutäuschen, dass er noch beschäftigt war. Als er schließlich vorsichtig das Bad verließ, war das Licht im Flur aus und der Weg frei.

Kurz darauf lag Krumme alleine in seinem kalten Bett. Unruhig drehte er sich auf den Bauch und nach kurzer Zeit wieder auf den Rücken. Obwohl seine Augen vor Müdigkeit brannten, kam er einfach nicht zur Ruhe. Er schnappte sich eines der Bücher, die auf dem Regalbrett standen. Dieses Mal keine Schauergeschichten, sondern eine Chronik Nordfrieslands. Verzweifelt versuchte er sich auf den Text zu konzentrieren, schaffte es aber nicht. Die Erinnerung an seine peinliche Enttarnung in der »T-Stube« und der Gedanke an Frau Adams' traurige Augen holten ihn immer wieder ins Hier und Jetzt zurück. Schließlich entschied er sich, auf seinem MP3-Player noch ein bisschen Johnny Cash zu hören, beruhigte mit »Understand your man« sein getriebenes Gemüt und fand endlich in den Schlaf.

19

Der Mann hätte das Visier seines Jagdgewehrs nicht gebraucht, um Krumme in seinem Zimmer zu beobachten. Solange das Licht eingeschaltet war, konnte er ihn deutlich umhergehen sehen. Selbst als Krumme die Gardine zuzog, um sich umzuziehen, waren die Konturen seines nackten Körpers wie bei einem Schattenspiel klar zu erkennen. Mit dem zitternden Finger am Abzug hatte der Mann Krumme durch das Visier verfolgt, die Stirn voller Schweiß, trotz der Kälte des Abends.

Erst als Krumme das Deckenlicht gelöscht hatte, hatte der Fremde kein Ziel mehr in dem von der Nachttischlampe nur schwach erleuchteten Zimmer. Erschöpft ließ er den Kopf gegen den dicken Stamm der Eiche sinken, hinter der er sich versteckt hielt, und schloss die Augen.

Nur einen Moment länger und er hätte einen schlimmen Fehler gemacht, das wusste er. Nur noch einen Augenblick und er hätte abgedrückt. Dann hätte er zugesehen, wie der Kopf des Kommissars zerplatzt wäre wie eine überreife Melone. Alleine die Vorstellung ließ ihn vor Wonne erschauern.

Im nächsten Moment erfassten ihn Selbsthass und Verzweiflung. Wieso gefiel ihm dieses schreckliche Bild? Was, zum Teufel, stimmte mit ihm nicht?

Er hatte gehofft, dass diese Empfindungen, diese Sehnsucht nach Blut und Tod, der Vergangenheit angehörten. Dass er sich nach all seinen schrecklichen Taten nun endlich unter Kontrolle hatte.

Ein Irrtum. Swantjes Rückkehr hatte alles in ihm neu entfacht, das Gute und das Schlechte. Ihre bloße Anwesenheit brachte seine Emotionen zum Kochen. Sie war so lange nicht dagewesen, war von einem realen Menschen zu einem unerreichbaren, engelsgleichen Wesen geworden. Doch jetzt war sie zurück, aus Fleisch und Blut.

Wie sollte er ihr gegenübertreten? Keiner ahnte, welche Kämpfe in ihm tobten. Aber er war sicher, dass Swantje bis in die Abgründe seiner Seele blicken konnte. Er war kein schlechter Mensch, nein, alles, was er getan hatte, hatte er aus Liebe zu ihr getan. Doch würde sie das auch verstehen?

Nicht wenn sie auf Menschen wie diesen Mann aus Berlin hörte. Er gehörte nicht hierher! Er war eine Gefahr, genau wie Marc es gewesen war. Er musste verschwinden, sofort!

Egal wie, schrillte eine Stimme in seinem schmerzenden Kopf.

Aber sein Tod wird alles nur noch schlimmer machen, zischte eine andere, leisere Stimme. *Wie willst du mit dieser erneuten Schuld weiterleben?*

Er stöhnte auf. Schon jetzt ließ ihn die Erinnerung an das, was er getan hatte, nicht ruhen, verfolgte ihn bis in seine einsamen Träume. Bald jede Nacht schreckte er schweißgebadet in seinem Bett hoch. Dann hörte er die dumpfen Schreie, das unerbittliche Gurgeln des Wassers, sah immer wieder die panisch aufgerissenen Augen.

Du hast nur getan, was du tun musstest. Dich trifft keine Schuld!, gellte plötzlich die erste Stimme, so schmerzhaft laut, dass er die Fäuste ballte und die Fingernägel in die Handflächen grub. Es kostete ihn seine ganze Selbstbeherrschung, nicht laut aufzuschreien. Er versuchte, ruhig zu atmen, nicht an seinen pochenden Kopf zu denken, doch erst nach einer Weile gewann er die Macht über seine Gedanken zurück.

Erschöpft wischte er sich den Schweiß von der Stirn, atmete tief durch und sog die frische Abendluft in seine schmerzende Lunge.

Wieder wanderte sein Blick hoch zu dem schwach beleuchteten Fenster. Ob der Kommissar bereits schlief? Er wünschte ihm alles Böse an den Hals. Er sollte verschwinden, am besten sofort!

Sein Puls stieg erneut an. Schnell versuchte er, sich auf Swantje zu fokussieren. Er sah ihr Gesicht vor sich, ihr sanftes Lächeln, ihre vom Wind zerzausten blonden Locken. Sie war das Gute in seinem Leben. Der Mann dagegen, der gekommen war, um nach dem Dunkel zu suchen, war sein Feind. Erst wenn dieser Kommissar verschwunden war, würde er Erlösung finden, das spürte er mit jeder Faser seines Körpers.

Doch noch war es nicht so weit. Nicht heute Nacht. Er wartete, bis sich sein Puls wieder beruhigt hatte. Dann schulterte er sein Gewehr und ging davon. Schon nach ein paar Schritten war er in den Schatten der Nacht verschwunden.

20

Genau wie Krumme konnte Swantje lange nicht einschlafen. Unruhig wälzte sie sich in ihrem Bett hin und her und dachte zurück an das schreckliche Treffen in der »T-Stube« und ihr Gespräch mit ihrer Mutter. Bis um zehn hatten sie bei einem Glas Rotwein zusammengesessen.

Swantje liebte ihre Mutter sehr. Aber dass sie damals vor drei Jahren genau wie ihre Freunde der Meinung gewesen war, Marc sei nicht der Richtige für ihre Tochter, das konnte Swantje ihr bis zum heutigen Tag nicht verzeihen. Seitdem hatten sie nur sporadisch miteinander telefoniert. Es brach Swantje das Herz zu sehen, wie alt und gebrechlich ihre Mutter inzwischen geworden war.

Überzeugt davon, dass Swantje endlich über Marc hinweg war, plapperte sie munter drauflos, schwelgte in Erinnerungen und hielt sich auch mit Kritik an dem Exfreund ihrer Tochter nicht zurück. Schließlich war sie genau wie Andreas, Birte und alle anderen sicher, dass Marc sich feige vor der Hochzeit gedrückt hatte. Der Kerl hatte ihre Tochter sitzen gelassen, natürlich hatte sie nichts als Verachtung für ihn übrig!

Swantje hatte ihre Mutter glauben lassen, dass sie mittlerweile genauso dachte. Was nicht so schwierig gewesen war. Denn eigentlich war ihre Mutter die Einzige gewesen, die an diesem Abend geredet hatte. Mit eifrig geröteten Wangen hatte sie berichtet, wer in den letzten Jahren auf den Halligen geheiratet hatte, wer sich hatte scheiden lassen, wer seine Arbeit verloren, eine neue gefunden hatte oder vielleicht sogar aufs Festland gezogen war. Swantje hatte die meiste Zeit geschwiegen, an ihrem Rotwein genippt und gelächelt. Tatsächlich freute es sie sehr, ihre Mutter so glücklich zu sehen. Ina Holdt hatte es in ihrem Leben nie leicht gehabt. Ihr Mann, Swantjes Vater, ein Halligbauer wie Andreas, war früh gestorben. Nur der gemeinsamen Hilfe aller Halligbewohner hatte Swantjes Mutter es zu verdanken, dass sie ihren Hof zwar verkleinern musste, aber behalten konnte. Mittlerweile kümmerte sie sich um eine Schafherde und einen großen Hühnerstall und hielt sich ansonsten mit einer kleinen Witwenrente über Wasser.

Um kurz vor zehn hatte Swantje ihrer Mutter einen Gutenachtkuss auf die Wange gedrückt und war in ihr altes Zimmer gegangen. Nun lag sie im schmalen Bett ihres Jugendzimmers und blickte im blassen Mondlicht an die Decke. Ihre Mutter nutzte den Raum zwar als Gästezimmer, hatte ansonsten aber alles so gelassen, wie Swantje es damals verlassen hatte. Nichts hatte sich verändert. Die Vergangenheit lag wie ein schweres, muffiges Tuch auf allem und schien jeden vorwärtsgerichteten Gedanken zu betäuben. Immerhin hatte ihre Mutter ihr Bett mit neuer nach Blumen duftender Bettwäsche bezogen. Swantje drehte sich zur Seite und versuchte, sich zum Schlafen zu zwingen.

Ihr Trick war seit Jahren immer der gleiche. Mit einem Lächeln stellte sie sich vor, wie sie im warmen Sommerlicht über die Hallig ging. Unter ihren nackten Füßen konnte sie das sanfte Federn des Bodens spüren. Als ob sie über eine grüne Wolke schritt. Um sie herum brüteten die Gänse, watschelten friedlich schnatternde Enten. Dicke, wollige Schafe dösten, und das Wasser in den Prielen gurgelte leise im Hintergrund.

Sie griff nach Marcs Hand, der schweigend neben ihr herging. Sie fühlte sich so warm und sicher an, nie wieder wollte sie sie loslassen. Lächelnd blickte er zu ihr herunter. Da die Sonne hinter ihm stand, konnte sie sein Gesicht kaum erkennen. Aber sie sah, wie seine braunen Augen im Licht funkelten und seine dunklen Locken sich im Rhythmus des Windes hoben und senkten. Er strich ihr über die Wange. Eine wohlige Gänsehaut breitete sich auf ihrem ganzen Körper aus. Selig legte sie ihren Kopf an seine Schulter.

»Ich liebe dich«, hauchte sie.

»Ich liebe dich auch«, erwiderte er und küsste sie, sanft und vorsichtig, erst auf die Stirn und dann auf den Mund. Sie drückte seine Hand. Noch nie in ihrem Leben hatte sie sich einem anderen Menschen so nah gefühlt.

»Ich vermisse dich«, sagte er plötzlich.

Sie seufzte aus tiefstem Herzen. »Warum hast du mich bloß verlassen?«

Er betrachtete sie mit einer Mischung aus Liebe, Schmerz und Wehmut, streichelte ihr noch einmal über die Wange. Dann lächelte er.

»Komm!«, rief er und zog sie hinter sich her. Sie liefen gemeinsam über die Wiese, lachten ausgelassen, als sich die Vögel um sie herum in den Himmel erhoben und der gewaltige Schwarm sie brausend in seine Mitte zog, emportrug, immer höher hinauf und sie anschließend langsam wieder auf dem weichen Gras absetzte.

Swantje weinte vor Glück, vor Erleichterung, dass sie einander wiedergefunden hatten. Und sie war sicher, dass sie sich nie, nie wieder verlieren würden.

Glücklich lagen sie Seite an Seite auf dem warmen Moos, die Gesichter eng aneinandergeschmiegt, und lauschten dem Schweigen der Natur.

Auf einmal spürte sie, wie der Boden um sie herum nachgab. Plötzlich war alles in Bewegung. Zu ihrem Entsetzen sank Marc neben ihr langsam in die Tiefe. Im nächsten Moment war da kein Moos mehr, sondern feucht-kalter Schlamm. Wasser strömte über den Boden, umspülte seinen Körper. Und auch der Himmel leuchtete nicht mehr blau und friedlich. Schwarze Wolken rasten über sie hinweg, und das nahe Meer tobte wie ein erwachender Drache.

Doch was Swantje am meisten ängstigte, war Marcs Gesicht. Er versank neben ihr in den dunklen Fluten. Nur noch seine Augen, Nase und Mund ragten über die Oberfläche. Trotzdem war bei Marc von Panik oder Überlebenskampf nichts zu spüren. Er blickte sie bloß mit unendlich trauriger Miene an und schüttelte kaum merklich den Kopf.

Voller Schrecken begriff Swantje, was er ihr zu sagen versuchte. Das war ein Abschied, für immer. Sie wollte schreien, doch kein Ton kam über ihre Lippen. Sie griff nach seiner Hand, musste sie in dem trüben Wasser suchen, um dann umso fester zuzupacken.

»Nein!« Endlich hatte sie ihre Stimme wiedergefunden. »Nein!«

Sie spürte seine kalten Hände, klammerte sich an sie.

Dann verschwand er unter der Oberfläche. Doch sie ließ nicht los. Prustend und spuckend wurde sie ebenfalls hinuntergezogen. Das eisige Wasser schnitt ihr wie ein Messer ins Fleisch. Trotzdem würde sie ihn nicht loslassen! Niemals!

Aber der Sog war stärker. Mit aller Kraft versuchte sie sich gegen die Macht aus der Tiefe zu stemmen. Ohne Erfolg. Auf einmal war Marc weg, verschwunden im Dunkel. Verzweifelt tauchte Swantje hinterher, tastete hilflos im schwarzen Nichts. Nach einem endlosen Augenblick stieß sie auf einen harten Gegenstand. Eine Tür aus Stahl. Ihr war klar, sie musste sie öffnen, wenn sie zu Marc wollte.

Swantje drückte sich unter Wasser gegen das eisige Metall, immer wieder, bis ihre Hände und ihre Füße taub wurden. Ihre Fingernägel schmerzten, bluteten, aber sie gab nicht auf. Sie musste auf die andere Seite. Unbedingt! Auf einmal ein Klopfen. Hatte sie richtig gehört? Da war es wieder! Sie musste die verdammte Tür öffnen, sofort! Aber ihr wurde der Sauerstoff knapp. Stöhnend versuchte sie, auch das letzte Luftbläschen auszunutzen. Doch der Schmerz in ihrer Lunge wurde immer unerträglicher.

Gesichter tauchten aus dem Schatten auf und verschwanden wieder im Dunkel. Nicht das von Marc. Sondern die ihrer Freunde. Der wütende Andreas. Die traurige Birte. Henning, der vorwurfsvoll den Kopf schüttelte. Die verärgerte Inga, Lars mit seinem traurigen Blick. Einer nach dem anderen schwebte an ihrem Gesicht vorüber und musterte sie mit stummer Miene.

Die Kälte lähmte ihren Körper, schon konnte sie Arme und Beine nicht mehr bewegen. Wo war oben, wo unten? In dem pechschwarzen Wasser hatte sie jede Orientierung verloren.

Plötzlich schien es ihr, als triebe sie langsam zurück nach oben. Swantje wollte schreien, doch ihr fehlte die Kraft. Endlich durchbrach sie die Wasseroberfläche. Sofort nagelte ihr heftiger Regen ins Gesicht. Sie trieb mitten im Meer. Von der Hallig war nichts mehr zu sehen. Der Himmel war schwarz, um sie herum donnerten die Wellen.

Japsend schnappte Swantje nach Luft. Tränen liefen ihr über die Wangen. Sie wollte zurück in die Tiefe, zu der Tür, zu Marc. Gerade noch hatte sie seine Hand gehalten, jetzt war er verschwunden.

Verwirrt hörte, *spürte* sie ein Pochen. Leise und gleichmäßig. Noch lag es wie unter einem nebeligen Schleier. Doch mit jedem Klopfen nahm das Geräusch mehr Konturen an. War es ihr eigener Herzschlag? Oder war es Marcs fernes Klopfen in der dunklen Tiefe des Wassers?

21

Mit einem Aufschrei schreckte Swantje aus dem Schlaf. Heftig atmend blickte sie sich um. Sie erkannte, dass sie nicht auf dem offenen Meer trieb, sondern alleine im schmalen Bett ihres Jugendzimmers saß. Durch das Fenster konnte sie das gleichmäßige, friedliche Rauschen der Nordsee hören und einige wenige Wolken vor dem fast vollen Mond sehen. Ächzend ließ sie sich zurück in ihr Kissen fallen, das, genau wie ihr Pyjama, völlig durchgeschwitzt war.

Was war das nur für ein seltsamer Traum gewesen? Normalerweise half ihr die Erinnerung an Marc zur Ruhe zu kommen und in den Schlaf zu finden. Nie zuvor hatte sie so einen schrecklichen Albtraum gehabt. Swantje wollte die Augen nicht schließen, aus Angst, gleich wieder im kalten Wasser zu treiben. Aufgewühlt drückte sie sich an ihren riesigen Plüschteddy. Sie hatte ihn vor zehn Jahren auf dem Jahrmarkt in Husum gewonnen. Seitdem war er der einzige ständige Bewohner ihres Zimmers.

Plötzlich ein Pochen. Ein leises Scheppern. Zuerst glaubte Swantje, noch halb in ihrem Traum gefangen zu sein. Doch dann war das Geräusch erneut zu hören. Es kam von draußen. Jemand warf Steinchen an ihre Scheibe! Schnell schwang sie sich aus ihrem Bett, ging zum Fenster und schaute hinaus in die Nacht.

Auf der anderen Seite des Gartens stand im Schatten der hohen Hecke ein Mann.

Swantje rieb sich mit der flachen Hand über die Augen.

Ihr Besucher war immer noch da. Er winkte ihr sogar zu! Endlich tauchte der Mond wieder hinter einer Wolke auf. Swantje kniff die Augen zusammen. Blinzelte ein paarmal. Aber ... das war doch nicht möglich. Sie wollte nicht glauben, was sie sah.

Marc ...?

Swantje erstarrte. Nein. Nein, das konnte nicht sein. Doch ... Ja, er war es, ohne Zweifel.

Hastig schnappte sie sich ihren Bademantel und rannte barfuß aus dem Zimmer. Die enge Holztreppe ins dunkle Erdgeschoss sprang sie fast in einem Satz. Sie riss die Tür auf und lief hinaus in den Garten, einmal um das Haus herum, rutschte auf dem nassen Rasen aus und wäre beinah im Blumenbeet gelandet.

Aber der Platz, an dem vor wenigen Augenblicken noch der Mann gestanden hatte, war leer. Außer ihr war kein Mensch da. Doch die Gartenpforte war offen. Leise quietschend schwang sie im Wind hin und her.

Swantje rannte hinaus. Die Steine auf dem Kiesweg drückten spitz in ihre nackten Füße, aber es kümmerte sie nicht. Hinter dem Garten gab es eine enge Gasse. Sie hielt kurz inne. In die eine Richtung führte der schmale Weg weiter in die Warft hinein, in die andere an zwei dunklen Häusern vorbei, hinaus Richtung Westen auf das freie Feld.

Und da stand er wieder. Er trug einen hellen Pullover, den Kopf mit einer Kapuze bedeckt. Swantje erkannte den Pullover sofort am Aufdruck wieder: Penn State, die Universität, an der Marc ein Jahr studiert hatte.

»Marc?!«, rief sie fassungslos, erschrocken darüber, wie schrill ihre Stimme in der sonst absolut stillen Nacht über die Warft hallte. Plötzlich machte der Mann kehrt. Mit seltsam langen Schritten eilte er davon und war nur einen Augenblick später hinter der Kurve verschwunden.

Swantje spürte, wie ihr Herz einen Sprung machte. Marc ... Er lebte! Aber warum rannte er vor ihr davon?

Hastig nahm sie die Verfolgung auf. Er hatte nur wenige Schritte Vorsprung. Und tatsächlich, da stand er wieder, neben einem Stall im Schatten, rannte aber sofort weiter, als sie ihn entdeckte.

»Marc, bitte, warte doch!«

Doch statt stehenzubleiben oder auch nur die Schritte zu verlangsamen, verschwand er wieder wie ein Windhauch hinter der nächsten Ecke. Swantje liefen Tränen über die Wangen. Mit schlammbeschmierten Füßen rannte und schlidderte sie weiter. Er konnte ihr nicht entkommen. So groß war die Hanswarft nicht, und Swantje war hier aufgewachsen. Sie hätte auch blind durch die kleinen Gässchen und Wege laufen können!

Erneut sah sie ihn um eine Ecke huschen. Aber wieder entkam er ihr, drehte sich nach links und rannte zwischen zwei Friesenhäuschen hinaus aus der Warft.

Swantje folgte ihm. Völlig außer Atem stand sie nun in einem Garten, der den Blick auf die endlosen Wiesen freigab, auf den Sommerdeich, dahinter auf das Watt und noch ein Stück weiter entfernt auf die Nordsee, die sich fast bis zum Horizont zurückgezogen hatte.

Keine Spur von Marc.

Mit keuchendem Atem schaute Swantje sich um. Das konnte nicht sein. Es gab hier kein Versteck! Keinen Baum, keinen Busch, nur den flachen Rasen und dahinter die Weite der nächtlichen Hallig.

Aber nirgends war eine Menschenseele zu sehen. Swantje war allein. Nur eine einsame Möwe flog über ihr am Himmel und schien sie mit ihren schrillen Schreien auszulachen.

»Marc! Marc!« Immer lauter rief sie seinen Namen. Ob

sie damit die Bewohner der anderen Höfe weckte, war ihr egal.

Doch sie erhielt keine Antwort. Swantje kam sich vor wie der letzte Mensch auf Erden. Wieso war er weggelaufen? Hatte er Angst vor ihr?

War es tatsächlich Marc gewesen? Ja, rief eine verzweifelte Stimme in ihr. Der Pullover, das konnte nur er gewesen sein. Aber jetzt fiel ihr ein, dass sie nicht ein einziges Mal sein Gesicht in der Schwärze der Nacht gesehen hatte.

Schnaufend, mit schweißnassem Gesicht, stemmte sie die Hände in die Hüften. Langsam kam sie wieder zu Atem. Schließlich bemerkte sie, dass sie mit ihren nackten Füßen mitten in feuchter, kalter Erde stand. Der Besitzer des Hauses, Friedel Harms, der mit seiner Pferdekutsche Touristen über die Hallig fuhr, hatte praktisch den kompletten Garten umgegraben und neuen Rasen gesät.

Verwirrt schaute Swantje sich um. Im immer heller werdenden Mondlicht konnte sie deutlich ihre eigenen Fußspuren erkennen, die zwischen den Häusern hinaus zu der Stelle führten, wo sie jetzt stand. Aber es war verrückt … Obwohl sie genau gesehen hatte, wie der Unbekannte, von dem sie noch immer glaubte, dass es Marc gewesen war, ebenfalls hier entlanggelaufen war, konnte sie keine zweite Spur in der glänzenden schwarzen Erde sehen.

22

Krumme wurde am nächsten Morgen von dem Schreien einer Möwe geweckt. Er streckte sich und stellte zu seiner Überraschung fest, dass er, nachdem er endlich eingedämmert war, tief und entspannt durchgeschlafen hatte. Die Sorgen des vergangenen Tages waren weit weg. Mittlerweile war Krumme überzeugt, dass er sich wieder einmal viel zu viele Gedanken gemacht hatte. Er blieb noch eine Weile im Bett liegen, blickte gedankenversunken an die Decke und dachte an das Gespräch in der »T-Stube« zurück. Dann machte sich sein hungriger Magen grummelnd bemerkbar. Er beschloss aufzustehen. Für einen Moment verharrte er noch auf der Bettkante. Es war verrückt. Normalerweise knirschten und knackten seine müden Knochen, und meistens brauchte er eine ganze Weile, bis sein Kreislauf in Schwung kam und er einigermaßen bereit für einen neuen Tag war. Doch hier auf der Hallig fühlte er sich sofort frisch und geschmeidig, bereit zu neuen Abenteuern. Er lächelte. Die salzige Luft schien Wunder zu wirken!

Als er nach einer ausgiebigen Dusche die schmale Treppe zum Frühstücksraum hinunterging, hörte er, dass Frau Adams bereits in der Küche werkelte. Es roch nach frisch gebrühtem Kaffee und knusprigen Brötchen. Sehen konnte er durch die kleine Türklappe nichts, aber das Scheppern von Geschirr verriet, dass sie gerade die Spülmaschine ausräumte.

Der Speiseraum war noch leer. Aber Frau Adams hatte bereits für die Holländerinnen eingedeckt. Auch auf seinem

Tisch war alles liebevoll für das Frühstück vorbereitet. Doch anders als bei den beiden Damen hatte ihm Frau Adams noch frische Blumen auf den Tisch gestellt. Krumme war kein Experte, aber der bunte Strauß sah aus wie selbst gepflückt.

Er atmete tief durch. Frau Adams' besondere Aufmerksamkeit schmeichelte ihm. Aber er hatte das ungute Gefühl, dass sie ihm nur Schwierigkeiten einbringen würde. Er musste mit ihr reden, auch wenn er in solchen Gesprächen ganz schlecht war.

Kaum hatte er sich hingesetzt, kam sie auch schon um die Ecke. Als sie ihn erblickte, erhellte ein Leuchten ihr Gesicht.

»Moin, Herr Krumme!«, begrüßte sie ihn herzlich, bevor sie sich erkundigte, ob er Kaffee bevorzuge oder doch lieber die Friesenmischung probieren wolle. Als sie ihm eine kleine Auswahl an Wurstspezialitäten auf den Tisch stellte, fiel Krumme auf, dass sie sich wieder mit besonderer Sorgfalt angezogen und frisiert zu haben schien. Am ersten Tag hatte sie noch einen einfachen Hauskittel angehabt, heute trug sie ein buntes Sommerkleid und sah aus, als wollte sie gleich zu einem Sommerspaziergang aufbrechen. Dabei konnte Krumme durch die Fenster sehen, dass sich ein trüber Morgendunst auf die Hallig gelegt hatte. Anorakwetter.

»Ich hoffe, Sie haben gut geschlafen?«, erkundigte sie sich, als sie mit einem dampfenden Kaffeekännchen zurückkam.

Er lächelte. »Alles wunderbar. Kaum zu glauben, wie ruhig es hier ist.«

»Ja, das stimmt«, gab ihm Frau Adams Recht, aber bei ihr klang eine leise Wehmut mit. »In Berlin ist das bestimmt anders, oder?«

Krumme dachte an seine Erdgeschosswohnung in Neukölln. Sie lag zwar in einer ruhigeren Nebenstraße, trotzdem konnte er auch in der Nacht das ständige Rauschen der Großstadt und des nahen Autobahnringes hören. »Leider ja«, stimmte er Frau Adams zu, »wirklich ruhig wird es in der Stadt nie. Aber irgendwie gewöhnt man sich dran.« Wenn Krumme ehrlich war, hatte er sich nie an den ständigen Verkehr, die kläffenden Hunde und die grölenden Nachtschwärmer gewöhnen können.

Frau Adams setzte sich zu ihm an den Tisch.

»Wo genau wohnen Sie denn in Berlin?«, fragte sie neugierig.

Er zögerte. »Quasi mittendrin. In der Nähe der Hermannstraße.«

Ihre Augen funkelten interessiert. »Das ist Neukölln, oder?«

Krumme nickte.

»Ist es da nicht manchmal ganz schön gefährlich?«, fragte Frau Adams.

Krumme winkte ab. »Ach was. Nicht gefährlicher als in anderen Stadtteilen auch. Da wird viel übertrieben.«

»Das sagen Sie nur, weil Sie Polizist sind und wissen, wie man auf sich aufpasst.« Sie lächelte ihn vielsagend an.

Krumme zuckte mit den Schultern und biss genussvoll in sein Marmeladenbrötchen. Eigentlich hätte er jetzt lieber in Ruhe gefrühstückt, als über seinen trüben Alltag in Berlin zu reden. Aber Frau Adams machte keine Anstalten zu gehen. Im Gegenteil: Sie schlug die nackten Beine übereinander und rückte noch ein Stück näher an ihn heran. Ihm fiel auf, dass sie sich sogar die Fingernägel lackiert hatte.

»Haben Sie sich denn schon überlegt, was Sie heute unternehmen wollen?«, fragte sie und blickte ihm dabei tief in die Augen.

»Na ja, ich wollte mich ein bisschen umschauen. Noch habe ich ja kaum was gesehen.« Er berichtete ihr von seinem Spaziergang über die Hallig.

»Dann waren Sie ja noch gar nicht im Königspesel?«

Krumme hatte darüber schon gelesen, aber nicht so recht begriffen, was genau das sein sollte. Frau Adams erklärte ihm, dass »Pesel« für »gute Stube« stand, ein Raum, der in den Hallighäusern mit besonders viel Liebe und Hingabe eingerichtet war. Der Königspesel war der schönste auf ganz Hooge. Eigentlich gehörte er einem Hooger Kapitän, der das dazugehörende Haus 1776 erbaut hatte. Die Wände des Pesels waren über und über mit wertvollen Kacheln und kostbaren Fliesen belegt. Als 1825 der dänische König Friedrich VI. die Hallig besuchte, übernachtete er in diesem Zimmer – das seitdem »Königspesel« hieß.

»Ich weiß, in Berlin und Potsdam haben Sie richtige Schlösser und prachtvolle Anwesen. Aber für uns Friesen ist dieser Pesel etwas ganz Besonderes. Außerdem weiß ich von vielen jungen Männern, die extra nach Hooge kommen, um ihren Mädchen dort einen Heiratsantrag zu machen. Wenn Sie wollen, kann ich Ihnen den Raum mal zeigen.« Frau Adams lächelte kokett.

»Soll ich dir noch was aus Husum mitbringen, Christine?«, erkundigte sich ihr Gatte, der auf einmal in der Tür zum Frühstücksraum stand.

»Moin, Herr Adams«, sagte Krumme besonders freundlich. Ihm gefiel es gar nicht, dass Herr Adams ihn mit seiner praktisch auf Krummes Schoß sitzenden Frau erwischte. Offensichtlich auch für Adams ein unangenehmer Anblick. Er nickte Krumme nur mit starrer Miene zu, dann sah er wieder zu seiner Frau.

Die schien mit der Situation kein Problem zu haben: »Nein, steht alles auf der Liste, die ich dir in die Tasche gesteckt habe«, sagte sie und blieb demonstrativ eng bei Krumme sitzen.

Ihr Mann presste die Lippen aufeinander und hatte für einen kurzen Moment so gar keine Ähnlichkeit mehr mit dem fröhlichen »Vögelkönig«, als den Krumme ihn bisher kennengelernt hatte.

»Dann bis heute Abend«, sagte er kurzangebunden und war auch schon wieder weg.

»Steve trifft sich in Husum mit irgendwelchen Tierfreunden.« Frau Adams verdrehte die Augen. »Also, wenn man Menschen, die tote Tiere mit Holzwolle und Styropor ausstopfen, als Tierfreunde bezeichnen möchte.«

Krumme nickte mechanisch. Auf einmal ahnte er, wofür Frau Adams sich so hübsch gemacht hatte und wieso sie so genau wissen wollte, was er heute vorhatte.

»Wo waren wir gerade?«, fragte sie mit einem unschuldigen Lächeln.

»Äh ... Bei Hooges touristischen Attraktionen«, antwortete Krumme vorsichtig.

Gerade wollte Frau Adams fortfahren, für den Königspesel zu werben, als die beiden Niederländerinnen den Frühstücksraum betraten. Frau Adams entschuldigte sich bei Krumme, forderte ihn auf, nur ja nicht wegzulaufen, und ging dann in die Küche, um sich um den Tee für die beiden Damen zu kümmern.

Erschöpft atmete Krumme durch. Was hatte er bloß verbrochen, dass er auf diesem kleinen Eiland von einer peinlichen Situation in die nächste stolperte? Wie sollte er Frau Adams klarmachen, dass er kein romantisches Abenteuer mit einer verheirateten Frau suchte? Mit gar keiner Frau. Seit Maria sich von ihm getrennt hatte, hatte es bei ihm nur zu ein paar traurigen Affären gereicht. Am Ende hatte Krumme entschieden, dass er am liebsten alleine war. Maria oder keine. Stöhnend legte er das Gesicht in die Hände.

»Moin, Herr Krumme«, holte ihn eine junge Frauenstimme aus seinen Gedanken. Er sah auf, und vor ihm stand Swantje. Ihre Wangen waren gerötet von der frischen Seeluft, und auf ihrer Windjacke glänzte die Feuchtigkeit des grauen Morgendunstes, der immer noch wie eine Decke über der Hallig lag. Die blonden Locken hatte sie lose zusammengebunden.

Krumme stand ruckartig auf. »Hallo, das ist ja eine Überraschung«, stammelte er und spürte dabei einen dicken Kloß im Hals. Tatsächlich betrachtete sie ihn eher distanziert. Krumme war nicht sicher, ob sie müde, traurig oder immer noch böse auf ihn war. Vielleicht ja alles zusammen.

Sie zeigte auf den frei gewordenen Platz an seinem Frühstückstisch. »Darf ich?«

Krumme nickte und versuchte, den Stuhl galant für sie zurechtzurücken, wobei ein lautes, scharrendes Geräusch durch den Raum tönte. Ihm fiel auf, dass die beiden Niederländerinnen ihre Plauderei unterbrochen hatten und stattdessen ihn und Swantje mit strengen Mienen beobachteten.

Frau Adams kam mit einer Kanne Tee zurück. Überrascht registrierte sie, dass ihr Platz an Krummes Seite besetzt war, und verzog das Gesicht.

»Moin, Christine, lange nicht gesehen«, begrüßte Swantje sie trotzdem freundlich.

Frau Adams zwang sich zu einem säuerlichen Lächeln, schwieg aber, während sie den Damen ihren Tee servierte. Sie wollte gerade wieder gehen, als Swantje sie noch einmal ansprach: »Für mich bitte auch einen Earl Grey.« Frau Adams nickte nur missmutig und verzog sich in die Küche.

Krumme räusperte sich. »Wie schön, dass wir uns so schnell wiedertreffen. Nach der Geschichte von gestern hätte ich verstanden, wenn Sie mich auf die nächste Fähre geschubst hätten, um mich nie wiederzusehen.«

Swantje lächelte versöhnlich. »Gute Idee. Aber auch als Polizist haben Sie ein Recht auf Urlaub an der Nordsee.«

»Ich hätte Sie nicht anlügen dürfen. Ich weiß auch nicht, was in mich gefahren war.«

»Schon gut.« Sie legte ihm sanft die Hand auf den Arm.

»Nein, ist es nicht. Sie waren so freundlich zu mir. Haben mich eingeladen und allen vorgestellt und … Aber Sie sehen ja selbst, wie die Leute reagieren, wenn Sie erfahren, dass ihnen ein Kriminalkommissar gegenübersitzt.«

Swantje nickte nur und schaute dann nachdenklich aus dem Fenster. Irgendwas bedrückte sie, dachte er, aber er hatte nicht den Eindruck, dass es immer noch seine Flunkerei war. Frau Adams kam mit dem Tee zurück.

»So, bitte, Swantje, dein Earl Grey«, sagte sie steif und ging dann weiter, um die niederländischen Damen mit frischgepresstem Orangensaft zu versorgen. Dabei ließ sie Krumme und seine hübsche Tischgesellschaft nicht aus den Augen.

»Herr Krumme«, nahm Swantje das Gespräch wieder auf. »Ich bin nicht gekommen, um Ihnen Vorwürfe zu machen.«

»Nicht? Trotzdem … Ich hätte Ihnen die Wahrheit sagen müssen. Tut mir sehr leid, dass ich das nicht getan habe«, entgegnete er kleinlaut.

»Schon gut, vergessen wir die ganze Sache.«

Krumme nickte Swantje dankbar zu. Ein bisschen peinlich war es ihm trotzdem. Er hätte ihr Vater sein können, und nun musste er sich bei ihr wie ein ungezogener Schuljunge entschuldigen. Aber Swantje lächelte ihn aufmunternd an.

»Ich wollte Sie fragen, ob Sie Lust auf einen Spaziergang haben.«

Krumme blickte sie überrascht an – und bemerkte, dass nicht nur Swantje, sondern auch die anderen drei Frauen gespannt auf seine Antwort warteten.

23

Kurz darauf verließ Krumme zusammen mit Swantje die Pension. Er sah, wie sich die Gardine des Frühstücksraums bewegte. Arme Frau Adams, sie hatte sich den Tag sicher anders vorgestellt. Trotzdem war Krumme heilfroh, dass Swantje genau im richtigen Moment aufgetaucht war.

Noch mehr freute ihn, dass Swantje ihm seine Lüge tatsächlich nicht mehr übel nahm und während ihres Spaziergangs kein Wort darüber verlor. Und doch hatte sich seit ihrem letzten Treffen in der »T-Stube« etwas verändert. Swantje war freundlich, hörte aufmerksam zu, als er ihr von seinem Spaziergang über die Hallig und von seiner Begegnung mit dem halbnackten Bauern berichtete, und sie lachte sogar, als er ihr von seinem nächtlichen Abenteuer mit dem »Vögelkönig« erzählte. Aber irgendwas war anders. Die junge Frau wirkte stiller, nachdenklicher. Krumme fragte sich, wie sich das Gespräch mit ihren Freunden am vergangenen Abend noch entwickelt hatte.

Als Ziel ihres Spaziergangs hatte Swantje die Kirchwarft vorgeschlagen, die nur ein paar hundert Meter von der Backenswarft entfernt lag. Auf der Warft befanden sich neben der kleinen, malerischen Kirche das Pastorat und der Inselfriedhof. Swantje war eine aufmerksame Fremdenführerin. Sie erzählte Krumme die ungewöhnliche Geschichte der kleinen Kapelle, die 1642 zum großen Teil aus Trümmern anderer Kirchen gebaut worden war, denen die heftige Flut von 1634, die zweite »Mandränke«, zum Verhängnis geworden war. Die Backsteine, das Gestühl, das Taufbecken und wohl auch die Kanzel waren deutlich älter als die eigentliche Kirche. 1825 wurde die Westwand der kleinen Saalkapelle von einer neuerlichen Sturmflut weggerissen. Es war der damalige dänische König, der während seines Besuchs auf Hooge die Wand reparieren ließ. Daran erinnerte nicht nur eine Tafel über der Südtür, sondern auch das große Modell einer dänischen Kriegsfregatte, das mitten im Kirchenschiff hing. Besonders ungewöhnlich fand Krumme, dass der Boden mit Muschelsand belegt war. Swantje erklärte ihm, dass auf diese Weise das Wasser, das bei Sturmfluten oft über den Friedhof in die Kirche strömte, nach Eintritt der Ebbe wieder versickern konnte.

Den Friedhof hatte Krumme schon mal gesehen. Auf den eindrucksvollen »Land unter«-Fotos im »Hus Adams«. Swantje verriet ihm, dass der damalige Halligpastor die Bilder mit den aus den stürmischen Fluten herausragenden Grabsteinen während eines heftigen Orkans 1976 selbst gemacht hatte.

Die von der Zeit und den stürmischen Gezeiten gezeichneten Grabsteine faszinierten Krumme besonders. Sie waren ein Zeugnis des harten Lebens der Halligbewohner während der letzten Jahrhunderte. Sturmfluten, Kriege und schlimme Hungersnöte. Da auf den salzigen Wiesen kaum Landwirtschaft möglich war, waren Hooges Männer früher gezwungen gewesen, auf fremden Schiffen anzuheuern und zur See zu fahren. Seeleute von den nordfriesischen Inseln und Halligen waren Anfang des 19. Jahrhunderts hoch angesehen. Viele von ihnen arbeiteten als Kapitäne auf Walfängern und Handelsschiffen auf allen Weltmeeren und brachten über Jahre hinweg bescheidenen Wohlstand nach Hooge.

Auf der Nordseite der Kirche zeigte Swantje ihm ein weiteres Grab.

»Wollen Sie die Geschichte des echten ›Vogelkönigs‹ hö-

141

ren?«, fragte sie ihn. Swantje verriet Krumme, dass das Grab Jens Sörensen de Wand gehörte. Er war über viele Jahre der Vogelwärter und einzige Bewohner Norderoogs gewesen, der kleinen Vogelhallig südlich von Hooge. 1950 hatte er im Nebel den Weg zurück zu seiner Hallig nicht mehr gefunden und war in der heranrauschenden Flut ertrunken. Seine Leiche war Tage später auf Hooge angetrieben worden. Swantjes Großmutter Elwine hatte ihrer Enkelin erzählt, dass bei Jens' Beerdigung mehrfach eine Rauchschwalbe durch die Kirche geflogen war. Die Trauergäste waren sich einig gewesen: Die Schwalbe hatte sich im Namen aller Vögel von ihrem »König« verabschiedet.

Mittlerweile hatten sich Swantje und Krumme auf einer alten Holzbank niedergelassen. Der frische Wind hatte den morgendlichen Dunst vertrieben, und die Sonne stand wieder hoch am fast makellos blauen Himmel. Trotzdem war es ein recht kühler Tag, beide hatten die Kragen ihrer Jacken hochgeklappt.

»Vielen Dank für die interessanten Geschichten«, sagte Krumme und betrachtete Swantje aufmerksam von der Seite. »Aber Sie sind doch nicht mit mir hierhergekommen, nur um mir die Kirche zu zeigen, oder?«

Swantje lächelte verlegen und versuchte seinem forschenden Blick auszuweichen. Für eine Weile schwieg sie.

»Nein«, sagte sie leise.

»Es geht um Ihren Exverlobten, oder?«

Swantje nickte und seufzte. »Es tut mir leid, dass Sie gestern Abend den Streit zwischen mir und meinen Freunden miterleben mussten.« Sie sah auf ihre Hände und ergänzte: »Wenn es denn überhaupt noch meine Freunde sind.«

»Sie haben Ihr ganzes Leben gemeinsam auf diesem kleinen Stück Erde verbracht. Selbstverständlich sind das Ihre Freunde.«

»Aber sollten sich gute Freunde nicht auch für einen freuen, wenn man glücklich ist?« Sie wandte ihm ihr trauriges Gesicht zu.

»Natürlich.« Krumme hob beide Hände. »Aber ich kann ja eigentlich überhaupt nichts dazu sagen. Wie wäre es, wenn Sie mir erzählen, was genau damals passiert ist?« Er nickte ihr aufmunternd zu.

24

Er saß alleine in der Dunkelheit seines Kellers und starrte auf die verschlossene Tür. Es war eine schwere Metalltür mit einem massiven Riegel, um sie wasserdicht verschließen zu können. Der graue Lack war an vielen Stellen abgeplatzt, Rost wucherte an den Rändern wie ein Krebsgeschwür und ließ die Tür wie eine Pforte in die Unterwelt erscheinen. Was sie für ihn auch war.

Das Rauschen des Meeres war hier unten nur gedämpft zu hören. Im Licht, das durch das kleine, schmale Kellerfenster in den Raum strömte, tanzten der Staub und der Dreck von Jahrzehnten.

Ein leises Rascheln auf der anderen Seite der Metalltür durchbrach die Stille. Ein stumpfes Kratzen. Sein Kopf nickte langsam auf und ab. Nichts anderes hatte er erwartet.

»Swantje ist wieder da«, sagte er leise.

»Ich weiß«, hörte er eine Stimme von der anderen Seite. »Sie ist noch schöner geworden.«

»Woher willst du das wissen? Du hast sie nicht gesehen.«

»Natürlich habe ich das. Sie ist zurückgekommen. Zu mir. Und sie sieht aus wie ein Engel.«

Er nickte zustimmend. Er dachte daran, wie er sie aus der Ferne beobachtet hatte. Wie ihre blonden Haare vom Wind erfasst worden waren.

Swantje war wieder da.

Aber sie war nicht alleine.

Die Stimme auf der anderen Seite schien seine Gedanken

zu erraten. »Der Kommissar. Er wird dafür sorgen, dass die Wahrheit endlich ans Licht kommt!«

»Niemals.«

»Oh doch, er ist deinetwegen gekommen. Damit du bestraft wirst, für das, was du mir angetan hast.«

»Nein!«, rief er. Erschrocken bemerkte er, wie laut seine Stimme in dem Raum hallte. Aber er musste keine Angst haben. Hier unten konnte ihn keiner hören. Sie waren alleine – und würden es immer bleiben.

Die Konturen des Raumes verschwammen, wie in einem Traum, der sich am Morgen in Licht und Schatten auflöst. Und vielleicht war es genau das: ein Traum. Ein nicht enden wollender Albtraum.

Er fasste sich an den Kopf und rieb sich über die Schläfe, und tatsächlich konnte er jetzt wieder klarer sehen. Den Kellerraum. Das Gerümpel, die alten Möbel, die hier herumstanden, bis sie irgendwann in ferner Zukunft zu Staub und Rost zerfallen würden.

Er schloss die Augen und lauschte der Stille, die ihn wie eine schwere Decke umhüllte. Leise stöhnend versuchte er das Gewicht, das er auf seiner Brust spürte, durch gleichmäßiges Atmen zu vertreiben.

Wieder das leise Kratzen. Das Scharren auf dem trockenen Boden.

Wann würde es endlich aufhören? Wie lange konnte der armselige Wurm auf der anderen Seite noch durchhalten?

Langsam öffnete er die Augen und schaute zu dem Kellerfenster. Eine dicke Spinne hatte vor dem Gitter ihr im Licht funkelndes Netz gebaut. Er konnte sehen, wie sie reglos auf Beute wartete.

Auf dem schmutzigen Boden entdeckte er eine tote Fliege. Mit den Beinen nach oben lag sie im Staub. Er ging in die Knie und griff mit spitzen Fingern nach dem kleinen Insekt. Dann hängte er es behutsam an das klebrige Netz. Ein leises Beben ließ das Geflecht erzittern. Sofort erwachte die Spinne aus ihrer Starre. Blitzschnell wanderte sie über den dünnen Faden und umkreiste die Fliege mit ihrem Körper. Interessiert legte er den Kopf schief und beobachtete, wie sie ihr totes Opfer in einen dichten Kokon einhüllte.

»Du bist krank«, hörte er die leise Stimme von der anderen Seite der Metalltür. Die Verachtung, die in ihr mitklang, ließ ihn erschauern.

»Was weißt du denn schon?«

»Ich weiß alles. Alles über dich und deine kranke Liebe zu Swantje.«

»Daran ist überhaupt nichts krank. Swantje gehört zu mir. Und sie wird immer zu mir gehören.«

Hinter der Tür war ein heiseres Lachen zu hören. Er spürte, wie die Wut langsam in ihm aufstieg, wie Magma in einem Vulkan.

»Swantje wird dich niemals lieben.«

»Das werden wir ja noch sehen«, stieß er zwischen zusammengebissenen Zähnen hervor.

»Sie ist ein Engel. Und du bist ein …« Die Stimme stockte. Auf einmal ertönte ein röchelndes Husten.

»Du stirbst«, stellte er voller Genugtuung fest.

Wieder das heisere Lachen.

»Du weißt genau, dass du mich niemals los wirst.«

Das Lachen setzte erneut ein, lauter diesmal. Wütend stieß er den Stuhl gegen die Wand. Er verzog das Gesicht und hielt sich mit beiden Händen die Ohren zu. Doch das höhnische Gelächter in seinem Kopf wollte einfach nicht verklingen.

25

Marc stammte aus Frankfurt. Er arbeitete als Außenhandels-
kaufmann im Betrieb seiner Eltern. Swantje erzählte Krumme, wie sie ihn auf dem Krokusblütenfest in Husum kennengelernt hatte. Liebe auf den ersten Blick. Er hatte seinen
Urlaub für Swantje verlängert. Einmal, noch einmal, immer
wieder – am Ende hatte er den ganzen Sommer auf Hooge
verbracht. Sie waren unzertrennlich gewesen, Swantje hatte
ihm alles gezeigt, die Halligen und die nordfriesischen Inseln, Föhr, Amrum, Sylt. Natürlich war es für Marc nicht
einfach gewesen, seine Geschäfte ausschließlich übers Telefon zu regeln. Schon nach einem Monat machte er ihr einen
Heiratsantrag. Mit Tränen in den Augen erzählte Swantje
Krumme, wie Marc bei einem romantischen Picknick mitten auf der Halligwiese plötzlich um ihre Hand angehalten hatte, mit einem wunderschönen Diamantring zwischen
Daumen und Zeigefinger – und dem Knie versehentlich im
Schafsdung! Zwei Monate später war es dann so weit gewesen. Sie hatten hier auf Hooge heiraten wollen. Die Trauung
sollte auf der Kirchwarft stattfinden, für die Hochzeitsfeier
war der Blaue Pesel auf der Backenswarft gebucht. Einen
Tag später hätte es in die Flitterwochen gehen sollen, eine
dreiwöchige Rundreise durch Südafrika.

Aber dazu war es nie gekommen.

Am Abend vor der Hochzeit feierten die beiden ihren
Polterabend draußen an der Westspitze der Hallig. Es wurde
gegrillt und gefeiert bis spät in die Nacht. Swantjes Mutter

Inga hatte sich schließlich ins Bett verabschiedet. Swantje hatte sie nach Hause auf die Hanswarft begleitet. Marc war bei den anderen geblieben. Doch als Swantje später zur Partygesellschaft zurückkehrte, war Marc weg.

Was in der Zwischenzeit geschehen war, wusste Swantje bis heute nicht genau. Die anderen behaupteten, Marc wäre ebenfalls müde gewesen und hätte Swantje und ihrer Mutter nach Hause folgen wollen.

»Aber dort ist er nie angekommen?«, fragte Krumme.

»Nein.« Swantje schniefte leise, kramte nach einem Taschentuch und wischte sich über die Augen. »Marc ist in dieser Nacht verschwunden. Keiner weiß, wo er abgeblieben ist.«

Krumme zog die Augenbrauen zusammen. »Das ist eine Hallig. Wohin soll man da schon gehen?«

Swantje seufzte. Sie zögerte, bevor sie weitersprach.

»Die anderen sagen, er hätte sich einfach ein kleines Motorboot geschnappt und damit die Hallig verlassen.«

»Nur ein paar Stunden vor Ihrer Hochzeit?«

Swantje nickte.

»Und gibt es einen Zeugen dafür?«, fragte Krumme nachdenklich.

Swantje holte tief Luft. »Es gibt eine Videoaufnahme.«

»Was?« Krumme sah sie fassungslos an.

»Nur eine verwackelte Webcam-Aufnahme von einem Mann, der alleine Richtung Hafen geht.«

»Und Sie glauben nicht, dass …«

»Nein, niemals!«, unterbrach Swantje ihn. Sie schüttelte energisch den Kopf. »Die anderen behaupten, es war Marc. Aber ich kenne ihn besser. Er war es nicht. Ganz bestimmt nicht!«

Swantje wandte den Blick ab, damit Krumme nicht sah, wie sie sich wieder eine Träne aus dem Augenwinkel wischte.

»Was hatte er denn an?«, fragte er.

»Der Mann trug einen weißen Kapuzenpullover wie Marc. Aber so was tragen hier fast alle. Nicht jeder hat so einen auffälligen roten Anorak wie Sie.« Sie versuchte zu lächeln. Aber Krumme konnte ihr ansehen, dass ihr eigentlich zum Heulen war.

Mittlerweile war es in der Sonne richtig warm geworden. Swantje und Krumme hatten ihre Jacken ausgezogen und neben sich auf die Bank gelegt.

Krumme kratzte sich am Kopf. So richtig verstanden hatte er das alles noch nicht.

»Es muss doch eine Untersuchung gegeben haben? Was hat denn die Polizei gesagt?«

»Die haben natürlich eine Vermisstenmeldung herausgegeben. Aber Marc ist nie wieder gesehen worden. Weder hier noch in Frankfurt noch sonst irgendwo auf der Welt. Am Ende hieß es, Marc wäre mit dem Boot rausgefahren und in der Nordsee gekentert.«

»… und dabei ertrunken?« Krumme sah sie mitfühlend an.

»Ja«, sagte Swantje sehr leise. »Das ist die offizielle Version. Obwohl sie ihn nie gefunden haben.«

Krumme betrachtete sie aufmerksam. »Ihre Freunde sind also die Letzten, die ihn noch lebend gesehen haben?«

Sie nickte.

»Kann es sein, dass es … eine Auseinandersetzung gab, einen Streit?«

»Das habe ich sie auch gefragt.«

»Und?«

»Die haben das natürlich alle abgestritten. Und ich war ja leider nicht dabei. Aber ich bin mir sicher, dass da irgendwas passiert sein muss, sonst …«

Swantje schwieg und starrte für einen langen Moment

aufs Meer hinaus, wo sich gerade ein Krabbenfischer über die Wellen schob.

»Ihre Freunde mochten Marc nicht?«

»Sie waren vom ersten Augenblick an eifersüchtig auf uns. Auf unser Glück. Zuerst haben sie ganz freundlich getan. Aber mit der Zeit haben sie ihm gezeigt, dass er für sie nicht dazugehört, dass er eigentlich gar nicht das Recht hat, mit einer Friesin wie mir zusammen zu sein.«

»Und was hat Marc dazu gesagt?«

»Er war schon ein bisschen geknickt, schließlich hat er sich sehr bemüht, auf die anderen zuzugehen, war immer nett und hat alles mitgemacht.«

»Und wie hat Ihnen die Haltung Ihrer Freunde gefallen?«

»Zuerst war ich natürlich traurig. Dann stinksauer. Ich hatte immer geglaubt, ich könnte mich auf meine Freunde verlassen. Am Ende haben Marc und ich eben vieles alleine unternommen.«

»Aber die Hochzeit wollten Sie trotzdem mit allen zusammen auf Hooge feiern?«

»Das ist nun mal meine Heimat. Mit der Zeit haben wir uns ja auch einigermaßen versöhnt, die anderen und ich. Außerdem hätte es meiner Mutter das Herz gebrochen, wenn wir woanders gefeiert hätten.«

»Was war denn eigentlich mit Marcs Familie? War die auch auf Hooge?«

Swantje zögerte. »Nein. Marcs Eltern wollten nicht kommen.«

»Warum denn nicht?«

Sie stöhnte leise. »Als Marc und ich uns kennenlernten, war er praktisch schon mit einer anderen verlobt. Der Tochter einer wohlhabenden Familie aus dem Frankfurter Nordend. Ich habe sie nie kennengelernt, aber sie muss wohl sehr hübsch gewesen sein.«

»Das sind Sie auch«, sagte Krumme und wunderte sich selbst darüber, dass er so ein offenes Kompliment machte. Das musste die Seeluft sein.

Swantje lächelte traurig. »Es war ein Schock für seine Eltern, dass ihr geliebter Sohn statt dieser Prinzessin eine friesische Bauerntochter heiraten wollte. Marc hat sich wegen mir heftig mit ihnen gestritten. Als ich das gehört habe, wollte ich zuerst sogar die Hochzeit absagen.« Sie atmete tief durch und rieb sich mit der Hand über die Stirn, bevor sie weiterredete. »Als es dann hieß, Marc hätte die Insel kurz vor der Hochzeit verlassen und wäre im Meer ertrunken, sind sie vor Wut auf mich fast wahnsinnig geworden.« Sie schluckte niedergeschlagen und vergrub das Gesicht in ihren Händen.

Krumme betrachtete sie voller Mitgefühl.

»Und was ist mit Ihnen?«, fragte er vorsichtig. »Hatten Sie an diesem Abend wirklich keinen Streit mit Marc?«

Swantje sah Krumme entgeistert an. Wieder liefen ihr dicke Tränen über die Wangen.

»Das hat mich die Polizei auch gefragt. Immer und immer wieder. Aber wir hatten keinen Streit. Wir haben uns geliebt! Wir wollten heiraten und für den Rest unseres Lebens zusammenbleiben!«

Krumme nickte nur. Swantje wischte mit dem Handrücken über die Augen und schwieg. Er überlegte, ob er nach ihrer Hand greifen sollte, hatte dann aber die Befürchtung, dass das zu aufdringlich wirken könnte. Wieder schwiegen sie eine Weile.

»Was glauben Sie denn, was mit Ihrem Verlobten passiert ist?«

Swantje seufzte unendlich müde. »Seit drei Jahren frage ich mich das jeden Tag. Wo ist Marc? Was ist mit ihm in dieser Nacht geschehen? Manchmal denke ich, ich werde noch verrückt, weil ich einfach keine Antwort darauf weiß! Aber er ist ganz bestimmt nicht vor mir weggelaufen. Niemals!«

Beim letzten Wort schluchzte Swantje verzweifelt auf. Krumme spürte eine Welle des Mitgefühls in sich aufsteigen. Er wollte ihr gerade den Arm um die Schulter legen, als sie ihm ihr Gesicht zuwandte und ihn mit ihren blauen Augen durchdringend ansah:

»Herr Krumme, Sie sind doch Kommissar, sogar ein richtiger aus Berlin und nicht so eine Schlafmütze wie die hier aus Friesland. Können Sie nicht herausfinden, was damals in dieser Nacht geschehen ist?«

»Ich?«

»Sie sind im Moment der einzige Mensch auf der Hallig, dem ich wirklich vertraue.«

Erstaunt sah er sie an. »Aber ich habe Sie doch auch belogen! Sie und Ihre Freunde…«

Swantje schüttelte den Kopf. »Bitte, helfen Sie mir! Ich will endlich die Wahrheit wissen.«

Krumme betrachtete sie eine Weile und rieb sich nachdenklich das Kinn. Dann wandte er den Blick unsicher ab und schaute wieder hinaus auf das in der Sonne funkelnde Meer.

26

»Nein, tut mir leid. Aber ich kann Ihnen nicht helfen.«

Swantje sah ihn ungläubig an. »Aber ich habe Ihnen doch erzählt, dass ...«

»Bitte, verstehen Sie mich nicht falsch«, unterbrach Krumme sie. »Es bricht mir das Herz zu hören, wie Sie leiden. Aber gerade weil ich selbst Kommissar bin, kann und will ich mich nicht einmischen. Wenn ich Sie richtig verstanden habe, haben die Kollegen gründlich ermittelt, mit Ihren Freunden gesprochen und alle Spuren verfolgt.«

Sie schnaubte. »Und was haben sie herausgefunden? Nichts!«

»Ich kenne natürlich nicht die Einzelheiten. Aber dass Marc mit einem Boot die Hallig verlassen hat und dabei gekentert ist, hört sich recht schlüssig an.«

»Er hat Hooge nicht verlassen!«, sagte Swantje lauter, als sie eigentlich wollte. »Weil wir heiraten wollten! Weil er mich geliebt hat, so wie ich ihn geliebt habe!«

Sie spürte, wie der Kommissar sie aufmerksam musterte. Der frische Seewind wirbelte seine spärlichen Haare durcheinander, und auf der hohen Stirn schimmerte ein leichter Sonnenbrand.

»Gibt es denn irgendetwas, eine neue Information, einen Hinweis, der eine erneute Untersuchung rechtfertigen würde?«

Ja, ich habe Marc letzte Nacht selbst gesehen. Im Garten. Er hat mir zugewinkt, ist wie ein Gespenst durch die

Warft geschwebt und dann wie ein Windhauch verschwunden, ohne auch nur die kleinste Spur zu hinterlassen, dachte Swantje, entschied sich aber, lieber zu schweigen. Mittlerweile hielten sie auf der Hallig alle für völlig durchgeknallt. Sie wollte nicht, dass auch der Kommissar dazugehörte.

»Kommt Ihnen diese Geschichte denn nicht seltsam vor?«, fragte sie stattdessen enttäuscht.

»Also, für mich klingt sie eher tragisch als seltsam.« Krumme seufzte, griff auf einmal nach ihrer Hand und drückte sie. »Swantje, was auch immer hier passiert ist, es ist vorbei. Sie sollten die Vergangenheit vergessen und nach vorne schauen.«

»Haben Sie das in einem Glückskeks gelesen?«, schnaubte sie.

Krumme lächelte verlegen. »Glauben Sie, auch ich habe meine Dämonen, die mich seit Jahren vor sich hertreiben. Deshalb bin ich auch hierher auf dieses kleine Stückchen Erde am Ende der Welt gekommen. Um Abstand zu finden, nachzudenken, um zur Ruhe zu kommen.« Er strich sich mit der Hand über die Stirn. »Außerdem: Sie haben doch selbst gesehen, was für Aufregung es gibt, wenn die Leute erfahren, dass ich von der Polizei bin. Und das Letzte, was ich will, ist Aufregung. Ich will einfach bloß ein bisschen Urlaub machen.«

Swantje betrachtete den Mann, der neben ihr auf der Bank saß. Ihr wurde bewusst, dass die vielen Falten in seinem Gesicht nicht nur die Spuren eines aufregenden, spannenden Großstadtlebens waren, sondern Narben persönlicher Rückschläge und seelischer Verletzungen.

»Sie sind eine junge, attraktive Frau«, fuhr er fort. »Das ganze Leben liegt noch vor Ihnen. Verschwenden Sie es nicht mit dem ständigen Rückblick auf eine verlorene Liebe.«

Sie sah ihn finster an. »Es ist keine verlorene Liebe. Für mich ist die Erinnerung an Marc immer noch frisch und sehr lebendig.«

»Hören Sie, Swantje, ich will Ihnen wirklich nicht zu nahe treten, aber irgendwann müssen Sie einen Schlussstrich unter die Vergangenheit ziehen, damit Sie weiterleben können. Ich bin sicher, früher oder später werden Sie jemanden finden, den Sie genauso intensiv lieben werden.«

Swantje nickte mechanisch, obwohl sie sich das nicht vorstellen konnte.

»Und vor allem«, ergänzte der Kommissar, »sollten Sie sich mit Ihren Freunden versöhnen. Ich habe gestern gesehen, wie sie Sie angeschaut haben. Sie vermissen die Freundschaft zu Ihnen.«

Swantje lächelte. Es rührte sie, dass Krumme ihr Mut und Zuversicht geben wollte. Und im Gegensatz zu ihren alten Hooger Freunden meinte er es ehrlich, dessen war sie sich sicher. Doch wie ihr jetzt schmerzhaft bewusst wurde, hatte sie von ihm keine Hilfe zu erwarten.

Sie war ganz auf sich allein gestellt. Wie immer in den letzten drei Jahren.

27

Die weiße Fähre donnerte ungebremst auf den Anleger zu. Erst im letzten Moment drehte der Kapitän bei und ließ das Signalhorn ertönen. Das Wasser zwischen Schiff und Anleger schien aufzukochen, dann schob sich der Bug an den Kai. Während der Motor der Fähre weiterlief, zogen zwei junge Seeleute mit geübten Griffen eine Metallbrücke hinüber auf den Holzsteg. Nur einen Augenblick später öffnete sich eine Bugtür, und ein Strom aus Seniorengrüppchen in beigefarbenen Windjacken, Paaren im Outdoor-Partnerlook und Familien mit großen und kleinen Kindern in Allwetterkleidung ergoss sich über den Steg auf die Hallig. Vorbei an den Tagesgästen, die Hooge wieder verlassen wollten, drängten sie sich auf das Hafengelände. Junge Mitarbeiter der Touristeninformation hießen sie willkommen und kassierten den sogenannten Halligtaler, eine kleine Abgabe von einem Euro, die in den Naturschutz ging.

Swantje saß alleine auf einer Bank und beobachtete, wie ein Teil der Gäste sich auf den Weg ins Innere der Hallig machte, während andere in bereitstehende Pferdewagen stiegen, um sich auf einer Rundfahrt die Hooger Attraktionen zeigen zu lassen.

Sie blickte zu den Touristen, die jetzt über die Metallbrücke die Fähre nach Nordstrand bestiegen. Für einen Augenblick kämpfte sie mit dem Wunsch, sich ihnen anzuschließen und die Hallig mit all ihren Problemen einfach hinter sich zu lassen.

Natürlich ging das nicht, nicht mehr. Nicht nach den Ereignissen der letzten Nacht. War es wirklich Marc gewesen, den sie gesehen hatte? Swantjes Herz wollte es so sehr. Aber tatsächlich musste sie jetzt im hellen Licht des Tages zugeben, dass sie das Gesicht des Mannes nicht richtig erkannt hatte. So oder so – Swantje war noch nie so überzeugt gewesen wie jetzt, dass Marc sich damals nicht einfach abgesetzt hatte. Irgendetwas musste vorgefallen sein – und sie war wild entschlossen, diesem Geheimnis auf den Grund zu gehen.

Hätte sie dem Kommissar von ihrem nächtlichen Besucher erzählen sollen? Sie hatte es in Erwägung gezogen, sich dann aber dagegen entschieden. Bestimmt hätte er sie für völlig verrückt erklärt. Außerdem wollte er Urlaub machen, nicht den Cold-Case-Ermittler spielen. Und was wusste er schon von ihren Freunden? Von der Hallig? Von ihrem Leben? Nein, die Polizei hatte den Fall bereits untersucht und nichts herausgefunden. Nichts herausfinden wollen.

»Moin, Swantje, was treibst du denn hier?«, erkundigte sich auf einmal eine freundliche Stimme. Swantje schreckte aus ihren Gedanken. Sie schirmte die Augen mit der Hand ab, um den Mann mit der hohen Stirn vor der hellen Sonne besser erkennen zu können. »Ach, moin, Henning.« Sie lächelte ertappt.

Henning setzte sich neben sie auf die Bank.

»Sag bloß, du willst schon wieder zurück nach Marburg?«

»Nein, ich sitze hier nur ein bisschen rum und gucke mir die Leute an. Und du?«

»Ich nehme die nächste Fähre nach Langeneß zu meinen Eltern.«

Swantje nickte. Hennings forschender Blick war ihr unangenehm, sie wandte sich ab und sah aufs Meer. Die Fähre nach Nordstrand hatte schon wieder abgelegt. Ihr Heck legte sich tief ins Wasser, als sie sich mit Höchstgeschwindigkeit immer weiter von der Hallig entfernte.

Swantje war sicher, dass ihre nächtliche Verfolgungsjagd für einiges Aufsehen gesorgt hatte. Friedel Harms' Frau Elke war in der Nacht in Hausschuhen und Bademantel zu ihr in den Garten gekommen und hatte sich um sie gekümmert, sie ins Haus gebracht und Tee gekocht. Elke war eine Seele von Mensch, leider aber auch Hooges größte Tratschliese. Sicherlich wusste mittlerweile die gesamte Hallig, dass Swantje zur Geisterstunde barfuß auf der Warft herumgeirrt war. Bestimmt hatte Henning auch davon gehört, sich aber dafür entschieden, sie nicht darauf anzusprechen. Typisch Henning. Von all ihren Halligfreunden war er der Verschwiegenste.

Gemeinsam schauten sie zu den Touristen hinüber, die lachend und etwas ungelenk in die hohen Pferdewagen kletterten, um eine Halligrundfahrt zu machen. Eine Mutter wollte ihrem vielleicht drei Jahre alten Mädchen die Gelegenheit geben, vorher eines der zottligen Pferde zu streicheln. Aber die Kleine hatte Angst vor dem gutmütigen Tier. Sie schrie und strampelte so lange, bis die Mutter sie entnervt in den Wagen setzte.

»Kannst du dich noch erinnern, wie wir Birtes Geburtstag in der Ponykutsche gefeiert haben?«, fragte Henning.

Swantje nickte lächelnd. Stundenlang waren sie kreuz und quer über die Hallig gefahren, hatten Musik gehört, Fischbrötchen gefuttert und am Ende einen Korn nach dem anderen getrunken. Schließlich hatten sie sich heimlich eine zweite Kutsche organisiert und ein Wettrennen von der Hanswarft bis zur Westerwarft gemacht.

»Wir haben gewonnen, Andy, Birte und ich«, erinnerte sich Swantje mit breitem Grinsen.

»Oh nein, Andy war auf der anderen Kutsche. Ich war zusammen mit dir und Birte auf dem Wagen.«

Swantje wandte ihm das Gesicht zu. »Im Ernst?«

»Na klar! Du hast so wild gejubelt, dass du mir aus Versehen eine ganze Buddel Bier in den Nacken gegossen hast.«

»Stimmt …« Sie lächelte Henning verlegen an. Wie hatte sie das bloß vergessen können? Tatsächlich meinte sie in Hennings freundlichem Blick eine leichte Melancholie zu erkennen. Sie wusste, dass es eine Zeit gegeben hatte, in der er mehr für sie empfunden hatte. Doch für Swantje war er immer »nur« ein guter Freund gewesen, wie alle ihre Halligfreunde ein Teil ihrer Familie. Nie wäre sie auf den Gedanken gekommen, etwas mit einem von ihnen anzufangen. Und dann hatte sie Marc kennengelernt.

»Schick, deine neue Frisur.«

Henning strich sich grinsend über seine kurzgeschorenen Haare. »Ich dachte, hau wech den Scheiß. Die dünnen Flusen sahen irgendwie immer albern aus. Vor allem, wenn ich verschwitzt war.«

»Wie Pumuckl.« Sie lachte. »Aber jetzt siehst du aus wie der Typ aus der Jever-Werbung.«

»Wow, was für ein Kompliment.« Ein stolzes Lächeln umspielte seinen Mund.

Wie alle ihre Freunde wusste auch Henning, dass der herbe Blonde mit der hohen Stirn aus der Bierwerbung früher ihr Traummann gewesen war. Umso überraschter waren damals alle gewesen, als Swantje sich in den schwarzgelockten Marc verknallt hatte.

Tatsächlich fand Swantje, dass sich Henning äußerlich eindeutig zum Besseren verändert hatte. Er schien den entsprechenden Blick mit Genugtuung zu registrieren und lächelte sie frech von der Seite an. Swantje wurde rot und wandte sich ab.

Sie zeigte zum Wasser, wo jetzt am Horizont ein kleines Schiff zu erkennen war.

»Deine Fähre nach Langeneß.«

Henning nickte. »Morgen komme ich wieder nach Hooge. Ich helfe Andy gerade beim Umbau seiner Garage. Bist du dann noch da?«

»Klar.«

»Vielleicht können wir ja ein bisschen spazieren gehen? Und über die alten Zeiten plaudern.«

»Die alten Zeiten …«, wiederholte Swantje, aber bei ihr klang das weniger zärtlich als bei Henning. »Mal gucken, was morgen ist. Aber wir laufen uns bestimmt über den Weg.«

Er sah ihr tief in die Augen. »Tut mir leid, das mit dem Streit gestern. Aber wir freuen uns alle sehr, dass du wieder hier bist, ehrlich!«

»Bist du sicher?«

»Also, ich freue mich auf jeden Fall.«

Swantje lächelte. Henning war wirklich ein lieber Kerl. Nach der Sache mit Marc hatte sie gezweifelt, ob sie ihm noch vertrauen konnte. Doch als er sie nun mit seinen blauen Augen anstrahlte, war sie sicher, dass er immer einer ihrer besten Freunde bleiben würde.

»Du, Henning … Du weißt, wie sehr ich dich mag, oder?«

Er zuckte überrascht zurück und nickte dann.

»Darf ich dich was fragen?«

»Alles, was du willst.« Er lächelte. Sie bemerkte, wie er nervös mit seinen Händen spielte.

»Ich weiß, wir haben schon oft darüber gesprochen. Aber …« Sie stockte.

»Aber was?«

Swantje gab sich einen Ruck und rutschte näher an ihn heran.

»Bitte, du musst mir unbedingt die Wahrheit sagen. Glaubst du, dass Marc in dieser Nacht damals wirklich die Hallig verlassen hat?«

Henning erstarrte. Von einem Moment zum anderen schien eine Wand aus Eis zwischen ihnen zu stehen. Er streckte das Kreuz durch, rückte ein Stück von ihr ab und sah ins Leere.

»Ich weiß, es gibt da dieses Video«, ergänzte Swantje, »aber nehmen wir mal an … also, dass es nicht Marc ist, der da zu sehen ist.«

»Keine Ahnung, wo er geblieben ist.« Seine Stimme klang abweisend. »Ich weiß nur, dass er damals einfach gegangen und im Dunkeln verschwunden ist. Aber das habe ich, das haben wir dir schon tausend Mal gesagt.«

»Trotzdem wollte ich es noch mal von dir …«

»Tut mir leid, Swantje«, unterbrach er sie. »Ich muss los.«

»Oh ja, natürlich.«

Tatsächlich hatte sich die Fähre dem Anleger genähert. Aber noch war sie ein gutes Stück entfernt. Trotzdem schnappte Henning sich seine Tasche und stand auf.

»Wir können ja morgen weiterreden.«

Swantje nickte enttäuscht. Von der entspannten Stimmung war nichts mehr zu spüren. Sie verabschiedeten sich kurz angebunden, dann marschierte Henning zum Anlieger.

Unglücklich sah Swantje ihm hinterher. Er drehte sich nicht noch mal um.

28

Krumme war genervt.

Warum hatte er beim Kofferpacken nicht an sein After-shave gedacht? Jetzt musste er sich ein neues besorgen. Und kaum etwas hasste er so sehr wie einkaufen. Vor allem, wenn es die Marke, die er sonst immer benutzte, nicht gab.

Dabei hatte der Halligkaufmann auf der Hanswarft eine ganz hübsche Auswahl. Aber Krumme konnte sich einfach nicht entscheiden und stand nun schon eine Ewigkeit als einziger Kunde in dem kleinen Supermarkt vor dem Regal mit den Hygieneartikeln.

»Das, was Sie da gerade in der Hand haben, können Sie ruhig nehmen. Mein verstorbener Mann hat sich auch nie was anderes ins Gesicht geschmiert«, meldete sich die Frau, die hinter der Kasse gelangweilt in einer Illustrierten blätter-te. »Am Anfang hat er Pickel davon bekommen. Aber nach ein paar Monaten hat sich seine Haut an das Zeug gewöhnt.«

Krumme bedankte sich für die fachkundige Beratung, griff aber lieber nach einem anderen Aftershave – nur um es dann doch wieder zurückzustellen.

»Moin, Herr Krumme, das ist ja eine nette Über-raschung!«, hörte er plötzlich eine kräftige Stimme hinter sich. Verwirrt drehte er sich um und sah sich einem großen Mann mit breiten Schultern und einem noch breiteren Lä-cheln gegenüber.

»Oh, hallo … Andreas«, stammelte er verlegen. Gestern in der »T-Stube« hatte er alle beim Vornamen angesprochen.

Aber nach seinem peinlichen Abgang war er sich nicht sicher, ob er immer noch das Recht dazu hatte.

»Büschen shoppen?«, erkundigte sich Andreas gutmütig.

Krumme hielt seinen leeren Einkaufskorb hoch, den er sich beim Reinkommen am Eingang geschnappt hatte. »Bin noch in der Findungsphase«, sagte er.

»Die Entscheidung fällt bei der Riesenauswahl auch nicht so leicht, was?« Andreas zwinkerte ihm zu und schnappte sich selbst eine Tüte Nudeln.

Auch Krumme fühlte sich genötigt, sich endlich für ein Aftershave zu entscheiden. Während Andreas über das Wetter plapperte, gingen sie zur Kasse und bezahlten. Als sie nach draußen traten, blinzelte Krumme unsicher in die Sonne.

»Wie sieht's aus? Ein kleines Pils im ›Seehund‹?«, erkundigte sich Andreas.

Krumme sah ihn überrascht an. Offensichtlich nahm ihm der kräftige Halligbauer seine Lüge vom Vortag wirklich nicht mehr übel.

Er nickte. »Ja, warum nicht?«

Kurz darauf saßen sie auf der Terrasse des kleinen Gasthauses. Eigentlich war es Krumme draußen ein bisschen zu frisch für ein kaltes Nachmittagsbier, aber er wollte vor dem stolzen Friesen nicht schwächeln. Andreas sah aus, als fühlte er sich pudelwohl. Er plauderte entspannt mit der jungen Bedienung und begrüßte mit lauter Stimme ein paar der anderen Gäste, offensichtlich ebenfalls Halligbewohner. Krumme spürte, wie sie ihn mit misstrauischen Blicken taxierten. Es hatte sich wohl rumgesprochen, dass ein Kommissar auf der Insel war.

»Wegen gestern … Diese Lehrergeschichte tut mir wirklich leid«, setzte Krumme verlegen an, doch Andreas unterbrach ihn mit seinem tiefen Bass. »Ach was, Schwamm drüber, wir haben doch alle schon mal geflunkert, oder?« Er zwinkerte Krumme gutmütig zu. »Außerdem kann ich verstehen, dass Sie nicht ständig über Ihre Arbeit reden wollen.«

Entspannt lehnte er sich zurück und hielt mit geschlossenen Augen das Gesicht in die Nachmittagssonne. Krumme betrachtete sein Gegenüber. Blauer Friesenpullover, blonde Wuschelhaare und kräftige Schultern – der Prototyp eines stolzen Friesen. Dass sich trotz seiner jungen Jahre bereits ein stattlicher Bauch unter dem Pullover wölbte, störte das Gesamtbild nicht. Andreas schien einfach gerne zu essen und war dem Alkohol nicht abgeneigt, das hatte Krumme schon in der »T-Stube« bemerkt.

Zuerst plauderten sie ein bisschen über Andreas' Job als Halligbauer. Aber nachdem er das zweite Pils getrunken hatte, kam Andreas zu dem Thema, das ihn wohl besonders interessierte.

»Und Sie wohnen also in Berlin?«

Krumme nippte immer noch an seinem ersten Bier. Er leckte sich den Schaum von der Oberlippe und nickte.

»Da war ich noch nie«, gab Andreas zu. »Muss ja eine Riesenstadt sein. Größer als Hamburg.«

Wieder nickte Krumme nur.

»Und Sie sind wirklich ein echter Kommissar?«

»Ja, ein waschechter.« Krumme zwang sich zu einem Lächeln.

»So wie die im Fernsehen? Im *Tatort*?«

Krumme nickte wieder. »Genau so.«

Andreas drückte voller Respekt die Unterlippe nach vorne und machte eine Pause, bevor er fragte: »Haben Sie schon mal jemanden umgebracht?«

Hatte Krumme, leider. Aber über diese schlimme Erfahrung wollte er nicht reden, schon gar nicht jetzt, mit Andreas. »Nein, nie«, behauptete er und nippte wieder an seinem mittlerweile etwas schalen Bier.

Andreas machte ein nachdenkliches Gesicht, zog dann die Augenbrauen nach oben und zeigte grinsend mit dem Finger auf Krumme. »Kann es sein, dass Sie letztes Jahr dabei waren, als sie in Kleebüll diesen irren Frauenmörder geschnappt haben? Hab in der Zeitung davon gelesen.«

»Stimmt, ja. Damit hatte ich zu tun.«

»Und jetzt sind Sie schon wieder bei uns im Norden …«

»Ja, mein Jahresurlaub, zwei Wochen.«

»Zwei Wochen auf unserer kleinen Hallig? Warum sind Sie nicht nach Sylt gefahren? Oder nach Föhr? Da ist doch viel mehr los.«

»Ich hab eben gern meine Ruhe.«

»Verstehe.«

Wieder schwiegen sie. Andreas wandte den Blick nicht von ihm ab. Offensichtlich überlegte er, wie weit er sich vorwagen durfte.

»Und dann haben Sie ausgerechnet unsere Swantje auf der Fähre kennengelernt? Das ist ja ein Zufall, was?«

»Wieso?«

»Na ja, weil …« Andreas stockte einen Moment. »Na, weil sie ja glaubt, dass hier auch ein Verbrechen passiert ist.«

»Und hat sie Recht?« Krumme sah ihn herausfordernd an.

Andreas schnaufte. »Nein, natürlich nicht. Das ist einfach nur dumm gelaufen. Sie hätte sich nie mit diesem Blödmann einlassen sollen.«

»Mit Marc?«

Andreas nickte. »Ich weiß, das sollte ich lieber nicht sagen. Aber ich habe ihn von Anfang an für einen Idioten gehalten.«

»Wieso dürfen Sie das nicht sagen?«

Andreas stand die Verwirrung ins Gesicht geschrieben.

»Macht mich das denn nicht verdächtig, dass ich ihm …?«
Er zögerte und wirkte zum ersten Mal gar nicht mehr so
selbstsicher.

»Dass Sie ihm etwas angetan haben könnten?«, versuchte
Krumme zu helfen.

»Ja, verdammt!«, blaffte Andreas plötzlich. »Aber das hab
ich nicht!«

Der jähe Ausbruch überraschte Krumme. Er schwieg einen Moment, bevor er fragte: »Stimmt es, was Swantje sagt,
dass Sie und die anderen an dem Abend noch mit ihm zusammengesessen haben?«

Andreas musterte ihn argwöhnisch. »Wird das jetzt so
eine Art Verhör?«

»Nein, natürlich nicht.« Krumme hob beschwichtigend
die Hände. »Sie haben mit dem Thema angefangen. Wir
müssen nicht über die Sache reden, wenn Sie nicht wollen.«

Andreas wirkte verwirrt. Krumme war sicher, dass es der
Sinn dieses Treffens war, ihn auszufragen und herauszufinden, was er wusste und was nicht.

»Ja, wir haben damals zusammengesessen. Ganz friedlich.
Haben gegrillt, Musik gehört. Gequatscht.«

»Wer war denn alles dabei?«

»Tagsüber war die halbe Hallig dort draußen.«

»Und am Abend? Als Marc verschwunden ist?«

»Verdammt noch mal!«, schimpfte Andreas. »Er ist nicht
›verschwunden‹!« Er malte Gänsefüßchen in die Luft. »Er
ist einfach abgehauen.«

»Wer war denn sonst noch da?«

Andreas musterte Krumme. »Am Ende nur wir, unsere
Clique.«

»Alle?«

»Ja, Inga, Lars, Henning, Birte und ich. Und eben Marc.«

»Und er hat wirklich nicht verraten, wo er hinwollte?«

Andreas schwieg und betrachtete Krumme stumm. Der hob die Hände und lächelte.

»Entschuldigung, jetzt klingt es doch wie ein Verhör. Die Macht der Gewohnheit.«

»Klar, schon kapiert.«

»Andy!«, rief auf einmal eine weibliche Stimme. Birte war mit dem Kinderwagen im Seehund erschienen, wollte aber wohl nicht zu ihnen an den Tisch kommen. Stattdessen nickte sie Krumme mit einem starren Lächeln zu und winkte Andreas zu sich. Der entschuldigte sich und ging zu seiner Frau.

Krumme konnte nicht verstehen, worum es in dem Gespräch der beiden ging, hätte es aber sehr gerne gewusst. Offenbar war Birte nicht einverstanden damit, dass ihr Mann hier mit Krumme zusammensaß und Bier trank. Die Eheleute stritten leise und schauten dabei immer wieder zu ihm herüber.

Krumme war sicher, dass Andreas sich einfältiger gab, als er in Wahrheit war. Ganz bestimmt hatte er Krummes Namen gegoogelt und so von den Ereignissen in Kleebüll erfahren. Offensichtlich machte er sich doch Sorgen, dass der einzige Polizist auf der Insel etwas Unbequemes über ihn herausfinden könnte.

Diese Sorge schien Birte zu teilen. Denn kurz darauf kam Andreas zurück an den Tisch und verabschiedete sich von Krumme. Er müsse seiner Frau noch beim Aufbau eines neuen Kinderbettchens helfen. Der Kommissar äußerte Verständnis und beobachtete, wie die kleine Familie davonging.

Swantje schien mit ihrem Verdacht, dass hier etwas vertuscht wurde, wohl doch richtigzuliegen. Für einen kurzen Moment spürte Krumme seinen Jagdinstinkt und den Wunsch herauszufinden, was genau damals am Polterabend passiert war.

Aber dann schaute er sich im »Seehund« um, betrachtete den gepflegten Rasen, die akkurat geschnittenen Hecken und die frisch erblühten Blumen. Er beobachtete die anderen Gäste, die meisten davon Tagesausflügler. Familien, Wanderer, junge Pärchen, die sich im Seewind aneinanderkuschelten. Alles sah so friedlich und heimelig aus. Das hier war nicht Berlin-Neukölln, sondern ein kleines Paradies. Er konnte sich beim besten Willen nicht vorstellen, dass hier ein Verbrechen passiert war.

Außerdem hatte die Polizei gründlich ermittelt. Vielleicht war ja sogar sein Kollege Hauptkommissar Mannsen damals auf der Hallig gewesen. Krumme beschloss, ihn bei seinem nächsten Treffen auf das Thema anzusprechen.

Aber jetzt war Zeit für seinen Urlaub! Zeit sich weiter umzuschauen und die Hallig zu erkunden. Und Krumme hatte schon eine Idee, wo er als Nächstes hingehen wollte.

29

Das Biosphärenhaus befand sich am Rand der Hanswarft. Ein moderner Bau mit hohen Fenstern, aus denen man einen weiten Blick über das nordwestliche Hooge hatte. Es war Treffpunkt für alle Tagesbesucher und Touristen, die sich über das Halligleben, die Nordsee und das Wattenmeer, über Hooges Geschichte und die vielfältige Tier- und Pflanzenwelt informieren wollten – oder einfach für eine Weile Schutz vor dem stürmischen Wind und ein bisschen Wärme suchten.

Krumme hatte beschlossen, ab jetzt das komplette Halligprogramm zu absolvieren. Mit seiner Lesebrille auf der Nase arbeitete er sich konzentriert durch die Stationen der naturkundlichen Ausstellung, lauschte den verschiedenen Vogelstimmen, lernte an einem großen Wasserbecken, wie die Gezeiten funktionierten, und betrachtete ausgiebig die diversen Schaukästen mit ausgestopften Tieren. Ob sich Herr Adams mit seinen Exponaten an der Ausstellung beteiligt hatte? Krumme nahm sich vor, den »Vögelkönig« beim nächsten Mal danach zu fragen.

Der Kommissar war nicht der einzige Besucher. Außer ihm war eine Schulklasse im Haus und wurde von einer sehr aufmerksamen und hilfsbereiten jungen Frau durch die Ausstellung geführt, die, wie Krumme später erfuhr, Geologie-Studentin war und zusammen mit anderen jungen Leuten ein freiwilliges Jahr im Infozentrum absolvierte. Neben den Schülern waren noch einzelne Wanderer und Familien da –

und die beiden niederländischen Damen, die zusammen mit ihm im »Hus Adams« wohnten.

Genau wie im Frühstücksraum sahen sie immer wieder zu ihm herüber und kicherten wie junge Mädchen. Krumme winkte ihnen mit leicht gequälter Miene zu und konzentrierte sich dann wieder auf einen Artikel über die erste »Mandränke«, die heftige Sturmflut, die 1362 die ehemals zusammenhängende Landschaft Nordfrieslands auseinandergerissen hatte und für die Entstehung der Halligen und Inseln des Wattenmeeres verantwortlich war.

»Wie machen Sie das nur?«, meldete sich auf einmal eine leicht heisere Stimme in seinem Rücken.

Krumme drehte sich um. Vor ihm stand ein ungefähr eins achtzig großer Mann in einer braunen Cargohose. Krumme schätzte sein Alter auf Anfang fünfzig. Sein Kopf ragte nahezu ansatzlos aus einem grauen Mustang-Pullover hervor. Der Kragen des karierten Hemdes, das er darunter trug, wurde fast komplett von seinem fleischigen Hals verdeckt. Die verschwitzten Haare erreichten in leichten Wellen beinah die Schultern, während sie über der Stirn schon den Blick auf die glänzende Kopfhaut freigaben. Der Mann lächelte über das ganze breite Gesicht, als er ihn mit seltsam schrägem Blick von der Seite fixierte.

»Entschuldigung?«, murmelte Krumme irritiert.

»Die beiden Schnecken da hinten, die sind ja ganz verrückt nach Ihnen!«

Er zeigte auf die Niederländerinnen, die gerade vor einem Aquarium mit Katzenhai-Eiern standen und vorsichtig gegen die Scheibe klopften.

»Ach ja?«

»Oh ja. Jetzt tun sie so, als wären sie in die Ausstellung vertieft. Aber in Wahrheit starren die beiden Ihnen ständig auf den Arsch.«

Krumme verzog den Mund und versuchte zu lächeln. Hilfe, dachte er, was ist das für ein Freak?

Der Unbekannte schien seine Gedanken lesen zu können. Mit einem breiten Grinsen reichte er ihm seine überraschend kleine Hand: »Gunter Drews.«

Krumme zögerte kurz. Dann schüttelte er die Hand und stellte sich ebenfalls vor. Drews betrachtete ihn dabei mit einem prüfenden Blick. Krumme war unsicher, ob sich dahinter Verachtung, Neid oder vielleicht doch Bewunderung versteckte. Aber eigentlich war es ihm auch egal. Er wollte bloß in Ruhe gelassen werden. Doch Drews dachte gar nicht daran, ihm den Gefallen zu tun. Im Gegenteil, als Krumme langsam zur nächsten Informationstafel über die frühe Torfgewinnung auf Hooge schlenderte, folgte ihm der Mann und schob seinen Kopf vertraulich zu ihm hinüber.

»Was hat Sie denn hierher ans Ende der Welt verschlagen?«

Krumme trat unauffällig einen halben Schritt zurück. »Ich finde es eigentlich sehr schön hier.«

»Ja, klar, schön.« Drews machte eine abfällige Handbewegung. »Wenn nur nicht überall diese kreischenden, ständig kackenden Vögel wären. Wussten Sie, dass die verdammten Gänse alle drei bis vier Minuten eine Wurst fallen lassen?«

Das hatte Krumme tatsächlich gerade auf einer der Informationstafeln gelesen. Er nickte. »Warum sind Sie denn hier, wenn es Ihnen auf Hooge nicht gefällt?«

»Na, wegen Weibern wie denen da!« Wieder zeigte der Mann auf die beiden Niederländerinnen, die jetzt merkten, dass sie gerade die volle Aufmerksamkeit der zwei Männer hatten – und wieder kichernd die Köpfe zusammensteckten.

Krumme sah sein Gegenüber verständnislos an. Der nickte den Frauen mit einem frechen Grinsen zu. Als er ihnen auch noch anzüglich zuzwinkerte, wäre Krumme am liebsten vor Scham im Boden versunken.

»Alle denken immer, dass nur auf Sylt richtig was abgeht«, flüsterte Drews. »Vielleicht auch noch in St. Peter-Ording. Aber das stimmt nicht. Für Typen wie uns sind die Halligen oder Inseln wie Amrum oder Föhr viel besser.«

»Typen wie uns?«

»Ja, seien wir doch ehrlich. Wenn wir beide auf Sylt die Hose runterlassen, laufen die Weiber weg. Aber hier, in dieser Einsamkeit, wo uns keiner ins Handwerk pfuscht, sind wir die Könige.«

Krumme seufzte. Was für ein Idiot! Trotzdem spürte er einen leisen Stich. Auch wenn er es nicht zugeben wollte, der Hinweis, dass die ein oder andere ihm noch auf den Hintern starrte, hatte ihm schon gefallen. Dass er für Drews trotzdem auf die Resterampe gehörte, gefiel ihm weniger.

»Meinen Sie wirklich, die Frauen kommen nach Hooge, um Männer kennenzulernen?«

»Hallo?! Natürlich tun sie das. Ist Ihnen nicht aufgefallen, wie die hier überall herumstolzieren? Als wenn sie auf einem Laufsteg wären!«

Krumme hatte bisher nur eine Handvoll anderer Besucher gesehen. Dass darunter besonders viele Damen sein sollten, hielt er für ein Gerücht. Er schüttelte den Kopf.

Drews sah ihn entgeistert an: »Sind Sie blind? Diese verdammte Insel ist voll von einsamen Frauen, die hier ein bisschen wandern wollen.« Drews setzte das »wandern« mit einer entsprechenden Geste in Anführungsstriche. Und wollte dabei einfach nicht aufhören, über das ganze Gesicht zu grinsen.

Langsam verlor Krumme die Geduld. »Hooge ist keine Insel, sondern eine Hallig. Hat was mit dem fehlenden Grundwasser zu tun. Steht auch da vorne auf einer Tafel.«

Drews nickte, schien ihm aber gar nicht zuzuhören.

»Ich habe gesehen, wie Sie sich an die Blonde rangemacht haben.«

Jetzt blickte Krumme ihn doch überrascht an.

Drews lächelte. »Diese kleine Süße auf der Fähre. Ein richtiger Schuss! Ich hab fünf Reihen hinter Ihnen gesessen. Hab alles genau beobachtet. Wie Sie im Gang gestolpert sind. Die alte Tollpatschnummer. Klasse!« Er klopfte ihm anerkennend auf die Schulter.

Krumme starrte Drews entsetzt an. »Entschuldigung, aber ich mag es nicht, wenn Sie so über die junge Dame reden. Und dass Sie mir hinterherspionieren, gefällt mir schon gar nicht.«

Aber Drews hörte nicht auf zu grinsen. In seinem dicken Pullover schien ihm viel zu warm zu sein. Mit dem Handrücken wischte er sich den Schweiß von der Stirn.

»Das ist Ihre Masche, oder? Immer den Gentleman spielen, was?« Er nickte wissend.

»Ich spiele gar nichts.«

»Nein, natürlich nicht. Schon klar. Aber warum so muffelig? Ich bewundere Sie. Im Ernst. Wie Sie das hier angehen, das ist ganz großes Kino.«

Krumme verdrehte die Augen. Was hatte er nur getan, dass der liebe Gott ihm immer diese Verrückten schickte?

»Herr …«

»Drews«, wiederholte der noch einmal. »Gunter Drews. Wir können auch gerne Du sagen.«

»Mir wäre lieber, wenn wir beim ›Sie‹ bleiben. Außerdem würde ich jetzt gerne meine Ruhe haben. Und das hier zu Ende lesen. Bitte.«

Drews hob die Hände. »Schon gut, ich wollte mich mit Ihnen ja auch nur absprechen.«

Krumme sah ihn verwirrt an. Drews zeigte wieder zu den beiden Holländerinnen, die jetzt auf der anderen Seite des Raumes standen und gebannt auf einen Bildschirm starrten, auf dem Aufnahmen von Sturmfluten zu sehen waren.

»Ich bin nämlich auch ein Gentleman. Ich pinkel nicht einfach in den Garten eines anderen. Wenn Sie mir verraten, welche von beiden Sie für sich haben wollen, nehme ich die andere.«

Krumme konnte es nicht fassen. Energisch schüttelte er den Kopf. »Schluss, aus! Jetzt reicht's. Machen Sie, was Sie wollen, aber lassen Sie mich mit Ihrem dämlichen Gequatsche in Ruhe!«

Zum ersten Mal zog Gunter Drews die Mundwinkel nach unten. Aber nur, um Krumme gleich wieder anzugrinsen. Er salutierte ironisch.

»Zu Befehl, Herr Kommissar!«

Damit wollte er sich abwenden und davongehen, aber Krumme packte ihn am Arm.

»Woher kennen Sie meinen Beruf?«

Drews lächelte, zufrieden darüber, dass er sein Gegenüber verunsichert hatte.

»Glauben Sie wirklich, das können Sie hier auf dem kleinen Hooge geheim halten? Alle reden davon, dass die Polizei auf der Insel ist.«

»Alle? Wer ist alle?«

»Also, ich habe es heute Morgen beim Frühstück gehört. Und mittags in der ›T-Stube‹ wurde auch darüber gesprochen.«

Krumme sah Drews nachdenklich an. Der nickte ihm nur betont freundlich zu und schlenderte dann lässig weiter Richtung Fernseher, wo sich die beiden Niederländerinnen jetzt ein Video über Tiere im Wattenmeer anschauten. Krumme beobachtete, wie er sich dazusetzte und sie mit einem breiten Lächeln ansprach. Ob es ihnen gefiel, konnte Krumme nicht sehen, aber zumindest ergriffen sie nicht die Flucht.

Na wunderbar, alle auf der Hallig wussten, dass er bei der Polizei war! Diese ständige Aufmerksamkeit, die er hier auf

Hooge bekam, war ungewohnt für ihn. Frau Adams' lange Blicke, Swantjes Interesse für ihn und seine Arbeit, ja, auch das neckische Kichern der beiden Holländerinnen – was war nur los, dass auf einmal so viele Frauen ihn im Fokus hatten? Dabei war Krumme ganz bestimmt nicht der Weiberheld, für den ihn dieser verschwitzte Schwachkopf hielt. Seit der Scheidung von seiner Frau lebte Krumme ein einsames Leben in seiner Neuköllner Wohnung und kümmerte sich nur um seine Arbeit.

Es hatte eine Zeit gegeben, da hatte er ein glückliches Familienleben gehabt. Das war lange her. In den vielen Jahren, die seitdem vergangen waren, hatte er sich daran gewöhnt, dass er alleine lebte, nicht viele Freunde hatte, dass kaum einer ihn in der großen Stadt Berlin beachtete, ob er Polizist war oder nicht.

Doch nun schien er hier auf der Hallig eine Art Berühmtheit geworden zu sein. Er fragte sich, was das über die Bewohner der Hallig aussagte. Wieso interessierten sich so viele so sehr für ihn? Krumme dachte zurück an das Gespräch mit Andreas und die Reaktion seiner Frau Birte. Und fragte sich, ob es vielleicht doch sein konnte, dass es hier Menschen gab, die etwas zu verbergen hatten.

30

Swantje legte den Kopf zurück und schaute nach oben in den strahlend blauen Himmel, während der Wind sachte über sie hinwegstrich. Eine weiße Wolke schob sich in die Unendlichkeit, ein einsamer Vogel senkte sich hinab. Sie lächelte.

»Es ist so wunderschön hier«, flüsterte sie. »Das hatte ich fast vergessen.«

Birte sah zu ihrer Freundin, die auf der anderen Seite der Decke neben der schlafenden Ida lag. Die drei hatten es sich beim Seedeich hinter der Hanswarft bequem gemacht. Birte hatte Obst mitgebracht, Swantje Kaffee und Kuchen.

»Wirklich? Vergessen? Du hast fast dein ganzes Leben hier verbracht.«

»Ja. Aber auf dem Festland ist alles so ganz anders. Der Verkehr, der Lärm. Die vielen Leute. All die Probleme, die man hat, wenn man in der Stadt wohnt. Da ist es schnell so, als wäre das Leben hier auf diesem kleinen Stückchen Land mitten im Meer nur ein wunderbarer, ferner Traum.«

Birte betrachtete ihre Freundin einen langen Moment. Bis Ida leise im Schlaf seufzte und die kleinen Fäuste ballte. Lächelnd drückte sie ihrem Baby einen Kuss auf die Wange. Dann blickte auch sie hinauf in den Himmel.

»Du hast gesagt, du müsstest mit mir sprechen.«

Swantje nickte langsam. Sie überlegte, wie sie anfangen sollte.

»Hat es mit deinem Ausflug letzte Nacht zu tun?«, hakte Birte nach.

Swantje seufzte. Offensichtlich wusste tatsächlich die ganze Hallig, dass sie ein Phantom über die nächtliche Warft gejagt hatte.

»Was hat Elke dir denn erzählt?«, fragte sie.

»Ich habe gar nicht selbst mit ihr gesprochen«, erklärte Birte. »Aber sie soll gesagt haben, du hättest irgendeinen … na ja, Einbrecher verfolgt.«

Swantje lächelte müde.

»Nein, keinen Einbrecher.«

»Wen dann?«

Sie zögerte kurz, entschied sich dann aber, ihrer besten Freundin die Wahrheit zu sagen. »Ich habe Marc gesehen.«

»Was??«, stieß Birte so laut hervor, dass Ida im Schlaf zusammenzuckte, zum Glück aber nicht aufwachte.

Swantje starrte weiter in den blauen Himmel, als sie antwortete. »Es war Marc, da bin ich ganz sicher. Er stand unten im Garten und hat mich angeschaut.«

»Aber das ist … verrückt!«

Swantje schwieg.

»Es war mitten in der Nacht. Bestimmt hast du noch geträumt.«

»Ja, ich habe vorher von ihm geträumt. Aber dann war ich wach, hellwach!«

»Ach Swantje … hört das denn nie auf?«

»Birte, ich habe sein Gesicht gesehen!«

»In der Dunkelheit?«

Swantje wusste, dass Birtes Zweifel berechtigt waren. Aber sie wollte darüber jetzt nicht diskutieren. Was auch immer da passiert war, sie war sicher, dass es etwas mit Marc zu tun hatte.

»Was hast du denn geträumt?«, erkundigte sich Birte.

Swantje erzählte, wie sie zusammen mit Marc auf der Bank mitten auf der Hallig gesessen hatte, wie sie gemeinsam über die Wiese gelaufen waren, bis er dann schließlich vor ihren Augen im Meer untergegangen und hinter der Tür verschwunden war. Swantje spürte, wie ihr eine Träne über die Wange lief, und wischte sie verlegen weg.

»Ganz schön unheimlich«, fand Birte.

»Ja. Und dann bin ich aufgewacht. Es war dunkel, mitten in der Nacht, und ich war hellwach. Spätestens als ich barfuß über den feuchten Rasen gelaufen bin.«

Swantje drehte sich zur Seite. Neben ihrem Kopf schlief Ida immer noch ganz friedlich, zuckte aber kurz mit ihren Händchen. Offensichtlich träumte sie auch gerade. Swantje lächelte. Die Kleine war wirklich süß!

»Du musst dich geirrt haben!«, sagte Birte und hatte Mühe, dabei leise zu sprechen.

Swantje setzte sich auf und schaute hinaus aufs Meer. Es war Flut, und die grauen Wellen liefen nur ein paar Meter entfernt von ihr auf den Seedeich auf.

»Ich weiß auch nicht, was ich davon zu halten habe. Aber ich bin sicher, dass es etwas zu bedeuten hat.«

»Und was?«, fragte Birte skeptisch.

»Marc, er will mir irgendetwas sagen.«

Birte stöhnte leise. »Swantje, Schatz, Marc ist tot.«

»Was, wenn er nicht tot ist? Wenn er … irgendwo ist und meine Hilfe braucht?«

»Weißt du, wie verrückt du dich anhörst?«

Endlich drehte sich Swantje zu Birte und sah ihr tief in die Augen.

»Was genau ist damals passiert? In der Nacht, in der Marc verschwunden ist.«

»Bitte nicht, Swantje, tu mir das nicht an. Wie oft sollen wir denn noch darüber reden? Wir haben dir alles gesagt. Genau wie der Polizei.« Sie verzog das Gesicht. »Andy hat heute sogar noch mal mit deinem Kommissar über die ganze Geschichte gesprochen. Obwohl wir immer noch nicht fassen können, dass du ihn mit auf die Hallig geschleppt hast.«

Swantje stutzte. Hatte Herr Krumme seine Meinung geändert und wollte nun doch mehr über diese Nacht herausfinden?

»Ich habe ihn nicht angeschleppt. Aber das habe ich euch gestern schon gesagt.«

Birte winkte ab.

»Weißt du, was Andy ihm erzählt hat?«, fragte Swantje.

»Die Wahrheit!«, stieß Birte so aufgebracht hervor, dass Ida für einen Moment die Augen öffnete. »Die verdammte Wahrheit!«, zischte Birte jetzt wieder leise. »Wir haben zusammengesessen. Ganz entspannt. Marc hat in der Ecke stumm auf einer Kiste Bier gehockt. Dann hat er sich verabschiedet und ist gegangen. Basta. Das war's.«

Swantje dachte an ihren Traum zurück, an Andreas' wütendes Gesicht. »Und es gab keinen Streit?«

»Das hast du schon so oft gefragt! Nein, es gab keinen Streit!«

Jetzt war Ida doch aufgewacht. Verwirrt schaute sie sich um, wimmerte leise und strampelte mit Händen und Beinen. Birte nahm sie auf den Arm und wiegte sie sanft hin und her. Mit aufgerissenen Augen blickte Ida zu Swantje, blieb aber ruhig.

Swantje holte Luft. »Keinen Streit? Auch nicht mit Andy?«

»Was soll das denn jetzt?«

»Du weißt genau, dass Andy Marc nie ausstehen konnte.«

»Wir hatten alle unsere Probleme mit Marc. Sorry.«

»Aber bei Andy war es doch noch ein bisschen mehr.«

»Ich verstehe nicht, worauf du hinauswillst.«

Swantje zögerte wieder. Aber sie war schon viel zu weit nach vorne geprescht, um jetzt zurückzurudern.

»Andy ist doch von Anfang an eifersüchtig auf Marc gewesen. Tut mir leid, das zu sagen. Aber das müsstest du damals eigentlich auch mitbekommen haben.«

Birte sah sie an. Auf einmal war jede Freundlichkeit aus ihrer Miene verschwunden. Sie schüttelte den Kopf, stand auf und legte Ida in ihren Kinderwagen. Als würde das Baby die gereizte Stimmung spüren, fing es an zu weinen. Aber Birte hatte gerade nur Augen für Swantje.

»Du bist echt das Letzte, weißt du das? Runter von meiner Decke!«

»Birte …«

»Runter!«

Seufzend stand Swantje auf. Sie schüttelte den Kopf. »He, ich weiß, dass jetzt alles anders ist. Andy liebt dich und …«

»Halt die Klappe!«, fauchte Birte sie an.

Swantje erstarrte.

»Nur damit du's weißt: Andy hat Marc nicht … Er hat ihm nichts angetan!«

»Das habe ich ja auch nicht …«

Wieder unterbrach Birte sie. »An dem Abend ist er mit zu mir nach Hause gekommen. Und dann haben wir miteinander geschlafen. Zum ersten Mal! Das war einer der schönsten Momente meines Lebens! Und nur wegen deinem blöden Marc liegt jetzt trotzdem ein Schatten auf dieser Nacht! Und das, Swantje, das werde ich ihm nie verzeihen!«

Damit knüllte sie die Decke zusammen und stopfte sie in den Korb unter dem Buggy. Mit wütenden Schritten marschierte sie davon und schob den Kinderwagen den langen Weg zurück zur Hanswarft, ohne sich noch einmal umzudrehen.

Swantje sah ihr so lange nach, bis sie zwischen den Häusern der Warft verschwunden war.

31

Ole trat das Gaspedal seines Golfs GTI bis zum Anschlag durch. Mit fast 120 Stundenkilometern raste er über die nächtliche Landstraße, die die in der Dunkelheit liegenden Felder wie ein Messer durchschnitt. Sein Haar wirbelte im Fahrtwind, und die Musik aus seiner hochgetunten Anlage donnerte so laut wie ein Maschinengewehr. Er war sicher, dass sie seinem kleinen Wagen noch mehr Schubkraft gab, ihn noch schneller über die Straße schob, weg von allen Scheißspießern auf der Welt.

Er schnippte seine abgerauchte Zigarette aus dem Fenster und atmete tief durch. Was war das wieder einmal für ein beschissener Abend gewesen! Dabei hatte er sich zuerst noch einiges ausgerechnet. Die Kleine, die er an der Bar kennengelernt hatte, hatte absolut scharf ausgesehen. Endlose Beine, lange blonde Haare. Und ihre perfekten Titten hatten sich unter dem dünnen T-Shirt deutlich abgezeichnet. Gesprochen hatten sie beide natürlich kaum. Nicht nur wegen der lauten Musik. Er redete eben nicht gerne. Trotzdem hatte sie ihm einige vielversprechende Blicke zugeworfen.

Ole war zusammen mit zwei Kumpels aus Tönning in der Disko gewesen, Hinnerk und Bernd. Ziemliche Vollpfosten, doch sie hatten überraschend schnell Anschluss gefunden. Zwei Mädchen aus Büsum, ein bisschen dicklich zwar, aber auch sie hatten sich viel für den Abend vorgenommen. Schon nach einer Stunde waren die vier abgezogen. Bernd hatte ihm ins Ohr geschrien, dass sie noch nach Itzehoe fahren wollten. Vielleicht später sogar noch bis nach Hamburg auf den Kiez.

Ole wollte lieber in Heide bei der Blonden bleiben. Die Disko hatte sich schon ziemlich geleert. Irgendwann, mit vier Cola-Rum intus, hatte er beschlossen, endlich aufs Ganze zu gehen. Mit der Begründung, sie wegen der lauten Musik nicht so gut verstehen zu können, hatte er seinen Hocker ganz dicht an ihren geschoben. So dicht, dass er ihre weichen Brüste an seinem Arm spüren konnte, als er sich zu ihr hinüberbeugte.

Sie hatte sich von ihm abgewendet. Aber das war ihm zuerst kaum aufgefallen, vielleicht war er auch schon zu blau gewesen. Doch dann war auf einmal ihre Clique aufgetaucht, drei Typen und eine Tussi. Die Blonde hatte begeistert aufgeschrien, Küsschen mit allen getauscht und sich dann mit der ganzen Bande an einen Ecktisch verzogen – ohne Ole weiter zu beachten oder sich wenigstens mit einem Blick von ihm zu verabschieden.

Noch nie hatte er sich so dämlich gefühlt. Für einen kurzen Moment hatte er überlegt, eine Welle zu machen und den Typen eins auf die Schnauze zu hauen. Aber der eine hatte wie ein Türsteher ausgesehen. Ole hatte beschlossen, lieber den Schwanz einzuziehen, noch eine letzte Cola-Rum zu trinken und dann nach Hause zu fahren. Alleine.

Scheißweiber, Scheißleben. Wenigstens hatte er seinen GTI. Er war sicher, dass keiner an der Nordseeküste einen schnelleren Wagen hatte.

Plötzlich tauchte im Licht seiner Scheinwerfer ein einsamer, heftig schwankender Radfahrer auf. Das verbogene Rücklicht flackerte so schwach, dass er ihn fast zu spät entdeckte und erst im letzten Augenblick überholen konnte.

Überholen wollte. Denn gerade als er auf gleicher Höhe war, scherte der Kerl plötzlich nach links aus. Ole riss das

Steuer herum und bremste mit quietschenden Reifen ab. Fast hätte er die Kontrolle über den Golf verloren. Nur mit Not konnte er verhindern, dass er in den kleinen Graben neben der Landstraße rutschte.

Schnaufend und mit wild klopfendem Herzen kam er zum Stehen und brauchte einen Moment, um wieder zu sich zu kommen. So ein verdammter Arsch! Und der Scheißtyp reagierte nicht mal. So als ob überhaupt nichts gewesen wäre, wackelte er mit seinem Drecksfahrrad weiter durch die Nacht.

So nicht, Digger, dachte Ole und trat aufs Gas. Er raste an dem Radfahrer vorbei, brachte seinen Golf direkt vor ihm zum Stehen und sprang aus seinem Wagen.

»He, du Arschloch! Was sollte die Scheiße?!«

Er baute sich vor dem Mann auf, der – das Rad zwischen die Beine geklemmt – nur regungslos in seine Richtung starrte. Der Typ trug einen ausgeleierten Kapuzenpullover. Ole konnte sein Gesicht im Regen kaum erkennen, nahm aber an, dass der Kerl schon weit über dreißig war. Aber vielleicht sah er auch nur alt aus. Ole versetzte ihm einen leichten Stoß vor die Brust.

»Hörst du mir überhaupt zu?! Du hast mich eben fast gekillt!«

»Lass mich in Ruhe«, brummte der Mann und versuchte sich mit seinem Fahrrad an Ole vorbeizuschieben. Aber der hielt ihn am Arm fest.

»Du bleibst schön hier! Ich ruf die Bullen! Das gibt 'ne saftige Anzeige.«

»Finger weg!«, rief der Mann mit überraschend schriller Stimme und riss sich los. Wieder versuchte er sich an Ole vorbeizudrängen. Beinahe hätte er es sogar geschafft. Im letzten Moment gelang es Ole, das Rad am Gepäckträger festzuhalten.

»Hiergeblieben, du Arsch!«

Er zerrte an dem Fahrrad. Aber der Kapuzenmann war fest entschlossen, sich nicht aufhalten zu lassen. Ein heftiges Gerangel entstand, beide versuchten, einander das Fahrrad zu entreißen. Plötzlich ließ der Mann sein Rad los und begann mit beiden Fäusten auf Ole einzuprügeln. Laut schreiend schlug er ihn auf die Brust und versuchte auch seinen Kopf zu treffen.

Aber Ole hatte sich schon oft geprügelt, auf Dorffesten und Stoppelfeten war er berühmt und berüchtigt. Mit seiner harten Rechten traf er den Älteren am Kinn. Der stöhnte auf und fiel wie ein Baum nach hinten in die Böschung. Benommen blieb er im feuchten Gras liegen. Ole nahm das Rad und warf es in hohem Bogen zur Seite. Scheppernd krachte es auf den Asphalt. Dann beugte er sich über den Mann.

»Dämlicher Freak! Sei froh, dass ich heute keine Zeit hab! Sonst würde ich dir richtig die Fresse polieren.«

Der Mann schwieg. Blut lief ihm aus dem Mundwinkel, während er ihn wütend anfunkelte. Ole spuckte verächtlich vor seine Füße. Dann drehte er sich um und ging zurück zu seinem Auto.

Ein paar Schläge hatte er auch abbekommen, trotzdem fühlte Ole sich großartig. Einem geistesgestörten Wichser seine Grenzen zeigen – das war genau das, was er nach diesem trostlosen Abend gebraucht hatte. Zufrieden ließ er seine Handgelenke knacken und wollte gerade die Wagentür öffnen, als er von einem schweren Schlag am Hinterkopf getroffen wurde.

Eher überrascht als erschrocken drehte er sich um. Der Kapuzenmann hatte sich aufgerappelt. Mit einem großen Stein holte er jetzt ein zweites Mal aus. Ole hielt schützend die Hand vor den Kopf, so dass der Mann nur seinen Arm traf. Ein heftiger Schmerz durchzuckte Ole wie ein Blitz, er taumelte, duckte sich, versuchte, sich zu schützen. Aber er hatte keine Chance. Mit unglaublicher Wucht stieß der Radfahrer ihn zu Boden und drückte ihm sein Knie in den Magen. Dazu gellten seine schrillen Schreie durch die Nacht: »Lass mich in Ruhe! Lass mich bloß in Ruhe, du mieses Schwein!«

Entsetzt sah Ole in das völlig verzerrte Gesicht des Mannes, der mit vor Hass sprühenden Augen über ihm auf seiner Brust saß. Ein Irrer, ein totaler Irrer, war das Letzte, was Ole noch denken konnte. Er wollte gerade zum Gegenangriff übergehen, als der nächste Schlag ihn am Kopf traf und in ein schwarzes Nichts schleuderte. Schon der dritte Hieb war tödlich und zerschmetterte mit lautem Knacken Oles Stirn. Trotzdem schlug der Mann immer weiter auf ihn ein, Schlag auf Schlag krachte auf den gebrochenen Schädel, bis er nur noch eine blutige Masse war.

Endlich ließ der Mann von seinem Opfer ab. Mit seltsam entrückter Miene betrachtete er sein Werk. Auf einmal war die Stille total. Nur der Regen prasselte monoton auf die Straße und tropfte von seiner Nase auf den Toten. Er keuchte vor Erschöpfung. Für einen kurzen Moment schien es, als wäre er selbst erschrocken über das, was er gerade getan hatte. Er kniff die Augen zusammen und zog die Mundwinkel nach unten. Mit einem Kopfschütteln ließ er den Stein fallen und richtete sich ächzend auf, blickte auf seine blutverschmierte Hand und wischte sie an seiner Hose ab. Dann schwankte er wie benommen zu seinem Fahrrad, stellte es wieder auf die Räder und fuhr in die Nacht davon. Schon nach ein paar Augenblicken war er aus dem Lichtkegel der Autoscheinwerfer verschwunden.

32

Seufzend schmiegte sie ihren Rücken an seinen warmen Bauch und zog seine Arme enger um ihren Körper. Sie lächelte mit geschlossenen Augen, davon überzeugt, dass sie in diesem Moment das perfekte Glück erlebte.

»Ich liebe dich«, hauchte er in ihren Nacken und umschloss ihr Ohrläppchen mit seinen Lippen. Es kitzelte. Swantje lächelte noch breiter.

»Ich liebe dich auch«, flüsterte sie.

»Ich will ab jetzt keinen Tag mehr ohne dich sein.«

»Dann geh nicht. Bleib bei mir.«

Er schwieg, schien zu überlegen. Nervös versuchte sie sich zu ihm umzudrehen, aber sosehr sie sich auch bemühte, sie schaffte es nicht.

»Schhh …«, versuchte er sie zu beruhigen und drückte sie dabei zärtlich an sich.

»Versprich mir, dass du immer bei mir bleibst«, flehte sie.

»Ich verspreche es.«

»Egal, was meine Freunde sagen.«

Sie hörte ihn leise lachen, fast spöttisch.

»Marc?«

»Du darfst ihnen nicht glauben.« Seine Stimme klang müde, so als könnte er kaum noch die Augen offen halten.

»Wem? Wem darf ich nicht glauben?«

Sie versuchte abermals, sich zu ihm umzudrehen. Endlich gelang es ihr, sein Gesicht zu sehen. Er hatte die Augen geschlossen und war eingeschlafen.

»Marc.«

Er rührte sich nicht. Für einen schrecklichen Moment glaubte sie, dass er nicht nur schlief …

»Marc!«, sagte sie etwas lauter.

Aber er wachte nicht auf. Stattdessen seufzte er tief und lächelte friedlich im Schlaf. Gerührt betrachtete sie ihn und drückte dann ihren Kopf an seine Seite. Jetzt war nicht der richtige Moment, um zu reden. Sie hatten ja noch Zeit. So viel Zeit. Die Hauptsache war, dass er bei ihr war. Und sie bei ihm.

Sie schloss die Augen und versuchte, zurück in den Schlaf zu finden.

Ein leises, vertrautes Geräusch erklang. Ein regelmäßiges Scharren. Ihr geliebter Hamster in seinem Laufrad. Swantje lächelte. Die Gewissheit, dass das kleine Wesen wie jede Nacht unermüdlich seine Runden drehte, gab ihr Ruhe und Frieden.

Doch dann tauchte ein Gedanke aus den Tiefen ihres Bewusstseins auf. Zuerst nur eine Ahnung, dann schmerzhafte Gewissheit.

Der Hamster war eine Erinnerung aus ihrer Kindheit, viele, viele Jahre, bevor sie Marc kennengelernt hatte. Beides zusammen konnte nicht sein. Sie musste träumen. In Wahrheit war Marc gar nicht bei ihr und …

Stöhnend schreckte Swantje in ihrem Bett hoch. Mit aufgerissenen Augen sah sie sich um. Sie war in ihrem Jugendzimmer, im Haus ihrer Mutter. Auf dem Schrank der Hamsterkäfig. Leer. Unbewohnt, schon seit über zehn Jahren.

Sie blickte auf ihr Bett. Natürlich keine Spur von Marc, obwohl sie immer noch seinen Geruch in der Nase hatte, immer noch seinen Arm und seine Lippen an ihrem Ohrläppchen zu spüren glaubte.

Mit einem enttäuschten Seufzer ließ sie sich auf ihr Kissen

zurückfallen und blickte an die Decke, die hier in diesem alten Bauernhaus viel niedriger war als in ihrer Wohnung in Marburg.

Ein Traum, natürlich. Und wieder hatte sie Marc gesehen. Auch in Marburg träumte sie ständig von ihm. Trotzdem war es hier auf der Hallig etwas anderes. Hier hatte sie das Gefühl, nicht nur in einem Traum gefangen zu sein. Auf seltsame Weise war sie sicher, dass Marc tatsächlich bei ihr war.

Erneut richtete sie sich auf, schob die Decke beiseite und sprang aus dem Bett.

Konnte es sein, dass er auch diese Nacht …?

Hastig riss sie das Fenster auf und blickte hinaus.

Nichts. Die Warft schlief friedlich, alle Häuser lagen im Dunkeln, nirgends Licht. Eine düstere Nacht. Der Mond war nur zu erahnen. Dichte Wolken verdeckten den Sternenhimmel, der hier auf der Hallig sonst besonders hell leuchtete. Trotzdem konnte sie durch den Schein einer nahen Laterne den Garten überblicken.

Keine Spur von Marc. Enttäuscht ließ sie den Kopf hängen. War der einsame Besucher am Vorabend vielleicht doch nur ein Hirngespinst gewesen?

Nein, sie konnte sich noch gut daran erinnern, wie er vor ihr durch die engen Gassen zwischen den Häusern gelaufen war. Egal, was die anderen sagten, das hatte sie sich bestimmt nicht eingebildet.

In ihrem leichten Nachthemd fröstelte sie, als ein kalter Luftzug durch das Fenster hereinwehte. Trotzdem hatte sie es nicht eilig, sich ins Bett zu legen. Wieder einmal wurde ihr bewusst, wie himmlisch die Ruhe auf der Hallig war, jetzt mitten in der Nacht noch mehr als am Tag. Selbst die Gänse schienen zu schlafen. Swantje stellte sich vor, wie sie eng aneinandergekuschelt von ihren Brutplätzen im fernen Sibirien träumten.

Und diese Luft. Diese würzige Luft, die nach Salz, nach Meer und Gras, nach Heimat, aber auch nach den fernen Ländern schmeckte, die hinter dem Horizont warteten. Auf dem Wasser sah sie vor Pellworms dunkler Küstenlinie die einsamen Positionslichter eines Fischerbootes.

Sie stützte sich auf das Fensterbrett und genoss das Panorama mit all ihren Sinnen. Hier war sie aufgewachsen. Hier war ihr Zuhause, ihre Vergangenheit. Mit leiser Wehmut wurde ihr bewusst, dass hier aber wohl nicht mehr ihre Zukunft lag.

Endlich zog sie sich in ihr Zimmer zurück und schloss das Fenster hinter sich. In ihrem warmen Bett war sie schon nach ein paar Augenblicken wieder eingeschlafen. Dieses Mal träumte sie nichts.

Unten im Garten lief eine Maus über den Rasen zur Hecke. Stumm hastete sie durch das Gestrüpp, vorbei an Steinen und vertrockneten Ästen. Sie wollte zurück zu ihrem Bau, der sich unter einem großen Findling befand. Aber etwas versperrte ihr den Weg. Ein großer schwarzer Stiefel. Irritiert sah sie hoch und erkannte einen Mann, der im Schatten der Hecke stand und zu dem Haus hinüberblickte, das sich auf der anderen Seite des Gartens befand. Er rührte sich nicht und wirkte wie ein knorriger Ast der Eiche, unter der er sich befand. Unruhig scharrte er mit den Gummistiefeln im Boden. Dann drehte er sich um und war schon einen Moment später verschwunden, so als hätte er niemals dort gestanden.

33

Über diese Enya-Musik musste er wirklich mal mit ihr reden. Das dauernde Gedudel schon am frühen Morgen war ja kaum zu ertragen. Dafür war das Frühstück allerdings wieder mal ein Traum. Die frisch gebackenen Brötchen, der dampfende Bohnenkaffee und die selbstgekochte Marmelade: Krumme hatte schon drei Schrippen vertilgt. Zu Hause in Berlin trank er normalerweise nur eine Tasse löslichen Kaffee und zwang sich, wenigstens eine Scheibe Toast zu essen. Wenn er mal wieder nicht zum Einkaufen gekommen war, auch trocken. Aber hier konnte er einfach nicht genug bekommen. Am Ende seines Urlaubs würde er dick und rund nach Berlin zurückkehren, so viel war klar.

Die Niederländerinnen waren trotz der recht späten Stunde noch nicht aufgetaucht, obwohl Frau Adams schon für sie gedeckt hatte. Außer den beiden gab es jetzt zwei neue Gäste in der Pension. Ein junges Pärchen. Krumme hörte, wie sie miteinander sprachen. Sie kamen aus Baden-Württemberg, ganz sicher. Beide waren wohl um die dreißig und trugen schwarze Jeans und dunkle T-Shirts. Die heimelige Atmosphäre in Frau Adams' Frühstücksraum schien ihnen ein wenig zuwider zu sein.

»I muss dringend glei a Zigarettle durchziege«, sagte der junge Mann.

»Vielleicht krieg mer hier ja a Bier zum Kaffee?«, raunte seine Freundin etwas lauter. Dabei blickte sie grinsend zu

Krumme, wohl in der Hoffnung, dass er sich durch sie irgendwie provoziert fühlte.

Doch Krumme waren die beiden egal. Er fuhr in Berlin ständig mit der U-Bahn, da war er ganz andere Freaks gewohnt.

Von Frau Adams hatte er heute noch gar nichts gesehen. Konnte es sein, dass sie ihm immer noch übel nahm, dass er an ihrem freien Tag lieber mit Swantje spazieren gegangen war? Krumme beschloss, sich deswegen keine Gedanken zu machen. Er war ihr zu nichts verpflichtet. Nachdem er zu Ende gefrühstückt hatte, ging er nach oben auf sein Zimmer und schlüpfte in seine Windjacke und die wasserfesten Wanderschuhe, schließlich hatte er heute etwas ganz Besonderes vor.

Als er das Haus verließ, lief er Frau Adams doch noch über den Weg. Sie war im Garten und hängte gerade die Wäsche ab. Auf Hooge war es weniger die Sonne als der heftige Wind, der dafür sorgte, dass nasse Wäsche schnell trocknete.

»Guten Morgen«, sagte er freundlich, während er den Reißverschluss seiner Jacke hochzog.

Frau Adams drehte sich überrascht um, kümmerte sich dann aber wieder um ihre Handtücher und Laken. Heute hatte sie sich die Haare nicht extra frisiert, sondern wieder zu einem einfachen Dutt zusammengebunden. Sie lächelte auch nicht, als sie sich wieder Krumme zuwandte: »Waren Sie mit dem Frühstück zufrieden?«

Krumme nickte. »Alles perfekt. Wie immer.«

»Und? Wo geht es heute hin?«

»Ich habe mich im Naturkundehaus für eine Wattwanderung angemeldet. Nach Japsand.«

»Ah, wie nett. Haben Sie so was schon mal gemacht?«, erkundigte sich Frau Adams eher höflich als ehrlich interessiert.

»Nein, eigentlich nicht. Ich bin bei Ebbe schon mal ein

bisschen in Strandnähe im Schlamm herumgelaufen, weiter habe ich mich nicht rausgetraut.«

»Sagen Sie bloß, Sie hatten Angst, im Watt zu versinken?«

»Eher davor, im zurückkommenden Meer zu ertrinken.«

Frau Adams sah ihn verwirrt an.

»Können Sie denn nicht schwimmen?«

»Na ja, nicht sonderlich gut. Wenn ich ehrlich bin, habe ich ein bisschen Angst vor Wasser.« Er lächelte verlegen.

Jetzt betrachtete Frau Adams ihn freundlich. Männer mit Schwächen, das schien ihr zu gefallen.

»Und dann machen Sie ausgerechnet an der Nordsee Urlaub?«

»Das hat die Mitarbeiterin im Naturkundehaus auch gefragt.«

»Und was haben Sie ihr geantwortet?«

»Dass ich ja nicht zum Baden hergekommen bin. Sondern nur zum Gucken. Und nichts ist beeindruckender als das stürmische Meer. Solange man auf festem Boden steht. Und vielleicht mit einer Tasse Tee aus dem Fenster schaut.«

Frau Adams lächelte. Wieder sah sie ihm dabei direkt in die Augen.

»Und jetzt eine Wattwanderung? Sie sind ja ganz schön mutig.«

»War eigentlich nicht meine Idee. Aber dann habe ich mich von der jungen Dame im Naturkundehaus bequatschen lassen. Sie hat mir versprochen, dass nichts passieren kann. Sie sagt, wenn die Flut kommt, sitze ich längst wieder auf Hooge im Café.«

»Ziehen Sie sich bloß warm an. Da draußen kann es richtig kalt werden.«

Sie sah ihn einen Moment lang schweigend an. Verlegen senkte Krumme den Blick und räusperte sich.

»Dann mache ich mich mal auf den Weg«, murmelte er.

»Es tut mir leid«, sagte Frau Adams plötzlich und legte dabei ein Laken zusammen.

»Was?«

Sie zögerte. »Na, dass ich Sie so … so bedrängt habe«, sagte sie dann leise.

Krumme starrte sie mit großen Augen an. »Ich verstehe nicht, was Sie meinen.«

»Natürlich tun Sie das. Ich weiß genau, dass ich mich nicht …« Wieder überlegte sie einen Moment. »Nicht angemessen verhalten habe. Für eine Frau, die verheiratet ist.«

»Sie müssen sich wirklich keine Sorgen machen.« Verdammt, warum fiel ihm nichts Schlaueres ein? Krumme spürte, wie er errötete.

»Nein, *Sie* müssen sich keine Sorgen machen. Ich werde in Zukunft ein wenig auf Abstand bleiben. Ich möchte Sie nicht in Verlegenheit bringen, schließlich wollen Sie hier doch einfach Urlaub machen, nicht wahr?«

Sie lächelte ihn verlegen an. Wollte Sie, dass er ihr widersprach, dass er sie einlud, ihn weiter zu bedrängen? Krumme überlegte, was er entgegnen sollte. Aber ihm fiel nichts ein. Stattdessen presste er die Lippen zusammen und versuchte, ihr Lächeln zu erwidern.

»Viel Spaß bei Ihrer Wanderung.« Wieder zog sie ein großes Laken von der Leine – und zuckte erschrocken zurück. Auf der anderen Seite stand ihr Mann!

»Mein Gott, Steve!« Sie legte sich eine Hand an die Brust. »Wie kannst du mich so erschrecken?«

»Sorry, Schatz. Ich wollte nur eine Kiste Wasser aus dem Schuppen holen.« Er nickte ihr und Krumme zu.

»Stör ich?«

Wieder errötete Krumme. »Nein, nein, ich wollte gerade los.«

»Wohin geht's?«

»Auf eine Wattwanderung. Nach Japsand.«

»Ah, wie nett!« Herr Adams drückte den Rücken durch. Auf einmal wirkte er nicht wie ein freundlicher, etwas skurriler Naturfreund, sondern wie ein strenger Lehrer. Und Krumme fühlte sich wie ein Schüler, der gerade etwas ausgefressen hatte. Ob der »Vögelkönig« ihr Gespräch belauscht hatte?

»Aber eigentlich sollten Sie nach Norderoog gehen! Da gibt es viel mehr zu sehen.« Herr Adams schob seine Brille hoch. »Vor allem Vögel, viele Vögel.«

»Tatsächlich?«

»Aber ja. Man nennt sie auch die Eierinsel. Außerdem ist sie der wichtigste Brutplatz der Brandseeschwalbe an der gesamten Nordseeküste.«

Krumme nickte nur. Er blickte zu Frau Adams, die wie versteinert wirkte.

»Wenn Sie Lust haben, kann mein Mann Sie ja mal mitnehmen und Ihnen alles zeigen«, sagte sie mit einem leichten Zittern in der Stimme.

Ihr Gatte nickte und ließ Krumme dabei nicht aus den Augen. »Oh ja, das wäre bestimmt ein schönes Abenteuer. Wir beide mitten auf dem Meeresgrund. Das würde Spaß machen.« Er lachte, allerdings ziemlich freudlos.

Krumme war nicht sicher, ob das eine Drohung oder vielleicht doch nur eine Einladung war. Er verabschiedete sich von dem Ehepaar, zog seine Jacke zurecht und marschierte los. Schon nach ein paar Metern hatte er die Warft hinter sich gelassen. Als er sich noch mal umdrehte, konnte er von der etwas tiefer gelegenen Pension nur noch das Dach erkennen. Von den Adams war nichts mehr zu sehen. Er atmete erleichtert auf. Nachdenklich marschierte er vorbei an der Kirchwarft und der Ockelützwarft, auf der sich die kleine Schule befand. Dann folgte er dem langen, fast schnurgeraden Asphaltweg, der vom südlichen Landende bis zur nördlichen Westerwarft einmal quer über die Hallig führte. Nachdem der Tag trübe angefangen hatte, hatte sich inzwischen das helle Sonnenlicht durch die Wolken gekämpft. Ihn erwartete wieder ein schöner, wenn auch erneut etwas stürmischer Tag.

Bei einer kleineren Warft namens Mitteltritt wandte er sich nach links Richtung Meer. Die junge Frau aus dem Naturkundehaus hatte ihm eine Karte mitgegeben, damit er sich nicht verlief. Die Ebbe hatte eine langgestreckte Fläche feuchten Schlicks entblößt und das Wasser bis weit hinter den Horizont zurückgezogen. Das Watt glänzte verheißungsvoll in der Sonne, als er endlich den Wanderweg auf dem Seedeich erreichte. Im Naturkundehaus hatten sie ihm verraten, dass sie wohl eine eher kleinere Gruppe waren. Außer ihm hatten sich nur drei weitere Halliggäste angemeldet. Umso besser, dachte Krumme. Ihm war gerade nicht so sehr nach Geselligkeit. Nach seiner aktuellen Erfahrung gab das nur Probleme.

Er atmete tief durch, genoss die frische, salzige Luft und freute sich auf den Tag und sein kleines Abenteuer. Sein Blick wanderte nach links. Am Horizont erkannte er die Vogelwarte von Norderoog, die sich auf hohen Stelzen über die See emporhob. Krumme musste grinsen. Bis dahin wollte Herr Adams mit ihm gehen? Nur sie beide, einmal quer über das Meer? Nicht in diesem Leben!

Als er den Treffpunkt für die Wattwanderung erreicht hatte, wurde er bereits von zwei Männern erwartet.

»Moin, die Herren!«, sagte er gutgelaunt.

Er wollte gerade die Hand zum Gruß ausstrecken, als er sah, um wen es sich handelte: Um Gunter Drews, den aufdringlichen, pummeligen Frauenfreund aus dem Biosphärenhaus. Er trug einen dicken, viel zu engen Norwegerpullover über einer hochgekrempelten Cordhose, aus der seine bleichen, haarlosen Beine herausragten. Missmutig starrte er Krumme an.

Auch bei dem anderen Mann hielt sich die Freude über Krummes Gegenwart in Grenzen. Er trug einen blauen Pullover, unter dem sich sein kräftiger Oberkörper deutlich abzeichnete. Seine vom Salzwasser gebleichten Haare standen ihm über der hohen Stirn in alle Richtungen ab. Genau wie bei ihrem ersten Treffen am Anleger war an seinem Kinn ein struppeliger Flaum zu erkennen.

»Moin, Lars, schön, Sie wiederzusehen«, sagte Krumme und reichte ihm die Hand.

34

»Da schau an, der Herr Kommissar«, grunzte Gunter Drews und presste die Lippen zu einem säuerlichen Lächeln zusammen.

Lars' Miene wirkte eher ausdruckslos. Der war, wie sich herausstellte, nicht nur Hafenmeister, Dachdecker und Halligbauer, sondern auch einer von Hooges Wattführern und sollte sie an diesem Tag nach Japsand und wieder zurück lotsen. Er begrüßte Krumme höflich, aber distanziert, schließlich hatten sie seit dem peinlichen Essen in der »T-Stube« nicht miteinander gesprochen. Lügen haben kurze Beine, dachte Krumme. Dass ihn seine dämliche Flunkerei mit dem falschen Lehrerberuf hier jeden Tag von neuem einholte, musste ein Fluch sein.

Nach ein paar Minuten trudelten auch die restlichen Teilnehmer ihrer Wanderung ein, ein mittelaltes Ehepaar aus einem kleinen Dorf in der Nähe von Saarbrücken. Der hochgewachsene Mann trug eine schmuddelige Cargohose und einen Parka mit umgekehrter Deutschlandflagge darauf, seine Frau eine viel zu lange Windjacke, die ihr fast bis zu den Knien reichte. Wie Krumme jetzt erfuhr, gehörten eigentlich auch die Niederländerinnen aus seiner Pension zu ihrer Gruppe, hatten heute Morgen aber wegen einer Magenverstimmung abgesagt. Sehr zu Gunters Enttäuschung, der sich vor allem wegen der Damen für diesen Ausflug erwärmt hatte. Nun sollte er den Tag allein mit drei Männern und einer bereits vergebenen Frau verbringen. Er war kurz davor, wieder nach Hause zu gehen, ließ sich dann aber von Lars überreden dazubleiben.

Schließlich machten sie sich auf den Weg. Die Sonne hatte den Morgendunst vollständig vertrieben, und die Ringelgänse schwebten schon wieder in großen Wolken über die Hallig, als sie ihre Schuhe auszogen und barfuß in das weiche graue und überraschend warme Watt stapften. Das Paar aus dem Saarland hatte zwar Gummistiefel mitgebracht, erkannte aber schnell, dass die Dinger im Schlamm ständig steckenblieben. Außerdem war eine Wattwanderung mit Schuhen nur der halbe Spaß, meinte Lars.

Er führte die kleine Gruppe in Schlangenlinien auf den Meeresgrund hinaus, vorbei an Prielen, in denen das kristallklare Wasser durch ein endloses Netz aus kleinen Rinnen und Kanälen weiter Richtung Nordsee gurgelte, schließlich war der Höhepunkt der Ebbe noch nicht erreicht. Die Flut würde erst in drei Stunden einsetzen. Dann würde das Meer wieder zurückströmen und sie hoffentlich längst auf dem Rückweg zur Hallig sein.

Lars war ein wortkarger Wanderführer. Nur auf Nachfrage nuschelte er ein paar kurze Erklärungen zur Tierwelt und der Fauna des Wattenmeeres und stapfte ansonsten mit gesenktem, wippendem Kopf vorneweg. Ob es an Krummes Gegenwart lag? Jedes Mal, wenn er Lars ansprach oder eine Frage stellte, versuchte dieser seinem Blick auszuweichen. Dabei hatte Krumme ganz bestimmt nicht vor, ausgerechnet hier im Watt über Swantjes Verlobten zu sprechen.

Gunter Drews schien ihm seine Abfuhr vom Vortag immer noch übel zu nehmen. Während sie über den quietschenden Grund wanderten, sah er Krumme immer wieder forschend von der Seite an. Nur einmal lächelte er kurz: Als sie beide hinter dem Paar aus dem Saarland gingen, starrte Gunter fasziniert auf das wackelnde Hinterteil der Frau und zwinkerte Krumme verschwörerisch zu. Als der allerdings nur vorwurfsvoll den Kopf schüttelte, froren Drews' Gesichtszüge wieder ein. Für eine Weile würdigte er ihn keines Blickes mehr. Immerhin hatte Gunter nun doch sein »Du« bekommen. Lars hatte gleich zu Beginn vorgeschlagen, dass sie sich als Wattwanderer duzen sollten, und alle waren einverstanden gewesen.

Krumme gefiel das Watt. Als Spaziergänger auf dem Deich oder von der Fähre aus hatte er die Schönheit des Wattenmeeres und der Nordsee natürlich schon bestaunt. Doch jetzt, den feuchten Schlamm zwischen seinen Zehen, mit nur einer Handvoll Menschen inmitten der im Licht funkelnden, glitzernden Wunderwelt, hatte er das Gefühl, dass alles von ihm abfiel und er Teil dieser wunderbaren Natur war. Berlin, die Stadt mit ihrem Lärm, dem Trubel und Schmutz, sein grauer Alltag im Präsidium, ja auch die zumeist schmerzhaften Erinnerungen an seine Frau und seine Tochter – all das war auf einmal Lichtjahre entfernt.

Bis ihn Helmuth Nowak, der Mann aus Essersleben im Saarland, ansprach: »Du bist Kommissar? Ein echter Kriminalkommissar? So wie im *Tatort*?«, fragte er ihn mit vor Begeisterung glänzenden Augen. Die Anstrengung der Wanderung war ihm am deutlichsten anzusehen: Der Schweiß lief ihm an den kurzgeschorenen Haaren herunter, und auch über der Lippe glänzte es milchig.

»Woher …?« Krumme sah ihn erstaunt an, bemerkte dann Gunters schiefes Grinsen und ahnte, woher der Mann seine Information hatte.

»Tja, tatsächlich«, sagte Krumme und stöhnte leise. Helmuth, selbst Bereichsleiter einer Sanitärfirma im Saargau, konnte sein Glück kaum fassen. Er löcherte Krumme mit Fragen zu seiner Arbeit und wollte alles über seinen Polizeialltag in der Hauptstadt wissen. Dass

Krummes Antworten zwar höflich, aber sehr knapp ausfielen, störte ihn genauso wenig wie die vorwurfsvollen Blicke seiner Frau Sabine. Die merkte anders als ihr Mann sehr wohl, dass der Kommissar gerade lieber nicht über seine Arbeit reden wollte. Helmuth hingegen stellte die Frage, die offensichtlich alle Normalbürger beschäftigte, wenn sie mit einem Polizisten sprachen:

»Und hast du schon mal jemanden abgeknallt?«

Krumme dachte an den brutalen Frauenmörder, den er in einer verregneten Nacht in Friedrichshain mit einem seiner Opfer erwischt hatte, an die verzweifelten Schreie der jungen Frau. An den Schuss, den er abgefeuert hatte. Er erinnerte sich daran, wie der Kopf des Mannes nach hinten geschleudert worden war, wie er anschließend röchelnd vor ihm auf dem Boden gelegen hatte und dann vor seinen Augen gestorben war.

»Nein, habe ich nicht«, sagte Krumme und schüttelte dabei den Kopf, um die schrecklichen Bilder abzuschütteln.

»Aber geschossen hast du schon mal, oder?«

»Tut mir leid, aber Polizeiarbeit sieht in der Realität anders aus als in den Fernsehkrimis.«

»Komm schon, du hast doch eine Knarre, oder nicht?«

»Wenn es irgendwie geht, versuche ich ohne Waffe auszukommen.«

Helmuth sah ihn enttäuscht an. Aber nur kurz. Dann verriet er ihm voller Stolz: »Ich gehe ja regelmäßig schießen. Bei uns im Schützenverein.«

Krumme nickte nur und sah neidisch zu einer Möwe hinüber, die ungestört einen Priel erkunden durfte.

»Revolver, Gewehre, Schrotflinten, 9 mm, 65 mm, ich habe schon mit allem geschossen. Sogar mit einer Pumpgun.« Er zwinkerte Krumme zu. »Aber am liebsten schieße ich mit meiner Magnum. Mein Baby, mit der haue ich alles weg!«

»Du hast eine eigene Magnum?« Krumme zog erstaunt die Brauen hoch.

»Klar! Aber natürlich ganz legal, mit Waffenschein und allem Pipapo.«

»Das will ich hoffen.«

Helmuths verklärter Blick verriet, dass seine Gedanken weg vom Watt wanderten hin zu einer kleinen Schießhalle im Saargau. »Neulich haben wir Wettschießen gemacht, von der Zehnmetermarke. Vier Mann, alle mit Magnum, Feuer frei, da war was los! Die Zielscheiben hingen anschließend nur noch in Fetzen am Ständer.«

»Ja, das ist eine gefährliche Waffe …«, bemerkte Krumme vorsichtig und ärgerte sich gleichzeitig, dass er dieses elende Gespräch auf die Weise am Laufen hielt.

»Irgendwie muss man sich ja selbst schützen«, sagte Helmuth auf einmal ziemlich grimmig.

Krumme sah ihn verwirrt an.

»Schau dich doch mal um, was hier in diesem Land abgeht! Wir werden verraten und verarscht, jeden verdammten Tag!«

»Helmuth, ich glaube nicht, dass der Kommissar mit dir hier über Politik reden will«, ermahnte Sabine ihren Mann. Aber der war schon zu sehr in Fahrt, als dass er jetzt aufhören wollte. Mit wutrotem Kopf polterte er weiter: »Die da oben machen doch, was sie wollen. Ziehen uns das Geld aus der Tasche und werfen uns diesem Islamistengesocks und den Negern zum Fraß vor. Und wenn es mal richtig rundgeht, dann glaub mal, dass sich unsere Obermutti und ihr Ministerpack vor uns stellen! In diesem Scheißstaat hat doch keiner mehr einen Arsch in der Hose. Die haben alle schon ihr Haus in Kanada. Nee, nee, da müssen wir ganz alleine klarkommen. Aber ich bin bereit. Und ich kenne immer mehr, die es auch sind.«

»Nun ja …« Krumme räusperte sich. »Dir ist aber schon klar, dass ich ein offizieller Vertreter dieses« – er malte mit den Fingern Gänsefüßchen in die Luft – »›Scheißstaates‹ bin.«

»Sag bloß, du willst für den ganzen Mist auch noch den Kopf hinhalten?« Helmuth lachte höhnisch.

»Zumindest bin ich dafür, dass das Gewaltmonopol bei der Polizei bleiben sollte.«

»Blödsinn. Du musst dir nur angucken, was bei dir in Neukölln abgeht. Da haben die Kanaken längst die Macht übernommen.«

»Helmuth!«, meldete sich Sabine vorwurfsvoll.

»Ist doch wahr! Wenn sich der kleine Mann nicht wehrt, geht alles vor die Hunde.«

»Blödsinn«, stieß Krumme hervor.

»Ach ja?«, schimpfte Helmuth. »Wir müssen da endlich mal dazwischenhauen. Und wenn die ganze Scheiße zu kochen anfängt, dann ist es eben so!«

Krumme stöhnte laut vernehmlich und verdrehte die Augen. »Ich würde mich jetzt wirklich gerne auf die Wanderung konzentrieren«, sagte er. In Gedanken machte er sich eine Notiz. Die Kollegen im Saarland sollten sich diesen Schützenverein in Essersleben mal genauer anschauen.

Helmuth musterte ihn mit zusammengekniffenen Augen. »Geh ich dir etwa auf die Nerven?«

Krumme richtete sich auf. »Ich will einfach nur meinen Urlaub genießen und nicht über Politik sprechen.«

»Bist du etwa auch einer von den Bütteln, die die Wahrheit nicht ertragen können?!« Helmuth stellte sich dicht vor Krumme auf. Seine Frau ahnte Böses und drängte sich zwischen die beiden Männer.

»Jetzt hör schon auf, Helmuth. Er hat Recht, wir wollen uns doch einen schönen Tag machen. Wieso musst du nur immer mit deiner blöden Politik anfangen?«

Helmuth schwieg, starrte Krumme aber weiter abschätzig an. Der hielt seinem Blick stand und versuchte gar nicht mehr zu verbergen, dass er ihn für einen Idioten hielt.

»Lasst uns endlich weitergehen! Mir wird langsam kalt«, meldete sich Gunter zu Wort. Auch er hatte offensichtlich keine Lust mehr auf das Thema, obwohl er anfangs noch interessiert zugehört hatte.

Selbst Lars zeigte auf einmal Initiative: »Wie wär's, wollen wir mal einen Wattwurm ausgraben?«

Mit schüchternem Lächeln zeigte er auf den Boden, wo unzählige kleine Erdhäufchen auf dem Watt zu sehen waren.

35

Swantje saß alleine am Frühstückstisch, trank ihren Kaffee, aß ein Käsebrötchen und sah nachdenklich aus dem Küchenfenster. Ihre Mutter war am Morgen mit der ersten Fähre Richtung Nordstrand und von dort weiter nach Husum gefahren. Ein Termin bei ihrem Hausarzt, seit ein paar Jahren litt sie unter Diabetes und musste gleichzeitig auf ihren Blutdruck achten.

Swantje genoss die Zeit, die sie für sich alleine hatte. Drei Jahre war sie nicht mehr hier gewesen, in dem Haus, in dem sie aufgewachsen war und ihre Jugend verbracht hatte. Doch jetzt, wo sie wieder zurück war, schien es ihr, als wäre nicht eine Minute vergangen. Ihr Studium und ihr ganzes Leben in Marburg waren auf einmal weit weg.

Versonnen dachte sie an ihren Traum, an Marc und wie sie eng umschlungen im Bett gelegen hatten. Sie seufzte, am liebsten würde sie sich gleich wieder hinlegen. Sie musste nur die Augen schließen, schon sah sie Marcs Gesicht deutlich vor sich. So real, als wäre er immer noch ganz in ihrer Nähe.

Sie hörte, wie die Tür geöffnet wurde. Für ihre Mutter war es noch zu früh.

»Hallo?«, rief Swantje. Nichts. Sie lauschte aufmerksam. Waren das leise Schritte? Gerade wollte sie aufstehen, um nachzusehen, als plötzlich ein Mann im Türrahmen stand.

Swantje zuckte zusammen.

»Himmel, Andy, hast du mich erschreckt! Musst du dich so anschleichen?«

»Moin, Swantje«, sagte er nicht besonders freundlich.

»Kaffee?« Sie zeigte zur Spüle hinüber, neben der die Kanne stand.

Er nickte, holte eine Tasse aus dem Hängeschrank, bediente sich selbst und setzte sich ihr gegenüber an den Tisch.

»Alles gut?«, erkundigte sie sich.

»Viel zu tun.« Andy nippte an seinem Kaffee und sah aus dem Fenster. Für einen Moment schwiegen beide. »Wir müssen reden«, brummte er dann und wandte sich ihr zu.

Swantje sah ihn überrascht an.

»So geht das nicht«, sagte Andy schließlich. »Du kommst hierher und machst nur Ärger.«

»Wie bitte? Was habe ich denn getan?«

»Erst mal ist da dieser Kommissar …«

Resigniert schüttelte sie den Kopf. »Aber das habe ich euch doch schon erklärt. Ich kenne ihn nicht, und ich hatte keine Ahnung, dass er bei der Polizei ist.«

»Trotzdem schnüffelt er hier rum und stellt Fragen. Egal. Ich hab nichts zu verbergen. Keiner von uns. Aber viel schlimmer ist, dass du nicht aufhörst, uns zu unterstellen, wir hätten irgendwas mit Marcs Verschwinden zu tun.«

»Wenn Marc die Hallig verlassen hat, dann hatte es bestimmt was mit euch zu tun. Damit will ich ja nicht sagen, dass ihr schuld …«

»Siehst du? Schon wieder!«, unterbrach er sie aufgebracht. »Natürlich hat er Hooge verlassen! Oder denkst du, er wohnt heimlich bei mir auf dem Dachboden?!«

Tatsächlich hatte Swantje schon an so was Ähnliches gedacht. Oder darauf gehofft, aber das musste sie Andy nicht auf die Nase binden.

»Birte hat mir von eurem Gespräch erzählt.«

Natürlich hat sie das, dachte Swantje.

»Bist du jetzt völlig verrückt geworden? Was soll das Gequatsche, ich wäre eifersüchtig auf Marc gewesen?«

»Du weißt genau, dass es stimmt.«

»Nein, verdammt! Ich liebe Birte! Wir haben ein gemeinsames Kind!«

»Ja, jetzt. Aber bevor ihr zusammengekommen seid, bist du mir doch ständig hinterhergelaufen.«

»Du spinnst wohl!« Seine Wangen waren rot gefleckt vor Wut. »Du tust ja gerade so, als ob du die einzige Frau in Nordfriesland wärst.«

»Na ja, tatsächlich gibt es hier auf Hooge außer Birte und mir kaum andere Frauen in unserem Alter.«

»Stimmt! Und ich habe mich für Birte entschieden. Und jetzt, wo du wieder zurück bist, ist mir klar, dass das genau die richtige Entscheidung war.«

»Ob du's mir glaubst oder nicht, ich wünsche euch nur das Beste. Ida ist zuckersüß, und ich will, dass ihr drei glücklich miteinander seid.«

»Ach ja?«, bellte er. »Und wieso erzählst du Birte dann so einen Scheiß?«

Swantje stöhnte. »Weil es stimmt. Du warst damals eifersüchtig auf Marc.«

»Nicht ich, wir alle waren eifersüchtig auf Marc! Die ganzen Jahre waren wir immer zusammen unterwegs. Und dann kommt dieser Schnösel aus Frankfurt, und schon sind wir völlig uninteressant für dich!«

»Das stimmt nicht!«

»Oh doch. Immer hieß es nur, Marc macht dies, und Marc tut das …«

»Aber er wollte doch auch mit euch befreundet sein!«

»Mein Gott, bist du naiv! Er wollte dir nur einen Gefallen tun! Wir Halliglüüd haben den feinen Pinkel aus der Stadt nie interessiert.«

»Nein, das ist nicht wahr!« Vor Wut schossen Swantje Tränen in die Augen, doch Andreas dachte gar nicht daran aufzuhören.

»Frag mal die anderen. Die denken genauso. Trotzdem haben wir immer die Klappe gehalten und brav danebengesessen, wenn ihr geknutscht habt. Und weißt du auch, warum?«

Swantje sah Andreas nur finster an und schwieg.

»Weil wir wollten, dass du glücklich bist. Weil du unsere beste Freundin bist! Oder zumindest warst, bevor du diesen Gimpel kennengelernt hast.«

Swantje wischte sich eine Träne von der Wange. Sie sprang auf und lief aufgewühlt im Zimmer auf und ab. Dann drehte sie sich wieder zu Andreas um.

»Sag mir endlich die Wahrheit!« Ihre Stimme bebte. »Was genau habt ihr Marc an dem Abend vor der Hochzeit gesagt?«

Andreas stöhnte genervt und bedeckte sein Gesicht mit beiden Händen.

»Was habt ihr ihm angetan? Was hast du ihm angetan?«

»Okay, ich sag's dir«, entgegnete Andreas, ohne die Hände vom Gesicht zu nehmen.

Swantje erstarrte.

»Ja, wir haben uns an diesem Abend noch mit deinem Marc unterhalten.« Endlich sah Andreas ihr ins Gesicht. »Er hat uns verraten, wie er sich die Zukunft mit dir vorstellt. Hat gesagt, dass er plant, sich ein Haus in Friesland zu kaufen.«

Sie schluckte schwer. »Weil es ihm hier gefallen hat! Weil er die Landschaft und die Menschen geliebt hat.«

»Er hatte vor, ein Haus zu kaufen, ja«, wiederholte Andreas. »Aber nur, um hier ab und zu Urlaub zu machen. Ansonsten wollte er, dass du so schnell wie möglich mit zu ihm nach Frankfurt ziehst.«

»Das war überhaupt nicht klar. Darüber wollten wir erst entscheiden, wenn ich mein Studium beendet habe.«

»Von wegen. Er hatte schon den Kaufvertrag für eine fette Loftwohnung mitten in Frankfurt unterschrieben. Das wollte er dir auf eurer Hochzeitsreise verraten.«

Swantje schüttelte den Kopf. »Nein! Das glaube ich nicht.«

»Ja, wir fanden das auch ziemlich frech. Noch frecher war allerdings, dass er behauptet hat, er müsse dich retten, damit du nicht hier draußen ›versauerst‹.« Er spuckte das letzte Wort geradezu aus.

»So was hätte Marc nie gesagt!«

»Frag doch die anderen. Und dann hat Marc uns beschimpft. Bauerntrampel und Vollidioten hat er uns genannt! Und behauptet, dass du viel zu gut für uns wärst!«

»Du lügst!«

»Der Kerl war besoffen! Völlig blau. Weil das Weichei überhaupt nichts vertragen konnte. Aber wenigstens hat er so an dem Abend endlich mal die Wahrheit gesagt. Bis ich ihm eine reingehauen hab.«

»Du hast *was*?!«

Andreas ballte beide Fäuste und sah Swantje direkt in die Augen. »Ja, ich habe ihm die Fresse poliert, und da ist er einfach weggelaufen. Keiner von uns weiß, wohin. Und das, Swantje, ist die verdammte Wahrheit!«

36

Sie spazierten nur eine halbe Stunde auf Japsand herum. Zu sehen gab es auf dem kilometerlangen Strand mitten im Watt außer einigen Vögeln kaum etwas. Robben waren leider gerade keine da. Außerdem hatten sie nur die Nordspitze betreten dürfen, der Rest des riesigen Strandgebiets war durch eine Pfahlreihe für Besucher abgetrennt.

Trotzdem war Krumme begeistert. Eine gewaltige Sandbank mitten im Meer – so etwas hatte er noch nie gesehen. Wie eine Insel im Nirgendwo. Staunend stand er mit seinen nackten Füßen im warmen weißen Sand. Sie hatten den Rand des Wattenmeeres erreicht. Während im Osten das graue Watt in der Sonne glänzte, öffnete sich im Westen das großartige Panorama der stürmischen Nordsee. Wo genau war der Horizont? Krumme konnte das Ende nicht erkennen. Ein milchiger Dunst lag in der Ferne über dem Wasser und verwischte den Übergang vom Meer zum endlosen Himmel.

Ein bisschen Angst machte ihm die See schon. Schließlich war Krumme praktisch Nichtschwimmer. Als Kind war er einmal fast im Berliner Wannsee ertrunken. Seitdem betrachtete er Wasser am liebsten aus der Ferne. Bei aller Begeisterung für das einmalige Naturschauspiel auf Japsand verspürte er deshalb auch ein wenig Erleichterung, als Lars zum Aufbruch rief. Immerhin hatte die Flut schon eingesetzt. Kein Problem, meinte Lars, wenn sie sich jetzt auf den Rückweg machten, wären sie rechtzeitig wieder auf Hooge.

Aber Krumme bemerkte, dass ihr Wattführer ständig mit besorgter Miene zum Himmel hochsah.

»Alles in Ordnung?«, fragte er.

Lars nickte nur. Und vermied wieder, ihn direkt anzusehen. Ein komischer Kauz war er ja schon. Aber vielleicht war er normalerweise ja umgänglicher und weniger einsilbig. Krumme musterte seine Mitstreiter. Bestimmt hätte Lars sich auch eine nettere Truppe für seine Wanderung gewünscht. Nach dem kurzen Streit waren sie alle im Entenmarsch an den Prielen entlang durch das Watt getrottet. Lars vorneweg, dahinter die schweigsame Sabine, gefolgt von Gunter und Helmuth, die sich inzwischen gut verstanden und angeregt miteinander fachsimpelten. Krumme, der ihnen als einsamer Wanderer am Ende folgte, wollte lieber nicht wissen, worüber. Um die Schönheit des Wattenmeeres ging es bestimmt nicht.

Als sie an einen etwas tieferen Priel kamen, blieb Lars stehen, um ihnen bei der Überquerung zur Hand zu gehen. Krumme nutzte die Gelegenheit, um kurz das Wort an ihn zu richten.

»Ich finde das wirklich toll von dir«, sagte er.

»Was?«

»Dass du uns hier herumführst. Uns alles erklärst.«

»Dafür werde ich bezahlt.«

»Trotzdem, danke.«

Wieder nickte Lars nur, aber zum ersten Mal meinte Krumme den Anflug eines Lächelns auf seinem Gesicht zu sehen.

»Tut mir übrigens sehr leid, diese Sache mit der Lüge … na ja, meine Lehrergeschichte.«

Der junge Mann sah ihn nur verständnislos an.

»Ich hätte gleich sagen müssen, dass ich bei der Polizei bin.«

Lars senkte den Blick auf seine Füße. »Schon okay«, nuschelte er.

»So sah es tatsächlich ein bisschen so aus, als wäre ich hier in geheimer Mission unterwegs.«

Mit einem Ruck hob Lars den Kopf und sah Krumme irritiert an. »Und das sind Sie nicht?«, fragte er. Obwohl er selbst das »Du« für alle vorgeschlagen hatte, siezte er Krumme immer noch.

»Nein, natürlich nicht«, sagte Krumme. »Ich will hier nur Urlaub machen.«

Lars musterte ihn prüfend und schien sich zu fragen, ob er die Wahrheit sagte.

»Swantje mag Sie.«

»Ich mag sie auch«, erwiderte Krumme und ergänzte, als er Lars' argwöhnisches Gesicht sah: »Als gute Freundin. Mein Gott, sie ist genauso alt wie meine Tochter.«

Lars nickte zufrieden. Für einen Moment schwiegen sie beide, während sie langsam um einen größeren Priel herumgingen. Es war deutlich zu sehen, wie die Flut das Wasser jetzt wieder ansteigen ließ.

»Ist aber schon eine komische Sache mit ihrem Verlobten, findest du nicht?«, unterbrach Krumme die Stille. »Eine so hübsche und nette Frau wie Swantje. Welcher Mann ist denn so verrückt, läuft weg, nur einen Tag vor der Hochzeit, und verschwindet auf Nimmerwiedersehen?«

Lars zuckte die Achseln und sah starr geradeaus.

»Was für ein Typ war er denn, euer Freund Marc?«

Lars zögerte, bevor er antwortete: »Na ja, ein richtiger Freund war er nicht.«

»Swantje hat erzählt, dass ihr immer alle zusammen unterwegs wart.«

»Trotzdem. Er war keiner von uns. Wollte es auch nie sein.«

»Aber Swantje hat ihn wirklich geliebt. Und er sie auch, oder?«

»Ja, vielleicht. Hat er wohl.« Lars sah auf den Boden.

»Und an dem Abend, bevor er verschwunden ist, was hat er denn da gesagt? Wollte er die Hochzeit wirklich platzen lassen?«

»Keine Ahnung«, antwortete Lars knapp.

»Er ist einfach gegangen, und das war's?«

Lars stöhnte. Irgendetwas schien ihn nervös zu machen. Und das waren nicht allein Krummes Fragen. Besorgt schaute er zum Himmel, der nicht mehr blau, sondern eher diesig grau war.

»Ich habe keine Ahnung! Ich war ja nicht da, als er abgehauen ist«, sagte er ungeduldig.

»Nicht? Aber Andreas meinte, ihr hättet alle zusammengesessen, als Marc …«

»Was soll diese blöde Fragerei? Sie haben doch gerade gesagt, Sie wollen nur Urlaub machen!«, stieß Lars auf einmal so laut hervor, dass alle überrascht zu ihnen sahen.

Krumme schaute verlegen in die Runde und dann wieder zu Lars.

»Schon gut, hast ja Recht. Die Macht der Gewohnheit. Wenn es ein Rätsel gibt, will ich es unbedingt lösen, tut mir leid.«

»Es gibt kein Rätsel! Marc war ein Arschloch! Er hat Swantje nicht verdient! Und jetzt ist er tot! Und *das* hat er verdient!«

Damit marschierte Lars weiter mit schmatzenden Schritten durch das Watt und ließ Krumme einfach stehen. Sabine und dann auch Helmuth und Gunter gingen an ihm vorbei und folgten Lars. Helmuth schenkte Krumme ein breites Grinsen: »Na? Wieder einen neuen Freund gefunden?«

Krumme sah ihm stumm hinterher. Er hatte Recht. Schon

wieder war er in einen Fettnapf getreten. Passend dazu bemerkte er, dass seine Füße bereits vom Sand umspült waren. Mit einem leisen Schmatzen befreite er sich vom Schlamm und folgte den anderen.

37

Es dauerte nur ein paar Minuten, da war von der Sonne nichts mehr zu sehen, und sie standen inmitten eines trüben Nichts. Sie waren blind. Während die Flut schon um ihre Füße gurgelte, wurde alles, was nur ein paar Meter entfernt war, von der grauen Watte verschluckt.

Besorgt schauten die Wanderer zu ihrem Wattführer. Lars kratzte sich nachdenklich am Kopf. »Seenebel, so 'n Schiet«, fluchte er leise.

»Und nun?«, fragte Krumme. Jetzt verstand er, warum Lars immer wieder sorgenvoll zum Himmel hochgeguckt und einmal sogar mit einem Kompass die richtige Richtung nach Hooge angepeilt hatte.

»Tja, das ist jetzt nicht so schön«, meinte Lars. »Aber auch kein großes Drama.« Er hielt den Kompass hoch. »Wir finden den richtigen Weg auch so.«

»Aber was ist mit den Prielen? Die kann man doch gar nicht mehr erkennen«, sagte Gunter. Krumme hörte aufkeimende Panik in seiner Stimme. Ohne Sichtkontakt zu irgendwas und dazu noch mitten im Meer – auch er spürte auf einmal einen unangenehmen Druck auf seiner Brust.

»Keine Sorge«, beschwichtigte Lars, »alles in Ordnung. Hauptsache, wir bleiben schön zusammen.«

»Hätte man das nicht vorher wissen können, dass es so einen Nebel gibt?«, fragte Gunter vorwurfsvoll.

Lars schüttelte den Kopf. »Vor allem im Frühjahr und im Winter passiert so was ständig. Immer wenn der Temperaturunterschied zwischen Wasser und Landoberfläche besonders groß ist.«

Bevor sie sich auf den Weg machten, zog Lars sein Handy aus der Tasche und informierte die Schutzstation Wattenmeer, dass er mit vier weiteren Personen unterwegs nach Hooge war. Während er telefonierte, schauten die anderen sich besorgt an. So ungefährlich schien ihre Situation wohl doch nicht zu sein, wenn ihr Führer einen Notruf absetzen musste. Aber Lars schenkte ihnen ein aufmunterndes Lächeln, als er den Anruf beendet hatte und das Handy wegsteckte.

»Auf geht's. Und schön zusammenbleiben. Keine Extratouren.«

Krumme fühlte sich wie in einem Traum, seinem ganz persönlichen Albtraum. Der Nebel war absolut undurchdringlich. Und da auch das jetzt von Wasser überspülte Watt kaum feste Konturen bot, hatte er jede Orientierung verloren. Selbst die Sonne war als heller Schimmer über ihnen nur zu erahnen.

Schon nach zwanzig Metern blieb Lars wieder stehen und überprüfte mit seinem Kompass, ob die Richtung noch stimmte.

»Musst du jetzt ständig auf das Ding gucken?«, fragte Gunter besorgt.

Lars nickte, ohne die Augen von der Nadel zu nehmen. »Wenn wir nur ein paar Grad abweichen, kann es passieren, dass wir an Hooge vorbeigehen und irgendwo in der Nordsee landen.«

Krumme musste an das traurige Schicksal des Vogelkönigs denken, von dem Swantje ihm erzählt hatte. Nervös wischte er sich über die Stirn. Helmuth bemerkte seine Angst und grinste: »Na, Herr Kommissar? Hosen voll?«

»Ich komme schon klar«, erwiderte Krumme trotzig.

»Davon bin ich überzeugt«, spöttelte Helmuth und schob

sich schnell mit seiner Frau und Gunter an ihm vorbei, um Lars zu folgen. In einer kleinen Schlange zogen sie durch das graue Nichts. Krumme bemühte sich verzweifelt, Schritt zu halten. Schon mit ein paar Metern Vorsprung verschwammen die anderen zu diffusen Schatten. Aber Krumme durfte nicht nur nach vorne schauen, er musste gleichzeitig achtgeben, wohin er trat. In der anschwellenden Flut konnte er den darunterliegenden Grund nur erahnen und musste ständig aufpassen, nicht in einen tiefen Priel abzurutschen. Einmal passierte es trotzdem, und für einen Moment sackte er bis zur Hüfte in das eiskalte Wasser. Als er hastig wieder zurück auf den festen Grund stakste, spürte er plötzlich einen stechenden Schmerz im Rücken. Verdammt! Die Bandscheibe! Seit Jahren machte sie ihm immer wieder Probleme. In den letzten Monaten hatte er keine Beschwerden gehabt, eine positive Folge des Rückentrainings, mit dem er im Polizeisportclub angefangen hatte. Doch nun war der Schmerz wieder da, so schlimm und lähmend wie seit Jahren nicht mehr. War es die Angst? Oder die plötzliche Verspannung, die ihm wie ein Kobold im Nacken saß?

Krumme bat die anderen, langsamer zu gehen. Aber keiner erhörte sein Stöhnen. Ob aus bösem Willen oder weil sie vor allem mit sich selbst beschäftigt waren, wusste er nicht. Also biss er die Zähne zusammen und strengte sich an, die anderen nicht zu verlieren. Mit schmerzverzerrter Miene stapfte er durch das immer höhere Wasser. Noch reichte es nur bis knapp über die Knöchel, aber vom Grund war nirgends mehr etwas zu sehen.

Nur unterbrochen von Lars' Kompasspausen marschierten sie stumm weiter. Krumme hatte seine Uhr in der Pension liegen gelassen und keine Ahnung, wie lange sie bereits unterwegs waren. Es schien, als schluckte der Nebel nicht nur das Licht und jedes Geräusch, sondern auch die Zeit.

»Wie lange dauert es noch?«, fragte er Lars erschöpft schnaufend, als sie wieder einmal eine kurze Pause machten.

Lars sah ihn nachdenklich an. Ein kühler, merkwürdig lebloser Blick. Krumme meinte eine Spur Verachtung darin zu erkennen.

»Eine Stunde, vielleicht auch weniger. Aber nur, wenn wir uns ein bisschen beeilen«, antwortete Lars. Dann drehte er sich um und verschwand im Nebel. Die anderen folgten ihm hastig, am Ende auch Krumme.

Wieso hatte er sich nur auf diese Wattwanderung eingelassen? Japsand war wunderschön gewesen. Aber sie hätten auch mit einem Schiff hinfahren können. Stattdessen marschierte er nun durch diesen Albtraum, zusammen mit drei schrulligen Männern und einer schweigsamen Frau, die ihn allesamt nicht ausstehen konnten.

War es die Kälte oder die Feuchtigkeit? Seine Rückenschmerzen wurden immer schlimmer, jeder Schritt war eine Qual. Krumme versuchte verzweifelt, seine körperliche Situation auszublenden und sich allein auf den Weg zu konzentrieren. Aber die Schmerzen waren bald so schlimm, dass ihm lautlose Tränen über die Wangen liefen. Wenn er in diesem Leben jemals wieder in seine Pension zurückkehren würde, musste er Frau Adams unbedingt fragen, ob er ihre Badewanne benutzen durfte. Während er wie in Trance durch die Nebelschwaden stolperte, stellte er sich vor, wie er langsam in das heiße, wunderbar entspannende Wasser gleiten und dort stundenlang regungslos liegen bleiben würde. Wahrscheinlich würde er mit diesem Anblick Frau Adams' geheimsten Wünsche erfüllen. Trotz seiner Qualen huschte ein kurzes Lächeln über sein Gesicht.

Da spürte er einen stechenden Schmerz in seinem rechten Fuß. Leise fluchend hob er ihn aus dem Wasser und stellte fest, dass er sich an einer Muschel geschnitten hatte. Auch das noch!

Vorsichtig zog er die scharfe Schale aus der blutenden Sohle. Zum Glück waren seine Füße durch das eiskalte Meerwasser längst taub geworden, so dass der Schmerz halb so schlimm war. Dabei ging der Schnitt fast einen Zentimeter tief in die Ferse. Behutsam setzte er den Fuß wieder auf den Boden. Die Feuchtigkeit des Seenebels hatte sich inzwischen wie ein nasser Film auf seinen kompletten Körper und seine Kleidung gelegt. Salzige Wasserperlen tropften aus seinen Haaren und liefen ihm über die Stirn in die Augen. Er blinzelte gegen das Brennen an. Stöhnend vor Schmerz und Erschöpfung wischte er sich über Gesicht und Augen.

Dann drehte er sich um, um der Gruppe zu folgen. Aber Lars und die anderen drei Wattwanderer waren nicht mehr zu sehen. Das Grau um Krumme herum war genauso total wie die Stille, die ihn wie ein schweres Tuch umhüllte.

38

Immer wieder rief Krumme nach den anderen, nach Lars, nach Helmuth, Sabine und Gunter. Doch er erhielt keine Antwort. Angestrengt lauschte er in den Nebel. Hatte er vorher noch das gleichmäßige Plätschern ihrer Schritte gehört, herrschte jetzt absolute Stille. Bis auf das leise, bedrohliche Gurgeln des Wassers zwischen seinen Füßen. Die Flut kam zurück, mit jeder Minute stieg das Wasser um ihn herum an. Ungläubig schüttelte er den Kopf. Wie hatte das passieren können? Er war doch nur einen winzigen Augenblick abgelenkt gewesen! Hatten die anderen denn gar nicht auf ihn geachtet?

Das Herz schlug ihm bis zum Hals. Die Nebelschwaden zogen sich immer enger um ihn herum zusammen. Wie feuchte Hände griffen sie nach seinem Gesicht und versuchten seinen Körper zu umfassen. Hatte er sich eben noch benommen vor Schmerzen durch das Watt geschleppt, wie in Trance einen Schritt vor den anderen gesetzt, wurde ihm auf einmal mit einer bestürzenden Klarheit seine ausweglose Situation bewusst.

Er war ganz alleine, irgendwo im Meer, und hatte die Orientierung komplett verloren. In welche Richtung sollte er weitergehen? Wo war Norden? Wo Osten, Westen und Süden? Krumme hatte keine Ahnung. So viel Vorsprung, dass sie ihn nicht hörten, konnten die anderen doch nicht haben. Oder wollten sie ihn gar nicht hören? Nein, trotz seiner Abneigung vor allem Helmuth und Gunter gegenüber – dass sie so rücksichts- und skrupellos waren, konnte sich Krumme beim besten Willen nicht vorstellen.

Und Lars? Bisher hatte er sich als stiller, aber aufmerksamer Wattführer gezeigt. Ihm musste doch aufgefallen sein, dass der letzte Mann in seiner Gruppe fehlte! Wieso kam er nicht zurück? Es war nicht zu fassen. Krumme hatte als erfahrener Kriminalkommissar schon etliche Schwerverbrecher hinter Gitter gebracht und zahllose lebensgefährliche Situationen gemeistert. Und nun stand er hier, hilflos wie ein kleines Kind, mitten im Meer, das ihn schon bald verschlingen würde, wenn ihm nicht irgendwas einfiel.

Vorsichtig tastete er sich weiter, auch wenn er die Hand vor Augen nicht sah und befürchtete, schon mit dem nächsten Schritt in ein bodenloses Nichts zu verschwinden. Ab und zu gab es kleine Oasen, Lücken innerhalb des undurchdringlichen Nichts, wo er ein paar Meter weit sehen konnte und das Watt noch nicht komplett überspült war. Sogar Fußspuren konnte er erkennen. Doch schon nach ein paar Metern verschwanden sie wieder in einem Priel oder wurden von der nächsten Welle fortgewaschen.

Hätte er doch nur sein Handy und seine Uhr mitgenommen! Nur wegen seiner dämlichen Angst, dass sie bei der Wattwanderung nass werden könnten.

Aber was hätte er denn sagen sollen? Ich bin hier irgendwo im Nichts? Immer weiter stolperte er ziellos durchs Watt. Die Zeit verging, und die Bandscheibe quälte ihn wieder bei jedem Schritt. Noch schlimmer war es, wenn er stehenblieb. Dann hatte er sofort das Gefühl, von einer langen, eiskalten Nadel gepfählt zu werden. Also weiter, immer in Bewegung bleiben.

Aber war er wirklich auf dem Weg nach Hooge – oder doch hinaus in die offene See? Manchmal hatte er den Eindruck, im Nebel Konturen auszumachen, dunkle Schatten in der grauen Masse. Doch wenn er dann darauf zuging, voller Hoffnung endlich auf die Küste zu stoßen, zerliefen sie wie Tusche im Wasser.

Immer wieder rief er nach den anderen. Ohne Erfolg. Er schämte sich für die aufkeimende Panik, die seiner gebrochenen Stimme deutlich anzuhören war. Erneut musste er an den Vogelkönig denken. Schon als Swantje ihm auf der Kirchwarft von dessen Schicksal erzählt hatte, war ihm ein eisiger Schauer über den Rücken gelaufen. Nun war er doch tatsächlich in der gleichen hoffnungslosen Situation. Nein, noch schlimmer. Er war sicher, dass der Naturfreund wenigstens schwimmen konnte.

»Pst«, machte es auf einmal ganz in seiner Nähe. Krumme drehte sich um, nach links, nach rechts, er konnte sich nicht entscheiden, woher das Geräusch gekommen war. »Hallo? Wer ist da?!«, rief er hoffnungsvoll, nachdem er vor Schreck zuerst noch keinen Ton herausbekommen hatte.

Aber er konnte nichts sehen. Keinen Menschen, keine Möwe, nichts.

»Pst«, zischte es noch einmal. Und dieses Mal war er sich ganz sicher, aus welcher Richtung es kam.

Nicht auf seine höllischen Rückenschmerzen achtend eilte er durch das Wasser, das ihm kalt bis hinauf zu den Hüften spritzte. Er lief und lief, ohne jede Ahnung, was ihn im nächsten Augenblick erwarten würde. Und stand plötzlich auf einer Fläche, die die einlaufende Flut noch nicht überspült hatte. Auf dem Watt lag ein um ein Brett gewundenes Bündel Schlickgras. Er meinte sich zu erinnern, es zu Beginn ihrer Wanderung neben dem Deich gesehen zu haben.

Konnte es sein, dass er Hooge fast erreicht hatte?

Hatte er nicht. Als er sich langsam weiter durch den Nebel bewegte, erreichte er kein festes Land, sondern stand wieder am Rand eines leise rauschenden Priels. Unter der

Wasseroberfläche waren deutlich die Konturen der Steine zu erkennen. Krumme wusste, dass er ihn durchqueren musste. Vorsichtig tastete er sich mit seinen nackten, mittlerweile komplett taub gewordenen Füßen heran.

Wieder sackte er im weichen Sand ab. Auf einmal stand er bis zum Bauch in der eisigen Nordsee. Erschrocken stöhnte er auf, die Kälte nahm ihm augenblicklich den Atem. Sofort wurde er von einer heftigen Strömung mitgerissen. Sie war so stark, dass Krumme das Gleichgewicht verlor und sich unter Wasser wiederfand. Prustend tauchte er auf. In Todesangst hieb er mit beiden Armen in die eiskalten Fluten, versuchte verzweifelt, nicht abgetrieben zu werden. Er musste wieder auf die Beine kommen. Aber wohin sollte er sich retten? Er hustete, schrie und strampelte wild. Nur wenn er die Zehen streckte, konnte er überhaupt noch Grund spüren. Aber sosehr er sich auch mühte, es gelang ihm nicht, das Gleichgewicht zu halten. Immer wieder geriet sein Kopf unter Wasser. Das Ende, es war nur noch eine Frage von Augenblicken.

Plötzlich sah er eine Gestalt, ganz in der Nähe. Er kniff seine brennenden Augen zusammen und versuchte, die Person zu fokussieren. Zuerst erkannte er nicht mehr als einen Schatten. Doch dann …

Aber … Das konnte doch nicht wahr sein? Für einen kurzen Moment vergaß Krumme, dass er in Lebensgefahr war. Ungläubig blickte er zu der Person, die in einiger Entfernung im flachen Wasser stand.

Es waren nicht Lars oder Helmuth. Auch nicht Gunter oder Sabine.

Es war ein Kind.

Ein Junge, und er winkte ihm freundlich zu, versuchte ihm mit Gesten deutlich zu machen, wo das Wasser nicht mehr so tief war.

Krumme kannte den Jungen. Es war der kleine Däne, der sich im Zug nach Husum unter seinem Sitz versteckt hatte. Wollte er ihm wirklich helfen? Oder spielte er ihm einen Streich? Krumme hatte keine Zeit, lange zu überlegen. Schon hatte er Mühe, sein halberfrorenes Gesicht über Wasser zu halten.

Ein guter Junge, das musste ein guter Junge sein! Ächzend ruderte er mit Händen und Füßen, versuchte, sich aus der immer stärkeren Strömung des Priels zu befreien.

Und tatsächlich: Auf einmal spürte er Sand unter seinen Füßen, der aber durch das schnell fließende Wasser immer wieder wegbrach und mitgerissen wurde. Mit letzter Kraft strampelte Krumme weiter, suchte irgendetwas, woran er sich mit seinen Zehen festklammern konnte. Und schaffte es endlich, sich auf festeren Grund zu retten. Eine kleine Insel inmitten der Flut.

Für den Augenblick war er gerettet. Krumme rang nach Luft, hustete und keuchte. Als er wieder einigermaßen gleichmäßig atmen konnte, sah er zu dem Jungen hinüber, aber von seinem kleinen Lebensretter war nichts mehr zu sehen. Krumme blickte sich in alle Richtungen um, doch der Nebel hatte den Jungen verschluckt. Oder hatte er ihn sich nur eingebildet?

Noch nie in seinem Leben hatte er sich so verloren gefühlt wie in diesem Moment. Völlig durchnässt, vor Kälte schlotternd, mitten in der Nordsee. Um sich herum der undurchdringliche Nebel. Er entschied sich zu schreien, so laut er konnte!

»Hilfe! Hilfe!! Hört mich denn keiner? Hiiilfe!«

Wieder hallten seine Rufe ungehört über das Meer, das ihm jetzt schon bis zum Hals stand. Wieder versuchte die Strömung, ihn mit sich zu reißen. Er war völlig erschöpft. Die betäubende Kälte war mittlerweile von den Füßen hinauf bis zum Herzen gekrochen und nahm ihm erneut den Atem. Seine Zähne schlugen schmerzhaft aufeinander. Nur mit Mühe konnte Krumme dem Impuls widerstehen, sich einfach der Strömung hinzugeben und sich in ein sanftes Ende treiben zu lassen.

Zum letzten Mal rief er nach Hilfe. Aber seine Stimme war kaum noch zu hören, er hustete und schluckte das salzige Wasser, das über sein Gesicht schwappte.

Schließlich gab er auf. Sein kraftloser, tauber Körper gehorchte nicht mehr. Krumme schloss die Augen, während das Meerwasser in seinen offenen Mund strömte. Das Letzte, was er sah, war das Glimmen der Sonne durch den dichten Nebel, das plötzlich durch einen großen Schatten verdeckt wurde.

39

Mit einem lauten Husten erbrach Krumme das Salzwasser. Er spuckte und prustete, immer wieder krampfte sich sein Magen zusammen. Schnaufend krümmte er sich vornüber und hatte das Gefühl, sein Inneres würde sich nach außen kehren.

»Sehr gut, alles muss raus«, hörte er eine sanfte Stimme neben sich. Ein Mann mit einer Rotkreuzjacke kniete an seiner Seite und hielt seinen Kopf. Krumme stöhnte, noch immer schien seine Lunge bersten zu wollen. Die Kälte. Noch nie in seinem Leben war ihm so kalt gewesen. Zitternd versuchte er die Hand zu heben, doch es gelang ihm nicht.

»Schhh«, machte der junge Mann in Rot beruhigend. »Alles ist gut. Herr Krumme, mein Name ist Torben Jessen. Ich bin Sanitäter auf Hooge. Sie wären beinahe ertrunken. Aber jetzt sind Sie in Sicherheit.«

Krumme musterte den Sanitäter wie einen Außerirdischen. Benommen versuchte er sich zu orientieren. Wo war er? Immer noch auf dem Meer? Ja, auf einem Boot. Erst jetzt bemerkte er den zweiten Mann, der hinten neben dem Außenbordmotor saß.

Es war Lars. Mit besorgter Miene sah er zu ihm herunter. Krumme wollte etwas sagen, aber wieder musste er würgen. Und sich erneut unter lautem Stöhnen übergeben.

Lars startete den Motor. Auf einmal begann alles zu schwanken. Krumme war zu schwach, um das Gleichgewicht zu halten. Mit einem leisen Wimmern sackte er gegen die Reling des kleinen Bootes. Sein leerer Magen und seine gereizte Lunge brannten wie Feuer. Krumme kämpfte gegen den Würgereiz und sah aus halb geschlossenen Augen hinaus auf das Meer.

Der Nebel war fast verschwunden. Wie ein flüchtendes Gespenst verzogen sich letzte weiße Schwaden zum Horizont. Stille umgab sie. Alles schien von einem strahlenden Frieden erfüllt. Warmes Sonnenlicht ließ das Meer funkeln, das sich vor ihm wie zum Hohn als glänzender Spiegel präsentierte. Geblendet von so viel Licht musste Krumme den Blick abwenden. Und hier, in dieser Idylle, wäre er beinahe ertrunken?

Wieder sah er zu Lars hinüber.

»Der, der …« Junge, wollte er sagen, aber seine Stimme versagte.

»Es tut mir so leid, Herr Kommissar«, sprach stattdessen Lars. Für Krumme klang es hohl und dunkel, wie von der anderen Seite einer hohen Wand. »Auf einmal waren Sie weg. Ich habe immer wieder nach Ihnen gerufen. Wir alle haben nach Ihnen gerufen. Aber Sie waren einfach verschwunden, als hätte der Nebel Sie aufgesaugt.«

Krumme betrachtete Lars mit betäubter Miene. So viele Worte, es kostete ihn alle Energie, auch nur die Hälfte davon zu verstehen.

»Ich habe noch nie einen Wattwanderer verloren, das müssen Sie mir glauben.«

Krumme wollte etwas erwidern, er musste den beiden doch unbedingt von dem Jungen erzählen. Aber ihm fehlte einfach die Kraft. Nur ein unverständliches Grunzen kam über seine erfrorenen Lippen.

»Jetzt lass ihn. Er muss erst zu Kräften kommen«, sagte der Sanitäter. »Ich würde sagen, wir bringen ihn zu dir.«

»Zu mir? Warum …?« Lars sah Torben überrascht an.

»Weil euer Haus am nächsten ist. Der Mann braucht so schnell wie möglich warme Decken und eine heiße Tasse Tee.«

Krumme sah noch, wie Lars langsam nickte. Dann schloss er die Augen und lauschte dem gleichmäßigen Brummen des Motors. Sein Kopf sackte wieder an die Reling, und für eine lange Zeit wusste er gar nichts mehr.

»Sie müssen nach dem Jungen suchen«, stammelte Krumme mit schwacher Stimme, als er später in Lars' Wohnzimmer auf dem Sofa lag.

Torben sah ihn erstaunt an. »Was denn für ein Junge?«

»Da war ein Kind, im Watt. Es hat mir gezeigt, wo ich noch stehen kann.«

Der Sanitäter, der Krummes Blutdruck überprüfte, sah alarmiert zu Lars hinüber, der gerade mit einer warmen Brühe aus der Küche kam. Krumme erzählte den beiden von seiner Begegnung im Nebel, von dem Jungen und wie er ihm den Weg durch den tiefen Priel gezeigt hatte.

»Hm. Wie alt war er denn ungefähr?«, fragte Torben skeptisch.

»Keine Ahnung.« Krumme überlegte kurz. »Neun oder zehn vielleicht. Er kommt aus Dänemark.«

»Aus Dänemark?!«

»Ja, er muss mit seiner Schulklasse hier sein. Ich habe ihn schon mal gesehen. Im Zug von Hamburg nach Husum.«

Torben und Lars wechselten einen besorgten Blick.

»Ich ruf den Heli«, sagte Lars, stellte die Brühe vor Krumme auf den Tisch und verließ eilig das Zimmer.

»Sie müssen den Jungen finden!« Krumme sah Torben beinah flehend an. »Unbedingt!«

»Wir werden alles versuchen. Aber ehrlich gesagt weiß

ich gar nicht, wo wir anfangen sollen. Ich war ja selbst mit draußen. Wenn da wirklich ein Junge gewesen wäre, hätten wir ihn doch sehen müssen.«

»Aber er war da«, beharrte Krumme trotzig. »Natürlich war er da! Denken Sie etwa, ich bin verrückt?«

»Nein, aber es war sehr nebelig, und ich weiß nicht …«

»Da draußen ist ein Kind!«, unterbrach Krumme ihn. Mühsam richtete er sich auf, um Torben direkt in die Augen zu blicken.

»Da ist ein Kind«, wiederholte er. »Ein kleiner Junge. Und er hat mir das Leben gerettet!«

»Das war der Klabautermann«, ertönte auf einmal eine fremde, heisere Stimme von der Tür her. Mit leisem Knirschen rollte ein älterer Mann in einem Rollstuhl ins Wohnzimmer. Seine Beine steckten in einer schmuddeligen Jogginghose, seine dünnen, aber sehnig wirkenden Arme ragten aus einem fleckigen Unterhemd hervor. Auch sonst machte er einen ziemlich verwahrlosten Eindruck. Rasiert hatte er sich wohl schon lange nicht mehr. Und auf seinem ansonsten kahlen Schädel saß wie eine schiefe Krone ein borstiger Haarkranz. Lars' Vater – Krumme erinnerte sich, dass Swantje von ihm erzählt hatte. Mit aufgerissenen Augen schob sich der Mann mit seinem Rollstuhl direkt vor ihn und starrte ihn neugierig an.

»Der Klabautermann. Der Klabautermann hat Sie gerettet, ganz sicher!« Seine Aussprache klang seltsam gedehnt, wahrscheinlich eine Folge seines Schlaganfalls.

»Geert, bitte …«, seufzte Torben und verdrehte müde die Augen.

»Aber das war kein Mann, sondern nur ein kleiner Junge«, sagte Krumme.

»Na und?«, fauchte Lars' Vater, als wäre Krumme schwer von Begriff. »Der Klabautermann hat viele Gesichter.

»Papa, verschon den Kommissar mit deinem Spökerkram«, sagte Lars, der jetzt wieder ins Wohnzimmer zurückkam und verlegen zu Krumme blickte. »Es gibt keinen Klabautermann.«

»Das ist kein Spökerkram!«, schimpfte Geert und versprühte dabei seine Spucke quer durch das Zimmer. »Den Klabautermann gibt es wirklich!« Zu Krummes Überraschung legte er seine Hand, deren Rücken von einer Tätowierung geschmückt wurde, direkt neben seinen Kopf auf das abgenutzte Sofa. »Man weiß nie, was er gerade vorhat. Manchmal will er einen ins Meer locken. Doch von Zeit zu Zeit weist er einsamen Wanderern auch den Weg durch das Watt.«

Torben versuchte das Gerede des Mannes zu ignorieren. »Hast du jemanden erreicht?«, wandte er sich an Lars.

»Sind unterwegs. Aber ich glaube ja nicht, dass sie den Jungen finden werden.«

Der alte Mann lachte trocken. »Natürlich werden sie ihn nicht finden! Wenn du denkst, dass sich der Klabautermann wie ein Hering fangen lässt, bist du ein noch größerer Idiot, als ich dachte.«

»Haben Sie ihn denn schon mal gesehen, den Klabautermann?«, fragte Krumme.

»Natürlich«, erklärte Geert feierlich. »Er hat viele Gesichter. Mal erscheint er als Schatten, als Geist oder Zwerg …«

»Papa«, stöhnte Lars genervt.

Doch Geert ließ sich nicht unterbrechen. »Aber vor allem habe ich ihn oft gehört«, raunte er und tippte dabei wieder mit seinen langen Fingern auf das Sofa. »Sein höhnisches Lachen, wenn man nachts alleine auf dem Deich steht. Sein leises Schreien, wenn er mit dem Nebel um das Haus streicht.«

»Jetzt ist aber gut«, sagte Lars bestimmt und zog den Rollstuhl von Krumme weg. »Der Herr Kommissar hat im Moment ganz andere Sorgen als deine Märchengeschichten.«

Damit schob Lars seinen schimpfenden Vater aus dem Wohnzimmer.

Torben sah Krumme an und tippte sich mit einem mitleidigen Lächeln an die Stirn. »Armer Kerl. Seit seinem Schlaganfall hat er nicht mehr alle Tassen im Schrank.« Er nahm die Manschette zum Blutdruckmessen von Krummes Oberarm. »Aber Sie scheinen noch mal Glück gehabt zu haben. Ihr Kreislauf fährt nach dem Schock langsam wieder hoch.« Torben blickte zu Lars, der wieder ins Wohnzimmer zurückgekommen war.

In dem Moment war das Quietschen der Haustür zu hören. Kurz darauf stürmte Swantje mit sorgenvollem Gesichtsausdruck ins Zimmer. Als sie Krumme mit der Schüssel dampfender Brühe in der Hand auf dem Sofa sitzen sah, entspannte sich ihre Miene.

»Mein Gott, da sind Sie ja! Was für ein Glück!«

»Hallo, Swantje.« Krumme lächelte, endlich jemand, den er jetzt gern an seiner Seite sehen wollte. Swantje zog sich einen Hocker heran und setzte sich neben das Sofa.

»Ich habe gehört, was Ihnen zugestoßen ist. Die ganze Hallig weiß Bescheid. Sie Ärmster! Wie konnte das denn passieren?«

Krumme zuckte nur verlegen mit den Schultern. Mit funkelnden Augen sah Swantje zu Lars. »Er wäre beinahe ertrunken! Hast du denn nicht aufgepasst?«

»Das war dieser verdammte Seenebel! Auf einmal war er weg!«

Doch Swantje ließ sich nicht beruhigen. »Du bist geprüfter Wattführer! Du musst deine Gruppe doch zusammenhalten können.«

Lars sah sie zerknirscht an. Dass ausgerechnet Swantje so wütend auf ihn war, schien ihm besonders zuzusetzen. Verlegen senkte er den Blick.

»Ich bin ja auch selbst schuld«, kam Krumme ihm zu Hilfe. »Ich hätte bei den anderen bleiben müssen.«

Swantje winkte energisch ab. »Blödsinn. Sie kommen aus Berlin, Sie sind hier zu Gast. Aber Lars kennt sich aus. Er weiß, wie gefährlich Seenebel ist. Er hätte Sie nicht einen Moment aus den Augen lassen dürfen.«

»Swantje, jetzt reg dich mal nicht so auf«, meldete sich Torben zu Wort. »Ja, Lars hat einen Fehler gemacht. Aber ohne ihn hätten wir den Kommissar nie gefunden. Ich war doch dabei. Nachdem er die anderen sicher zurück zur Hallig gebracht hat, sind wir gleich wieder raus. Er war es, der Herrn Krumme gefunden hat. Und er war es, der ihn im letzten Moment aus dem Wasser gezogen hat.«

Krumme nickte Lars zu. Sollte er ihm dankbar sein? Oder hatte Swantje mit ihren Vorwürfen Recht? Er war sich noch nicht ganz sicher.

Swantje musterte ihn voller Sorge. »Wie auch immer, das war ein ganz schöner Schock, was?«, fragte sie mit sanfter Stimme.

Krumme zuckte mit den Schultern und versuchte dabei, tapfer zu lächeln.

Auch Torben betrachtete ihn aufmerksam. »Ich würde Sie gerne ins Krankenhaus nach Husum bringen lassen. Zum Durchchecken.«

Krumme schüttelte energisch den Kopf. »Nein, kein Krankenhaus, bitte nicht. Das ist wirklich nicht nötig.«

»Aber Sie sind völlig ausgekühlt.«

Krumme hielt die warme Brühe hoch. »Mir geht's schon viel besser. Ehrlich. Machen Sie sich mal keine Sorgen.«

Torben kratzte sich am Kopf. »Sie brauchen dringend Ruhe und jemanden, der ein Auge auf Sie hat, ab und zu nach Ihnen sieht und sich vergewissert, dass es Ihnen gutgeht.«

Swantje lächelte. »Wie wäre es, wenn Sie für ein paar Tage zu meiner Mutter und mir ziehen?«

»Ihr habt doch gar nicht genug Platz.« Torben wollte seinen Patienten am liebsten immer noch in eine Klinik bringen.

»Er kriegt mein Zimmer. Ich kann auch auf dem Sofa schlafen.«

Krumme schüttelte wieder den Kopf. Langsam wurde ihm die geballte Sorge um sein Wohlbefinden zu viel. Zwischen den jungen Leuten fühlte er sich wie ein altes Wrack. »Vielen Dank für das nette Angebot. Ich komme schon zurecht.« Er lächelte. »Ich habe ein sehr schönes Zimmer im ›Hus Adams‹. Und bei Frau Adams bin ich bestens versorgt.«

Swantje sah hilfesuchend zu Torben, doch der zuckte nur mit den Schultern.

40

Er fühlte sich wie ein Außerirdischer. Die vielen blinkenden Lichter, die Autos auf der großen, vierspurigen Straße, die ihn mit ihren Scheinwerfern blendeten. Die Menschenmassen, die sich an Bars, den Diskotheken, Spielhallen und den Nachtclubs vorbeischoben. Touristen aus der ganzen Welt, die dem verdorbenen Ruf dieses Stadtteils gefolgt waren. Junggesellengruppen, mit und ohne Verkleidung, die grölend zu den Tabledancebars zogen. Paare in eleganter Abendgarderobe, die nach dem Musical- und Theaterbesuch noch einmal über den Boulevard bummelten, um den Duft des Verbotenen zu schnuppern. Studenten, die aus den Rockclubs der Nebenstraßen in die umliegenden Kneipen strömten. Drogendealer, die im Schatten ihre Geschäfte mit den Vorstadtkids machten. Türsteher, die versuchten, ihre Kundschaft mit frechen Sprüchen in ihre Nacktbars zu locken. Und natürlich die Nutten die an den Straßen und Häuserecken nach Freiern fischten und sich mit kokettem Augenaufschlag bei den einsamen Männern einhakten. Hamburg, St. Pauli.

Obwohl er sein ganzes Leben nur etwas mehr als eine Autostunde entfernt gelebt hatte, war dies erst sein zweiter Besuch in der Hansestadt an der Elbe. Und der erste auf der Reeperbahn.

Er war einfach neugierig gewesen, wollte wissen, worüber die anderen immer redeten. Und natürlich wollte er auch die hübschen Mädchen sehen, die halbnackt dort überall herumstehen sollten.

Aufgeregt und ein bisschen nervös war er in die große Stadt hineingefahren und hatte sein Auto in einer ruhigen Seitenstraße abgestellt. Als er dann zum ersten Mal auf den Kiez kam, war es ein Schock. Die vielen Menschen, das bunte Gewimmel um ihn herum, der Lärm, die Musik, die überall aus den Clubs auf die Straße dröhnte, die Sexshops mit ihren verwirrenden Auslagen in den Schaufenstern. Die ungewohnten Gerüche aus den exotischen Restaurants, die betäubende Vielfalt der Leuchtreklamen. Benommen stolperte er mit aufgerissenen Augen die Straße entlang, trotz des Trubels um ihn herum wie in einer Blase, gefangen in seinen Ängsten und Sehnsüchten. Sein Mund bewegte sich. Keiner der anderen Passanten bemerkte, dass er leise mit sich selbst sprach, das Treiben um ihn herum kommentierte.

Die Großstadt war nichts für ihn. Trotzdem konnte er sich dem Reiz dieser bunten Märchenwelt nicht entziehen. Das lag natürlich vor allem an den Mädchen. Es war eine warme Sommernacht, und die meisten zeigten ungeniert ihre Vorzüge, trugen kurze Röcke und knappe Oberteile. Zu seiner Verwirrung hatten sich die Mädchen aus den Vororten und der Provinz, die mit ihren Freunden hergekommen waren, mindestens so aufreizend gekleidet wie ihre professionellen Konkurrentinnen, auch wenn ihnen deren coole Selbstverständlichkeit fehlte.

Unsicher senkte er den Blick, obwohl er die Augen nicht von den prallen Dekolletés lassen konnte. Wenn die Frauen ihn ansprachen und fragten, ob er nicht mitkommen wolle, schüttelte er nur unwirsch den Kopf. Oder tat, als hätte er nichts gehört.

Wie ein Phantom schlängelte er sich durch die Menschenmassen, spazierte bis hinauf zur Großen Freiheit. Mit starrem Blick und verschlossener Miene beobachtete er, wie vor allem junge Männer, aber auch etliche Frauen in einen

Stripclub gingen. Als ihn der Türsteher mit einem launigen Spruch aufforderte, doch auch einzutreten und sich die Show anzugucken, riss er sich von dem Anblick los und hastete zurück auf die Reeperbahn. Er überquerte die Straße und tauchte ab in das Viertel um den Hans-Albers-Platz, wo die Gassen viel enger und die Prostituierten frecher und direkter waren. Aber auch hier wich er ihren Blicken aus und flüchtete sich jedes Mal auf die andere Straßenseite, wenn er angesprochen wurde.

»He, Süßer, wie wär's? Hast du ein bisschen Zeit für mich?«, fragte ihn eine Brünette mit ausladenden Brüsten, zwickte ihn im Vorbeigehen kurz zwischen die Beine – und spürte sein erigiertes Glied!

»So aufgeregt?«, sagte sie mit einem breiten Grinsen. »Keine Sorge, ich kann dir helfen, du musst nur mitkommen.«

Sie versuchte, ihren Arm unter seinen zu schieben. Aber er riss sich los und taumelte erschrocken zurück.

»Lass mich.«

»He, Kleiner, keine Angst, ich beiße nicht.«

Doch er starrte sie nur entsetzt an. So schnell er konnte, stolperte er davon. Als er hörte, wie sie hinter ihm auflachte, hielt er sich beide Ohren zu – und lief in ein Pärchen, das gerade aus einer Bar kam. Stöhnend ging die junge Frau in die Knie.

»He, du Arsch, was soll der Scheiß?«, fauchte ihr tätowierter Freund und schnappte nach seiner Jacke. Aber er war zu schnell. Ohne sich noch mal umzudrehen, rannte er davon, drängelte sich zwischen den anderen Nachtschwärmern hindurch und versteckte sich schließlich hinter einer Häuserecke.

Schnaufend versuchte er wieder zu Atem zu kommen. Schweiß lief ihm über die Stirn. Er bemerkte, dass sich ein anderes Paar mit abschätziger Miene nach ihm umdrehte.

Als sie weitergingen, tippte sich die Frau an die Stirn. Ihr Freund lachte.

Mit einem leisen Stöhnen drehte er sich zur Wand, weg von den Leuten.

Du gehörst nicht hierher, sagte eine mahnende Stimme in seinem Kopf. Während sein Puls sich langsam beruhigte, stellte er erleichtert fest, dass seine Erektion wieder verschwunden war. Wie peinlich, dass diese Schlampe sie bemerkt hatte.

Die Hände über beide Augen gelegt ließ er seinen Kopf kreisen, versuchte so, die Erinnerung an die brünette Hure abzuschütteln. Aber das Bild ihrer schweren Brüste wollte einfach nicht aus seinem Kopf verschwinden.

Er schaute sich um, versuchte sich zu orientieren. Nur noch ein paar Straßen weiter und er konnte hinunter auf den Hafen schauen. Er überlegte, ob er seinen St.-Pauli-Besuch beenden und zu seinem Auto zurückkehren sollte. Unentschlossen schob er seinen Kopf hin und her. Als er bemerkte, wie sich die Leute nach ihm umwandten und tuschelten, entschied er sich, erst einmal langsam weiterzugehen.

Ab jetzt mied er die belebten Straßen und blieb lieber im Halbdunkel der kleineren Gassen, wo es leiser war und nur ein paar einsame Nachtschwärmer an SM-Clubs und düsteren Bars vorbeibummelten.

»Hallo, Matrose, so ganz alleine unterwegs?«, schreckte ihn eine weibliche Stimme aus seinen Gedanken.

Wieder wollte er sich abwenden, doch dann sah er hoch und erstarrte. Ein blondes Mädchen in einem knappen Jeansrock, High Heels und einem leichten Top mit Spaghettiträgern hatte sich ihm in den Weg gestellt. Sie legte den Kopf zur Seite, zufrieden, dass sie seine Aufmerksamkeit hatte, und strahlte ihn herausfordernd an.

Aber er rührte sich immer noch nicht. Stocksteif stand er

vor ihr und konnte den Blick nicht von ihr lassen. Sie griff nach seiner Hand und drückte sie.

»He, magst du mit mir kommen? Du siehst aus, als könntest du ein bisschen Liebe vertragen.«

Noch immer brachte er keinen Ton heraus. Aber er nickte. Wieder lächelte sie zufrieden. Sie stellte sich als Sabine vor und erkundigte sich nach seinem Namen. Dann zog sie ihn mit sanftem Druck in einen dunklen Hauseingang und führte ihn an der Hand in eine Einraumwohnung im ersten Stock. Das Zimmer hatte nur ein kleines Fenster hinaus in den Hinterhof. Es war angelehnt, aus der Ferne konnte er Musik und Autohupen hören. Und das leise stoßartige Stöhnen eines offenbar älteren Mannes. Sie knipste eine Nachttischlampe an, die das kleine Zimmer in ein schwaches rötliches Licht tauchte. An Möbeln gab es nur ein Bett mit einer speckigen pinken Tagesdecke. Auf dem Boden lag ein ausgetretener Orientteppich. Es roch nach kaltem Zigarettenrauch und altem Sperma.

Sie erklärte ihm die Preise: »Blasen 30 Euro, 60 für Liebemachen.« Er nickte nur benommen, ohne den Blick von ihr abwenden zu können.

»Ist das wirklich in Ordnung für dich?«, fragte sie noch einmal mit verwirrter Miene und versuchte seinem forschenden Blick auszuweichen, der starr auf ihr Gesicht gerichtet war.

Er nickte. Sie begann, ihm seinen blauen Troyer auszuziehen. Dabei redete sie unaufhörlich weiter, versuchte ihm mit kleinen Komplimenten zu schmeicheln. Aber er konnte ihren Worten kaum folgen. Er fühlte sich wie in einem Traum, in dem sich Realität und Visionen aus einer fernen Welt auf seltsame Weise übereinanderlegten. Sie fragte ihn, wie er es am liebsten hatte. Als er nur stumm mit den Schultern zuckte, drückte sie ihn sanft auf das Bett. Nun zog auch sie sich *aus. Er schluckte, als sie ihren BH öffnete und er zum ersten Mal ihre kleinen, festen Brüste sah.*

Dann setzte sie sich auf ihn. Sie stöhnte laut, so als bereitete ihr alleine die Berührung seiner blassen Haut höchste Lust. Sie umfasste seinen Penis, drückte ihn kurz – und hielt überrascht inne.

»Na, Kleiner, das ging aber schnell«, sagte sie und konnte ein mitleidiges Lächeln nicht unterdrücken. »War wohl doch zu aufregend für dich?«

Er blinzelte irritiert. War er wirklich schon gekommen? Er hatte gar nichts bemerkt. Betroffen erkannte er, dass er keine Kontrolle mehr über seinen Körper hatte.

Das Mädchen seufzte, griff nach einem Handtuch, das neben dem Bett über einem Stuhl hing, und wischte sich die Hand ab.

»Das tut mir leid. Wenn du willst, können wir ja noch so ein bisschen fummeln. Aber die 60 Mark kriege ich trotzdem.«

Er setzte sich auf und verzog das Gesicht. Das Geld war ihm egal. Er drehte den Kopf zur Seite und starrte hinaus in den dunklen Hinterhof.

Das Mädchen sah seine verstockte Miene und schüttelte den Kopf. »Sorry, Schätzchen«, sagte sie mit leisem Spott, »aber kann es sein, dass du noch nicht so viel Erfahrung mit Frauen hast?«

Mit einem Ruck drehte er sich zu ihr um, warf sie auf den Rücken und drückte sich zwischen ihre Beine. Sofort begann er sein Becken ruckartig hin und her zu bewegen, unbeholfen, wild.

Das Mädchen wirkte eher überrascht als erschrocken. »Langsam, mein Großer. So geht das nicht. Willst du nicht erst mal wieder in Stimmung kommen?«

»Sei leise!«, grunzte er mit gepresster Stimme.

»Okay, okay. Aber auch wenn das hier nichts mehr wird, das kostet dich noch mal sechzig, ist das klar?«

»Halt endlich die Klappe, Maike!«, stieß er jetzt laut hervor.

Sie sah ihn verwirrt an. »He, ich heiße Sabine, das hab ich dir doch gesagt.«

Plötzlich hörte er auf, sich über ihr zu bewegen, und starrte sie mit halboffenem Mund an.

»Aber wenn es dir gefällt, kann ich auch Maike für dich sein.« Sie grinste, merkte dann aber, dass ihm überhaupt nicht zum Lachen zumute war.

»Also, was jetzt? Willst du weitermachen? Oder später noch mal wiederkommen?«

»Verdammt, Maike, ich habe gesagt, du sollst die Fresse halten!«

»He, du Freak!« Sie zog ihre sorgfältig nachgezeichneten, dünnen Augenbrauen zusammen. »Was soll der Scheiß? Ich bin nicht deine Maike!« Verärgert versuchte sie, sich unter ihm wegzurollen. Aber er drückte ihre Arme so fest auf die Matratze, dass sie sich kaum mehr rühren konnte.

»Spinnst du? Lass mich sofort los, du Scheißkerl!«, rief sie.

Doch statt lockerzulassen, packte er ihre beiden Handgelenke mit seiner Linken und schlug ihr mit der flachen Rechten heftig ins Gesicht.

»Halt die Schnauze!«, zischte er.

Sie sah ihn aus angstgeweiteten Augen an, schnappte nach Luft und wollte gerade anfangen zu schreien, als er ihr erneut ins Gesicht schlug. Dieses Mal mit der Faust. Einmal, zweimal, immer und immer wieder prügelte er auf sie ein. Er spürte, wie ihm warme Tränen über seine Wangen liefen. Voller Wut und Verzweiflung schlug er weiter zu. Und hörte auch nicht auf, als sich die junge Frau schon längst nicht mehr bewegte.

Später saß er in seinem Wagen. Schweiß tropfte ihm von der Nasenspitze. Mit weit aufgerissenen Augen sah er über das Lenkrad hinaus auf das unter der Laterne glänzende Kopfsteinpflaster. Sein Atem beruhigte sich langsam, und nach ein paar Minuten kehrte er aus einem langen dunklen Tunnel zurück in das wirkliche Leben. Er hob seine blutverschmierten Hände und betrachtete sie verstört, als ob sie gar nicht zu seinem Körper gehörten.

Was hatte er getan?

Nur mit Mühe erinnerte er sich an das, was in der letzten Stunde passiert war. Er fühlte sich wie in einem dröhnenden Strudel aus Angst, Hass und Entsetzen über das, was er gerade getan hatte.

Plötzlich spürte er ein Würgen in seiner Kehle. Hastig stieß er die Tür auf und erbrach sich neben dem Wagen auf die nach Moder und Benzin stinkende Straße. Erst nach einer halben Ewigkeit schob er sich stöhnend zurück auf seinen Sitz. Ächzend wischte er sich mit dem Ärmel seines Pullovers über den Mund. Dann legte er seinen Kopf auf das Lenkrad und versuchte die tobenden Gedanken zu sortieren.

Wieso hatte diese verdammte Hure ihn so provoziert? Die Schlampe hatte ihn beleidigt! Sie, nur sie alleine war schuld an dem, was gerade passiert war!

Er stöhnte auf, als er sich an die grenzenlose Scham erinnerte, die er in dem kleinen Zimmer empfunden hatte. Weil sie ihn ausgelacht und beleidigt hatte. Wütend krallte er die Hände in den Lenker. Am liebsten hätte er ihr jetzt noch eine verpasst.

Aber dann geschah etwas Seltsames. Für einen kurzen, seltenen Moment der Klarheit wurde ihm bewusst, dass er für diese Tragödie verantwortlich war.

Du bist ein Monster, sagte eine leise, aber deutliche Stimme in seinem Kopf. Wie ein Irrer hast du auf das arme Mäd-

chen eingeschlagen! Du bist eine Gefahr für alle, die in deine Nähe kommen.

Nein, nein, das stimmt nicht!!

Er schüttelte den Kopf, versuchte die Stimme aus seinem Kopf zu vertreiben.

Eines allerdings wurde ihm klar: Er gehörte nicht hierher, nicht in diese Stadt mit ihren vielen Menschen. Wenn er seine Dämonen kontrollieren wollte, musste er dahin gehen, wo er seine Ruhe hatte. Wo sie ihn in Ruhe ließen. Wo er nichts mit anderen Menschen zu tun hatte.

Er überlegte einen langen Moment. Dann lächelte er. Er wusste, wohin er gehen musste: Ans Ende der Welt. Und mit diesem Entschluss startete er den Motor und fuhr los.

41

Der kleine Junge, der Krumme im Watt das Leben gerettet hatte, wurde nie gefunden. Nachdem Lars die Küstenwacht alarmiert hatte, begann eine große Suchaktion. Aber weder Hubschrauber noch die Seenotrettungskreuzer konnten das Kind finden. In Schulen, Ferien- und Landschulheimen auf den umliegenden Halligen und Inseln wurde gefragt, ob ein Junge vermisst wurde. Was zum Glück aber nicht der Fall war. Nur auf Föhr rief ein aufgeregter Vater bei der Polizei an und behauptete, sein zwölfjähriger Sohn wäre verschwunden. Wie sich kurz darauf herausstellte, spielte der aber nur mit ein paar Freunden Fußball am Strand.

Als die Flut zurückwich, wurde das Watt um Hooge noch einmal abgesucht. Aber im grauen Schlamm fand sich nirgends die Spur eines Kindes. In einem Priel bei Japsand wurde ein Turnschuh gefunden, allerdings Größe 45.

Am Ende wurde die Suche eingestellt. Die offizielle Meinung war, dass sich der Kommissar aus Berlin getäuscht haben musste. Zur betreffenden Zeit war kein Junge im Watt gewesen, und einer aus Dänemark schon gar nicht.

»Aber ich bin doch nicht verrückt!«, meinte Krumme. »Ich habe den Jungen gesehen, ganz sicher.«

Torben, der Sanitäter, der Krumme nach seiner Rettung versorgt hatte, hatte ihm bei einem Besuch im »Hus Adams« von dem Ergebnis der Fahndung erzählt.

»Sie haben fantasiert. Sie waren völlig unterkühlt.«

»Aber er war wirklich da. Er hat mir gezeigt, wo das Wasser noch flach genug war, dass ich stehen konnte!«

Tatsächlich war Krumme sich mittlerweile selbst nicht mehr ganz sicher, ob er sich den dänischen Jungen nicht doch eingebildet hatte. Die Ereignisse zwischen Hooge und Japsand kamen ihm inzwischen nur noch wie ein ferner Traum vor. Ein dunkler Albtraum, verschwommen und trübe wie das Wasser der Nordsee. Wenn er die Augen schloss, stolperte er immer noch durch den Nebel und konnte das leise, bedrohliche Rauschen der einlaufenden Flut hören.

Sein friesischer Kollege, Kommissar Mannsen, hatte von seinem unfreiwilligen Alleingang gehört und sofort nach dem Telefonhörer gegriffen, um sich nach Krummes Verfassung zu erkundigen. Der hatte ihn beruhigt. Alles halb so wild, ihm ging es schon wieder viel besser. Tatsächlich war auch Torben beeindruckt davon, wie gut Krumme sein Abenteuer überstanden hatte.

»Einen Berliner Beamten bringt so schnell nichts um«, hatte Krumme erklärt. Für einen Augenblick hatte er überlegt, seinen Urlaub abzubrechen und zurück nach Hause zu fahren. Aber der Gedanke an seine dunkle, einsame Wohnung in Neukölln ließ wenig Heimweh aufkommen. Außerdem war er ein richtiger Preuße: Er hatte sich auf zwei Wochen Hooge eingestellt. Da musste schon mehr kommen als ein bisschen kaltes Wasser, damit er seinen Urlaub mittendrin abbrach.

Außerdem wurde er von Frau Adams wie ein König behandelt. Natürlich durfte er ihre Badewanne benutzen! Nach zwei Stunden im warmen Kräuterbad hatte er die dunklen Momente im Wattenmeer schon fast wieder vergessen. Auch die Rückenschmerzen waren bald verschwunden. Eine entsprechende Spritze von Torben wirkte Wunder. Frau Adams' Angebot, ihm den Rücken zu massieren, lehnte Krumme dankend ab. Einen Tag hatte er noch im Bett gelegen, dann hatte er es in der kleinen Kammer nicht mehr ausgehalten und sich mit einer dicken Wolldecke in den Strandkorb im Garten gesetzt. Die Sonne strahlte vom blauen Himmel, und eine warme Brise strich über die Warft. Frau Adams, die es sichtlich genoss, Krumme für sich alleine zu haben, bemühte sich, ihrem Gast jeden Wunsch von den Augen abzulesen. Auf einem kleinen Tisch neben dem Strandkorb stand eine Kanne mit heißem Tee und ein Teller mit köstlichem, frisch gebackenem Apfelkuchen.

Entspannt lehnte Krumme sich zurück. Frau Adams hatte für ihn die Fußbank ausgeklappt, so dass er fast waagerecht im Strandkorb liegen konnte. Dann war sie mit einem neckischen Augenzwinkern zurück ins Haus gegangen, um neuen Kuchen zu backen. Krumme blickte in den Himmel und ließ die Ereignisse der letzten Tage Revue passieren. Er dachte an seine Wanderung und an die seltsame Runde, mit der er nach Japsand gegangen war. Hatten sie seine Rufe wirklich nicht gehört? Oder hatten sie ihn nicht hören wollen? Dem dämlichen Helmuth traute er alles zu. Und Gunter war ihm auch nicht unbedingt wohlgesonnen.

Und Lars? Konnte es sein, dass er ihn mit Absicht alleine im Nebel zurückgelassen hatte? Hatte das ganze Chaos damit zu tun, dass er die Geschichte um Marcs Verschwinden angesprochen hatte? Lars war von Anfang an zurückhaltend ihm gegenüber gewesen. Aber als Krumme den Abend vor drei Jahren erwähnt hatte, war er richtig böse geworden.

Andererseits erinnerte er sich an Lars' verschrecktes Gesicht im Boot, nachdem sie ihn aus dem Wasser gezogen hatten. Nein, er war sicher, dass der junge Mann seinen Fehler aufrichtig bereute. Am Ende verdankte Krumme ihm sogar sein Leben.

Was hatte Lars gesagt? Er war damals gar nicht bis zum Ende dabei gewesen? Das hatte Krumme überrascht. Darüber hatte Andreas kein Wort verloren. Konnte es sein, dass er noch ganz andere Dinge verschwieg?

Ein kleiner Schwarm Ringelgänse flog schnatternd einen weiten Bogen über die Warft und zog dann hinaus aufs offene Meer.

Er seufzte. Jetzt fing er schon wieder an, wie ein Polizist zu denken. Er rief sich selbst zur Ordnung: Das geht dich alles nichts an! Die Polizei hat die Sache damals genau untersucht und ist zu einem eindeutigen Ergebnis gekommen. Marc hat einen Tag vor seiner Hochzeit kalte Füße bekommen, wollte die Hallig noch in der Nacht verlassen und ist irgendwo auf der Nordsee gekentert. Basta!

Das hatte ihm Mannsen auch bestätigt. Als sein friesischer Kollege ihn am Tag zuvor angerufen hatte, hatte Krumme die Gelegenheit genutzt und sich nach dem alten Fall erkundigt. Mannsen war damals nicht an den Untersuchungen beteiligt gewesen. Aber er hatte berichtet, dass die Kripo nach ihren Ermittlungen keinen Grund gesehen hatte, von einem Verbrechen auszugehen.

Warum dachte er also trotzdem ständig an diese Geschichte?

Natürlich weil Swantje ihm so sympathisch war und ihn an seine Tochter Hannah erinnerte. Es tat ihm weh, sie so leiden zu sehen.

Krumme seufzte. Er richtete sich auf und nahm sich noch ein Stück von dem duftenden Kuchen. Unglaublich, wie lecker er schmeckte. Doch als er zum zweiten Mal abbeißen wollte, hielt er inne. Wie ein Roboter, dem der Strom abgeschaltet wurde, verharrte er mitten in der Bewegung und starrte ins Leere.

Irgendetwas stimmte nicht, aber er kam nicht darauf,

was. Es war sein Instinkt, nicht sein Verstand, der plötzlich Alarm schlug. In seinem Kopf waren auf einmal zwei Dinge wie Puzzlesteine eingerastet. Aber welche? Er schloss die Augen und versuchte dem Gefühl auf den Grund zu gehen. Was hatte er verdammt noch mal übersehen? Es musste etwas sein, was vor langer Zeit geschehen war, etwas, das mit dem zu tun hatte, was hier passiert war …

»Moin, Herr Krumme, alles in Ordnung?«, holte ihn eine sanfte Stimme aus seinen Gedanken. Verwirrt drehte er sich um und erblickte Swantje, die mit einem bunten Blumenstrauß in der Hand neben seinem Strandkorb stand.

»Was ist denn mit Ihnen los? Haben Sie ein Gespenst gesehen?«

Mit einem verlegenen Lächeln schüttelte er den Kopf. »Nein … Ich war nur in Gedanken.«

»So? Und woran haben Sie gedacht?«

»Nicht so wichtig.« Er zeigte auf die Blumen. »Sagen Sie bloß, die sind für mich?«

Swantje lächelte und hielt den kleinen Strauß hoch. »Selbst gepflückt. Damit Sie sehen, dass es auf Hooge auch schöne Dinge gibt.«

»Mit Hooge habe ich kein Problem. Nur mit dem vielen Wasser drumrum.« Krumme lächelte. Swantje holte sich einen der Holzstühle, zog ihre dicke Daunenjacke aus, hängte sie über die Lehne und setzte sich dann neben seinen Strandkorb. Mit etwas Mühe klappte er die Fußbank wieder nach unten, damit er seinem Gast aufrecht gegenübersitzen konnte. Er versicherte ihr, dass es ihm schon wieder blendend gehe.

»Nur ein Schwimmbad werde ich in absehbarer Zeit wohl nicht besuchen.« Er grinste, aber Swantje sah ihn betroffen an. Krumme wäre beinahe gestorben, darüber konnte sie nicht lachen. Um das Thema zu wechseln, bot er ihr von dem Apfelkuchen an. Sie probierte ein Stück und war begeistert.

»Christine ist bekannt dafür, den besten Kuchen von ganz Hooge zu backen«, verriet sie ihm mit vollen Backen.

»Na, das ist ja eine nette Überraschung«, hörten sie auf einmal eine Männerstimme. Sie hatten nicht bemerkt, dass Herr Adams nach Hause gekommen war. Er trug wie immer seine Windjacke. In der Hand hielt er eine tote Ringelgans.

»Moin, Steve«, sagte Swantje und nickte ihm freundlich zu. Krumme fiel auf, dass sie verlegen den Blick senkte. Tatsächlich musterte Adams sie auf geradezu unverschämte Weise.

»Was treibt dich denn mal wieder auf die Backenswarft?«, fragte er und betrachtete dabei ihre weiblichen Rundungen, die sich deutlich unter ihrem Pullover abzeichneten.

»Ich wollte nach Herrn Krumme sehen. Hab gerade Christines Backkünste gelobt«, erwiderte Swantje. Adams nickte nur und starrte sie dabei weiter mit einem hintergründigen Lächeln an. Krumme hatte auch vorher wenig für den Mann übrig gehabt. Aber in diesem Moment hätte er ihm am liebsten einen Tritt in den Hintern verpasst.

»Gibt es heute Abend Gänsebraten?«, erkundigte er sich spöttisch und zeigte auf den toten Vogel, der in Adams' Hand baumelte.

Der sah ihn irritiert an. Dann verstand er und verzog den Mund. »Ich könnte doch nie eines dieser wunderbaren Tiere essen. Nein, ich habe sie vorhin auf der Wiese gefunden. Hatte sich in einem Zaun verfangen, das arme Ding. Flügel gebrochen. Ich habe sie von ihrem Elend erlöst.« Mit trauriger Miene drehte er die Hände, als würde er ein nasses Handtuch auswringen.

»Oh«, machte Krumme nur und tauschte einen entsetzten Blick mit Swantje. Adams hingegen lächelte versonnen:

»Aber ich werde sie präparieren. Sie kommt in meine Sammlung«, sagte er mit leuchtenden Augen.

»Meine Mutter hat mir von deinen Vögeln erzählt. Sie war total beeindruckt«, sagte Swantje der Höflichkeit halber. Krumme konnte an ihrem Gesicht ablesen, dass ihr der Anblick der toten Gans wenig gefiel. Und Adams' Gegenwart noch viel weniger.

Was der »Vögelkönig« aber nicht zu bemerken schien. Er schnappte sich einen Stuhl und setzte sich dicht an Swantjes Seite.

»Wenn du willst, kann ich dir meine Vögel ja auch mal zeigen«, säuselte er.

»Nein, danke, ein anderes Mal vielleicht«, erwiderte sie knapp.

»Wie lange bist du denn noch auf Hooge?«

»Nur ein paar Tage.«

»Sag einfach Bescheid, ich mache gerne eine Privatführung für dich …« Dabei zwinkerte er ihr vielsagend zu.

»Steve, was treibst du denn hier?«

Frau Adams stand mit einer dampfenden Kanne Kaffee im Türrahmen. Sie sah zu ihrem Mann hinüber, der – immer noch mit der toten Gans in der Hand – eng neben Swantje saß. Und sich während des Gesprächs immer weiter zu ihr hinübergebeugt hatte.

Erschrocken, als hätte seine Frau ihn bei etwas Verbotenem ertappt, rückte Herr Adams hastig ein Stück ab. »Swantje interessiert sich für meine Vögel«, sagte er und hielt wie zum Beweis die tote Gans am Hals in die Luft.

»Ach ja?« Frau Adams sah ihren Mann misstrauisch und ohne jede Sympathie an. Sie stellte die Kanne mit dem frischen Kaffee auf den Tisch neben dem Strandkorb.

»Hallo, Swantje, schön dich zu sehen«, sagte sie ausdruckslos. »Auch einen Kaffee?«

»Nein danke, Christine.« Swantje nutzte die Gelegenheit, um weiter von Herrn Adams abzurücken. »Eigentlich wollte ich Herrn Krumme nur fragen, ob er schon wieder fit genug ist für einen kleinen Spaziergang.«

Krumme wollte gerade etwas sagen, aber Frau Adams kam ihm, mit einer Stimme, die keinen Widerspruch duldete, zuvor: »Tut mir leid, Swantje. Torben hat gesagt, ich soll unbedingt darauf achten, dass der Herr Kommissar sich ein paar Tage schont.«

Doch Krumme schlug lächelnd die Decke zur Seite: »Mag sein, aber für einen kleinen Bummel wird meine Kraft schon noch reichen.«

42

»Und Sie sind wirklich schon wieder fit genug?« Swantje sah Krumme skeptisch an, als sie nebeneinander zum Hafen spazierten.

»Keine Sorge. Alles gut.« Er grinste. »Außerdem brauchte ich unbedingt mal eine kleine Pause von den Adams.«

Swantje lächelte. »Ja, die beiden sind schon speziell. Obwohl, Christine ist eigentlich sehr nett.«

»Aber er macht mir schon ein bisschen Angst mit seinen toten Vögeln ...«, sagte Krumme.

Swantje nickte. »Und nicht nur damit.«

Sie schwieg. Krumme zögerte einen Moment, unsicher, ob er nachhaken sollte. »Sie scheinen ihm gut zu gefallen«, sagte er dann doch.

»Ja, leider. Ich mag es überhaupt nicht, wie er mich immer anstarrt.«

»Hat er Sie schon mal ... na ja, belästigt?«

»Nein, nein! Das nicht. Aber so richtig warm bin ich mit ihm nie geworden. Keiner hier ist das.«

»Ich dachte, die Leute auf Hooge sind wie eine große Familie?«

»Stimmt auch. Aber es gibt nun mal die richtigen Halliglüüd, die, die hier geboren und aufgewachsen sind. Und dann die Zugezogenen. Die meisten werden schnell in die Gemeinschaft aufgenommen, aber der Adams ...«

»... ist als Kauz immer außen vor geblieben?«

Swantje nickte. »Tut mir ein bisschen leid für Christine.

Ich mag sie eigentlich ganz gerne. Sie ist eher der ruhigere Typ, aber ich glaube, sie würde sich schon gerne mehr unter die Leute mischen. Zumindest war das damals so, als ich selbst noch hier gewohnt habe.«

Krumme nickte. Dass Frau Adams in ihr eine Konkurrentin sah und Swantjes Sympathie offensichtlich nicht erwiderte, wollte er jetzt lieber nicht zum Thema machen.

Mittlerweile hatten sie den kleinen Hafen erreicht. Die Flut schob sich durch die offene Schleuse. Zwei einsame Segler wippten in den Wellen, die so blendend hell in der tiefen Sonne funkelten, dass Swantje und Krumme die Augen mit der Hand abschirmen mussten. Am Hafenbecken setzten sie sich neben einem Poller auf die Bank und betrachteten gemeinsam eine Ente, die sich schläfrig auf dem Wasser treiben ließ.

Frischer Wind blies durch den Hafen und brachte die Takelage der Boote zum Klingen. Auch wenn die Sonne vom blauen Himmel schien, war es doch überraschend kühl.

Eine Weile genossen sie schweigend den Ausblick, bis Swantje die Stille unterbrach: »Komisch, das mit dem kleinen Jungen, den Sie im Nebel gesehen haben.«

Krumme räusperte sich. »Ach, den habe ich mir wohl tatsächlich nur eingebildet.«

»Das hörte sich neulich bei Lars aber ganz anders an.«

»Ja, da stand ich allerdings noch unter Schock. Mittlerweile bin ich mir nicht mehr so sicher, was da draußen passiert ist. Bei dem Nebel konnte ich nicht mal meine eigene Hand vor Augen sehen.«

Swantje musterte ihn überrascht. Krumme zuckte mit den Schultern und wich ihrem Blick aus. Mittlerweile war ihm dieser Teil seines Abenteuers und der Trubel, den er mit seiner offensichtlich falschen Aussage ausgelöst hatte, ein bisschen peinlich.

»Und wenn Sie sich nicht getäuscht haben?«, fragte Swantje.

»Dann hätte es doch irgendwo eine Spur von dem Jungen gegeben.«

Swantje nickte nur und blickte nachdenklich in den fast leeren Hafen. Dann holte sie tief Luft.

»Ich habe neulich auch etwas Seltsames erlebt«, sagte sie schließlich.

»Etwas Seltsames?«

»Sie halten mich bestimmt für verrückt, wenn ich Ihnen das erzähle.«

»Ganz sicher nicht.«

»Und wenn doch?«

Er lächelte. »Viele meiner besten Freunde sind total verrückt.«

Sie seufzte. Dann berichtete sie Krumme von der Nacht vor ein paar Tagen. Dass sie sicher gewesen war, Marc in der Dunkelheit auf der Hanswarft gesehen zu haben. Dass sie ihn durch die kleinen Gassen der Warft verfolgt hatte und dass er auf einmal verschwunden war, wie vom Erdboden verschluckt. Krumme hörte schweigend zu.

»Und Sie haben später keine Fußabdrücke gefunden?«, fragte er dann.

»Nein, nichts.«

»Aber sein Gesicht, das haben Sie im Dunkeln erkannt?«

Swantje seufzte. »Es war eindeutig Marc, ich bin doch nicht bescheuert.«

»Nein, das sind Sie nicht. Aber manchmal sieht man etwas, weil man es unbedingt sehen möchte.«

»Na toll, jetzt halten Sie mich doch für verrückt.«

Krumme schüttelte den Kopf. »Nein, ich glaube Ihnen, dass Sie jemanden gesehen haben. Aber vielleicht war es irgendwer anders. Soweit ich das beurteilen kann, haben Sie auf Hooge immer noch jede Menge Verehrer.«

Swantje sah ihn nur verständnislos an.

»Allerdings hätte auch der Fußspuren hinterlassen müssen«, gab Krumme zu und tippte sich nachdenklich mit dem Finger ans Kinn.

»Es ist ja nicht nur das. Irgendwie …« Swantje suchte nach den richtigen Worten. »Irgendwie habe ich das Gefühl, dass Marc immer noch auf Hooge ist. Hört sich komisch an, ich weiß …« Sie seufzte und blickte verlegen zum Kommissar. Aber der wirkte nicht so, also hätte ihn die Geschichte sonderlich beeindruckt. Swantje holte Luft. »Da ist noch was. Etwas, das die Polizei bisher noch gar nicht wusste!«

»Nämlich?«

»An dem Abend hat es doch Streit zwischen Marc und meinen Freunden gegeben.«

Krumme horchte interessiert auf. Swantje erzählte ihm, was Andy ihr offenbart hatte: dass sie am Abend vor der Hochzeit aneinandergeraten waren und dass Andy Marc am Ende sogar eine verpasst hatte, worauf ihr Verlobter wütend davongestürmt war.

»Sie meinen, Andy hat Marc …?«

»Um Himmels willen, nein! Das nicht …« Swantje zögerte einen Moment und vertraute dem Kommissar dann an, was Birte ihr noch verraten hatte, dass Andy und sie am Ende die Nacht zusammen verbracht hatten.

Krumme seufzte. »Ein ganz schönes Durcheinander«, sagte er und kratzte sich am Kopf.

»Aber das ändert doch alles!«

»Finden Sie?«

»Natürlich. Sie müssen den Fall unbedingt noch einmal aufrollen.«

»Und Ihre Freunde ins Kreuzverhör nehmen?«

Swantje zuckte mit den Schultern. »Wenn das nötig ist.«

Krumme betrachtete sie voller Mitgefühl.

»Ich habe gestern mit einem Kollegen der hiesigen Polizei über den Fall gesprochen.«

»Und?« Swantje sah ihn hoffnungsvoll an.

»Er hat mir gesagt, dass die Sache klar ist. Marc hat die Hallig in der Nacht verlassen.«

»Hat er nicht!«

»Das Video ist für die Kollegen der eindeutige Beweis.«

»Aber auf dem blöden Film kann man doch überhaupt nichts erkennen«, schimpfte Swantje. »Nur irgendeinen Spaziergänger, mitten in der Nacht.«

»Einen Spaziergänger, der rein zufällig wie Marc aussah und auf dem Weg hierher zu diesem kleinen Hafen war. An dem er sich dann einfach ein kleines Boot geklaut hat.«

Swantje verzog das Gesicht. Für sie reichte das alles noch nicht als Beweis.

»Ich habe die Aufnahme ja nicht gesehen«, gab Krumme zu. »Aber selbst Marcs Eltern haben ihren Sohn auf dem Film identifiziert.«

Swantje stöhnte. »Aber der Mann war viel zu weit weg. Man kann das Gesicht überhaupt nicht richtig erkennen.«

»Und was ist damit, dass er dieselbe Kleidung trug, mit der Marc an dem Tag unterwegs war.«

»Einen Friesennerz. Einen weißen Kapuzenpulli. Das trägt fast jeder hier.«

»Wirklich? Einen Kapuzenpulli mit der Aufschrift ›Penn State‹?«

Swantje zog die Mundwinkel nach unten. »Auch wenn alle was anderes sagen, ich habe das nicht so deutlich lesen können.«

Krumme musterte sie aufmerksam. »Kann es vielleicht sein, dass Sie das Offensichtliche nicht wahrhaben wollen?«, fragte er sanft.

»Und das wäre?«

»Dass Marc eben doch kalte Füße bekommen hat. Vielleicht hatte er nach der Schlägerei ja auch Angst vor Ihren Freunden. Das Ergebnis ist jedenfalls das Gleiche: Am Ende hat er die Insel verlassen.«

»Hooge ist keine Insel!«, sagte sie trotzig.

»Na, dann hat er eben die Hallig verlassen.«

»Nein!«, stieß Swantje aufgewühlt hervor. »Marc und ich, wir haben uns geliebt! Er wäre niemals einfach so abgehauen! Verstehen Sie?! Niemals!«

Krumme nickte nur bedächtig.

Für einen Moment vergrub Swantje ihr Gesicht in den Händen. Dann stöhnte sie und sah ihn vorwurfsvoll an.

»Eigentlich hatte ich gehofft, Sie überzeugen zu können, die Sache noch mal genauer zu untersuchen. Aber das kann ich wohl vergessen …«

»Na, wen haben wir denn hier?«, unterbrach sie eine Männerstimme. Swantje und Krumme drehten sich überrascht um – und erblickten Gunter, den es ebenfalls in den Hafen getrieben hatte. Mit einem anzüglichen Grinsen betrachtete er die beiden.

Swantje seufzte. »Moin, Herr Drews.«

Krumme sah sie überrascht an. Die beiden kannten sich?

Gunter gab sich höflich. »Störe ich?«

Swantje stand auf. »Ich wollte eh gerade gehen.«

»Oh, aber doch hoffentlich nicht wegen mir?«, erkundigte sich Gunter mit einem untertänigen Buckeln, gepaart mit einem frettchenhaften Lächeln.

»Nein, nein, ich habe meiner Mutter versprochen, ihr im Haus zu helfen«, sagte Swantje und wandte sich mit ernster Miene an Krumme. »Ich wünsche Ihnen noch einen schönen Urlaub, Herr Kommissar.« Damit nickte sie den beiden Männern zu und verschwand forschen Schrittes Richtung Kirchwarft, gefolgt von Gunters begehrlichen Blicken.

»Und ich habe *doch* gestört«, sagte er, sah aber nicht so aus, als würde er das bereuen.

»So sieht man sich wieder«, stellte Krumme mit säuerlicher Miene fest.

»Ich wollte mal nach dir schauen. Frau Adams hat mir verraten, dass ihr zusammen unterwegs seid.«

Krumme nickte nur und blickte neidisch zu der Ente, die ungestört ihre Kreise ziehen durfte. Gunter klopfte ihm jovial auf die Schulter. »Und wie geht's, Herr Kommissar? Alles wieder gut bei dir?«

»Ja, hab noch mal Glück gehabt. Was ich aber nicht gebraucht hätte, wenn ihr euch im Watt wenigstens einmal nach mir umgeschaut hättet.«

»Oh, das haben wir! Aber auf einmal warst du weg.«

»Und ihr seid einfach weitergegangen.«

»Von wegen«, widersprach Gunter. »Wir haben uns die Seele aus dem Leib gerufen! Aber keine Antwort, als ob der Nebel jeden Laut verschluckt hätte.«

Krumme brummte leise. Er hatte keine Lust, das Thema ausgerechnet mit Gunter noch einmal aufzuwärmen. Ihn beschäftigte viel mehr, dass er Swantje verärgert hatte. Gunter schien seine Gedanken zu erraten. Grinsend setzte er sich neben den Kommissar auf die verwitterte Holzbank.

»Was war denn da gerade mit dir und der Kleinen? Sag bloß, zwischen euch läuft was?«

»Wie bitte?!«

»Na, so eng, wie ihr beide zusammengesessen habt.«

»Was für ein Blödsinn, wir haben uns nur unterhalten!«

»He, warum so aggressiv? War doch kein Vorwurf. Im Gegenteil, ich bin beeindruckt. Ich meine, gerade bist du fast ertrunken, und jetzt schmeißt du dich schon wieder an die Weiber ran.«

Krumme schüttelte genervt den Kopf und stand auf.

»Na, du kennst dich ja aus.«

»Schon, aber in dir habe ich meinen Meister gefunden. Ich habe es noch nie geschafft, Swantje so nahe zu kommen.«

Krumme verdrehte die Augen. »Woher kennt ihr euch eigentlich?«

»Ich komme seit sechs Jahren regelmäßig hierher. Da lernt man die Eingeborenen schon kennen.«

»Seit sechs Jahren immer wieder Hooge? Nur um Frauen kennenzulernen?«

Gunter grinste. »Nicht nur. Aber auch.«

Ungläubig schüttelte Krumme den Kopf. Er stand auf und machte sich auf den Weg zurück zur Backenswarft. Gunter schloss sich ihm ungefragt an.

»Aber Swantje spielt leider nicht in meiner Liga«, sagte er.

»Hast du es schon mal versucht?«, fragte Krumme, obwohl er es lieber gar nicht so genau wissen wollte.

»Schon. Aber die feine Madame hat mich behandelt, als wäre ich Luft. Na ja, egal. So naiv wie die ist, das wär sowieso nichts für mich.«

»Wieso naiv?«

»Noch nicht gemerkt? Prinzesschen lebt in ihrer rosa Blase und kriegt nichts mit.«

»Prinzesschen? Also, so wie ich das sehe, hat das Schicksal es bisher nicht besonders gut mit ihr gemeint!«

»Wegen der Sache mit diesem Typen aus Frankfurt? Die soll froh sein, dass sie den Arsch los ist.«

Krumme sah Gunter irritiert an. »Den Arsch? Sie hat ihn geliebt.«

»Aber er sie nicht.« Er beugte sich zu Krumme und senkte die Stimme: »Oder was sagst du dazu, dass er mit anderen Frauen rumgeknutscht hat?«

43

Am Abend ging Krumme früh zu Bett. Es hatte heftig zu regnen begonnen, und er hatte keine Lust, schon wieder bis auf die Haut durchnässt zu werden. Zuerst hatte er noch ein bisschen im Fernsehzimmer gesessen. Zusammen mit dem jungen Gothic-Pärchen hatte er auf der leicht muffigen Sitzgarnitur gehockt und sich die Nachrichten angeschaut. Danach waren ihm das einfältige Gerede der beiden und das schlechte Fernsehprogramm auf die Nerven gegangen. Er hatte beschlossen, lieber noch ein bisschen im Bett zu lesen.

Aber er konnte sich einfach nicht konzentrieren, und das lag nicht daran, dass auf seinem Regal nur Märchenbücher und verstaubte Reiseführer standen. Der Regen prasselte gegen die Scheibe, und Krumme musste immer wieder an das denken, was Gunter ihm erzählt hatte. Und an die Frage, was er mit seinem neuen Wissen anstellen sollte.

Konnte es tatsächlich sein, dass Marc nicht der edle Ritter gewesen war, für den Swantje ihn hielt? Angeblich hatte Gunter damals beobachtet, wie Marc heimlich eine andere Frau geküsst hatte – und das nur zwei Tage vor der geplanten Hochzeit mit Swantje! Wenn das stimmte, dann hatte Marc seine Zukünftige betrogen. Und was es noch schlimmer machte: nicht mit irgendwem, sondern mit einer ihrer besten Freundinnen – mit Inga!

Gunter hatte behauptet, die beiden auf der Fähre nach Nordstrand beobachtet zu haben, wo sie sich an einem stürmischen Tag alleine auf das Sonnendeck verdrückt und geküsst hätten. »Nicht wie ein Liebespaar, sondern wie not-geile Teenager«, hatte Gunter ihm mit einem anzüglichen Grinsen zugeraunt. Zweifel gab es keine, Gunter wusste, wer Marc war und hatte auch Inga bei seinen Hooge-Be-suchen schon oft gesehen.

Aber konnte Krumme ihm wirklich glauben? Seine Men-schenkenntnis sagte ihm, dass Gunter zwar ein Arschloch war, aber keinen Grund hatte, sich diese Geschichte aus-zudenken. Wenn es ihm ein solches Vergnügen bereitete, die schöne Legende von der großen Liebe zu zerstören, hätte er sein Wissen bestimmt früher mit irgendwem geteilt. Außer Krumme hatte Gunter bisher keinem von der Affäre erzählt. Aber er hatte hoch und heilig versprochen, das auch weiter-hin nicht zu tun. Der wichtige Informant mit Exklusivwis-sen – das war eine Rolle, die Gunter gut gefiel.

Krumme musste an die arme Swantje denken. Seit drei Jahren betrauerte sie den Verlust ihrer großen Liebe, nicht ahnend, dass sie einem Blender ihr Herz geschenkt hatte.

Was sollte er tun? Swantje die Wahrheit sagen, damit es ihr leichter fiel, mit der Vergangenheit abzuschließen, um endlich wieder nach vorne schauen zu können? War sie be-reit für die schmerzhafte, aber heilsame Medizin der Wahr-heit? Er dachte an ihre wütende Reaktion, als er nicht an ihre Gespenstergeschichte hatte glauben wollen.

Es ging ja nicht nur darum, die Wahrheit über Marc zu erfahren. Was würde sie davon halten, dass er sie ausgerech-net mit einer ihrer besten Freundinnen betrogen hatte? Mit Inga, die mit ihr auf diesem einsamen Eiland aufgewach-sen und gemeinsam zur Schule gegangen war. Was hatte Swantje gesagt? Die Einwohner Hooges waren wie eine große Familie – dann war Inga für sie so etwas wie eine Schwester.

Krumme erinnerte sich an ihr Essen in der »T-Stube«,

an den Streit, die versteckten Blicke und die angespannte Stimmung zwischen den jungen Leuten. Vielleicht würde die Wahrheit Swantje auch gar nicht überraschen. Früher mochten sie alle beste Freunde gewesen sein. Jetzt gab es zumindest zwischen Swantje und den anderen eine unsichtbare Mauer des Misstrauens und der Lügen. So gesehen wäre die Tatsache, dass Inga eine Affäre mit Marc gehabt hatte, nur die Bestätigung für Swantje, dass sie ihren alten Freunden nicht mehr vertrauen konnte.

Aber eigentlich ging ihn das alles gar nichts an.

Egal, wie er es Swantje sagen würde, die Wahrheit würde nur für neuen Ärger und Herzschmerz sorgen. Nein, mit diesen Liebeswirren wollte er nichts zu tun haben.

Trotzdem dachte er weiter über die neuen Informationen nach. War es möglich, dass Inga etwas mit Marcs Verschwinden zu tun hatte? Nach den Aussagen der anderen hatte sie am Lagerfeuer gesessen, als Marc weggelaufen war. Aber Lars hatte ja auch zugegeben, dass er die Runde in Wahrheit schon früher verlassen hatte.

War Marc womöglich zu Inga geflüchtet?

Und dann?

Nein, Marc war damals aus dem Leben dieser Menschen verschwunden. Das Offensichtliche war das Wahrscheinlichste: Der junge Mann hatte im letzten Moment kalte Füße bekommen, vielleicht auch, weil seine Liebe nicht ehrlich gewesen war. Er hatte die Hallig verlassen und war dann mit seinem kleinen Boot auf dem Meer gekentert. Traurig, aber wahr.

Krumme dachte an Swantje und fragte sich, welcher Idiot so eine Frau kurz vor der Hochzeit sitzen lassen konnte. Aber offensichtlich war Marc genau das gewesen – ein riesengroßer Idiot!

Mit dem Gefühl, alles richtig sortiert zu haben, ließ er

den Kopf auf das Kissen sinken. Aber während er durch das halboffene Fenster den Regentropfen lauschte, die auf die Blätter der Eiche platschten, legte sich erneut ein Schatten über seine Gedanken. Irgendetwas Wichtiges hatte er übersehen, bloß wollte ihm partout nicht einfallen, was es war. Immer wieder versuchte er sich an die Details der vergangenen Tage zu erinnern, an seine Wanderung über die Hallig, an die Menschen, denen er auf Hooge begegnet war. Er dachte an sein Abenteuer im Watt und an seine Rettung in letzter Minute. Aber er kam einfach nicht darauf, an welcher Stelle sein Unterbewusstsein einen Haken geschlagen hatte. Ein Puzzleteilchen fehlte. Und Krumme war sicher, dass das der Schlüssel für das Rätsel um Marcs Verschwinden war.

Ein Türknallen riss ihn aus seinen Gedanken. Aus dem Flur im Untergeschoss drangen aufgebrachte Stimmen zu ihm hoch, es klang nach einem heftigen Streit zwischen den Adams. Schließlich ebbte der Lärm ab zu einem wütenden Zischeln und Murmeln. Worum genau es ging, konnte er nicht verstehen. Frau Adams schien ihrem Mann heftige Vorwürfe zu machen.

»Wie kannst du mir das antun? Das muss ich mir nicht bieten lassen, nicht von dir!«, platzte es aus ihr heraus. Die mit gedämpfter Stimme vorgetragenen Antworten des »Vögelkönigs« konnte Krumme durch den dicken Boden nicht hören. Offensichtlich versuchte Herr Adams seine Frau zu beruhigen. Ohne Erfolg. Wieder knallte eine Tür. Schritte stampften über die Holzdielen, entfernten sich. Der Streit schien in einem abgelegeneren Zimmer – wahrscheinlich der Küche oder dem Frühstücksraum – zu eskalieren. Hinter geschlossener Tür begann nun auch Herr Adams laut zu schimpfen. Krumme fing einzelne Satzfetzen auf: »Halt die Klappe!«, »… dich *never* angelogen!«, »*Why* willst du immer mehr und mehr haben?«, ereiferte sich der Vogelsammler mit überschnappender Stimme und wechselte in der Aufregung in seine englische Muttersprache.

Krumme zog sich seine Decke über den Kopf, aber der Streit war auch dann noch deutlich zu hören, als er sich wie ein kleines Kind die Finger in die Ohren steckte. Schließlich schien einer der beiden Streithähne das Zimmer zu verlassen. Wieder Türknallen, dann ein wütendes Stampfen die Treppe hinauf in den ersten Stock, wo die Gästezimmer lagen.

Es war Frau Adams. Krumme hörte ihr Schluchzen. Er seufzte. Was hatte ihr dämlicher Mann ihr nur an den Kopf geworfen, dass sie derart verzweifelt war? Oder lag es daran, dass er Swantje am Nachmittag so gierige Blicke zugeworfen hatte?

Durch die dünne Zimmertür konnte Krumme hören, wie sich Frau Adams im Flur und im Bad zu schaffen machte. Er hörte ein leises Knarren, als sie die Badezimmertür öffnete, und dann das Quietschen eines Eimerhenkels. Wasser rauschte. Wollte sie ernsthaft jetzt noch anfangen zu putzen? Es war schon weit nach Mitternacht! Krumme seufzte wieder. Auf einmal hatte er zum ersten Mal, seit er auf Hooge war, Heimweh nach seiner Wohnung in Neukölln. Da war es zwar auch nicht immer leise, aber mittlerweile hatte er sich an die Geräusche aus den Nachbarwohnungen, das Hundegebell und das Lärmen im Hinterhof so gewöhnt, dass er es gar nicht mehr wahrnahm.

Doch Frau Adams' Verzweiflung konnte er nicht ignorieren.

Plötzlich ein lautes Scheppern, ein Stoß und ein unterdrückter Schrei. Krumme sprang auf und lief zur Tür, um nach Frau Adams zu schauen. War sie gestürzt?

Als er in den nur mit einem kleinen Notlicht beleuchteten Flur blickte, sah er sie tatsächlich auf dem Boden kauern.

»Frau Adams? Alles in Ordnung?«, erkundigte er sich besorgt, ärgerte sich aber gleichzeitig über seine dämliche Frage. Natürlich war nicht alles in Ordnung, das konnte er doch sehen!

In ihrem Hauskittel kniete sie auf dem Boden und sah erschrocken zu ihm auf: »Der Eimer ist umgefallen. Entschuldigung, ich wollte Sie nicht wecken.«

Krumme blickte auf sie hinunter, in ihre rot geweinten Augen, und fühlte sich wohl genauso elend wie sie. »Kein Problem, ich ... warten Sie, ich helfe Ihnen!« Er ging in die Knie und wollte nach dem Metalleimer greifen, aber Frau Adams schob sich dazwischen. »Nein, nein, das müssen Sie nicht! Ich komme schon alleine klar, wirklich!«

»Geht doch ganz schnell ...«

»Nein, bitte nicht! Gehen Sie!« Mit Nachdruck riss Frau Adams ihm den Eimer wieder aus der Hand. Sie wirkte verärgert. Offensichtlich war es ihr unangenehm, dass er sie so sah, in ihrem Hauskittel, mit zerzaustem Haar und verweinten Augen.

Unentschlossen blieb Krumme noch einen Moment stehen, entschied sich dann aber für den Rückzug.

»Na schön, dann ... gute Nacht.«

Er ging zurück zu seinem Zimmer. Bevor er die Tür hinter sich schloss, blickte er noch einmal zu Frau Adams. Sie kauerte immer noch vor dem Bad und schaute traurig zurück.

Krumme legte sich wieder ins Bett und starrte an die Decke. Er hörte, wie Frau Adams das verschüttete Wasser aufwischte und den Eimer anschließend in der Toilette ausleerte.

Plötzlich ein Knarren, jemand kam die Treppe hinauf. Herr Adams! Schlangengleich zischelte er seiner Frau etwas zu, und sie fauchte aufgewühlt zurück. Krumme zog sich die Decke über den Kopf, so dass seine nackten Füße an der frischen Luft lagen. Hörte das denn nie auf? Er stöhnte, vielleicht sollte er fliehen und doch noch einen Nachtspaziergang machen.

Endlich ließ Herr Adams seine Frau in Ruhe und stapfte die Treppe wieder hinunter. Frau Adams blieb alleine zurück, Krumme konnte sie leise schluchzen hören. Er verdrehte die Augen. Bestimmt lagen auch die beiden Niederländerinnen und das Gothic-Pärchen hellwach in ihren Betten.

Auf einmal wurde die Türklinke heruntergedrückt und Frau Adams stand in der offenen Tür, das schwache Flurlicht im Rücken.

»Frau Adams …?«, stammelte Krumme erschrocken. Doch statt etwas zu erwidern, wischte sie sich nur mit dem Handrücken über die Nase. Dann trat sie an sein Bett heran – und legte sich, ohne ein Wort zu sagen, in ihrem Hauskittel neben ihn. Sie drehte ihm den Rücken zu und drückte ihren Körper gegen seinen.

Krumme war wie erstarrt. Sein Atem setzte einen Moment lang aus, Arme und Beine fühlten sich auf einmal taub an, wie ein Stück morsches Holz. Verzweifelt versuchte er jeden Körperkontakt mit ihr zu vermeiden, was in dem schmalen Bett allerdings unmöglich war.

»Frau Adams, ich glaube nicht, dass …«, stammelte er hilflos. Doch sie reagierte gar nicht. Stattdessen hörte er wieder ihr leises Wimmern. Sie roch nach Seifenlauge und Zitrone. Eigentlich nicht unangenehm, trotzdem hatte Krumme sich noch nie in seinem Leben so unwohl gefühlt.

»Frau Adams«, versuchte er es noch einmal, »wir können gerne reden, aber bitte, ich glaube, es ist besser, wenn wir uns dazu an den Tisch setzen …«

Sie gab einen erstickten Laut von sich, machte aber keine Anstalten aufzustehen.

Ratlos schaute Krumme sich um. Was sollte er jetzt nur tun? Er konnte sie ja nicht einfach aus dem Bett schubsen.

»Na schön, dann reden wir halt im Liegen«, gab er seinen Widerstand auf. »Was ist denn das Problem?«

Frau Adams holte tief und geräuschvoll Luft. »Steve ist so ein Mistkerl!«, schimpfte sie leise, ohne sich umzudrehen. Krumme musste sich strecken, wenn er ihre strubbeligen Haare nicht in der Nase haben wollte.

»Was hat er denn getan?«

»Finden Sie mich attraktiv?«, sagte sie, was nicht wirklich eine Antwort auf seine Frage war.

»Natürlich …« Krumme zögerte, er hatte das Gefühl ein Minenfeld zu betreten. »Natürlich, Sie sind eine … attraktive Frau.« Er räusperte sich, aber das konnte den Kloß in seinem Hals nicht lösen.

Plötzlich wieder Schritte. »Christine? Wo steckst du denn?« Herr Adams kam die Treppe hoch. Erschrocken sah Krumme zur Tür – und musste zu seinem Entsetzen feststellen, dass Frau Adams sie nicht richtig geschlossen hatte.

»Christine?« Schlurfende Schritte, das knarrende Öffnen und Schließen der Badezimmertür. Dann war es mit einem Mal still.

Wie hypnotisiert sah Krumme zur nur angelehnten Tür. Und tatsächlich: Langsam öffnete sie sich, und Herr Adams machte einen Schritt ins Zimmer. Vor dem schwachen Licht, das aus dem Flur hereindrang, zeichnete sich der Umriss seines hochgewachsenen, hageren Körpers ab, wie in einem bizarren Schattenspiel.

Natürlich entdeckte er sofort seine Frau, die Seite an Seite mit dem Kommissar im fremden Bett lag. Krumme hielt den Atem an, während Adams ihn und seine Frau einen endlosen Moment lang schweigend betrachtete. Dann drehte er sich um und verließ ohne ein weiteres Wort das Zimmer.

44

In den frühen Morgenstunden hörte der Regen auf. Kurz darauf waren die dunklen Wolken verschwunden. Die Sonne strahlte vom tiefblauen Himmel, ließ die Regentropfen an Blättern und Halmen wie Kristalle funkeln und verwandelte die feuchten Wiesen in eine Märchenlandschaft. Fast sah es so aus, als hätte ein Riese in der Nacht Körbe voller glitzernder Diamanten über Hooge verstreut. Dafür hatte der Wind heftig aufgefrischt und sauste laut brausend über die Warften. Selbst die dicke Eiche vor Krummes Fenster beugte sich knirschend in den stürmischen Böen.

Als Krumme vor der schweren, mit Schnitzereien verzierten Holztür stand, hatte er das Gefühl, ein Raubtier würde draußen um die Pension streichen, so sehr fauchte und heulte der wild an den Fensterläden zerrende Wind. Aber in diesem Moment interessierten ihn die Naturgewalten wenig. Er hatte gerade ganz andere Probleme.

Er holte tief Luft und klopfte an die Tür zu Herrn Adams' Arbeitszimmer. Nichts rührte sich. Da er aber wusste, dass Adams an seinem Tisch saß, klopfte er noch einmal, diesmal kräftiger.

»Ja?«, hörte er schließlich von innen eine gequält klingende Stimme. Krumme gab sich einen Ruck, drückte die Klinke und betrat den Raum. In einem weißen Kittel, die Brille schräg auf seiner Nase, saß Adams auf seinem Werkstattstuhl und war gerade dabei, mit einem blutigen Messer einen Vogel auszunehmen. Wahrscheinlich die

Gans, die Adams ihm und Swantje am Vortag so stolz präsentiert hatte.

»Moin, Herr Adams«, sagte Krumme vorsichtig.

Der »Vögelkönig« sah auf, und ein bitteres Lächeln huschte über seine Lippen.

»Ah, unser Herr Kommissar, wie schön, Sie zu sehen«, begrüßte er seinen Gast unverkennbar höhnisch.

»Kann ich kurz mit Ihnen sprechen?«

»Und Christine? Wollte die nicht mitkommen? Oder sind Sie so nett und lassen sie ausschlafen?« Adams lachte sein Hyänenlachen. Ein trauriges Hyänenlachen.

»Herr Adams, ich habe keine Ahnung, wo Ihre Frau ist. Soweit ich weiß, hat sie sich in eines der leeren Gästezimmer gelegt.«

»Getrennte Betten, jetzt schon? Na ja, das haben wir auch mal probiert.« Adams hatte nur Augen für seine Gans. Mit einem leisen Schmatzen zog er ein hellrotes sackförmiges Etwas aus ihrem geöffneten Körper, das Ähnlichkeit mit einem Magen hatte. Krumme war froh, dass er noch nicht gefrühstückt hatte.

»Hören Sie, ich weiß, das sah letzte Nacht etwas seltsam aus. Aber Sie müssen mir glauben, dass zwischen Ihrer Frau und mir überhaupt nichts passiert ist«, sagte er eindringlich.

Adams legte den blutigen Klumpen in eine Schale und vergewisserte sich mit einem Blick in das Tier, dass er alle Innereien entfernt hatte. In der Ecke der Werkstatt stand eine alte Standuhr. Ihr Klicken und der ums Haus heulende Wind waren die einzigen Geräusche, die in diesem Moment zu hören waren.

Krumme beobachtete, mit wie viel Hingabe Adams sich um seine tote Gans kümmerte, sie mit einem entrückten Lächeln fast liebevoll betrachtete. Trotz der unangenehmen Situation schien er ganz bei dem Vogel zu sein. Dieser Mann hatte ein ernsthaftes Problem, da war Krumme sich sicher. Aber darum sollte es jetzt nicht gehen.

»Haben Sie gehört, was ich gesagt habe, Herr Adams?«

Der nickte nur, ließ aber den Blick nicht von seiner Gans. Dann sagte er: »Ich bin in einem kleinen Dorf auf den Isles of Scilly aufgewachsen, kennen Sie die?«

Krumme schüttelte den Kopf.

»Gehören zu Cornwall. Nicht viel mehr als hundert Einwohner. Ein kleines, verschlafenes Nest, ein Pub, ein Laden, sonst nichts. Sobald die jungen Leute mit der Schule fertig sind, verlassen sie das Dorf so schnell wie möglich. Ich bin geblieben, mir hat es dort immer gefallen. Ich brauche nicht viele Menschen um mich. Mir reicht die Natur. Und die Isles of Scilly sind ein Traum. Die Wiesen, die wunderschöne Küste, das klare Wasser.« Er lächelte versonnen. »Und die vielen Vögel. Die Scilly-Inseln sind ein Vogelparadies. Was es dort nicht alles gibt: Papageientaucher, Kormorane, Schwarzschnabelsturmtaucher.« Er grinste verlegen, als Engländer fiel es ihm schwer, den Namen richtig auszusprechen.

Krumme seufzte. »Diese Inseln sind bestimmt ganz toll«, sagte er, obwohl er noch nie von ihnen gehört hatte. »Aber ich würde doch gerne noch mal über letzte Nacht mit Ihnen sprechen …«

Adams unterbrach ihn. »Nachdem wir in Hamburg geheiratet haben, hätte ich Christine gerne mit nach England genommen. Aber sie wollte lieber in Deutschland bleiben, in der Nähe ihrer Familie. In der Nähe der großen Stadt, in der sie aufgewachsen ist. Also haben wir uns auf die Hallig geeinigt. Ich war total begeistert, schon bei unserem ersten Besuch habe ich mich in Hooge und das Wattenmeer verliebt. Hier zu leben ist ein Traum.«

Krumme nickte verständnisvoll. »Mir scheint, Ihre Frau ist nicht ganz so glücklich«, sagte er dann vorsichtig.

Adams sah ihn finster an.

»Was wissen Sie schon?!«

Krumme hob beschwichtigend die Hände. Jetzt bloß keinen Streit anfangen!

»Wie lange sind Sie jetzt hier?«, fauchte Adams.

»Noch nicht so lange, ich weiß, aber …«

»Sie kennen Christine doch gar nicht!«

»Nicht so gut wie Sie, natürlich nicht …«, setzte Krumme an, doch Adams ließ ihn nicht aussprechen.

»Christine war glücklich bis zu dem Augenblick, als Sie mit Ihren *bloody* Berlingeschichten gekommen sind!«

Adams zeigte mit dem blutigen Messer auf ihn. »Das ist Ihre Masche, oder? Den Supercop aus der Hauptstadt spielen und damit verheiratete Frauen verrückt machen!«

»Wie bitte? Um Himmels willen, nein! Ich … ich will doch nur meine Ruhe.«

Adams stand auf, seine Hand umklammerte immer noch den Holzgriff des Messers. Du bist so ein Idiot, schimpfte Krumme in Gedanken mit sich selbst. Er hätte niemals herkommen dürfen!

»Sie sind ein ganz mieses Schwein!«

»Jetzt ist aber gut, Herr Adams, wie wäre es, wenn Sie sich erst mal beruhigen …«

»Von Ihnen lasse ich mir gar nichts sagen!«, blaffte Adams und fuchtelte dabei aufgeregt mit dem Messer herum.

Krumme zeigte auf die tropfende Klinge.

»Packen Sie das Ding weg, bevor noch was passiert.«

Adams sah irritiert auf seine Hand, offensichtlich war ihm bis jetzt gar nicht bewusst gewesen, dass er eine Waffe darin hielt. Er grinste.

»Ha, jetzt haben Sie die Hose voll, was? So ein harter Cop sind Sie wohl doch nicht!«

»Legen Sie das Messer weg, sofort!«, sagte Krumme jetzt

mit der Ruhe eines Mannes, der es schon mit durchgeknallten Junkies aufgenommen hatte.

»Holen Sie es sich doch, wenn Sie es unbedingt haben wollen«, sagte Adams voller Verachtung und hielt Krumme die blutige Klinge unter die Nase. Dann ging alles ganz schnell.

Krumme war keine Kampfmaschine, aber als erfahrener Kriminalkommissar kannte er ein paar Handgriffe für den Notfall. Ehe Adams sich versah, drehte er ihm den Arm zur Seite und drückte ihn nach unten.

Adams schrie auf und wollte seinen Schatz auf keinen Fall loslassen. Er verstärkte den Griff um das Messer und warf sich gleichzeitig wie ein Verrückter gegen Krumme. Stöhnend krachten die beiden auf den Tisch.

»Lassen Sie mich los, Sie Scheißkerl!«, schrie Adams mit schriller Stimme.

»Weg mit dem Messer, habe ich gesagt!«, ächzte Krumme, dem es einfach nicht gelingen wollte, den wild strampelnden Vogelfreund in den Griff zu kriegen. In ihrem wütenden Gerangel stießen sie gegen den Tisch, die tote Gans fiel herunter, und auch die Schale mit den Innereien krachte scheppernd zu Boden. Adams schrie entsetzt auf und fluchte, jetzt schäumend vor Wut.

Aber Krumme gab nicht auf. Schnaufend und mit hochrotem Kopf versuchte er, den »Vögelkönig« zur Vernunft zu bringen. »Nun hören Sie endlich auf, Sie verdammter Irrer! Ich will Ihnen doch nichts tun!«

»Ich bin kein Irrer!«, presste Adams zwischen zusammengebissenen Zähnen hervor. Mit aller Kraft versuchte er, seinen Gegner wegzustoßen. Endlich gelang es Krumme, seinen Oberkörper über Adams zu bringen. Mit einer Hand drückte er den Arm mit dem Messer zur Seite und schlug ihn auf die Tischkante. Mit einem Schmerzensschrei ließ Adams das Messer los. Aber noch war Krumme nicht fertig. Wütend drückte er Adams seinen freien Unterarm gegen die Kehle.

»Schluss jetzt!«, rief er.

Adams starrte ihn mit wild aufgerissenen Augen an. »Bitte«, keuchte er, völlig außer Atem, »bitte, bringen Sie mich nicht um.«

Krumme verdrehte entnervt die Augen, was für ein Freak! Doch gerade als er etwas erwidern wollte, wurde er brutal an den Haaren zurückgezogen.

»Weg da!«, schrie Christine Adams mit sich überschlagender Stimme. Sie war plötzlich hinter ihnen aufgetaucht. Krumme hielt sich den schmerzenden Kopf und stolperte vom Tisch weg. Verwirrt drehte er sich zu Frau Adams um, die ihn mit hasserfüllter und gleichzeitig erschrockener Miene anstarrte.

»Aber ... Frau Adams ...«, stammelte er.

»Lassen Sie meinen Mann in Ruhe, sofort!« Sie hatte das blutige Messer vom Boden aufgehoben – und hielt es Krumme jetzt schwer atmend vor das Gesicht.

45

Er schloss die Augen und tauchte wieder in die wohlige Wärme seines Traumes ab. Der Traum, in dem er so oft Halt und Trost suchte. Er und Swantje zusammen, Arm in Arm. Zwei Liebende, die endlich zueinandergefunden hatten. Seine Hand auf ihrer warmen, weichen Haut, ihr nackter Körper, den sie ihm schwitzend vor Lust entgegenstreckte.

Er lächelte. Der Traum war so real gewesen, so wahr, dass er sie immer noch riechen konnte, sie unter seinen Fingern zu spüren glaubte. Er stöhnte voller Wonne.

Langsam, mit zitternden Lidern, öffnete er die Augen. Er blinzelte. Helle Sonnenstrahlen brachen durch das Blätterdach, und für einen kurzen Augenblick war da nichts als grelles Licht.

Er setzte sich auf, und dann sah er sie wieder vor sich. Swantje, die echte Swantje. Kein Traum mehr, sondern wunderbare Realität.

Zusammen mit ihrer Mutter pflanzte sie Stiefmütterchen in einen Blumenkasten. Nebeneinander knieten sie am Boden und drückten die Blumen in die schwarze Erde. Sie lachten ausgelassen und plauderten entspannt.

Fasziniert beobachtete er, wie sich der stürmische Wind in Swantjes Blondhaar verfing. Lächelnd musste sie sich immer wieder Strähnen aus dem Gesicht streichen. Schließlich schob sie ihre Locken mit beiden Händen nach hinten und band sie mit einem Gummi fest.

Mit verklärter Miene verfolgte er jede Geste, jede Bewegung. Wie sie ihre Mutter anstrahlte! Die Grübchen, wenn sie lächelte. Swantje. Wie sehr hatte er sie vermisst! Endlich war sie wieder da!

»Du Feigling!«, hörte er die heisere Stimme in seinem Rücken.

Er verzog das Gesicht. Warum konnte ihn dieser Scheißkerl nicht einmal in Ruhe lassen?

»Du weißt genau, warum!« Wieder dieses heisere Lachen, das sich wie ein Husten anhörte. Er schwieg und versuchte sich auf Swantje zu konzentrieren.

»Wenn du so scharf auf sie bist, wieso gehst du nicht rüber und sagst es ihr?«

»Weil das nicht so einfach ist«, blaffte er.

»Blödsinn.«

Er schnaufte wütend. »Ich werde schon noch mit ihr reden, wenn es so weit ist.«

»Und wie lange willst du noch hier wie eine Ratte im Schatten hocken und sie anstarren?«

Er verzog das Gesicht und schwieg. Swantje und ihre Mutter hatten ihre Arbeit mittlerweile beendet. Sie klopften sich die Erde von den Hosen, Swantjes Mutter sagte etwas, und wieder lachten sie fröhlich. Worüber sie redeten und sich amüsierten, konnte er aus der Entfernung nicht verstehen. Dann gingen die beiden Frauen ins Haus. Er musste sich strecken, um zu sehen, wie sie die Tür hinter sich schlossen.

»Und wieder eine Chance vertan«, spottete die heisere Stimme und hustete.

»Halt die Klappe!«, zischte er.

»Du bist ein Versager.«

»Und du bist tot«, erwiderte er voller Verachtung.

»Das hättest du wohl gerne«, höhnte die Stimme. »So schnell wirst du mich nicht los. Aber dafür wirst du Swantje bald wieder verlieren, wenn sie zurück nach Marburg fährt.«

Schmerzerfüllt schloss er für einen Moment die Augen.

»Du wirst sie auch verlieren.«

»Nein. Im Gegenteil. Ich werde immer einen Platz in ihrem Herzen haben. Heute. Morgen. Bis in alle Ewigkeit.« Die Stimme lachte wieder. »Aber dich wird sie schon vergessen haben, wenn sie wieder auf der Fähre sitzt.«

»Nein!«, stieß er so laut hervor, dass er vor seiner eigenen Stimme erschrak.

»Du weißt genau, dass ich Recht habe.«

»Halt die Schnauze! Halt endlich die Schnauze!«, rief er und boxte mit der Faust so heftig gegen den Baumstamm, dass ein Stück Rinde abbrach und vor ihm auf den Boden fiel. Seine Handknöchel bluteten. Mit starrer Miene betrachtete er die tropfende Wunde, spürte aber keinen Schmerz.

Ja, dieser Mistkerl hatte Recht. Er drohte Swantje für immer zu verlieren. Dabei war er so voller Hoffnung, so aufgeregt gewesen, als er erfahren hatte, dass Swantje zurückkommen würde. All die Jahre hatte er nachts wach gelegen und immer nur an sie gedacht. Was sie wohl gerade tat, wie sie aussah. Wie hatte er den Tag herbeigesehnt, an dem sie wieder auf die Hallig zurückkehren würde. Hatte sich ausgemalt, wie er endlich, endlich ihr Herz erobern würde.

Doch das war ihm nicht gelungen.

Mit starrer Miene blickte er hoch zum blauen Himmel. Er hörte die Schreie der Vögel und das nahe, laute Rauschen des Meeres.

Ein Sturm zog auf.

Vielleicht kein Jahrhundertsturm. Aber die nächste Flut würde sehr hoch ausfallen. Er war sicher: In der Nacht würde die Hallig unter Wasser stehen. »Land unter«.

Aber noch schien die Sonne.

Gedankenvoll betrachtete er die vertrockneten Überreste eines toten Fisches, der nicht weit von ihm auf dem vom Morgentau feuchten Rasen lag. Wie war der nur hierhergekommen? Ein Vogel musste ihn aus dem Meer gefischt und dann hier verloren haben. Lag es an dem Kadaver, dass es auf einmal nach Fäulnis und Verwesung stank? Seufzend erwachte er aus seiner Starre und rieb sich mit den Händen über das Gesicht, heftig, so als hoffte er, dadurch seine trüben Gedanken vertreiben zu können. Ohne Erfolg. »Swantje darf nicht gehen!«, stieß er voller Verzweiflung hervor.

»Ach nein? Und wie willst ausgerechnet du das verhindern?«, spottete die Stimme in seinem Rücken.

»Ich werde einen Weg finden.«

»Blödsinn.«

»Swantje wird bleiben. Du wirst schon sehen.«

»Was willst du tun? Sie festbinden?«

Er schwieg. Gedankenverloren scharrte er mit dem Fuß auf dem Boden.

»Du willst sie tatsächlich einsperren?«, fragte die Stimme ungläubig.

»Sie gehört hier auf die Hallig.«

»Aber nicht zu dir!«

»Warum hältst du nicht endlich die Klappe?!«, fauchte er.

»Du bist krank!«

»Halt die Schnauze, verdammt!« Seine Stimme zitterte vor Wut.

»He, noch ein bisschen lauter und alle wissen, wie durchgeknallt du bist!« Wieder das heisere Lachen.

Er ballte die Fäuste, spannte die Arme an und versuchte gleichmäßig zu atmen, um sich zu beruhigen.

In diesem Moment verließ Swantjes Mutter Inga das Haus. Sie hatte eine Einkaufstasche in der Hand. Als sie an ihm vorbeiging, drückte er sich weit nach hinten in den Schatten des Baumes, damit sie ihn nicht entdeckte. Dann sah er wieder zu dem Haus hinüber. Swantje war alleine …

»Deine Chance!«, flüsterte die Stimme in seinem Nacken. Er wusste, dass sie Recht hatte. Jetzt oder nie.

Wieder vergrub er sein Gesicht in seinen Händen und überlegte. Was sollte er nur sagen? Eine Möwe flog über den Garten und bemerkte seine Zweifel. Mit ihrem schrillen Schreien schien sie ihn auszulachen.

So viel war klar: Er musste Swantje endlich beichten, was er für sie empfand – auch wenn er keine Ahnung hatte, wie er das anfangen sollte. Er würde sich nie verzeihen, wenn sie zurück nach Marburg ging, ohne dass er ihr gesagt hatte, dass er sie liebte. Dass er sie schon immer geliebt hatte. Dann würde sie ihn mit anderen Augen sehen. Ihr konnte er alles erklären. Na schön, fast alles. Aber vielleicht würde sie seine Liebe erwidern. Vielleicht konnten sie die Vergangenheit hinter sich lassen und glücklich auf Hooge zusammenleben.

Er lächelte, als er sich seine gemeinsame Zukunft mit Swantje ausmalte. Nein, es gab kein Zurück mehr. Swantje war alleine zu Hause, er musste jetzt zu ihr gehen. Er holte tief Luft und … sah den Kommissar, der durch die kleine Gasse zu Swantjes Haus marschierte! Fassungslos starrte er ihn aus seinem Schatten heraus an. Was wollte der denn hier? Sollte er nicht in seinem Bett im »Hus Adams« liegen, um sich zu schonen? Wieso tauchte der Scheißkerl ausgerechnet hier auf?

»Und wieder zu spät«, hörte er die höhnische Stimme.

»Halt endlich die Schnauze«, zischte er. Er ballte die Fäuste und beobachtete entsetzt, wie der verfluchte Kommissar den Weg zu Swantjes Haus hochging. Wieso hatte er seinen Koffer dabei? Wollte er jetzt etwa bei ihr einziehen?

»Hast du etwa Schiss?«

»Wovor?«

»Vor dem Kommissar natürlich.«

»Der hat doch überhaupt keine Ahnung.«

»Und ob er die hat. Der ist nicht wie diese anderen Pfeifen, die damals nach mir gesucht haben. Das ist ein Profi. Ein echter Kriminalkommissar! Der kann einen Psycho wie dich riechen.«

Er presste die Lippen zusammen und stöhnte. Sein Blick fiel nach unten auf seine geballte Faust. Die Knöchel bluteten immer noch leicht. Er wischte mit der anderen Hand darüber, so dass beide Hände blutig waren. Dann spreizte er die Finger und hielt sie gegen das Licht, das durch die Blätter zu ihm hinunter fiel.

Es war Zeit für eine Entscheidung.

Er musste Swantje für sich erobern. Jetzt oder nie. Er musste endlich für sein Glück kämpfen.

Und was diesen Kommissar anging ... Wieso hatte er sich auch einmischen müssen? Die Polizei hatte den Fall doch längst zu den Akten gelegt. Selbst schuld, dachte er mit einem grimmigen Lächeln. Wenn dieser Kerl zwischen ihm und Swantje stand, musste er ihn eben aus dem Weg räumen.

46

»Wie? Sie reisen schon ab?«

Swantje sah Krumme fassungslos an, der vor ihr in der Tür stand und verlegen mit den Schultern zuckte.

»Ja, aber vorher möchte ich mich unbedingt noch von Ihnen verabschieden.«

»Sie wollten doch zwei Wochen bleiben?«

»Schon ... bloß ... Na ja, ich glaube, ich habe mittlerweile alles gesehen, was es hier zu sehen gibt.«

Swantje musterte den Kommissar ungläubig.

»Ist es wegen der Wattwanderung? Weil Sie fast ertrunken sind?«

»Nein, damit hat es nichts zu tun.« Krumme seufzte und starrte auf seine Fingernägel.

Swantje trat ein bisschen zur Seite und lud ihn mit einer Handbewegung ins Haus ein: »Wie wär's, wenn Sie mir bei einem Tee alles ganz in Ruhe erzählen?«

»Das wäre sehr nett. Aber ich wollte wirklich nur Auf Wiedersehen sagen.« Er zeigte auf seinen Koffer, der neben ihm auf dem Boden stand. »Meine Fähre geht in einer halben Stunde.«

Swantje betrachtete ihn besorgt. Dann griff sie nach ihrer Windjacke, die gleich neben der Tür an der Garderobe hing. »Na schön, dann begleite ich Sie eben zum Hafen, und Sie sagen mir unterwegs, was los ist.«

Kurz darauf spazierten sie gemeinsam die kleine Straße hinunter, die von der Hanswarft vorbei an der Backenswarft schnurgerade bis zum Fähranleger führte. Der stürmische

Wind schob sie fast in den schmalen Priel, der sich neben der Straße entlangschlängelte.

»Liegt es an mir?«, fragte Swantje und blieb stehen. »Weil ich Ihnen ständig mit Marc in den Ohren liege und Sie dränge, nach ihm zu suchen?«

Krumme war ebenfalls stehengeblieben. Verwirrt sah er sie an, dann schüttelte er den Kopf.

Swantje betrachtete ihn besorgt. Der Kommissar schien in den letzten Tagen um Jahre gealtert zu sein. Selbst nach seinem lebensgefährlichen Wattabenteuer hatte er besser ausgesehen.

Sie stutzte, als sie zum ersten Mal den blauen Fleck an Krummes Stirn bemerkte. »Was ist das denn? Sind Sie gestürzt?«

Wieder schüttelte der Kommissar den Kopf. Verlegen versuchte er seine Haare über die Stelle zu schieben, was ihm im Sturm aber nicht gelingen wollte.

Swantje sah ihn vorwurfsvoll an.

»Also jetzt raus damit, Herr Krumme! Was ist passiert? Gab es Probleme mit den Adams?«

Krummes überraschte Miene verriet ihr, dass sie ins Schwarze getroffen hatte. Er seufzte.

»Wie es aussieht, war ich wohl zur falschen Zeit am falschen Ort.«

Swantje forderte ihn auf, ihr mehr zu erzählen. Während sie weitergingen, berichtete er ihr, wie Frau Adams seine Nähe gesucht hatte, was ihr Mann – und wohl auch Krumme selbst – dann offensichtlich völlig falsch verstanden hatte.

»Sie haben sich mit ihm geprügelt?«, fragte Swantje fassungslos, als Krumme seinen Bericht beendet hatte.

»Eher eine kleine Rangelei«, gab er verlegen zu.

Gegen ihren Willen musste Swantje lächeln. »Sie Armer.

Hooge scheint Ihnen kein Glück zu bringen. Ständig stehen Sie zwischen den Fronten.«

»Vielleicht ist das ja auch meine Schuld.« Ratlos zuckte er mit den Schultern. »Ich hatte so lange keinen Urlaub mehr, ich weiß gar nicht mehr, wie man sich in seinen Ferien richtig verhält.«

Swantje sah ihn verständnislos an. »Wie meinen Sie das denn?«

Er kratzte sich am Kopf. »Na ja, am besten, man hält sich aus allem raus und genießt einfach die schöne Landschaft, statt sich in die Privatsphäre anderer Leute einzumischen.«

»Reden Sie jetzt nur von den Adams?«

Er zögerte. »Ja … oder nein … Ich hätte Ihnen ja auch gerne geholfen, Ihren Freund zu finden, wenn ich eine Chance gesehen hätte. Aber schon meine bloße Anwesenheit hat alles noch schlimmer gemacht.«

»Jetzt übertreiben Sie aber.«

»Meinetwegen haben Sie sich mit Ihren besten Freunden zerstritten.«

»Machen Sie sich da mal keine Sorgen. Ich hab gestern mit Birte und Inga Tee getrunken. Am Ende war alles wieder gut.«

»Wirklich?« Krumme horchte interessiert auf.

Swantje nickte, obwohl das ein bisschen geflunkert war. Ja, sie hatte sich tatsächlich mit ihren Freundinnen getroffen. Und es stimmte, am Ende war die Stimmung wieder etwas versöhnlicher gewesen. Schließlich hatten sie sich zum Abschied sogar herzlich umarmt. Trotzdem, Swantje hatte den Eindruck, dass es nie mehr so vertraut wie früher werden würde. Irgendwie hatte ihre Freundschaft nach Marcs Verschwinden ihre Unschuld verloren.

»Wie schön, dass Sie sich wieder versöhnt haben. Gute Freunde sind das Wichtigste auf der Welt«, sagte Krumme

ernst. Swantje meinte eine gewisse Bitterkeit herauszuhören. Sie betrachtete sein vom Leben gezeichnetes Gesicht.
Die vom Wind zerzausten Haare standen ihm in alle Richtungen ab und ließen ihn besonders zerbrechlich und müde
wirken. Der arme Mann! Swantje machte sich Vorwürfe,
dass sie ihn so genötigt hatte, das Rätsel um Marcs Verschwinden zu lösen.

»Herr Krumme, bitte, fahren Sie nicht. Ich organisiere
Ihnen eine andere Pension. Und dieses Mal lasse ich Sie auch
in Ruhe, versprochen.«

Er lächelte gerührt. »Nein, vielen Dank. Ich habe mich
entschieden. Aber vielleicht komme ich ja noch mal wieder,
wenn es nicht ganz so stürmisch ist.«

Swantje nickte langsam. Tatsächlich sollte es ab dem
Nachmittag ungemütlich auf Hooge werden. In den Nachrichten hatten sie sogar eine Sturmflut vorhergesagt.

Schweigend gingen sie weiter Richtung Fähranleger.
Swantje überlegte, was Krummes vorzeitige Abreise für sie
bedeutete. Die letzten Tage war sie kreuz und quer über die
Hallig spaziert. Auch in Marburg vermisste sie Marc und
dachte ständig an ihn. Aber hier hatte sie immer wieder das
überwältigende, verstörende, gleichzeitig aber auch schöne
Gefühl, dass Marc ganz in ihrer Nähe war. Manchmal glaubte sie sogar, ihn riechen, beim Spaziergehen auch seine
Schritte hören zu können. Nachts hatte er sie in ihren Träumen besucht. Das war alles so intensiv gewesen, dass sie
sich auf einen Stuhl ans Fenster gesetzt und gewartet hatte,
in der verzweifelten Hoffnung, er – oder sein Geist – würde
sie noch einmal besuchen.

Aber leider hatte Marc sich ihr kein zweites Mal gezeigt.

Von alldem wollte sie Krumme jetzt lieber nichts erzählen. Er musste denken, dass sie völlig durchgeknallt war.
Und vielleicht war sie das ja auch.

Mittlerweile hatten sie den Anleger erreicht. Die Fähre war noch nicht zu sehen, dafür aber einige weitere Touristen, die die Hallig verlassen wollten. Swantje und Krumme setzten sich auf eine Bank.

»Werden Sie uns ein bisschen vermissen, wenn Sie wieder in Berlin sind?«, unterbrach Swantje ihr Schweigen.

Krumme nickte. Er sah mit besorgtem Gesichtsausdruck hinaus auf die hohen Wellen. »Vorausgesetzt, ich komme überhaupt heil auf das Festland zurück.«

»Keine Sorge, eine Fähre, die ständig im Wattenmeer unterwegs ist, muss mit noch viel schlimmerem Wetter klarkommen.«

»Ich hoffe, Sie haben Recht ...«

»Wir laufen uns wohl ständig über den Weg!«, meldete sich auf einmal eine bekannte Männerstimme. Eingepackt in eine dicke Daunenjacke und mit einer Pudelmütze auf dem Kopf stand plötzlich Gunter neben ihnen.

Swantje und Krumme sahen überrascht zu ihm hoch.

»So ein Zufall«, grummelte Krumme. Aber Gunter ignorierte ihn und grinste stattdessen Swantje breit an.

»Nicht dass Sie denken, ich verfolge Sie!« Swantje zuckte verlegen mit den Schultern. Schon wieder dieser Idiot! Wieso musste der ausgerechnet jetzt hier auftauchen?

»Darf ich mich zu Ihnen setzen?«, fragte er und deutete auf die Bank. Swantje wollte gerade den Kopf schütteln, da hatte er sich schon neben sie gequetscht.

Mit einem zufriedenen Seufzer lehnte Gunter sich zurück und legte einen Arm auf die Lehne. Dann nickte er in Richtung Koffer.

»Sag bloß, du haust ab?«

Krumme nickte. An seinem gequälten Lächeln konnte Swantje ablesen, dass er seine letzte Zeit auf der Hallig lieber mit ihr alleine verbracht hätte.

»Kneifst du etwa vor dem bisschen Sturm?«, fragte Gunter ihn hämisch, wendete sich dann aber, ohne eine Antwort abzuwarten, an Swantje: »Soll heftig werden, habe ich gehört. 'ne richtige Sturmflut.«

»Ja, das kommt hier schon mal vor«, sagte Swantje frostig und warf Krumme einen bedauernden Blick zu.

Die *Adler Express* tauchte am Horizont auf. Von Amrum kommend stampfte sie durch die hohen, schäumenden Wellen auf den Anleger der Hallig zu und kam schnell näher. Krumme und Swantje standen auf, ohne auf Gunter zu achten. Gemeinsam mit den anderen Reisenden gingen sie zum Anleger. Gunter folgte ihnen.

»Kann ich Sie wirklich nicht umstimmen?«, fragte Swantje traurig.

Krumme kramte in der Tasche seiner roten KaDeWe-Jacke und zog eine verknitterte Visitenkarte heraus. Er hielt sie ihr hin.

»Falls Sie mal nach Berlin kommen.«

Swantje blickte auf die Karte. »Kriminalhauptkommissar Theo Krumme«, stand darauf, darunter die Adresse des Polizeipräsidiums in Berlin, dazu seine Büro- und seine Handynummer.

»Sie heißen Theo?« Sie lächelte. »Das ist ja ein netter Name!«

Auch Krumme lächelte.

Mittlerweile hatte die Fähre Hooge erreicht. Da der Anleger in das offene Meer hinausreichte, musste die Mannschaft aufpassen, dass das Schiff von den hohen Wellen nicht gegen die Landungsbrücke geschleudert wurde. Aber die Männer ließen sich von den widrigen Wetterbedingungen nicht aus der Ruhe bringen. Während der Motor der *Adler Express* das Wasser zum Schäumen brachte, hatten sie den Metallsteg schon auf den Anleger geschoben und forderten die

Touristen auf, zügig an Bord zu kommen. Swantje wandte sich Krumme zu.

»Ich wünsche Ihnen eine gute Überfahrt! Bis hoffentlich bald!«

»Und wenn du kotzen musst, nur mit dem Wind, nie dagegen!«, quatschte Gunter mit frechem Grinsen dazwischen. Swantje hätte ihn am liebsten ins Hafenbecken gestoßen.

Bevor Krumme in den Passagierraum ging, drehte er sich noch einmal um und hob die Hand. Dann legte das Schiff auch schon wieder ab. Aber hinter der Scheibe konnte Swantje ihn noch immer winken sehen. Sie winkte zurück. Auf einmal fühlte sie sich sehr einsam auf ihrer Hallig, dem Ort, an dem sie geboren und aufgewachsen war.

»Wie sieht's aus?«, holte Gunter sie aus ihren Gedanken. »Ganz schön frisch heute. Lust auf einen heißen Tee mit Rum?«

47

Als die Fähre ablegte, konnte Krumme für einen kurzen Moment noch einmal Swantje und den neben ihr stehenden Gunter sehen. Dann klatschte eine Welle gegen die Scheibe, und die beiden verschwammen hinter den herunterlaufenden Schlieren.

Er fühlte sich schrecklich. Dieser traurige Blick – es war seine Schuld, dass die arme Swantje jetzt alleine mit diesem Schwachkopf zurückblieb. Dieser widerliche Kerl ... Krumme hoffte inständig, dass es Swantje gelang, Gunter bald abzuschütteln.

Trotz der bewegten See lag das Schiff erstaunlich ruhig im Wasser. Aber für Krumme reichte schon das leichte Schwanken, um seekrank zu werden. Er suchte sich einen Platz in der Mitte der langen Sitzreihen, um möglichst wenig vom stürmischen Meer sehen zu müssen. Probleme einen leeren Sessel zu finden hatte er nicht. Die *Adler Express* war höchstens zu einem Drittel besetzt.

Er stellte seinen Koffer ab und starrte auf die Rücklehne des Sitzes vor sich. Irgendwo hatte er mal gelesen, dass man Schwindelgefühle auf einer Achterbahn vermeiden konnte, indem man sich auf einen festen Punkt konzentrierte, egal ob die Bahn gerade heftig in die Kurve ging oder durch einen Looping raste. Das musste doch auch auf einem Schiff funktionieren.

Ein anderer Trick war, an etwas komplett anderes zu denken. Das fiel Krumme nicht schwer, in Gedanken war er im-

mer noch auf Hooge und bei den Menschen, die er kennengelernt hatte. Vor allem bei Swantje und den Adams.

In seinem Magen machte sich ein warmes Brennen bemerkbar, das aber gerade nichts mit dem Wellengang zu tun
hatte. War er ein Feigling, weil er sich einfach so davonstahl?
Dabei hätte er auf der Hallig doch genau die Ruhe finden
können, die er gesucht hatte. Jetzt ging es zurück ins hek-
tische Berlin, in seine muffige, dunkle Wohnung. Während
durch die Scheiben der Fähre noch die schmale Küstenlinie
Hooges zu erkennen war, vermisste er schon jetzt den weiten Blick über die grünen Halligwiesen, die frische, salzige
Luft und eben die wunderbare Ruhe. Wieso war er so über-
hastet aufgebrochen und hatte sich dabei wie ein bockiges
Kind verhalten?

Als Polizist war er immer erst dann zufrieden, wenn er
einen Fall gelöst hatte. Als Privatmensch war er allerdings
weniger konsequent. Da reichte es ihm, mögliche Probleme
von sich fernzuhalten, indem er den Menschen ganz einfach
aus dem Weg ging.

Das war ihm auf der Hallig nicht gelungen. Hätte er doch
bloß mit offenen Karten gespielt und von Anfang an zugegeben, dass er Kommissar war. Und was genau war eigentlich
in der Pension passiert? Dass ihm ausgerechnet Frau Adams,
die ihm ständig sehnsüchtige Blicke zugeworfen und sich sogar zu ihm ins Bett gelegt hatte, am Ende ein Messer vor die
Nase gehalten hatte, verwirrte Krumme zutiefst. Offensichtlich hing sie doch mehr an ihrem Mann, als es den Anschein
machte. Umso besser. Aber dann sollte sie ihn gefälligst in
Ruhe lassen. Im Nachhinein hätte er ihr gerne ein paar klare
Worte gesagt. Stattdessen hatte er einfach seinen Koffer gepackt und das Tollhaus auf der Backenswarft verlassen.

Die Fähre traf auf eine besonders hohe Welle. Der Bug
stieg steil in die Höhe und fiel anschließend wieder kra-

chend nach unten. Weiße Gischt klatschte gegen die Scheiben. Krumme knallte mit dem Kopf gegen den Vordersitz. Stöhnend hielt er sich die Stirn, schon wieder eine Beule. Seine Magensäfte schwappten mit jeder Woge hin und her und suchten einen Weg nach oben. Schon spürte er einen säuerlichen Geschmack im Mund. Er schluckte schwer, aber die Übelkeit wollte nicht verschwinden.

Neidisch sah er zu einer Gruppe Jugendlicher hinüber, die jeden Brecher, der gegen die Fenster donnerte, mit lautem Johlen begrüßten. Er stöhnte. Erinnerungen an sein Erlebnis im Watt wurden wach, fast meinte er das salzige Nordseewasser zu schmecken, das ihn umspült hatte, als er längst mit dem Leben abgeschlossen hatte. Was, wenn das Schiff sich als nicht stabil genug herausstellte? War dieser Sturm vielleicht der Versuch des Meeres, das nachzuholen, was ihm draußen zwischen Hooge und Japsand im dichten Nebel nicht gelungen war?

Wieder musste Krumme aufstoßen. Ächzend lehnte er den Kopf zurück und versuchte gleichmäßig zu atmen und seinen Schluckreiz in den Griff zu bekommen. Aber es half alles nichts, er musste zur Toilette, auf der Stelle, sonst passierte hier inmitten der Polstersessel ein Unglück. Die Hand vor dem Mund raffte er sich auf und stolperte hastig durch die Sitzreihen. Als die Jugendlichen erkannten, was sein Ziel war, lachten sie laut, aber das war ihm egal. Gerade noch rechtzeitig erreichte er den kleinen Waschraum im Heck der Fähre. Im nächsten Moment hing er mit hochrotem Kopf über der Kloschüssel und musste sich immer und immer wieder übergeben, bis auch der letzte Tropfen Flüssigkeit aus seinem Magen und seinen Gedärmen verschwunden war. Schwer atmend sank er neben der Toilettenschüssel zu Boden. Kalter Schweiß stand ihm auf der Stirn. Zuerst wollte er das Klo gar nicht verlassen, aber der intensive Dieselgestank in dem kleinen Raum machte alles nur noch schlimmer. Er stand schwerfällig auf. Schwer atmend betrachtete er sein bleiches Gesicht im Spiegel und strich sich die verschwitzten Haare aus der Stirn. Ein Mann auf der Flucht vor sich selbst. Er spülte sich den Mund aus, dann machte er sich auf den Weg zurück zu seinem Platz.

»Sie Armer. Seekrank?«, sprach ihn eine junge Frau an, als er aus der Toilettentür wankte, und stutzte überrascht, als sie ihn erkannte. »Herr Kommissar?«

Krumme sah in ein markantes Frauengesicht, das von kurzen blonden Haaren umrahmt wurde. »Ah, hallo, Frau ...«, stotterte er ertappt.

»Inga, mein Name ist Inga«, sagte sie. »Sagen Sie bloß, Sie fahren schon zurück nach Berlin?«

Krumme wischte sich mit dem Handrücken über den Mund und nickte nur. Wieder musste er aufstoßen. Inga betrachtete ihn mit einem mitleidigen Lächeln.

»Soll ich Ihnen Wasser und etwas gegen die Übelkeit bringen?«

»Das ... das wäre sehr nett«, murmelte er benommen.

Kurz darauf kam Inga mit einer kleinen Plastikflasche zu seinem Platz. »Hier bitte. Und hier die Tabletten. Am besten nehmen Sie gleich zwei.«

Krummes Kreislauf hatte sich mittlerweile wieder ein wenig beruhigt. Er trank einen Schluck von dem kühlen Wasser und lächelte Inga dankbar an.

Die musterte ihn nachdenklich. »Fliehen Sie vor dem schlechten Wetter? Oder haben Sie Heimweh nach der großen Stadt?«

»Keins von beidem. Meine Zeit auf Hooge war einfach vorbei.«

»Und jetzt geht's zurück an die Arbeit?«

»Mal schauen, ein paar freie Tage habe ich noch.«

»Na, dann gute Reise.« Sie nickte ihm freundlich zu. Irgendwie machte sie auf Krumme einen fast erleichterten Eindruck. Als sie sich schon zum Gehen wandte, sprach er sie noch einmal an: »Haben Sie vielleicht einen Augenblick Zeit für mich?«

»Jetzt?«

»Ich wollte kurz mit Ihnen reden.«

»Eigentlich muss ich arbeiten.«

»Keine Sorge, dauert auch nicht lange.«

Unschlüssig sah sie sich einen Moment um, dann setzte sie sich neben ihn in einen leeren Sessel.

»Aber wenn der Kapitän kommt, muss ich sofort an die Arbeit, sonst gibt's Ärger.«

Krumme nickte. Zu seiner Erleichterung schien die Tablette gegen Seekrankheit schon Wirkung zu zeigen. Nur schwindelig war ihm noch.

»Und? Haben Sie was Neues herausgefunden? Wegen Marc?«, fragte Inga ohne Umschweife.

»Ob Sie es glauben oder nicht: Ich war wirklich nur als Urlauber auf Hooge. Nicht als Kommissar.«

»Natürlich.« Sie zeigte ihm ein spöttisches Lächeln.

»Aber auch als Privatmann muss ich zugeben, dass die Sache schon ein wenig, nun ja, seltsam ist.«

»Finden Sie?«

»Sie etwa nicht?«

Sie zuckte mit den Schultern. »Ich weiß, Sie sind mit Swantje befreundet. Und die denkt immer noch, dass wir etwas mit Marcs Verschwinden zu tun haben, aber …«

»… das haben Sie nicht?«

»Nein! Natürlich nicht.« Sie sah ihn entgeistert an. Krumme lächelte unschuldig.

»Warum sollte ich was damit zu tun haben? Ich hab mich doch für sie gefreut, wegen der Hochzeit und allem!«

»Aber noch mehr hätten Sie sich gefreut, wenn Marc sich für Sie entschieden hätte.«

Ein großer Brecher krachte gegen die Frontscheibe. Wieder ertönte das Gejohle der Teenager. Doch Inga hatte nur Augen für Krumme.

»Was erlauben Sie sich ...?« Ihr Blick sprühte Feuer.

»Inga, Sie müssen mir nichts vorspielen.«

»Das ist eine Unverschämtheit! Sind Sie verrückt geworden?«

Krumme hob beide Hände. »Zufällig weiß ich aus sicherer Quelle, dass Sie und Marc sich sehr gut verstanden haben. Etwas zu gut vielleicht ...«

»Aber ...«

»... und kurz vor der Hochzeit haben Sie sich noch leidenschaftlich geküsst. Sogar hier, auf dem Schiff.« Krumme zeigte mit dem Finger nach oben Richtung Sonnendeck. Inga war für einen Moment wie erstarrt. Dann senkte sie den Blick.

»Sie können es ruhig zugeben. Ich werde es auch nicht weitererzählen. Von mir wird Swantje nichts erfahren«, fügte er hinzu.

Inga schwieg. Sie sah Krumme nur ernst an. Dann atmete sie tief durch.

»Ja, es stimmt. Wir hatten eine ... eine Affäre. Aber nur eine kurze. Eine sehr kurze.«

Krumme nickte.

»Noch etwas, das Sie mir erzählen wollen?«

»Was denn erzählen? Na gut, wir haben miteinander ... geflirtet. Aber das war doch nichts Ernstes.«

»Auch nicht für Sie?«

Schweigend blickte Inga aus dem Fenster, wo hinter den Wellen Pellworms grüner Küstenstreifen vorbeizog.

»Wie lange ging denn Ihre Affäre?«, fragte Krumme.

»Nur ein paar Wochen. Und es war Marc, der damit angefangen hat. Nicht ich.«

»Er hat Sie zum Küssen gezwungen?«, spöttelte er.

Sie seufzte. »Ja, ich gebe zu, es hat mir gefallen. Marc sah klasse aus. Keiner der Männer, mit denen ich vorher zusammen war, war auch nur annähernd so attraktiv wie er.«

»Und dass er mit Ihrer besten Freundin verlobt war, hat Sie nicht gestört?«

»Natürlich hat es das! Aber … mein Gott, Swantje ist selbst so hübsch, die kann doch jeden haben. Aber ich …« Inga vergrub ihr Gesicht in ihren Händen.

Krumme beobachtete sie ohne jede Regung. Er sah kurz hinaus aufs Wasser und musste sofort wieder aufstoßen.

»Was genau ist in der Nacht vor der Hochzeit passiert?«, fragte er Inga.

»Aber das haben wir der Polizei doch alles schon erzählt. Marc hat die Party verlassen und ist einfach abgehauen!«

»Ich habe gehört, dass es vorher eine kleine Rangelei zwischen ihm und Andreas gab.«

Inga sah misstrauisch auf. »Sie sind erstaunlich gut informiert für jemanden, der eigentlich gar nicht ermittelt hat.«

Krumme winkte ab. »Zufall. Aber es stimmt, oder?«

Inga zögerte, dann nickte sie und erzählte Krumme von dem Streit in jener Nacht und wie es dazu gekommen war, dass Andy Marc eine verpasst hatte. »Und am Ende ist Marc wütend weggerannt.«

»Wohin?«

»Keine Ahnung.«

»Haben Sie denn nicht mit ihm geredet?«

»Doch.« Sie seufzte leise. »Ich bin ihm sogar hinterhergelaufen. Hab versucht, ihn zu beruhigen. Aber er war stinksauer, hat meine Hand abgeschüttelt. Und gesagt, das würde Andreas noch bereuen.«

»Wie hat er das denn gemeint?«

»Marc wollte bei der Polizei anrufen und Andreas anzeigen.«

»Wirklich?«

»Ja, er hatte das Handy schon in der Hand.«

»Von einer Anzeige habe ich aber nichts gehört.«

»Keine Ahnung, was er am Ende gemacht hat. Jedenfalls ist er dann einfach weg.«

Krumme überlegte einen Moment und nippte an der Wasserflasche. Dann wandte er sich wieder Inga zu. »Aber kein Wort davon, dass er Swantje doch nicht heiraten wollte?«

»Nein. Im Gegenteil: Er hat mir am gleichen Tag gesagt, dass wir beide uns nicht mehr alleine treffen dürften. Weil er sich doch für Swantje entschieden hatte.«

»Wie nobel! Nachdem er sie bis zum Tag der Hochzeit betrogen hat«, spottete Krumme.

Inga schwieg. Sie wischte sich eine Träne aus dem Augenwinkel und blickte auf den Boden zwischen den Sitzen.

»Wie hat Ihnen das denn gefallen, dass er sich am Ende gegen Sie entschieden hat?«

»Ich …« Sie stockte. »Was fällt Ihnen ein?!« Wutentbrannt sprang sie von ihrem Sitz hoch. »Meinen Sie etwa, ich hätte ihn umgebracht?«

»Immer mit der Ruhe!« Krumme hob die Hände. »Das wollte ich Ihnen keineswegs unterstellen.« Er legte den Kopf schief und lächelte versöhnlich.

Sie sah ihn starr an und überlegte einen Moment, dann setzte sie sich wieder hin.

Krumme räusperte sich. »Wussten die anderen denn von Ihrer Liebelei mit Marc?«

»Nein, niemand. Und bitte sagen Sie es auch keinem.«

Krumme nickte kaum merklich und schaute Inga dabei ernst an. Ein Mann in einer blauen Uniform kam die Treppe vom oberen Deck herunter. Überrascht registrierte er, dass seine Mitarbeiterin bei einem Passagier saß, und runzelte die Stirn. Inga stand hastig auf.

»So, ich muss wieder an die Arbeit. Oder wollen Sie mich gleich verhaften?« Sie lächelte bitter.

»Das, was Sie getan haben, müssen Sie vor allem vor sich selbst verantworten.«

»Ich habe es Ihnen doch schon gesagt! Marc ist auf mich zugekommen. Er hat mich auf einer Party in eine Ecke gezogen und mir seine Zunge in den Mund geschoben.«

»Und Ihnen hat es gefallen.«

»Ja, verdammt. Er konnte küssen und war gut im Bett«, entfuhr es ihr eine Spur zu laut. Dann senkte sie ihre Stimme wieder. »Aber eigentlich war er ein Arsch. Swantje sollte froh sein, dass sie ihn los ist.«

»Ich denke, das Beste wäre gewesen, wenn Sie Swantje über Marcs wahren Charakter aufgeklärt hätten, statt mit ihrem Verlobten ins Bett zu gehen.«

»Swantje hätte mir doch sowieso nicht geglaubt, so verknallt, wie sie in Marc war.« Sie sah ihn nachdenklich an. »Und immer noch ist«, fügte sie leise hinzu.

»Sie hätten ihr die Wahrheit sagen müssen.«

Ingas Kiefer mahlten, als sie Krumme abschätzig anblickte. Dann ging sie ohne ein weiteres Wort davon.

Kopfschüttelnd sah er ihr hinterher. Die Stimme des Kapitäns riss Krumme aus seinen Gedanken. Mit seinem polnischen Akzent verkündete er, dass sie in einer Viertelstunde Strucklahnungshörn auf Nordstrand erreichen würden.

Krumme war schlecht. Aber das lag jetzt nicht mehr nur am Seegang. All diese Lügen.

Und mittendrin die nichts ahnende Swantje.

Er erinnerte sich an ihren traurigen Blick, als sie neben Gunter am Fähranleger gestanden hatte.

Was hatte Harke noch bei Krummes Ankunft in Nordfriesland gesagt? Etwas Böses und Dunkles wohnt auf der Hallig. Nachdenklich trank er noch einen Schluck Wasser. Er war sich nicht sicher, was genau Harke damit gemeint hatte. Wenn es aber um Lügen und Heuchelei ging, hatte er wohl leider Recht.

Allerdings beschlich Krumme das ungute Gefühl, dass noch mehr dahintersteckte.

48

Ein Sturm zog auf.

Schon jetzt wehte der Westwind heftig über die Hallig. Bis zum Horizont konnte sie die weißen Schaumkronen der Wellen erkennen. Vor einer Stunde war der Himmel noch strahlend blau gewesen, jetzt trieb vom Meer eine graue Wolkenfront langsam auf das Wattenmeer zu. Noch waren die Fähren zwischen den Inseln und Halligen unterwegs. Richtung Langeneß konnte sie außerdem zwei kleine Krabbenkutter sehen, die in ihre sicheren Häfen zurückkehrten. Trotz des Rauschens des Windes und des Raschelns der Baumkronen hatte sie das Gefühl, eine unwirkliche Stille würde über der Warft und der ganzen Hallig liegen. Als holte die Natur um sie herum Luft, als sammelte sie Kraft für eine große Anstrengung.

Ein Sturm zog auf, und sie liebte es. Lächelnd schloss sie die Augen, breitete die Arme aus und öffnete sich, um den Wind, die salzige Luft und die sie umgebenden Elemente mit allen Sinnen zu genießen.

Das war es, was sie in Marburg am meisten vermisste, diese machtvolle Natur, diesen ständigen Wechsel zwischen Ebbe und Flut, zwischen Vergehen und Werden. So schön es auch war, an einem ruhigen und sonnigen Tag einfach nur auf dem warmen Strand zu dösen, sie mochte es lieber, wenn die Natur um sie herum in Bewegung war.

Es ist wunderschön hier, hörte sie eine Stimme, seine Stimme.

»Ja, das ist es«, sagte sie. Und wieder einmal hatte sie das Gefühl, Marc neben sich zu spüren. Natürlich war er nicht da. Sobald sie die Augen öffnete, würde sie wieder alleine am Rand der Warft stehen. Also hielt sie sie geschlossen.

Du willst die Hallig wieder verlassen?

Wolltest du das nicht auch?

Ich wollte immer nur, dass du glücklich bist!

Warum hast du mich angelogen? Warum hast du mir nicht gesagt, dass ich mit dir nach Frankfurt gehen sollte?

Schweigen.

Seufzend öffnete sie nun doch die Augen. Sie spürte Feuchtigkeit auf ihrer Haut, noch keinen Regen, sondern vereinzelte Tropfen, die von der See herüberwehten. Ein leises Lachen ertönte, und als sie hochschaute, sah sie über sich eine Möwe schweben. Scheinbar schwerelos schien sie im stürmischen Wind zu stehen. Immer wieder ein kleines Wunder, dachte Swantje. Sie hatte keine Ahnung, wie die Vögel das schafften.

Ihr Blick ging zur Seite. Natürlich war sie alleine. Sie seufzte wehmütig. So schön es auf Hooge auch war, es wurde Zeit, dass sie zurück nach Marburg kam. Sie erinnerte sich an den Blick des Kommissars, der sich offensichtlich sorgte, dass sie hier langsam verrückt wurde. Wohl zu Recht.

Diese Aufnahmen der Webcam, von denen er gesprochen hatte ... Tatsächlich musste sie zugeben, dass der Mann, der dort an der Backenswarft vorbei Richtung Hafen huschte, wie Marc ausgesehen hatte. Ja, den Friesennerz trug hier fast jeder. Aber den »Penn State«-Pullover, der darunter herausragte, den hatte damals nur Marc angehabt.

Sie schüttelte den Kopf, um endlich an etwas anderes zu denken.

Zum Glück war sie diesen dämlichen Gunter losgeworden. Den ganzen langen Weg zurück zur Hanswarft hatte er auf sie eingeredet und am Ende versucht, sie mit in die »T-Stube« zu ziehen, um mit ihr einen Tee mit Schuss zu trinken. Was für ein Freak. Seit Jahren kam er immer wieder nach Hooge, immer alleine und immer gleich penetrant. Alle wussten, dass er es nur auf die weiblichen Halliggäste abgesehen hatte. Ja, er war harmlos, aber eine schreckliche Nervensäge. Erst als sie ihm mit klaren Worten deutlich gemacht hatte, dass sie keinen Wert auf seine Gesellschaft legte, hatte er von ihr abgelassen und war schmollend davongetrabt.

Tatsächlich hatte sie auch keine Zeit für Tee. Die richtige Flut kam erst am Abend, und in der Nacht würden nur noch die Warften aus dem Meer herausragen. »Land unter«. Davor galt es noch an vieles zu denken und die Häuser sturmsicher zu machen.

Sie verließ ihren Platz vor dem Seminarhaus des Nationalparks und ging zurück in die Hanswarft hinein, machte einen Bogen um die »T-Stube«, damit Gunter sie aus dem Fenster heraus nicht doch noch entdeckte, und schlug den kleinen Weg zum Kaufmannsladen ein. Sie hatte ihrer Mutter versprochen, noch ein paar Lebensmittel zu besorgen.

Und wieder war es da. Es traf sie wie ein kleiner Stromschlag. Dieses Gefühl, dass sie beobachtet wurde, dass ihr jemand folgte. Doch bis auf Fiede Paulsen, einen der Hoogener Kutscher, der in einiger Entfernung seinen Schäferhund Gassi führte, war niemand zu sehen. Aber da war jemand, in ihrer Nähe. Sie meinte den Blick eines Unbekannten in ihrem Rücken zu spüren, glaubte leise Schritte zu hören, die ihr folgten. Sie ging schneller. Nervös drehte sie sich bei jedem kleinsten Geräusch, bei jedem Knarren, bei jedem Blätterrauschen immer wieder ruckartig um.

Einmal blieb sie sogar neben einer Hecke stehen, hielt die Luft an, in der Erwartung, dass sich ihr Verfolger jeden Augenblick zeigen würde. Wieder glaubte sie Schritte zu hören, eigentlich nur ein Rascheln. Sie nahm ihren ganzen Mut zusammen und stellte sich plötzlich in den Weg.

Aber da war keiner. Nur eine Amsel, die unter der Hecke im Laub nach Regenwürmern suchte.

Swantje war verzweifelt. Wenn sie sich selbst hier, auf ihrer Heimatwarft, bedroht fühlte, dann war es wirklich Zeit, nach Marburg zurückzukehren.

Endlich erreichte sie den kleinen Halligladen. Erleichtert zog sie die Tür hinter sich zu und begrüßte die Verkäuferin, eine freundliche alte Dame, die Swantje schon seit Kindertagen kannte.

Nach einem kurzen Schnack griff sie sich einen Korb und fing an, die Sachen zusammenzusuchen, die ihre Mutter auf einer Liste notiert hatte. Sie war so konzentriert, dass sie gar nicht bemerkte, dass noch jemand den Laden betrat. Doch dann hörte sie das Quietschen seiner Stiefel auf dem glatten Boden und spürte den Schatten, den er auf sie und das Regal warf.

»Moin, Swantje!«, sagte er.

Sie drehte sich überrascht zu ihm. Ihre Blicke begegneten sich, und er sah ihr direkt in die Augen.

49

»Moinsen!«, dröhnte es Krumme fröhlich entgegen, als er seinen Koffer über den kleinen Metallsteg zog und seinen Fuß auf Nordstrand setzte. »Da ist ja unser Weltenbummler!« Die gleiche Begrüßung wie bei seiner Ankunft in Husum vor ungefähr einer Woche.

Krumme hatte Mannsen von Hooge aus angerufen. Natürlich hatte sein friesischer Kollege darauf bestanden, ihn mit dem Auto zum Bahnhof zu bringen. Und wieder kam Kommissar Mannsen mit von der Kälte geröteten Wangen und ausgebreiteten Armen auf ihn zu. Dieses Mal versuchte er aber nicht, ihn zu umarmen. Im letzten Moment entschied er sich, Krumme einfach nur die Hand zu schütteln.

»Wie schön, Sie gesund und munter wiederzusehen. Wir haben einen ganz schönen Schreck bekommen, als wir von Ihrem Abenteuer im Watt gehört haben.«

»Ich habe mich auch erschrocken.« Krumme lächelte.

»Sie wollten ja nicht auf mich hören, aber ich hab Ihnen gleich gesagt, Sie hätten lieber nach Sylt fahren sollen. Oder Föhr. Da wäre so was nicht passiert.«

Krumme schaute sich auf dem Hafengelände um. »Ist Harke dieses Mal gar nicht dabei?«

»Doch, natürlich! Aber unser großer Harke ist manchmal ʼne kleine Schietbüx – der ist nicht gerne direkt am Wasser, wenn es so stürmt. Er sitzt da drüben in der Gaststätte und futtert Obsttorte«, sagte Mannsen und zeigte auf ein rotes

Backsteinhaus, das oben auf dem Deich hinter dem Hafengelände stand. »Harke liebt Obsttorte!«, verriet er Krumme hinter vorgehaltener Hand. »Wir haben noch ein bisschen Zeit, wenn Sie wollen, können wir auch noch was essen.«

Krumme war sich nicht sicher, ob er nach der stürmischen Überfahrt überhaupt schon etwas runterbekam. Aber Mannsen sah ziemlich hungrig aus. Krumme beschloss ihn und Harke zum Essen einzuladen, als Dankeschön für die ganze Fahrerei.

Noch schien die Sonne über Nordstrand. Aber in der Ferne kündigten dunkle Wolken schon das Unwetter an, das das Wattenmeer spätestens am Abend erreichen würde.

Nachdem der heftige Wind Mannsen und Krumme auf ihrem Weg nach oben fast wieder den Deich hinuntergeweht hatte, war in dem einfachen, aber gemütlichen Gasthaus vom aufziehenden Sturm nichts mehr zu spüren. Das »Op de Dieck« war gut besucht und bot eine einmalige Aussicht über den Hafen, die Nordsee, Pellworm und die Halligen. Die beiden Männer fanden einen Platz vor den großen Panoramafenstern, wo Harke sie schon erwartete. Der riesenhafte Knecht hockte in seiner blauen Latzhose und einem dicken schwarzen Pullover auf einem im Verhältnis zu seiner Körpergröße lächerlich kleinen Stuhl in der Ecke. Gerade stellte die Kellnerin ein zweites Stück Kirschsahnetorte mit einer zusätzlichen Portion Schlagsahne vor ihm ab, obwohl er das erste Stück noch gar nicht aufgegessen hatte.

»Sehr lecker!«, erklärte Harke mit vollem Mund, nachdem sie sich begrüßt hatten.

Mannsen winkte die Kellnerin heran und bestellte Matjes mit einer doppelten Portion Bratkartoffeln. Krumme entschied sich für eine Gemüsebrühe, um seinen angeschlagenen Magen nicht zu überfordern.

»So, und jetzt raus mit der Sprache, wie ist es Ihnen auf

Hooge ergangen? Und warum wollen Sie schon früher nach Hause?«, fragte Mannsen mit den Händen auf seinem gewaltigen Bauch, während sie auf ihr Essen warteten.

Krumme spielte verlegen mit dem Salzstreuer. Sollte er wirklich von seinem Streit mit den Adams erzählen? Oder von der Verwirrung um seinen Job und der Lehrerlüge? Nein, das brauchte sein friesischer Kollege nicht zu erfahren.

»Na ja, seit dieser Sache auf der Wattwanderung habe ich schon ein bisschen Angst vor dem Wasser«, gab er verlegen zu. »Und jetzt soll dieser Sturm kommen, der die komplette Hallig unter Wasser setzen wird, da wollte ich lieber zurück aufs Festland.« Das war nicht mal gelogen. Er dachte an das dramatische Bild des gefluteten Friedhofs aus dem Buch im »Hus Adams«. »Land unter« auf der Hallig – das musste er nicht unbedingt haben.

Mannsen musterte ihn aufmerksam. Krumme war sich nicht sicher, ob er ihm den Angsthasen abkaufte. Dann lächelte er. »Kann ich gut verstehen. Sie sind fast ertrunken, da will man sich erst mal vom Wasser fernhalten«, sagte Mannsen. Er knuffte Harke freundlich in die Seite. »He, hast du schon gehört, wen der Kommissar bei seiner Wanderung getroffen hat?«

Der Knecht sah Krumme erwartungsvoll an, während er die üppig beladene Gabel auf halber Höhe vor sein Gesicht hielt. Nach kurzem Zögern entschied Krumme, ihm von dem kleinen Jungen zu erzählen, der ihm im überspülten Watt das Leben gerettet hatte.

»Ah«, machte der Knecht und legte die Gabel wieder ab, »der Klabautermann.«

»Es war nur ein Kind.«

Harke schüttelte den Kopf. »Der Klabautermann.«

Krumme blickte unsicher zu Mannsen. Der machte mit

dem Zeigefinger kreisende Bewegungen neben der Schläfe, um zu zeigen, was er von Harkes Kommentar hielt.

Er seufzte. »Wie auch immer, mittlerweile bin ich mir sicher, dass ich mir den Kleinen nur eingebildet hab. Du kannst dir nicht vorstellen, wie schrecklich das da draußen war«, sagte Krumme mit dramatisch gesenkter Stimme und sprach jetzt vor allem mit Harke, von dem er ja wusste, dass er genauso eine Wasserphobie hatte wie er.

»Ich stehe da mitten in diesem Nebel, kann die Hand nicht vor Augen sehen, und das kalte Meer steigt mir langsam bis zum Hals.« Er schüttelte sich bei der bloßen Erinnerung daran.

Harke hörte ihm sehr aufmerksam zu, seine kristallblauen Augen verengten sich zu Schlitzen. Die Torte hatte er komplett vergessen.

»Jetzt kann ich es ja zugeben: Ich hatte die Hosen gestrichen voll. Hab praktisch mit dem Leben abgeschlossen. Und dann hatte ich auf einmal diese Vision von dem kleinen Jungen.« Er blickte zu Mannsen, der ihm ebenfalls aufmerksam gelauscht hatte. »Den ich übrigens schon mal getroffen hatte.«

»Ach ja?« Sein friesischer Kollege sah ihn skeptisch an.

Krumme nickte. »Er gehörte zu einer Gruppe dänischer Schulkinder, die ich im Zug gesehen habe. Kurz vor Husum, als ich letzte Woche gekommen bin.«

»Verrückt!« Mannsen haute mit der flachen Hand so heftig auf die Tischplatte, dass Harkes Kuchenteller einen kleinen Satz machte.

»Er hat dir geholfen, oder?«, fragte Harke.

»Na ja, irgendwie schon.« Krumme nickte langsam.

»Der Klabautermann«, wiederholte Harke unbeeindruckt, als wäre es das Normalste auf der Welt. »Er hat viele Gesichter.«

Der riesenhafte Knecht sah aus dem Fenster und schien

auf einmal in Gedanken ganz weit weg zu sein. Dann fiel ihm seine Kirschtorte wieder ein. Mit einem großen Bissen stopfte er sich das halbe Stück in den Mund. Wieder tauschten Krumme und Mannsen einen Blick. Mannsen zuckte nur mit den Schultern und lächelte.

Die Kellnerin brachte ihnen ihr Essen. Während Mannsen mit gesundem Appetit seinen Matjes verspeiste, löffelte Krumme gedankenverloren in seiner Gemüsebrühe. Er erkundigte sich, was es Neues auf der Wache in Bredstedt gab. Mit vollen Backen berichtete Mannsen, dass sie gerade große Probleme mit einer Einbruchsserie hatten, dass er aber sehr stolz sei, einer Bande von Halbstarken in Niebüll die Grenzen aufgezeigt zu haben. Während Mannsen erzählte, merkte Krumme, wie er langsam müde wurde. Auf der Hallig hätte er sich jetzt noch einmal ein bisschen hingelegt. Er freute sich schon auf die Zugfahrt und die Gelegenheit, die Augen zuzumachen.

Mannsen war in Rekordzeit mit seinem Essen fertig, bestellte noch einen Kaffee und stemmte dann seinen mächtigen Körper in die Höhe.

»Ich wasch mir mal kurz die Pfoten, bin gleich wieder da«, verkündete er und verschwand Richtung Toilette.

Krumme sah zu Harke, der inzwischen aufgegessen hatte und an einem Pils nuckelte, während er hinaus auf die Nordsee blickte, wo der Wind graue Regenschleier über den Deich trieb.

»Na, Harke, alles klar?«, fragte Krumme.

Der Knecht nickte nur, ohne den Blick vom Meer abzuwenden.

»Wie geht's denn Nis?«

»Gut. Sehr gut.«

»Und Reiko?«

»Auch gut.«

»Wollte er heute nicht mitkommen?«

»Nee.«

Krumme nickte. Harke sah weiter aus dem Fenster und kratzte sich dabei am Kopf.

»Hat Nis eigentlich noch mal was gesagt, du weißt schon, wegen dieses ...« Er räusperte sich. »Wegen dieses ›Schattens‹, den es auf Hooge gibt.«

Endlich hatte er Harkes Aufmerksamkeit. Seine weißblonden, vom salzigen Wind verklebten Haare standen ihm in alle Richtungen vom Kopf ab. Mit seinen strahlenden Augen blickte er ihn an. Krumme hatte den Eindruck, als könnte Harke direkt in seine Seele sehen. Mit einem Mal fühlte er sich auf irritierende Weise wehrlos und nackt.

»Erinnerst du dich nicht? Als ihr mich zur Fähre gebracht habt, da hast du doch gesagt, dass ...« Krumme stockte.

Harke schwieg immer noch, sah ihn dabei völlig verständnislos an.

»Hast du Nis noch mal gefragt?«

»Nein«, antwortete Harke endlich.

»Schade, ich hätte gerne mehr über diesen ›Schatten‹ gewusst.« Krumme wischte sich mit der Serviette über den Mund und legte sie vor sich auf den Teller.

»Hast du es denn nicht auch gemerkt?«, fragte Harke jetzt auf einmal.

»Was?«

»Na, dass da etwas Böses ist auf der Hallig. Etwas sehr Böses.«

»Der Klabautermann?«

»Tüdelkram.« Harke machte eine wegwerfende Bewegung. »Der hat dir das Leben gerettet. Hast du doch gerade erzählt.«

»Aber was oder wer ... dann?«

»Keine Ahnung. Da musst du Nis schon selbst fragen. Er

hat mir nur gesagt, du sollst aufpassen. Weil auf der Hallig der Tod wartet.«

Krumme beugte sich nach vorne. »Der Tod? Was soll das heißen ...?«

»Na, ihr beiden, schön am Schnacken?«, unterbrach ihn Mannsen, der mit einem breiten Lächeln zurück an ihren Tisch kam.

»Kriege ich noch einen Kuchen?«, fragte Harke ihn und strahlte dabei wie ein kleiner Junge über das ganze Gesicht. Krumme sah ihn ungläubig an.

»Nee, min Jung.« Mannsen tippte auf seine Armbanduhr. »Ich glaube nicht, dass wir dafür noch Zeit haben, oder, Herr Kollege?«

Krumme nickte bedächtig, war in Gedanken aber schon wieder auf Hooge. Was sollte Harkes Gerede bedeuten? Waren das nur Hirngespinste, oder war da etwas Wahres dran? Er spürte wieder dieses flaue Gefühl in der Magengegend. Sein schlechtes Gewissen. Die Ahnung, dass er irgendetwas übersehen hatte.

»Alles klar?«, erkundigte sich Mannsen, der merkte, dass Krumme auf einmal ganz woanders war.

»Ich muss wieder an die Sache mit diesem jungen Mann aus Frankfurt denken«, sagte Krumme.

»Der eine Nacht vor seiner Hochzeit kalte Füße bekommen hat und mit seinem Schiff im Meer gekentert ist?«, erwiderte der dicke Kommissar und schnappte sich das letzte Stück Brot aus dem Korb, den die Kellnerin ihnen auf den Tisch gestellt hatte.

Krumme nickte. »Sie haben gesagt, dass Sie damals an den Ermittlungen beteiligt waren.«

»Na ja, eigentlich war das ja Sache der Kripo in Husum. Aber ich hab auch bei der Fahndung mitgeholfen. Habe sein Foto an alle Dienststellen geschickt. «

»Auf der Hallig waren Sie aber nicht?«

»Nee.«

»Und dieses Video von der Webcam? Haben Sie das selbst gesehen?«

Mannsen nickte.

»Kein Zweifel, dass er es war?«

Mannsen schüttelte den Kopf. »Seine Eltern waren sich hundertprozentig sicher. Aber die Deern von dem Burschen nicht. Die wollte wohl einfach nicht wahrhaben, dass ihr Verlobter so kurzfristig gekniffen hat.«

Krumme überlegte einen Moment. Gedankenverloren spielte er mit seinem Handy, als ihm eine Idee kam.

»Ich habe gehört, dass dieser Marc in der betreffenden Nacht die Polizei anrufen wollte.«

Mannsen horchte auf. »Ach ja? Hat er aber nicht.«

»Könnte man rauskriegen, ob er es versucht hat?«

»Keine Ahnung.« Mannsen zuckte die Achseln. »Aber vom Handy wär's bestimmt nicht gegangen.«

»Wieso nicht?«

»Na, weil damals nach einem heftigen Sturm der Sendemast auf Hooge defekt war. Ein paar Tage lang konnte man nur übers Festnetz telefonieren.«

Krumme schnaufte leise. Wieder sah er aus dem Fenster. Am Horizont waren unter der dunklen Wolkenfront jetzt deutlich die Regenschleier über der Nordsee zu sehen. Eine ungemütliche Nacht kündigte sich an.

Er starrte auf sein Handy und versuchte die einzelnen Puzzlesteine zusammenzufügen. Harkes Ahnungen, die Ereignisse der letzten Tage. Sein Beinahetod in der Nordsee und die Rettung in allerletzter Sekunde. Gleichzeitig nagte es wieder an ihm: Das Gefühl, etwas Wichtiges übersehen zu haben. Krumme legte beide Hände an die Schläfen, aber er kam einfach nicht darauf. Er stöhnte leise. Verzweifelt schaute er sich im Café um, suchte etwas, das ihm vielleicht den entscheidenden Anstoß geben konnte.

Mannsen klopfte mit der Faust auf den Tisch.

»So, Herrschaften, wir müssen los.« Er sah Krumme an. »Ihr Zug fährt in einer halben Stunde. Sollte eigentlich kein Problem sein, aber vor Husum gibt's eine größere Baustelle. Nicht, dass wir zu spät kommen.«

Krumme sah ihn an. Und auf einmal glaubte er ein leises Klicken zu hören. Als hätte jemand in seinem Kopf eine Lampe angeknipst. Endlich war ihm eingefallen, was er übersehen hatte. Krumme streckte den Rücken und richtete sich auf.

»Ich kann noch nicht zurück nach Berlin«, erklärte er mit fester Stimme.

»Was? Wieso das denn nicht?« Mannsen sah ihn fassungslos an.

»Ich muss sofort mit der Kripo in Husum telefonieren.«

»Mit der …?« Mannsens Augen wurden größer. »Aber warum? Was ist denn um Himmels willen auf einmal passiert?«

Krumme blickte zu Harke, der ihn weniger erstaunt als vielmehr sehr aufmerksam betrachtete. Dann sagte er: »Ich glaube, ich habe eine Idee, wo sich das Böse auf Hooge versteckt.«

50

Der Sturm kam immer näher.

Er sah, wie die dunklen Wolken über die Nordsee heranrollten. Schon hatte es zu regnen begonnen. Die Flut hatte eingesetzt, ein stetiges Anschwellen. Nicht mehr lange und das Meer würde den Seedeich überspülen und auf die Hallig laufen. Am Ende würden nur noch die Warften aus dem Wasser ragen. Dann würden sich die Wellen nur Meter entfernt vom Haus auftürmen, die weiße Gischt würde bis an die Fenster spritzen. Und er würde direkt ins Herz der ungezähmten Natur sehen können.

Er mochte den Sturm nicht. Nicht aus Angst, nicht weil er glaubte, die Wellen könnten die Häuser auf den Grund des Meeres ziehen. Nein, er hatte schon so viele Sturmfluten miterlebt, hier auf der hohen Warft waren sie sicher vor der Macht der Nordsee. Mochten an der Küste die Deiche brechen, hier in ihren umspülten Burgen würden sie dem Meer trotzen.

Es war der Lärm, der ihn verrückt machte. Das Heulen und Brausen, das über viele Stunden, manchmal Tage nicht abklingen wollte. Das Dröhnen, wenn der Sturm die Wolken dicht über die Hallig schob. Das mächtige Donnern der Wellen. Das Knirschen im Gebälk der Häuser, die diesen Naturgewalten standhalten mussten.

Das Lachen.

Vor ein paar Jahren hatte er es zum ersten Mal gehört, das höhnische Gackern aus den Tiefen des Sturms, anfangs nur leise, dann immer lauter. Zuerst hatte er es für das Schreien der Gänse und Möwen gehalten, die im heftigen Wind um ihr Leben kämpften. Doch dann hatte er erkannt, dass dieses Lachen ihm galt, ihm allein.

Es war der Teufel persönlich, er lachte ihn aus! Er griff nach ihm, streckte seine feuchten Finger nach ihm aus, um ihm Angst zu machen, ihm zu zeigen, dass er seiner Strafe nicht entkommen konnte. Seine Seele war verloren, er war verdorben, verflucht. Irgendwann, vielleicht in einigen Jahren, vielleicht aber auch schon an diesem Abend würde er ihn zu sich holen und in die tosende Hölle werfen, die er von seinem Fenster aus sehen konnte.

Die Strafe für sein verkommenes Leben. Er wusste, dass er sie verdient hatte. Er hatte schlimme Dinge getan, viele schlimme Dinge. Seine Opfer verfolgten ihn bis in seine Träume. Schreckliche Bilder voller Blut und Gewalt ließen ihn nachts immer wieder aus dem Schlaf schrecken.

Diese Visionen waren so intensiv. So real. Ein Fluch, mit dem er zu kämpfen hatte.

Oder eine Gabe?

Die Zeit heilt alle Wunden, sagt man. Doch bei ihm war es anders. Was früher passiert war, verblasste und verschwand nicht. Nein, die Erinnerungen an das, was er getan hatte, blieben so intensiv, dass er ständig das quälende Gefühl hatte, alles immer und immer wieder zu erleben. Die Trauer um Menschen, die er geliebt hatte, jede Angst, jede Wut und jeder Hass, all das war so präsent, als würde er es in ebendiesem Moment erleben. Der Zorn, die Furcht und die Verachtung, die er damals gespürt hatte, würden ihn bis ans Ende aller Zeiten verfolgen. Sie sammelten sich in seinem Herzen wie das Magma unter einem Vulkan – nur ein Funke und es würde zu einer Explosion kommen.

Er hielt sich nicht für einen besonders schlauen Mann.

Die Welt da draußen und alles, was sie zusammenhielt, war für ihn ein großes Rätsel. Politik, Kunst und die Gesetze des Gemeinwesens interessierten ihn nicht. Aber er wusste, dass er ein gefährlicher Mann war und dass er die Menschen vor sich schützen musste. Deshalb versteckte er sich hier auf dieser Hallig, am Ende der Welt. Alleine mit seinen Dämonen und seinen Albträumen. Keiner ahnte, welche Stürme in seinem Innersten tobten, welche Kämpfe er auszustehen hatte. Hatte er für diese Disziplin nicht etwas Dank verdient? Vielleicht sogar Gnade für seine Sünden?

Denn er war nicht nur ein gefährlicher Mann, er war auch ein Opfer. Er dachte an die zahllosen Demütigungen, die er ertragen musste, und spürte sofort, wie diese elende Hitze sich in seinem Körper ausbreitete. Warum hatte das Leben ihn so gestraft? Wieso hatte er nicht die Liebe leben dürfen, die ihm so viel bedeutet hatte? Warum hatte das Schicksal ihn so unerbittlich in eine dunkle Ecke getrieben?

Für einen kurzen Moment tauchte ihr Gesicht auf, plötzlich, wie eine schillernde Seifenblase. Ihr wunderschönes, engelhaftes Gesicht. Er starrte auf die Weide vor seinem Fenster, deren lange Äste vom Wind fast bis auf den Boden gedrückt wurden, aber in Gedanken war er nur bei ihr. Er lächelte. Sie war die Liebe seines Lebens.

Doch sie hatte ihn abgewiesen. Das durfte er nie vergessen. Dafür hatte er sie bestrafen müssen. Nicht er, sie selbst war schuld an dem, was ihr zugestoßen war. Voller Schmerz und Selbstmitleid schloss er die Augen und versuchte ihr Bild zu verscheuchen. Tränen liefen über sein unrasiertes Gesicht. Um Kontrolle bemüht ballte er seine Hände zu Fäusten und presste sie sich an die Schläfen.

Ein schrilles Geräusch riss ihn aus seinen düsteren Gedanken. Der verwehte Schrei einer Möwe, dachte er. Doch dann erkannte er, dass es nur das verrostete Scharnier der

Gartenpforte war. Benommen bemühte er sich wieder in das Hier und Jetzt zurückzukehren. Er atmete tief durch. Dann beugte er sich näher ans Fenster, um zu sehen, wer bei diesem Wetter vor der Tür stand.

Es war Swantje.

51

Etwa zwei Stunden, nachdem er das Restaurant »Op de Diek« verlassen hatte, setzte Krumme seine Füße wieder auf die Hallig. Die Fähre von Nordstrand hatte schon abgelegt. Also hatten Mannsen und Harke ihn nach Schlüttsiel gebracht, einem kleinen Hafen zwischen Husum und Dagebüll, eigentlich nur ein Anleger auf der Seeseite des Deichs vor dem Hauke-Haien-Koog.

Auf der Fahrt entlang der Küste hatte Krumme auf dem Rücksitz von Mannsens Volvo mehrere Telefongespräche geführt. Zunächst hatte er seinen Kollegen – und einzigen echten Freund – von der Neuköllner Kripo, Kriminalhauptkommissar Jahnke, angerufen und ihm von seiner Theorie berichtet. Jahnke war nicht wirklich überzeugt gewesen, hatte aber schließlich versprochen, nach den von Krumme gewünschten Unterlagen zu schauen – obwohl es Sonntag war und er mit seiner Frau eigentlich zum Kaffeetrinken zur Schwägerin nach Rüdersdorf fahren wollte.

Ein zweiter Anruf beim Polizeipräsidium in Husum war weniger erfolgreich gewesen. Der zuständige Dienststellenleiter war auf einer Familienfeier. Seinen Vertreter beeindruckte Krummes noch etwas schwammig formulierter Verdacht wenig. Und dass er an einem stürmischen Sonntagnachmittag quasi Anordnungen eines unbekannten Kollegen aus Berlin entgegennehmen sollte, gefiel dem Husumer Beamten noch weniger. So dringend schien die Sache ja nun wirklich nicht zu sein. Am Ende versprach er lediglich, eine Notiz zu machen und seinem Vorgesetzten auf den Tisch zu legen.

So oder so – Krumme wollte zurück auf die Hallig, egal wie schlecht das Wetter war. Nachdem er Mannsen von seinem Verdacht erzählt hatte, wollte der ihn zunächst sogar begleiten, musste dann aber wegen eines Notfalls – eine Schlägerei auf einem Dorffest in Leck – zurück zu seiner Dienststelle in Bredstedt.

Kein Problem für Krumme. Er versprach sich so bald wie möglich zu melden. Vorerst wollte er die offenen Fragen vor Ort alleine klären. Noch mehr Polizei auf der Hallig hätte die Sache nur komplizierter gemacht.

Die Überfahrt mit der letzten Fähre war noch viel stürmischer als die Fahrt nach Nordstrand, obwohl das Schiff größer war als die *Adler Express* und sogar Autos transportierte. Während der gesamten Fahrt klammerte Krumme sich nervös an einem Tisch fest. Trotzdem hatte er den Eindruck, dass sich seine Seekrankheit dieses Mal in Grenzen hielt. Vielleicht gewöhnte er sich ja langsam an die hohen Wellen. Vielleicht lag es aber auch daran, dass er in Gedanken ganz woanders war.

Außer ihm waren nur einige wenige Gäste an Bord. Der Kapitän höchstpersönlich kam zu ihm und erkundigte sich, ob er denn wirklich sicher sei, auf Hooge aussteigen zu wollen. Schließlich stand eine Sturmflut unmittelbar bevor, und es ließ sich nicht vorhersagen, wann wieder eine Fähre an der Hallig würde anlegen können. Wenn Krumme Pech hatte, saß er ein paar Tage auf Hooge fest.

Mehrmals versuchte Krumme auch Swantje zu sprechen. Wirklich ärgerlich, dass sie kein Handy dabeihatte, im Haus ihrer Mutter war sie auch nicht zu erreichen. Und dann war sein Handyakku plötzlich leer. Krumme verfluchte sich, weil er nicht darauf geachtet hatte. Er öffnete seinen Koffer und kramte nach dem Ladegerät, bis ihm einfiel, dass er es zuletzt im Fernsehraum des »Hus Adams« in die Steckdose gesteckt und offenbar dort vergessen hatte. Mist! Aber dorthin wollte er auf keinen Fall zurück.

Auf Hooge angekommen ging er direkt an der Backenswarft vorbei zur Hanswarft. Auf der Hallig herrschte eine seltsame Stimmung. Der Wind war immer stürmischer geworden, und das tosende Meer ließ erste Wellen über den Seedeich schwappen. Die Priele liefen voll und überschwemmten bereits einzelne Wiesen. Krumme spürte eine gewisse Beklemmung. Sollte sich das alles, die grünen Felder, die Wege und Straßen tatsächlich bald unterhalb der Wasseroberfläche befinden? Er fühlte sich wie in einem Endzeitfilm, so als stünde die Apokalypse unmittelbar bevor.

Die Einwohner der Hallig schienen das anders zu sehen. Von Angst oder Beklemmung keine Spur. Als er die Warft nach einem langen stürmischen Spaziergang erreicht hatte, konnte er beobachten, wie sich die Bewohner ohne Hast auf die Flut vorbereiteten. Das Vieh wurde von den Weiden getrieben und auf der Warft in Sicherheit gebracht, die Häuser und alles, was wegtreiben könnte, wurde gegen das Wasser und den Sturm gesichert. Jeder half jedem, geschäftiges Treiben überall. Kinder spielten kreischend vor Freude in den immer größer werdenden Pfützen, während ihre Eltern mit Bierflaschen in der Hand gutgelaunt dem steigenden Meer zuprosteten.

Ein seltsames Völkchen, diese Halliglüüd, dachte Krumme nicht zum ersten Mal, während er seinen quietschenden Koffer über die kleinen Wege der Warft zog. Endlich hatte er sein Ziel erreicht: das Haus von Swantjes Mutter.

Die Tür war nur angelehnt. Was in Berlin ein Alarmsignal gewesen wäre, war hier auf der Hallig, wo jeder jeden kannte, völlig normal. Verschlossen wurden Türen selten, netter

Besuch war stets willkommen. Trotzdem entschied Krumme, lieber erst einmal zu klingeln. Kurz darauf erschien Swantjes Mutter in einer bunt geblümten Schürze, die Beine steckten in gelben Gummistiefeln. Sie hatte das gleiche volle blonde Haar wie ihre Tochter, wenn auch mittlerweile von Grau durchzogen, war aber deutlich kleiner als Swantje.

»Ja?« Sie beäugte Krumme misstrauisch.

»Guten Tag, Frau Holdt«, sagte er und lächelte höflich. Das friesische »Moin« wollte ihm immer noch nicht so recht über die Lippen kommen. »Mein Name ist Theo Krumme, ich wollte zu Ihrer Tochter.«

Frau Holdts Miene erhellte sich. »Ah, Sie sind der Kommissar aus Berlin, von dem Swantje mir erzählt hat. Sie haben angerufen.« Sie zeigte zu dem kleinen Anrufbeantworter, der auf einem kleinen Holztisch im Flur stand. »Ich habe versucht, Sie zurückzurufen, konnte Sie aber nicht erreichen.«

Er zuckte die Achseln. »Mein Handyakku ist leider leer.«

»Ja, diese moderne Technik taugt nichts.« Sie machte einen Schritt zur Seite und bedeutete ihm einzutreten. »Swantje hat gemeint, Sie wären schon auf dem Weg zurück nach Berlin.«

»Ich habe es mir noch mal anders überlegt. Kann ich Swantje vielleicht kurz sprechen?«

Frau Holdt zuckte die Achseln. »Tut mir leid, ich habe keine Ahnung, wo sie ist.«

Krumme horchte nervös auf. »Hat sie gar nichts gesagt?«

»Nein. Ich nehme mal an, sie hilft einem ihrer Freunde, die Warft sturmfertig zu machen.«

Er nickte nur nachdenklich.

»Ist denn irgendwas passiert?«, erkundigte sie sich besorgt.

»Nein, nein, keine Sorge«, beschwichtigte Krumme. »Ich wollte mich bloß kurz mit Ihrer Tochter unterhalten.«

Sie deutete auf seinen Koffer. »Suchen Sie eine neue Bleibe?«

Daran hatte Krumme noch gar nicht gedacht. Frau Holdt bedauerte, dass sie selbst keine Gästezimmer hatte, empfahl ihm aber die kleine Pension ihrer guten Freundin Leevke. Er verabschiedete sich und machte sich auf den Weg zu dem Haus, das sich genau auf der anderen Seite der Warft befand. Dort ein Zimmer zu bekommen war kein Problem, die meisten Gäste waren vor dem Unwetter zurück aufs Festland geflüchtet.

Swantjes Mutter hatte Krummes Kommen schon angekündigt. Leevke Ehlers, eine gemütliche Mittfünfzigerin mit munteren braunen Augen, begrüßte den längst zu lokaler Berühmtheit gelangten »Herrn Kommissar« freundlich und hatte sogar ein passendes Handyladekabel parat. (»Sie glauben ja nicht, wat die Lüüd all vergessen.«) Nachdem Krumme den Koffer verstaut hatte, schloss er sein Handy an die Steckdose an und beschloss, sich ein bisschen auf der Warft umzuschauen. Vielleicht war Swantje ja tatsächlich bei ihren alten Freunden. Er fragte Frau Ehlers nach der Adresse von Birte und Andreas.

Die beiden wohnten in einem recht großen Hof, der – wie alle Häuser auf der Warft – nur wenige Schritte entfernt lag. Als Krumme sich auf den Weg machte, kam ihm Birte zufällig auf halber Strecke entgegen. Die kleine Ida trug sie in einem Gurt vor dem Bauch. Trotz des schlechten Wetters schien sie blendende Laune zu haben, doch als sie erkannte, wer ihr da entgegenkam, fielen ihre Mundwinkel sofort nach unten.

»Moin, Herr Kommissar, wie schön Sie wiederzusehen«, sagte sie mit säuerlicher Miene.

Krumme lächelte gequält. Wieso nannte ihn bloß keiner bei seinem Namen?

»Ich dachte, ich mach noch einen Spaziergang, bevor die Welt untergeht.« Er grinste schief und warf dann einen freundlichen Blick auf das schlafende Baby.

»Ach was, Tüdelkram! ›Land unter‹ haben wir jedes Jahr fünf oder sechs Mal. Für uns ist das nichts Besonderes.«

»Dann muss ich also keine Angst haben?«

Birte schüttelte den Kopf. »Machen Sie es sich einfach in Ihrem Zimmer gemütlich, und lesen Sie ein gutes Buch. Morgen ist der ganze Spuk vielleicht schon wieder vorbei.«

Er nickte. »Treibt sich Swantje denn hier auch irgendwo herum?«

Sofort verfinsterte sich Birtes Blick. »Sagen Sie bloß, Sie haben sie verloren? Ich denke, Sie ermitteln zusammen?«, spöttelte sie.

»Hilft sie auch bei den Vorbereitungen für die Flut?« Krumme hatte keine Lust auf Birtes Anspielungen einzugehen.

»Keine Ahnung, ich habe sie heute noch nicht gesehen.«

»Meinen Sie, Ihr Mann könnte etwas wissen?«

Krumme konnte spüren, wie die Temperatur augenblicklich unter den Gefrierpunkt sank.

»Andy? Wieso sollte er?«

»Die beiden sind schließlich auch befreundet, oder nicht?«

»Andy ist auf der Ockenswarft und hilft, das Vieh in Sicherheit zu bringen. Hab gerade mit ihm telefoniert. Von Swantje hat er nichts erzählt.«

Krumme nickte. Für einen Moment trat eine unangenehme Stille ein, während der Wind laut in der Eiche über ihnen rauschte und Birte ihn weiter aufmerksam musterte.

»Na ja, dann gucke ich mal, ob ich sie in der ›T-Stube‹ finde.«

»Gute Idee«, sagte Birte, zwang sich zu einem letzten

Lächeln und ging dann weiter. Krumme sah ihr hinterher. Freunde würden sie in diesem Leben nicht mehr werden.

Die »T-Stube« hatte sich zu einem Fluchtpunkt der wenigen Touristen entwickelt, die noch auf Hooge ausharrten, und war gleichzeitig ein Markt für neueste Nachrichten für die Einheimischen. Krumme blieb erst einmal am Eingang stehen, um sich zu orientieren.

Die Gaststätte war gut besucht. Auf den ersten Blick entdeckte er viele bekannte Gesichter: Die Mädchen aus dem Biosphärenhaus, die Niederländerinnen aus dem »Hus Adams«, ein paar Halliggäste, denen er auf seinen Spaziergängen begegnet war, und einige wenige Eingeborene.

Aber keine Spur von Swantje.

Auch von ihren Freunden war niemand zu sehen. Krumme holte besorgt Luft. Wo steckte sie nur?

Plötzlich schlug ihm jemand mit Schwung auf den Rücken.

»Ach nee, das gibt's doch nicht! Unser Herr Kommissar! Bist du's wirklich, oder hast du einen Zwillingsbruder?«

Krumme drehte sich um. Vor ihm stand ein verschwitzter, leicht übergewichtiger Mann, der ihn mit glasigen Augen und einer Bierflasche in der Hand angrinste. Gunter.

»Was treibst du denn schon wieder hier?«, fragte er so laut, dass ihn alle im Restaurant hören konnten. »Hast du mich so sehr vermisst?« Gunter lachte dröhnend über seinen eigenen Witz. Krumme zog ihn zur Seite an die kleine Bar.

»Wo ist Swantje?«, fragte er ohne große Einleitung.

Verblüfft sah ihn Gunter an. »Keine Ahnung. Woher soll ich das wissen?«

»Du warst doch zusammen mit ihr beim Anleger.«

Gunter grinste. »Sag bloß, du bist deshalb zurückgekommen? Weil du eifersüchtig auf mich bist?«

Krumme drückte ihn gegen den Tresen. »Schluss jetzt

mit dem dummen Gequatsche! Ich will wissen, wo Swantje steckt«, zischte er.

Überrascht schüttelte Gunter den Kopf. »Keinen Schimmer. Was ist denn verdammt noch mal los?« Er sah Krumme verwirrt an.

»Moin, Herr Kommissar, gerade im Einsatz, oder wie?«, sagte auf einmal eine bekannte joviale Männerstimme. Krumme drehte sich um und erblickte Swantjes Freund Henning. Er war gerade erst in die »T-Stube« gekommen und zog umständlich seine nasse Jacke aus. Auf seinem Gesicht breitete sich ein Grinsen aus, als er Krummes Hände an Gunters Pullover sah.

»He, entspannen Sie sich. Ich kann Ihnen sagen, wohin Swantje gegangen ist.«

52

Swantje drückte die Holzplatte gegen den Zaunpfosten, während er die Schrauben reindrehte.

»Und du meinst wirklich, das hält dicht?«

»Natürlich. Das machen wir immer so. Da kommt kein Tropfen durch!«

»Na schön, es ist euer Haus!«

Fast musste sie schreien, so laut heulte der Wind mittlerweile. Das Meer hatte die Krone des nicht weit vom Haus liegenden Seedeichs fast erreicht. Immer wieder spritzten hohe Brecher hinüber auf die Wiese. Nicht mehr lange und die Hallig verschwand komplett unter Wasser.

Sie sah zu Lars, dem nicht nur der Regen, sondern wohl auch der Schweiß von der Nase tropfte. Die Richterwarft war die kleinste der ganzen Hallig und bestand aus nur einem Hof mit drei Gebäuden, einem Wohn- und einem Lagerhaus und einer kleinen Scheune. Auch wenn Lars Routine darin hatte, die gesamte Warft alleine sturmfertig zu machen, war es doch immer eine Menge Arbeit. Entsprechend dankbar hatte er ihr Angebot, ihm zu helfen, angenommen.

Mit der flachen Hand schlug Lars gegen die Planke. »Fertig, jetzt kann der Sturm kommen!« Er lächelte zufrieden, dann wandte er ihr sein vor Anstrengung gerötetes Gesicht zu: »Na, wie sieht's aus? Einen Lütten zum Aufwärmen?«

»Ich weiß nicht. Vielleicht sollte ich lieber zurück, so lange die Wege noch frei sind.«

»Dauert doch nicht lange.«

Sie sah ihm in die Augen, die voller Wärme und Sehnsucht waren. Sehnsucht nach ihr. Sie wusste, dass er für sie schwärmte, schon seit sie gemeinsam als kleine Kinder über die Hallig getollt waren.

»Na gut«, sie nickte. »Ein kleiner Schnaps sollte noch drin sein.«

Lars' Vater Geert saß im Wohnzimmer in seinem Rollstuhl vor dem flimmernden Fernseher. Wie immer lief N3, das Regionalfernsehen des NDR. Dinge, die außerhalb der friesischen Grenzen passierten, interessierten Geert nicht. Als sie näherkamen, bemerkten sie, dass er eingeschlafen war. Swantje beobachtete gerührt, wie Lars den Fernseher ausstellte und seinen Vater vorsichtig weckte, um ihn in sein Bett zu bringen. Sie wollte den beiden zur Hand gehen, doch Lars versicherte ihr, dass sie alleine klarkämen.

Nach einer Weile kam er aus Geerts Zimmer geschlichen, das sich direkt neben dem Wohnzimmer befand.

»Er ist sofort wieder eingeschlafen«, sagte er leise.

Kurz darauf saßen er und Swantje in der kleinen braun gekachelten Küche. Auf den Fliesen oberhalb der Spüle klebten bunte Pril-Blumen.

»Vielen Dank, dass du mir mit dem Zaun geholfen hast«, sagte Lars, während er ihnen Sanddornschnaps eingoss.

»Na ja, das hättest du doch auch alleine hinbekommen.« Sie stießen an und tranken. Der Alkohol brannte in Swantjes Kehle, kurz darauf breitete sich eine angenehme Wärme in ihrem Magen aus.

»Aber so hat es sogar Spaß gemacht.« Lars schenkte ihr ein scheues Lächeln. Verlegen wandte sie den Blick ab und sah aus dem Fenster. Mittlerweile rasten schwarze Wolken über den grau marmorierten Himmel. Der Wind heulte um das Haus und rüttelte an den Fenstern.

»Wird ganz schön heftig, heute Nacht«, sagte Swantje.

»Ach was.« Lars winkte ab. »Du warst zu lange nicht mehr hier. Das ist doch nur eine kleine Brise.«

»Vielleicht hast du Recht. Drei Jahre ohne Meer sind eine lange Zeit.«

»Aber jetzt bist du ja da.«

Swantje schob das Glas zwischen ihren Händen hin und her. »Nicht mehr lange. Sobald die Fähren wieder fahren, bin ich weg.«

Lars wollte gerade nachgießen, hielt jetzt aber erschrocken inne. »Schon? Ich dachte, du bleibst noch!«

Sie schüttelte den Kopf und strich nachdenklich mit dem Finger über den Glasrand. »Nein. Und ehrlich gesagt, glaube ich auch nicht, dass ich noch mal wiederkomme.«

»Was? Du willst für immer gehen?«

Sie lächelte. Lars' Reaktion rührte sie. Doch ihr Lächeln erlosch, als sie sein erstarrtes Gesicht sah, aus dem alle Farbe gewichen war. Bildete sie sich das nur ein, oder zitterte auf einmal seine Hand?

»Ich werde die Hallig und das Wattenmeer nie vergessen«, sagte sie leise. »Aber jetzt habe ich ein neues Leben. In Marburg.«

»Das kannst du nicht machen.« Seine Stimme klang belegt.

»Ich habe mich schon entschieden.«

»Aber … wir brauchen dich doch, Swantje.«

»Wer denn? Ich habe nicht den Eindruck, dass mich hier irgendwer vermissen wird.«

»Ich. Ich werde dich vermissen«, stieß Lars hervor und senkte sofort den Blick. So weit hatte er sich noch nie vorgewagt. »Ich will nicht, dass du gehst«, ergänzte er leise.

Sie lächelte. »Ach, Lars, du bist süß, wirklich. Aber so ist das nun mal im Leben, manchmal muss man sich für etwas Neues entscheiden, sonst tritt man endlos auf der Stelle.«

Gedankenverloren trommelte sie mit den Fingern auf die Tischkante. »Und hier ist meine Zeit zu Ende. Mit Marc wäre es vielleicht noch so etwas wie ... ja, wie ein Neustart gewesen. Aber ohne ihn ...« Sie schwieg.

Lars betrachtete sie mit regloser Miene. Mit seinen zusammengepressten Lippen und der gerunzelten Stirn erinnerte er sie plötzlich an eine Wachspuppe. Überrascht spürte Swantje, dass sich ihre Nackenhärchen aufrichteten. Hatte sie etwa Angst? Vor Lars? Gleichzeitig ärgerte sie sich über ihre eigene Gedankenlosigkeit. Gegenüber ihrem alten Freund war Marc immer ein sensibles Thema gewesen.

»Lars, wo bist du?!«, brüllte auf einmal Geert aus seinem Zimmer. Swantje zuckte zusammen.

»Moment«, sagte Lars tonlos und dann an Swantje gewandt: »Lauf nicht weg, bin gleich wieder da.« Er stand auf und ließ sie alleine in der Küche zurück.

Sie atmete aus und blickte wieder aus dem Fenster. Im seltsam leuchtenden Dämmerlicht konnte sie sehen, wie die Wellen sich am Seedeich brachen. Es wurde Zeit zu gehen. Ohnehin hatte sie den Eindruck, dass ein schneller Abschied das Beste war. Was gab es denn auch noch mehr zu sagen? Schluss mit der Vergangenheit und der ständigen Trauer um Marc. Sie würde nach Marburg zurückgehen, die Entscheidung war gefallen. Sie ertrug Lars' traurigen Dackelblick nicht länger.

Bevor sie aufbrach, musste sie aber unbedingt noch zur Toilette. Swantje kannte sich hier genauso gut aus wie in ihrem eigenen Zuhause auf der Hanswarft. Sie stand auf und trat aus der Küche hinaus in den langen dunklen Flur, an dessen Ende sich das Badezimmer befand. Dort musste ein Fenster offen stehen, sie konnte spüren, wie der Wind sich kalt in das Haus hineintastete. Gedämpft hörte sie, wie Geert seinem Sohn eine Standpauke hielt. Offensichtlich war er sauer, dass er noch kein Abendbrot bekommen hatte. Armer Lars, dachte sie. Während sie und die anderen aus der Clique ihr Leben lebten, wohnte er weiter hier auf der Richterwarft und kümmerte sich um seinen schwerbehinderten Vater.

Auf Socken tapste sie durch den kalten Flur – und stieß mit der Schulter versehentlich gegen die nur angelehnte Tür eines Wandschranks, worauf ein Stapel Handtücher zu Boden fiel. Sie fluchte leise. Hastig sammelte sie die Tücher auf und stopfte sie zurück in den Schrank. Sie rochen muffig, nach Alter und Vergänglichkeit. Swantje verzog das Gesicht und mochte sich lieber nicht vorstellen, eines dieser Handtücher zu benutzen. Sie wollte gerade weiterlaufen, als sie stutzte, zurück zum Schrank ging und noch einmal hineinspähte.

Aus den Augenwinkeln hatte sie es weiß leuchten sehen. Ein Stück Stoff, das aus einem Kleiderberg hing. Wie in Trance bückte sie sich und zog unter einem Haufen schmutziger Wäsche einen Pullover heraus.

Marcs Pullover.

Kein Zweifel. Sie erkannte ihn sofort. Der eingerissene Kragen. Die Kordel, die auf der rechten Seite nicht mehr zu sehen war. Die Aufschrift »Penn State«. Der weiche Stoff. Mit tauben Fingern hielt sie ihn sich ans Gesicht. Wie oft hatte sie ihren Kopf darangekuschelt! Sie konnte sich noch gut an seinen Geruch nach Limonen und Frühling erinnern, ein Duft wie ein Versprechen auf ein neues Leben an Marcs Seite. Jetzt roch er anders. Alt und abgestanden, wie das ganze Haus. Aber es war Marcs Pullover. Der Pullover, den er in der Nacht vor drei Jahren getragen hatte. In der Nacht, in der er für immer aus ihrem Leben verschwunden war.

Sie zitterte, und das lag nicht an dem kalten Boden. Ihr Herz schlug ihr bis in den Kopf. Ein leises, aber kräftiges Hämmern, das alles übertönte.

Lars? Nein, das konnte doch nicht sein …

Für einen kurzen Moment wurde ihr schwarz vor Augen. Ächzend hielt sie sich an der Schranktür fest. Schweißperlen standen ihr auf der Stirn.

In ihrem Rücken hörte sie noch immer Geerts Schimpftiraden, der seinem Sohn befahl, die gegen die Wand schlagenden Fensterläden zu befestigen. Lars versprach, sich darum zu kümmern. Vorher wollte er seinem Vater noch einen Tee mit einem Schuss Rum aus der Küche holen.

Fieberhaft überlegte Swantje, was sie tun sollte. Jetzt musste sie sich schnell entscheiden, sie hörte schon Lars' Schritte auf den alten Holzdielen, gleich würde er in den Flur treten ...

Mit einem Sprung rettete sie sich in die Toilette und zog hastig die Tür hinter sich zu. Zitternd setzte sie sich auf den geschlossenen Klodeckel und lauschte angespannt auf die Geräusche aus dem Haus. Erst jetzt bemerkte sie, dass sie Marcs Pullover noch immer in der Hand hielt.

Schritte. Dann wurde die knarrende Küchentür geöffnet. Irritiert rief Lars mehrmals ihren Namen. Wieder das Türknarren, schließlich hörte sie, wie er zurück in den Flur trat und näher kam.

»Swantje?« Er klopfte an die Badezimmertür.

»Ja?«, hauchte sie atemlos.

»Hier steckst du. Entschuldige, aber ich hab gerade gesehen, dass die Straße schon überflutet ist. Ich glaube, du solltest heute Nacht besser hierbleiben.«

Nein, dachte sie, auf keinen Fall! Ich muss unbedingt weg! Sofort!

»Ich ... ich komme gleich«, stammelte sie. Sie schluckte, hatte das Gefühl, keine Luft mehr zu bekommen.

»Alles in Ordnung bei dir?«

»Ja ... ja, alles gut.«

Stille auf der anderen Seite der Tür. Lars schien innezuhalten. Dann hörte sie seine Schritte, die sich den Flur hinunter entfernten. Kurz darauf klirrte Geschirr, und der Wasserhahn rauschte.

Was jetzt? Was sollte sie nur tun? Alles um sie herum schien sich zu drehen. Stimmte es, was Lars gesagt hatte? Saß sie hier wirklich fest? Mit einem leisen Seufzer ließ sie den Kopf hängen und schloss die Augen. In welchem Albtraum war sie bloß gelandet?

Sie musste Hilfe holen, jemanden anrufen, erzählen, was sie entdeckt hatte. Bloß wen? Ihre Mutter? Birte? Keiner würde ihr glauben, dass gerade Lars, die gute Seele der Hallig, etwas mit Marcs Verschwinden zu tun haben sollte. Aber Marcs Pullover ... Lars' merkwürdige Reaktion vorhin, als sie ihm eröffnet hatte, dass sie die Hallig für immer verlassen wollte. Seine Blicke, mit denen er sie und Marc damals bedacht hatte ... Sie bekam eine Gänsehaut. Womöglich ... hatte Lars ihn sogar umgebracht? Bei dem Gedanken musste selbst Swantje ungläubig den Kopf schütteln. Aber wie kam dann der Pullover in Lars' Schrank? Tränen liefen ihr über das Gesicht. Sie war unfähig, klar zu denken.

Ihr fiel die Visitenkarte ein, die ihr der Kommissar am Anleger zugesteckt hatte. Sie musste ihn anrufen, sofort. Krumme wüsste, was sie zu tun hatte. Sie schniefte leise und wischte sich mit dem Ärmel ihres Pullovers die Tränen ab. Verdammt! Wie hatte sie nur ihr Handy in Marburg vergessen können?!

Fieberhaft überlegte sie, wo sich hier im Haus ein Telefon befand. Im Wohnzimmer. Das lag neben Geerts Zimmer und neben der Küche. Nein, dorthin konnte sie jetzt auf keinen Fall!

Dann erinnerte sie sich an das Telefon in Lars' Zimmer. Es befand sich auf der anderen Flurseite, nur ein paar Meter von ihr entfernt.

Jetzt oder nie. Sie holte tief Luft und versuchte, ihren rasenden Puls zu beruhigen. Schließlich stand sie leise auf, öffnete vorsichtig die Toilettentür und huschte wie ein Gespenst mit ein paar schnellen Schritten hinüber in Lars' Zimmer.

Zum Glück war es draußen noch nicht völlig dunkel. Das fahle Licht der Dämmerung reichte ihr.

Sie konnte sich kaum erinnern, wann sie das letzte Mal hier gewesen war. Als Teenager? Das Zimmer war ein einziges Chaos. Alte Socken, Unterhosen und zerknitterte T-Shirts – Lars' Klamotten lagen überall, auf dem Boden, dem Schreibtischstuhl, dem ungemachten Bett. Auf dem Tisch standen um den alten Computer herum halbleere Cola- und Bierflaschen. Daneben lagen Kuchenreste und offene Chipstüten. Über allem hing ein beißender Schweißgeruch.

Aber keine Spur von einem Telefon.

Mit wachsender Verzweiflung kramte Swantje in den Wäschebergen, hob die klamme Bettdecke an und suchte den Fußboden ab. Nichts. Ihr Blick fiel auf einen Ikea-Hängeschrank aus Presspappe direkt über dem Schreibtisch. Swantje zog die nur angelehnte Klappe auf – und erstarrte.

Sie stand vor einem Altar.

Das Innere des Schranks war über und über mit Fotos beklebt. Fotos von ihr. Bilder aus der gemeinsamen Schulzeit, von Klassenfahrten und Partys. Sie, lachend neben ihren Freunden. Neuere Aufnahmen beim Baden, beim Grillen, auf der Pferdekutsche. In der Mitte des Fachs stand vor einer dicken Kerze offenbar Lars' größter Schatz, ein Foto, das Swantje auf einer Segeljacht in ihrem rotgepunkteten Lieblingsbikini zeigte, braun gebrannt, mit vom Wind zerzausten Haaren stand sie neben der Reling und grinste fröhlich in die Kamera.

Ihr wurde schwindelig. War sie wirklich so blind gewesen? Sie hatte immer gewusst, dass Lars sie besonders gerne mochte. Aber doch auf eine harmlose Weise. Ein bisschen Schwärmerei, nichts Ernstes. Jetzt erkannte sie, dass sie sich getäuscht hatte. Verstört betrachtete sie die Fotos. Auf einige hatte Lars wie ein kleines Kind mit einem Filzstift zusätzliche Details gemalt, eine spinnenartige Sonne, Sterne und krakelige Blumen. Kleine Harken am Himmel sollten wohl wie Möwen aussehen. Auf ein Bild, das sie und ihre Freunde beim Baden zeigte, hatte er mehrere Smileys mit verdrehten Augen geschmiert. Ein Foto musste ganz neu und mit einem Teleobjektiv gemacht worden sein. Es zeigte sie mit dem Kommissar am Hafen. Lars hatte Krummes Gesicht mit einem Kugelschreiber durchgestrichen, so heftig, dass das Foto an der Stelle ein kleines Loch hatte. Swantje schüttelte entsetzt den Kopf. Sie blickte in das Hirn eines Verrückten.

Lars selbst war nur auf wenigen Aufnahmen zu sehen. Entweder, weil er selbst hinter der Kamera stand oder weil er sich auf Gruppenbildern schüchtern in den Hintergrund drückte. Sie kniff die Augen zusammen und konnte erkennen, wie er sie auf einem Foto aus der Distanz mit verklärtem Blick anhimmelte.

Eine andere Person fehlte auf den Fotos: Marc.

Dabei wusste sie, dass er auf den neueren Aufnahmen zu sehen sein musste. Erst jetzt bemerkte sie, dass Lars ihn aus einigen Bildern herausgerissen hatte. Auf einem konnte sie noch seine Beine sehen. Aber Kopf und Oberkörper fehlten. Auf einem anderen, das die ganze Clique vor einem Pferdewagen zeigte, hatte Lars Marcs Kopf, ähnlich wie den von Krumme auf dem anderen Foto, mit einem Filzstift unkenntlich gemacht.

Swantje vergrub ihr Gesicht in ihren Händen. Was für ein Albtraum! Und dabei dachte sie nicht mal nur an ihre eigene, momentane Situation. Sondern an Lars' unerfüllte Liebe. Hatte die Sehnsucht ihn zu dem gemacht, was er heute war? Ein Verrückter, ein Psychopath, der sich hinter einer freundlich-schüchternen Fassade versteckte?

Ein leises Knarren ließ sie herumfahren.

Lars stand direkt hinter ihr, er war unbemerkt von ihr ins Zimmer gekommen.

»Hallo, ich …«, stotterte sie ertappt, immer noch mit Marcs Pullover in der Hand.

»Tut mir leid. Ich wollte dich nicht stören«, sagte Lars. Doch der kalte Blick, mit dem er sie ansah, ließ ihr das Blut in den Adern gefrieren. Sie hatte nicht den Eindruck, dass er irgendetwas bereute.

53

Für einen endlos langen Moment schwiegen beide. Draußen war es mittlerweile dunkel geworden. Eine Laterne, die vor dem Eingang zur Warft stand, hatte sich eingeschaltet. Im immer stärker werdenden Sturm schwankte sie bedrohlich hin und her, ihr Licht fiel ins Zimmer und warf zuckende Schatten.

Lars hielt das Telefon, das Swantje gesucht hatte, in die Höhe. »Ich dachte, du möchtest vielleicht deiner Mutter Bescheid sagen, wo du bist«, sagte er mit tonloser Stimme. Swantje versuchte in seiner starren Miene den alten Lars wiederzuerkennen, den Lars, den sie wie einen Bruder liebte. Doch so, wie er sie jetzt im Halbdunkel ansah, hatte sie das Gefühl, einen völlig Fremden vor sich zu haben.

»Lars ...« Sie suchte verzweifelt nach den richtigen Worten. »Was ... was soll das alles?«

Er zuckte nur kaum merklich mit den Schultern.

»Warum hast du mir nie gesagt, was du für mich ...?« Sie stockte, weil ihr klar wurde, wie dumm ihre Frage war. »Warst du das? Hast du mich in den letzten Tagen heimlich beobachtet?«, fragte sie stattdessen mit zitternder Stimme.

Lars drückte die Lippen zu einem scheuen Lächeln zusammen und schwieg.

Sie seufzte, blickte wieder auf die Fotos und blieb bei dem hängen, auf dem nur noch Marcs Beine zu sehen waren.

»Was hast du mit ihm gemacht?«, fragte sie leise, ohne Lars dabei anzusehen. »Was hast du mit Marc gemacht?«

»Er war nicht der Richtige für dich.«

Sie spürte, wie ihr wieder Tränen über die Wangen liefen. Langsam drehte sie sich zu ihm um.

»Dein Marc war ein Arschloch.« Seine Miene zeigte keine Regung.

»Und du?« Sie schluckte. »Was bist du?«

Er legte die Stirn in Falten, schien zu überlegen.

»Ich bin der Einzige, der dich immer geliebt hat.«

»Marc hat mich auch geliebt. Und ich ihn!«

»Nein!«, fauchte er auf einmal mit einer Verachtung, die ihr einen Schauer über den Rücken jagte. »Er hat dich niemals geliebt. Er hat doch noch nicht mal gewusst, was das ist: Liebe.«

Sie trat einen Schritt zurück, weg von ihm. »Lars, du machst mir Angst. Ich hab das Gefühl, dass ich dich überhaupt nicht mehr kenne.«

»Du musst keine Angst vor mir haben«, sagte er und zeigte ihr ein schiefes Grinsen. »Ich könnte dir nie etwas antun, Swantje. Niemals!«

Sein Blick saugte sich an ihrem Gesicht fest, schien wie der eines jungen Hundes um Liebe und Zuneigung zu betteln. Aber jetzt wusste sie, dass das nur eine Maske war. Dieser Lars hier war nicht der nette Freund, für den sie ihn immer gehalten hatte. Swantje entzog sich seinem Blick und sah verzweifelt zu Boden.

Lars spürte die Zurückweisung. Sofort fror seine Miene ein.

»Er wäre nicht gut für dich gewesen«, presste er zwischen den Zähnen hervor und schaute an ihr vorbei zu den Fotos im Wandschrank.

»Was ... Was hast du mit Marc gemacht?!«, flüsterte sie voller Angst vor seiner Antwort.

Mit leerem Blick starrte Lars sie an, dann sah er zum

Fenster hinaus in die Nacht. Das dunkle Brausen des Windes und das Rauschen der See waren ganz nah. Aber für Swantje herrschte auf einmal eine lähmende Stille.

»Er hat gelacht. Er hat uns alle ausgelacht«, sagte er leise.

»Und deshalb hast du ihn umgebracht, du ... du Monster?« Ihr entfuhr ein wütendes Schluchzen.

Jetzt sah er wieder zu ihr und legte den Kopf schief.

»Aber ich habe ihn nicht umgebracht.« Er wirkte überrascht und schien sich zu fragen, wie Swantje auf eine so dumme Idee kommen konnte. Sie blickte in seine ausdruckslosen Augen, in denen sich das Licht der Straßenlaterne spiegelte. Lars war verrückt, völlig durchgeknallt, wahnsinnig. Und all die Jahre hatte sie es nicht gemerkt.

»Bitte, sag mir endlich die Wahrheit! Was ist damals passiert?«

Doch statt einer Antwort lächelte er nur.

Plötzlich wurde die Stille durchbrochen durch das schrille Klingeln des Telefons, das er noch immer in der Hand hielt. Während Swantje mit einem leisen Aufschrei erschrocken zusammenzuckte, blickte er nur verblüfft auf seine Hand und betrachtete den Apparat wie jemand, der noch nie in seinem Leben ein Telefon gesehen hatte. Erst beim dritten Klingeln reagierte er, ging ran und meldete sich mit seinem Namen.

Er lauschte einen Moment, runzelte die Stirn und nickte dann. Swantje konnte nicht glauben, was sie sah. Von einer Sekunde auf die andere war der wahnsinnige Lars verschwunden. Er war wieder ganz ihr alter Freund: schüchtern, zurückhaltend, höflich. Nur in seinen Augen loderte weiter dieses seltsame Feuer, das sie all die Jahre noch nie bei ihm gesehen hatte.

»Ja, die ist hier«, sagte Lars ins Telefon. »Hat mir geholfen, den Einkauf nach Hause zu bringen. Und dann haben wir hier noch ein paar Bretter festgeschraubt ... Sehr lieb, das ist sie wirklich ... Ja, Schietwetter, aber hier kann uns ja nichts passieren.« Er zwinkerte Swantje vertraulich zu, so als hätte es das Gespräch über Marc nie gegeben. Schließlich hielt er ihr den Hörer hin.

»Für dich, der Herr Kommissar«, erklärte er.

Swantje starrte ihn ungläubig an.

»Der ... Kommissar?«, wiederholte sie fassungslos. Was passierte hier? Wurde sie langsam selbst verrückt?

»Er möchte kurz mit dir sprechen«, sagte Lars jetzt langsam, ohne zu lächeln. Dabei sah er ihr wieder tief in die Augen. Mit zitternder Hand griff Swantje nach dem Telefon und konnte dabei den Blick nicht von seinem Gesicht nehmen. Er lehnte sich zu ihr herüber, um mitzuhören. Swantje spürte Übelkeit aufsteigen, als sie seinen schwitzenden Kopf direkt neben ihrem spürte.

»Hallo?«, hauchte sie in den Hörer.

»Hallo, Swantje, hier ist Theo Krumme«, hörte sie die tiefe, warme Stimme des Kommissars. »Ich sitze hier mit Ihrem Freund Henning zusammen in der ›T-Stube‹, und wir haben gerade über Sie gesprochen. Ich wollte nur wissen, wo Sie sich bei diesem Wetter herumtreiben.«

»Ich ... aber ich dachte, Sie sind schon wieder auf dem Weg nach Berlin?«

»Hab's mir doch anders überlegt. ›Land unter‹ auf einer Hallig, das muss man schließlich mal erlebt haben.«

»Ich dachte, Sie haben Angst vor dem Wasser?«

»Schon. Aber wie mir hier alle versichern, kann auf so einer Warft gar nichts passieren.«

Swantje lächelte unsicher. Was für eine unwirkliche Situation, sie machte Smalltalk mit einem Polizeikommissar, während der Kopf eines Psychopathen nur Zentimeter von ihrem eigenen entfernt war. Und von draußen konnte sie hören, wie gerade die Welt unterging und der Sturm an dem alten Haus zerrte.

»Swantje? Sind Sie noch da?«

»Ja. Ja, bin ich.« Sie überlegte fieberhaft. Wie konnte sie dem Kommissar klarmachen, was hier gerade passierte, in welcher Gefahr sie womöglich schwebte? Lars schien ihren inneren Kampf zu erahnen. Scheinbar gedankenverloren hatte er nach einer Schere gegriffen und drückte die scharfe Spitze gegen seinen Zeigefinger. Ein dicker Blutstropfen quoll augenblicklich hervor. Er saugte an seinem Finger, dann sah er sie wieder mit seinem leeren Blick an.

»Swantje, geht es Ihnen gut?«, fragte Krumme.

»Ja, doch, alles gut. Ich komme wohl gleich zurück auf die Hanswarft.«

Lars schüttelte langsam, aber entschlossen den Kopf.

»Obwohl …« Swantje holte tief Luft. »Wenn ich so aus dem Fenster schaue, ist das wahrscheinlich doch keine so gute Idee. Vielleicht bleibe ich lieber über Nacht hier.«

Lars nickte zufrieden. Wieder lief ihr ein kalter Schauer über den Rücken. Ihre zitternden Finger konnten den Hörer kaum halten.

»Ist Lars noch bei Ihnen?«

»Ja …«

»Und es ist wirklich alles in Ordnung? Oder haben Sie doch Probleme mit … dem Wetter?«

Er ahnte, dass etwas nicht stimmte. Aber was konnte sie ihm denn unter diesen Umständen sagen? Nichts!

»Ja, das … das Wetter ist nicht schön. Aber so schlimm auch wieder nicht. Wir haben hier alles im Griff. Sie müssen sich keine Sorgen machen. Morgen komme ich wieder zurück. Vielleicht auch früher, bei der nächsten Ebbe, wenn die Wege wieder frei sind.«

Krumme schwieg einen Moment, bevor er antwortete.

»Na schön, aber melden Sie sich, wenn Sie wieder bei Ihrer Mutter sind, egal wann. Ich habe jetzt ein Zimmer im Haus Ehlers, hier auf der Hanswarft.«

Sie verabschiedeten sich und beendeten das Gespräch. Als Swantje Lars das schweißnasse Telefon zurückgab, hämmerte ihr Herz so wild, dass ihr das Atmen schwerfiel. Sie spürte, wie ihre Beine nachzugeben drohten. Doch Lars war zufrieden mit ihrem Auftritt.

»Gut gemacht«, sagte er leise und lächelte kalt.

54

»Sie hatte Todesangst!«, sagte Krumme, als er Henning sein Handy zurückgab.

»Also, ich fand, sie klang ganz normal«, meldete sich Gunter mit alkoholschwerer Zunge. Krumme warf ihm einen verächtlichen Blick zu. Wie konnte er den angetüderten Schwätzer bloß loswerden? Auch Henning schien nicht begeistert, dass Gunter sich einfach zu ihnen gesetzt und das Gespräch mit Swantje belauscht hatte.

Mittlerweile war die »T-Stube« nur noch spärlich besucht. Ein paar Gestrandete wie Henning, der ja eigentlich auf Langeneß lebte, am Nachmittag aber noch zusammen mit Andy und anderen Hoogenern eine Baustelle auf der Ockenswarft sturmsicher gemacht hatte. Die Einheimischen waren längst zu Hause bei ihren Lieben.

»Sie hatte Angst«, beharrte Krumme. »Aber was hätte sie auch sagen sollen? Lars stand ja direkt neben ihr.«

»Wovor sollte sie denn Angst haben? Lars ist einer ihrer engsten Freunde.« Henning schüttelte verwirrt den Kopf.

Krumme hatte beschlossen, keinem auf Hooge von seinem ungeheuerlichen Verdacht zu erzählen. Und Swantjes Freunden schon gar nicht. Erst wollte er der Sache auf den Grund gehen. Oder zumindest den Anruf seines Kollegen aus Berlin abwarten.

»Nein, Schluss«, sagte Henning schließlich mit Nachdruck. »Ich weigere mich auf Ihre seltsamen Andeutungen einzugehen. Swantje und Lars kennen sich schon ihr ganzes

Leben. Ich kann nichts Schlimmes daran finden, dass sie bei ihm ist.«

»Sie haben die Angst in ihrer Stimme doch auch gehört?« Krumme hatte Hennings besorgte Miene während des Telefonats genau beobachtet.

»Was soll das alles?« Henning verschränkte die Arme vor der Brust. »Was geht Sie das eigentlich an? Ich dachte, Sie wollten hier nur Ihren Urlaub verbringen?!«

»Ich mache mir bloß Sorgen um Swantje.«

»Das tun wir alle, ob Sie es glauben oder nicht. Was ihr damals passiert ist, ist schrecklich. Kein Wunder, dass sie ein bisschen durch den Wind ist. Aber das wird nicht besser, wenn Sie hier auftauchen und sie noch zusätzlich nervös machen.«

Gunter schien genug von dem Streit zu haben. »Ich geh mal kurz für kleine Königstiger«, verkündete er und stemmte sich vom Tisch hoch. Henning und Krumme sahen ihm kopfschüttelnd hinterher, während er zur Toilette wankte.

»Was für ein Freak!«, murmelte Henning.

Krumme beugte sich nach vorne.

»Ich will hier gar keinen nervös machen. Aber wenn etwas nicht stimmt, muss ich einfach herausfinden, was. Berufskrankheit. Und was diese Nacht vor drei Jahren angeht, da stimmt einiges nicht.«

Henning sah ihn skeptisch an. »Die Polizei hat den Fall doch längst abgeschlossen!«

»Mag sein. Aber da wussten die Kollegen auch nicht, dass es beim Polterabend eine Rangelei zwischen Marc und Andreas gegeben hat, wegen Marcs Plan mit Swantje nach Frankfurt zu ziehen. Und dass Marc am Ende von Andreas niedergeschlagen wurde und im Streit abgehauen ist.«

Henning sah den Kommissar verblüfft an. »Woher …?«

»Das spielt jetzt keine Rolle. Ich habe doch Recht, oder

etwa nicht?« Von Ingas heimlichem Tête-à-tête mit Swantjes Verlobtem verriet Krumme erst einmal nichts.

Nach kurzem Zögern nickte Henning betroffen. »Aber Andy war die ganze Zeit bei uns. Was auch immer Marc zugestoßen ist, er hatte nichts damit zu tun.«

»Aber Lars war zu der Zeit nicht mehr bei Ihnen.«

Henning runzelte die Stirn. Krumme beobachtete ihn ganz genau.

»Nein.« Zwischen Hennings Augenbrauen bildete sich eine steile Falte, er schüttelte langsam den Kopf. »Lars war müde und wollte schon früher ins Bett.«

Krumme nickte nur.

»He, aber das heißt nicht ... Lars hat bestimmt nichts damit zu tun!«, protestierte Henning.

Krumme hob die Hand. »Ganz ruhig. Ich versuche mir nur vorzustellen, was Marc in dieser Nacht vorhatte. Also, nach der Schlägerei mit Andreas ...«

»Das war keine Schlägerei, verdammt!«, unterbrach ihn Henning. »Es war nur ein Schlag, und den hatte der Kerl wirklich verdient.«

»Wie auch immer, ich weiß, dass er gedroht hat, Andreas deshalb anzuzeigen ...«

»Sie wissen ja ziemlich viel ...«

»... aber da der Sendemast der Hallig damals kaputt war, konnte Marc sein Handy nicht benutzen. Wäre es da nicht vorstellbar, dass er, so wütend wie er war, zum nächsten Festnetztelefon gegangen ist. Zu dem Haus, das sich nur ein paar Meter von der Grillstelle entfernt befindet.«

»Die Richterwarft?«

Krumme nickte. Endlich verstand Henning, worauf er hinauswollte.

»Sie meinen, er war bei Lars, um von dort aus die Polizei anzurufen?«

Krumme nickte wieder.

Ungläubig riss Henning die Augen auf. »Und Sie meinen, statt ihm zu helfen, hat Lars ihn um die Ecke gebracht?«

Krumme schwieg, was Antwort genug war.

»So ein Blödsinn! Selbst wenn der Kerl wirklich zu Lars gelaufen ist, warum hätte ausgerechnet der ihm etwas antun sollen?« Er musterte Krumme vorwurfsvoll: »Der gleiche Lars, der Ihnen vor ein paar Tagen das Leben gerettet hat.«

Krumme seufzte leise und nippte an seinem Tee. »Trotzdem würde ich gerne mal mit ihm reden. Und dass ausgerechnet Swantje jetzt bei ihm ist, das ...« Er schüttelte besorgt den Kopf.

Henning sah ihn eine Weile schweigend an. Er blickte zu Gunter, der inzwischen von der Toilette zurückgekehrt war und nun erst einmal an der Bar stand, um sich das nächste Bier zu bestellen. Dann sah er wieder Krumme an.

»Also, ich muss zugeben, ich bin beeindruckt, was Sie alles herausgefunden haben. Aber Sie liegen trotzdem falsch.«

»Hoffentlich.«

»Kommen Sie mal mit, ich will Ihnen was zeigen.«

Henning führte Krumme zu einer Wand neben der Bar, an der Fotos in allen Größen hingen. Sie zeigten die Halligbewohner, beim großen Trachtenfest, dem jährlichen Biikefeuer, bei dem die Geister der kalten Jahreszeit vertrieben wurden, und auf diversen Geburtstagsfeiern. Dazu gab es viele Fotos, auf denen die Halliglüüd in ihrem Alltag und bei der Arbeit zu sehen waren, beim Rasenmähen, Bänke streichen, beim Aufräumen nach einer Sturmflut oder auch bei der Befestigung des Seedeichs.

Krumme holte seine Brille aus der Brusttasche und besah sich die Bilder genauer.

»Sehen Sie, was für eine eingeschworene Gemeinschaft wir sind?«, sagte Henning. »Wir leben und arbeiten am Ende der Welt, auf einem kleinen Stück Land mitten im Meer. Wir halten zusammen, wenn die Flut kommt. Und wenn sich die Nordsee doch wieder ein Stück Land geholt hat, wird gemeinsam alles wieder aufgebaut. So geht das hier schon seit vielen hundert Jahren.«

»Das weiß ich. Ich habe mir auch die Ausstellung im Biosphärenhaus angeschaut.« Krumme hatte keine Ahnung, worauf Henning hinauswollte.

»Schauen Sie mal hier. Und hier. Auf allen Bildern können Sie Lars sehen. Er gehört zu uns, zu unserer Halligfamilie. Lars ist bei allen beliebt, weil er immer freundlich und hilfsbereit ist. Er ist kein Verbrecher. Für ihn würde ich jederzeit meine Hand ins Feuer legen.«

Krumme sah noch einmal genauer hin. Tatsächlich tauchte Lars – wie auch die anderen aus Swantjes Clique – immer wieder auf. Auf einem Bild zeigte er einer Gruppe Touristen die brütenden Ringelgänse, auf einem anderen reparierte er zusammen mit Henning und Andreas einen Dachstuhl, eine etwas vergilbte Aufnahme zeigte ihn zusammen mit Torben am Osterfeuer. Auf einem Schnappschuss vom Hoogener Trachtenfest tanzte er sogar neben Swantje einen traditionellen Volkstanz. Während die anderen Halligbewohner in die Hände klatschten, hielt er sie im Arm und strahlte glücklich.

Gunter, der sich mit seinem frischen Pils zu ihnen gesellt hatte, stieß Krumme in die Seite. »Ich bin da auch drauf.« Er zeigte stolz auf den Hintergrund, wo er zusammen mit ein paar Halligbewohnern dem bunten Treiben auf der Festwiese zuschaute.

»Sehr schön«, erwiderte Krumme und wich zurück. Gunter stank nach Alkohol und nach altem Männerschweiß.

Doch dann hielt er inne. Mit zusammengekniffenen Augen schob er seinen Kopf näher an das Foto heran und sah es sich ganz genau an. Es war nur ein Detail, klein, schnell zu übersehen. Vergangenheit und Gegenwart schoben sich mit einem Mal übereinander und ergaben ein neues Bild. Ein Bild, das Krumme überhaupt nicht gefiel. Er brauchte die Information von Jahnke aus Berlin gar nicht mehr. Auf einmal war er sich auch so ganz sicher.

»Alles in Ordnung?«, erkundigte sich Henning mit besorgtem Blick. »Sie sehen aus, als wären Sie gerade einem Gespenst begegnet.«

Krumme drehte sich langsam zu ihm und schüttelte den Kopf.

»Ich muss auf die Richterwarft. Sofort!«

55

Sie saßen noch immer in Lars' Zimmer. Swantje kauerte auf seinem Bett, während er auf einem Stuhl zwischen Bett und der Tür saß und ihr so den Fluchtweg versperrte.

»Was jetzt? Willst du mich hier einsperren? Für immer?« Trotz ihrer Verzweiflung bemühte sie sich ruhig zu bleiben, doch ihre Stimme verriet sie.

Lars lächelte sie traurig an. »Du hättest das alles nicht sehen sollen«, sagte er schließlich und zeigte auf die Fotos.

Sie öffnete den Mund, wollte etwas erwidern, doch sein Blick ließ sie verstummen.

»Alles wäre gut gewesen, wenn du diesen Kerl nicht kennengelernt hättest.«

»Diesen Kerl? Marc und ich wollten heiraten!«

»Er wollte dich mitnehmen. Weg von uns. Weg von mir.« Wütend ballte er die Fäuste. Das Bett knirschte leise, als Swantje nervös den Rücken streckte.

»Lars?«

Es dauerte einen Moment, bis er sie ansah. Er wirkte überrascht, fast so, als hätte er vergessen, dass sie hier war. Als sei er selbst gerade ganz woanders gewesen, an einem fernen Ort, zu dem nur er Zutritt hatte.

»Lars, wo ist Marc?«

Er fixierte sie. Seine Kiefer mahlten, dann holte er Luft. »An dem Abend, vor drei Jahren, da stand er auf einmal vor meiner Tür. Wie ein Irrer hat er dagegen geschlagen und immer wieder auf die Klingel gedrückt.«

Swantje starrte ihn ungläubig an. »Und warum?«

»Er war wütend. Weil er sich mit Andy geprügelt hat.«

Mit einem zufriedenen Lächeln sah Lars sie an. Offensichtlich glaubte er ihr gerade ein ungeheuerliches Geheimnis verraten zu haben. Swantje schwieg.

»Andy hat ihm eine reingehauen. Voll in die Fresse.« Lars lächelte grimmig. »Sein verdammtes Handy ging nicht. Deshalb wollte er von hier aus die Polizei anrufen.«

»Die Polizei? Warum? Wollte er Andy deswegen anzeigen?«

Lars reagierte gar nicht mehr auf ihre Fragen. Mit funkelnden Augen schaute er an ihr vorbei in die Nacht, wo der Sturm unaufhörlich Wellen über die Hallig trieb. Das Wasser stieg höher und höher. Dort, wo vor Stunden noch Land gewesen war, schäumte jetzt die Nordsee.

»Ich habe ihn gefragt, ob das nicht bis zum nächsten Tag Zeit hat. Aber er war so wütend, ließ sich einfach nicht abwimmeln. Schließlich war er auch hier, in diesem Zimmer. Und dann hat er die Fotos gesehen.«

Er stöhnte auf und presste eine Faust gegen den Mund.

»Was hat er gesagt?«, fragte Swantje mit erstickter Stimme.

»Zuerst war er einfach nur überrascht. Und dann hat er gelacht.« Jetzt ballte er seine Faust so, dass die Knöchel weiß hervortraten. »Marc hat mich ausgelacht, er konnte sich gar nicht beruhigen, dieses Arschloch!«

Swantje schluckte. Ihr Mund fühlte sich staubtrocken an.

»Und dann hat er mich beschimpft. Er hat uns alle beschimpft! Was für dämliche Idioten wir sind! Wie bescheuert, weil wir auf dieser Hallig wohnen. Und was für ein Glück du hast, dass er dich aus dieser Einöde herausholt.« Er lachte trocken.

»Was redest du denn da? Marc hat Nordfriesland geliebt!« Jetzt sprach sie auch schon in der Vergangenheit von ihm.

»Er hat dir nur gesagt, was du hören wolltest! Und du bist drauf reingefallen. Aber uns konnte er nichts vormachen! Wir haben diesen Scheißkerl vom ersten Moment an durchschaut.«

Swantje schüttelte den Kopf. Lars' Hass war nicht zu ertragen.

»Er sagte, er würde dich retten. Dich hier wegbringen. Zu ›normalen‹ Leuten ...«

»Hör auf!«

»Aber das hätte ich nie zugelassen!«, unterbrach Lars sie. Er zitterte am ganzen Körper. »Du gehörst hierher. Zu uns! Zu mir! Du darfst nicht wieder weggehen!«

Sie beugte sich nach vorne, Tränen liefen ihr über die Wangen, als sie ihn am Kragen seines Pullovers packte.

»Sag mir endlich die Wahrheit!«, zischte sie. »Was hast du mit ihm gemacht?«

Lars sah verständnislos auf ihre Hand. Dann griff er danach und drückte sie zärtlich.

»Ich habe dich beschützt. Dich vor ihm gerettet.«

Mit einem tiefen Stöhnen ließ sich Swantje auf das Bett zurückfallen. Schluchzend vergrub sie das Gesicht in ihren Händen. Lars betrachtete sie schweigend. Schließlich legte er vorsichtig seine Hand auf ihren Arm.

»Psst. Nicht weinen. Es war besser so«, flüsterte er.

Wütend schlug sie die Hand weg.

»Fass mich nicht an, du Scheißkerl!«

»Swantje ...«

»Lass mich in Ruhe! Schau dich doch mal an! Du bist ja völlig irre!«

»He, ich habe das damals auch nicht gewollt. Tut mir leid.«

Sie schlug ihm mit der flachen Hand ins Gesicht.

»Es tut dir leid?«

Lars hielt sich die rote Wange. Er sah sie verwirrt an, lächelte verlegen. Swantje konnte es nicht fassen. Erwartete er wirklich Verständnis von ihr?

»Glaub mir, mit der Zeit wirst du verstehen, dass es so besser ist …«, versuchte er zu erklären, aber sie fiel ihm ins Wort.

»Halt endlich die Klappe! Ich werde überhaupt nichts verstehen! Ich bringe dich in den Knast, da kannst du sicher sein!«

»Bitte, Swantje …« Erneut griff er nach ihren Händen, aber wieder riss sie sich von ihm los. Sie sprang auf und schnappte sich das Telefon, das er auf den Tisch gelegt hatte.

»Ich ruf den Kommissar an, jetzt sofort!«

Sie fischte den Zettel aus ihrer Hosentasche und hatte gerade die erste Ziffer eingetippt, als Lars ihr den Hörer aus der Hand schlug.

»Das tust du nicht!« Er verpasste ihr einen heftigen Stoß. Swantje fiel rückwärts zu Boden und schlug mit dem Hinterkopf gegen die Bettkante.

Erschrocken sah sie zu ihm auf. Und auch Lars schien überrascht über seinen eigenen Gewaltausbruch. Mit zusammengepressten Lippen schaute er verstohlen zu ihr herunter.

»Swantje … Ich will keinen Streit mit dir«, stammelte er.

»Du Mörder. Du verdammter Mörder!« Sie schrie fast.

»Aber ich habe es dir doch erklärt …«

»Du kannst mich mal! Dafür kommst du in den Knast, du dämlicher Freak!« Eine Hand am Hinterkopf setzte sie sich auf.

Seine Miene erstarrte. Hatte er eben noch verwirrt und verletzt gewirkt, sah sie jetzt in seinen Augen nichts als blanke Wut.

»Hör auf, so mit mir zu reden.«

»Sonst was?« Sie sollte ihn lieber nicht provozieren. Aber nach all den Jahren der Sorge und Ungewissheit war ihr jetzt alles egal. Sie hatte keine Angst. Voller Zorn sah sie Lars an – und er funkelte wütend zurück.

»Ich gehe nicht ins Gefängnis. Ich werde meinen Vater niemals alleine lassen.«

»Das hättest du dir überlegen müssen, bevor du Marc umgebracht hast!«

Er musterte sie jetzt mit offener Verachtung. »Du wirst keinem was erzählen«, stieß er hervor und durchbohrte sie mit seinem Blick.

Sie sah in seine dunkel-glänzenden Augen, während der Sturm heulend über das Haus fegte und der Regen gegen die Scheibe prasselte. Sie musste hier weg, weg aus diesem Albtraum, sofort. Ihr Blick fiel auf die Schere, die Lars vorhin in der Hand gehalten hatte. Ihr Kopf dröhnte immer noch von dem Aufprall, und ihr war schwindelig, trotzdem raffte sie sich auf und versuchte an den Schreibtisch zu kommen.

Doch Lars ahnte, was sie vorhatte. Im letzten Moment schoss seine Hand nach vorne und hielt sie am Arm fest. Swantje schrie auf, versuchte sich mit aller Macht loszureißen. Aber Lars ließ nicht locker. Er griff nach ihren Haaren, zog sie brutal zurück und schlug ihren Kopf gegen die Tischkante. Sie stöhnte benommen, strampelte mit den Beinen. Die Schere, sie musste an die verdammte Schere kommen! Mit letzter Kraft trat sie ihm gegen das Schienbein. Lars ächzte, sein Griff um ihren Arm lockerte sich. Sie nutzte den kurzen Moment, reckte sich nach der Schere – und bekam sie endlich zu fassen. Mit einem Schrei holte sie aus und stieß sie Lars mit voller Wucht in den Bauch!

Ungläubig starrte er hinunter auf seine blutende Wunde – und dann zu Swantje. Er schüttelte den Kopf, sie hatte doch tatsächlich versucht, ihn umzubringen! Auch Swantje war entsetzt. Erschrocken zuckte sie zurück und ließ die Schere fallen. Ein Fehler! Laut brüllend presste Lars ihr plötzlich sein Knie auf die Brust, drückte sie zu Boden und hielt mit seiner Linken ihre Handgelenke über ihrem Kopf fest. Swantje lag stöhnend auf dem Rücken. Lars war viel kräftiger, sie hatte keine Chance. Entsetzt sah sie, wie er die blutige Schere hob und die funkelnde Spitze auf sie zukam.

»Lass mich ...«, röchelte sie, völlig außer Atem. Aber Lars schüttelte den Kopf. Mit einer furchtbaren Entschlossenheit, die sie noch nie an ihm gesehen hatte, bohrte er die Spitze in ihren Pullover. Schon spürte sie, wie das Metall in ihre Haut eindrang.

Das war ihr Ende.

Fast.

Im letzten Moment nahm sie noch einmal alle Kraft zusammen. Mit einem lauten, verzweifelten Aufschrei rammte sie ihm ihr Knie zwischen die Beine. Ächzend sackte Lars zur Seite. Sie rappelte sich hoch.

»Du Schwein! Du mieses Schwein!«, schrie Swantje. Sie holte mit der Schere aus, wollte wieder zustechen. Doch dann sah sie in Lars' angstgeweitete Augen und zuckte zurück. Nein, sie war keine Mörderin. Schluchzend warf sie die Schere in die Ecke, trat Lars aber noch mit aller Wut, die in ihrem schmerzenden Körper kochte, in den Bauch. Einmal, zweimal, immer wieder. Sie hasste ihn. Für das, was er Marc angetan hatte. Für das, was er aus ihr gemacht hatte!

»Ich ... lasse dich nicht gehen«, flüsterte er grimmig. Blut rann aus seinem Mundwinkel.

Swantje starrte ihn fassungslos an, als er sich langsam wieder aufrichtete. Hatte er denn nicht genug? Woher holte er nur diese Kraft?

Bevor er auf die Beine kam, drehte sie sich zur Tür und hastete davon. Lars schnappte nach ihren Füßen. Swantje stolperte, fing sich aber im letzten Moment und konnte sich seinen Händen entziehen. Voller Panik sprang sie hinaus auf den Flur und rannte zur Haustür. Nur weg hier, weg aus dieser Wohnung, von dieser Warft. Und wenn sie nach Hause schwimmen musste.

Aber die Haustür war verschlossen! Hektisch rüttelte sie an der Klinke. Das durfte doch nicht wahr sein – die Tür war sonst immer offen! Jetzt war sie abgesperrt, und Swantje hatte keine Ahnung, wo der Schlüssel war.

»Ich lass dich nicht gehen!«, brüllte Lars in einer Mischung aus Wut und grenzenloser Verzweiflung. Schon hörte sie seine Schritte auf den Steinfliesen im Flur.

Was jetzt? Sie musste zur Hintertür, auf der anderen Seite des Hauses. Aber wie, ohne Lars in die Arme zu laufen?! Im allerletzten Augenblick sprang sie zur Seite ins Wohnzimmer. Zitternd vor Angst und Schmerzen drückte sie sich in den dunklen Schatten neben dem Schrank.

»Swantje!«, schrie Lars heiser. »Swantje, wo bist du?« Sie hörte, wie er ebenfalls an der verschlossenen Tür zog, und konnte sich nur zu gut seine Genugtuung auf dem verzerrten Gesicht vorstellen. »Gib auf, du kannst dich vor mir nicht verstecken!«, rief er. Dann lachte er, ein hässliches, krankes Lachen. Swantje erschauderte. Was für ein Dämon hatte nur Besitz von ihm ergriffen? Von dem Mann, mit dem sie aufgewachsen war, dem sie vertraute hatte wie kaum einem anderen!

Sie hielt die Luft an. Was tat er da auf der anderen Seite der Wand? Sie hörte nur das Knirschen des Mauerwerks im Sturm und den Takt der alten Standuhr. Was war mit Lars' Vater? Er musste den Lärm doch gehört haben! Ob er ein Telefon in seinem Zimmer hatte? Nein, sie konnte nicht riskieren, zu ihm zu gehen, wenn Lars sie dort erwischte, saß sie in der Falle.

»Swantje … Du hast keine Chance!« Fast klang es, als würde er singen. Auf einer Ablage im Wandschrank entdeckte sie einen Brieföffner. Zitternd griff sie nach ihm, ließ ihn in ihrer Angst aber beinahe noch fallen. Dann atmete sie tief durch und hielt ihn fest in der Hand. Dieses Mal war sie zu allem entschlossen. Vorsichtig, ganz vorsichtig schob sie ihren Körper zur Seite. Sie konnte Lars' Schlurfen hören, aber wo genau stand er jetzt? Lauerte er immer noch vor der Tür? Oder würde er auf der anderen Seite gleich ins Wohnzimmer stürmen? Durch die Milchglasscheibe meinte sie seinen wandernden Schatten zu erkennen. Aber in welche Richtung bewegte er sich?

Plötzlich erschütterte ein ohrenbetäubendes Donnern das Haus. Kein Gewitter. Ein Baum musste umgestürzt sein. Alles bebte und wackelte. Ein Klirren verriet, dass in einem der anderen Zimmer eine Scheibe zu Bruch gegangen war. Swantje schaute sich erschrocken um, ihr fiel es schwer, in dem Durcheinander die Geräusche zuzuordnen. Sie hob das Messer, Zeit alles auf eine Karte zu setzen.

In dem Moment hörte sie ein leises Knarren. Lars' Vater rollte aus seinem Zimmer. In einem abgenutzten gestreiften Schlafanzug saß er in seinem Rollstuhl und starrte sie erschrocken an. Für einen Augenblick war sie abgelenkt.

Ein schwerer Schlag traf sie am Hinterkopf. Von einem Augenblick zum nächsten verschwand alles in einem Strudel aus Schmerzen, und Swantje fiel in ein schwarzes, endloses Loch.

56

Noch nie in seinem Leben hatte Krumme etwas so Beeindruckendes und Schönes, aber auch Furchterregendes und Verstörendes gesehen. Gemeinsam mit Henning und ein paar Schafen stand er im strömenden Regen am Rand der Hanswarft und schaute hinaus in eine dunkle, tosende Welt.

Es war Abend, und die Sonne war schon lange verschwunden. Die stürmische Nordsee hatte mittlerweile die komplette Hallig überspült, die Wellen rollten über die Vogelwiesen und schlugen am Ende direkt an den Fuß der Warft. Während eine weiße Holzbank noch aus dem Wasser ragte, war von dem dahinter auf die Hallig führenden Weg nichts mehr zu erkennen. Auch vom Zaun waren inzwischen nur noch die Spitzen zu sehen. Stattdessen blickte Krumme auf schaumgekrönte Wellen, die in ihrer Nähe noch im Schein der Straßenlaterne geheimnisvoll leuchteten, sich dann aber im schwarzen Nichts verloren, um schließlich im fernen, schwachen Licht der anderen Warften wieder aufzutauchen, die mitten in der Nordsee wie kleine Maulwurfshügel aus den Wogen ragten.

Krumme kniff die Augen zusammen. Die Wolken hingen wie ein dunkler Vorhang dicht über ihren Köpfen, ihre Hosen und Jacken knatterten wie Fahnen im Wind. Während die Schafe gelangweilt auf dem Rasen der Warft lagen, hatten Henning und vor allem Krumme Schwierigkeiten, sich auf den Beinen zu halten.

»Was für ein Inferno!«, rief Krumme gegen den dröhnenden Sturm an.

»Ach was.« Henning grinste über das ganze Gesicht. »Das ist doch noch gar nichts. Sie müssen mal wiederkommen, wenn wir eine richtige Sturmflut haben.«

»Und was soll das jetzt sein?«, fragte Krumme, dem ein Regenschleier gerade eine nasse Ohrfeige versetzt hatte.

»Ein bisschen aufkommende Feuchtigkeit, mehr nicht. Das ist Alltag für uns.«

Krumme sah Henning ungläubig an und blickte dann wieder hinaus auf das Meer, das bis vor kurzem noch eine saftig grüne Hallig gewesen war. Er versuchte sich zu orientieren. Die Lichter der Backenswarft waren deutlich zu erkennen. Die der Ockelützwarft auch. Bei der Kirchwarft leuchtete nur ein Fenster. Bei der etwas ferneren Richterwarft sah es ähnlich düster aus. Besorgt fragte er sich, was dort wohl gerade geschah. Sie hatten eben noch einmal versucht, bei Lars und seinem Vater anzurufen. Aber dieses Mal war keiner rangegangen. Henning sah Krumme an und schien seine Gedanken zu lesen. Er zeigte zu der kleinen Warft am Horizont.

»Und da wollen Sie jetzt hin?«

Krumme betrachtete die tosenden Wellen. Es roch nach Salz und Seetang, nach Erde und feuchtem Gras. Er holte tief Luft und nickte. »Gibt es hier nicht ein Boot oder so was?«

Henning schüttelte den Kopf. »Mit einem Boot können sie hier nicht fahren. Nicht nur wegen der Wellen. Das Wasser ist zu flach.«

»Was ist mit einem Auto?«

»Dafür ist es wieder viel zu hoch.«

Krumme seufzte enttäuscht. Erneut spähte er ins Dunkel und versuchte die Lichter der Richterwarft zu finden.

Henning musterte ihn nachdenklich von der Seite. »Sie machen sich ernsthaft Sorgen, was?«

Krumme sah den jungen Friesen an. Der Regen glänzte

auf seinem Gesicht als feuchter Film und tropfte von seiner Nase und seinem Kinn. Sollte Krumme ihm sagen, was ihm vorhin in der »T-Stube« aufgefallen war? Er kannte Henning im Grunde gar nicht! Und dass Krumme bei der Polizei war, schien ihm nicht zu gefallen. Hatte er vielleicht doch etwas zu verbergen? Oder war er einfach nur ein typischer Friese, der nicht jedem seine Gefühle aufdrängen wollte?

Krumme nickte. »Ich möchte keine falschen Verdächtigungen in die Welt setzen. Aber wenn ich Recht habe, dann ist Swantje in großer Gefahr.«

Henning erwiderte seinen Blick ohne jede Regung. Schließlich gab er sich einen Ruck. »Na schön, wenn das so ist, es gibt noch einen anderen Weg über die Hallig.«

Eine halbe Stunde später standen sie wieder an der gleichen Stelle. Dieses Mal trugen beide weite olivgrüne Anglerhosen aus Gummi, die hier auf den Halligen »Wathosen« genannt wurden. Henning hatte zwei lange Stangen organisiert und drückte Krumme eine in die Hand.

Der sah ihn ungläubig an und räusperte sich. »Wir sollen da rübergehen? Mitten durch das Meer?«

Henning zuckte mit den Schultern. »Ist eigentlich kein Problem. Obwohl, bei Nacht und bei so bewegter See habe ich das auch noch nicht gemacht.«

»Aber man sieht doch gar nichts!«, sagte Krumme mit ängstlicher Stimme.

Henning hielt den Stock hoch. »Dafür haben wir die Dinger hier. Außerdem braucht man natürlich einen guten Führer, der den Weg auch blind findet.« Er grinste.

»Aber Sie sind ja nicht einmal von hier. Sie kommen doch von Langeneß.«

»Keine Sorge, auf Hooge kenne ich mich genauso gut aus. Außerdem bin ich der Einzige auf der Hallig, der sich aktuell von Ihren verrückten Ahnungen beeindrucken lässt.«

Wieder lächelte er. Krumme sah hinaus auf das Meer. Als wollte es ihn voller Spott herausfordern, zog gerade eine heftige Böe an ihm vorbei, Gischt spritzte ihm ins Gesicht. Er spürte, wie ein flaues Gefühl sich in seiner Magengegend ausbreitete.

Schon wieder Wasser.

Er hatte Mannsen angerufen und gefragt, ob er ihm einen Hubschrauber organisieren konnte. Sein friesischer Kollege hatte alles versucht, aber am Ende kein Glück gehabt: Die einzigen verfügbaren Helikopter waren gerade im Rettungseinsatz. Ein Frachter war auf der stürmischen Nordsee in Seenot geraten.

Henning sah den nachdenklichen Krumme von der Seite an und grinste. »Schiss? Noch können wir uns wieder in die ›T-Stube‹ setzen und Tee mit Rum trinken …«

Krumme schüttelte den Kopf. »Nein, gehen wir. Ich habe keine Ruhe, solange ich nicht weiß, dass es Swantje gut geht.«

Hennings Grinsen erstarb. Er nickte.

»Dann los. Worauf warten wir noch?«

Kurz darauf watete Krumme zum zweiten Mal innerhalb von ein paar Tagen mitten durch das Meer. Bei seiner ersten Wanderung im umspülten Watt war die See glatt wie ein Spiegel gewesen, das Wasser so klar, dass er ohne Probleme auf den Grund hatte sehen können. Trotzdem wäre er beinahe ertrunken.

Jetzt wirkte seine Umgebung deutlich bedrohlicher. In dem wild brodelnden Meer fühlte er sich wie in einem Kochtopf, bloß dass es nicht heiß, sondern eiskalt war. Und dazu stockdunkel, schon nach ein paar Metern konnte er kaum mehr etwas erkennen. Nur wenn die Regenwolken etwas aufzogen und die Sterne und der Mond hervorkamen, sah er die Wellen, die auf ihn zurollten, ihn zum Teil bis zur

Brust umspülten und in seine oben offene Wathose hinein-
spritzten.

Henning hatte ihn angewiesen, immer dicht hinter ihm
zu bleiben. Er hatte nicht zu viel versprochen: Im Gegensatz zu Krumme schien er genau zu wissen, wo sich unter
den dunklen Fluten die asphaltierten Wege befanden, die die
Warften miteinander verbanden. Er ging langsam und ertas-
tete mit seinem langen Stab jeden Schritt. Die Anspannung
war ihm deutlich anzumerken.

»Alles Instinkt!«, rief Henning und ließ den Blick nicht
von der wirbelnden Wasseroberfläche. So eine Wanderung
war auch für ihn als geborenen Halligbewohner kein Kin-
derspiel. Bei diesem Wetter und unter diesen Umständen
war jeder Meter eine Quälerei. Schweigend stemmten sie
ihre Körper gegen die Wellen. Schon nach ein paar Minuten
war Krumme komplett durchgeschwitzt. Dazu kam der un-
erträgliche Gestank nach altem Gummi, der ihm aus seiner
Hose in die Nase stieg.

»Wie oft haben Sie diese Sturmfluten denn?«, fragte er
Henning, um auf andere Gedanken zu kommen.

»Ich muss Sie enttäuschen. Im Dunkeln sieht das immer gefährlicher aus, als es ist. Eigentlich ist das nur ein etwas stürmischeres ›Land unter‹. Für eine richtige Sturmflut
müssten Sie im Herbst noch mal wiederkommen, da geht es
richtig zur Sache. Dann könnten wir nicht über die Hallig
bummeln.« Er grinste.

Krumme war überhaupt nicht zum Lachen zumute. Er
schluckte. »Na schön, dann eben ›Land unter‹. Wie oft
kommt das vor?«

»So fünf, sechs Mal im Jahr. Meistens wenn starke Böen
aus Südwesten kommen. Und natürlich nur wenn Sonne
und Mond in der richtigen Konstellation zur Erde stehen
und eine Springtide auslösen.«

»Ah«, machte Krumme, der keine Ahnung hatte, wovon Henning sprach, und gerade damit kämpfte, einen schweren Klumpen Seetang von seinem Stock zu entfernen. Er schnaufte, seine Beine wurden langsam schwächer.

Was für ein Irrsinn, bei dem Wetter die Hallig zu überqueren! Und das, nachdem er an diesem Tag schon an Seekrankheit gelitten hatte. Er schwor sich, seinen nächsten Urlaub in der Wüste zu machen, von Wasser hatte er erst einmal genug. Er krallte sich an seinen Stock und schob ihn über den unsichtbaren Asphalt. Manchmal kamen sie an den Rand der Straße und spürten unter ihren Stöcken weiches Gras oder sogar Schlamm. Nervös erinnerte Krumme sich an die tiefen Gräben, die sich auf der Hallig oft neben den Wegen befanden.

Er schaute nach vorne zu der immer noch fast komplett im Dunkeln liegenden Richterwarft. Was passierte dort gerade? Was war mit Swantje? Oder machte er sich viel zu viele Sorgen? Wie so oft vertraute Krumme auf sein Bauchgefühl. Vor allem Swantjes ängstlich klingende Stimme am Telefon bereitete ihm große Sorgen. Irgendetwas stimmte da nicht. Er seufzte.

»Achtung!«, rief Henning. Etwas Großes traf Krumme in der Seite. Es tat kaum weh, trotzdem schrie er erschrocken auf. Doch im Wasser schwamm kein gefährliches Tier, sondern nur ein Stück morsches Holz, das sich irgendwo losgerissen hatte. Krumme schluckte. Schlimm genug, dass man vor Untiefen aufpassen musste, jetzt konnte ihnen auch noch Treibgut unter Wasser die Beine wegziehen.

Langsam bereute er seine verrückte Idee. Je erschöpfter er wurde, desto mehr wuchs das Gefühl, hier mitten im Nirgendwo die Kontrolle zu verlieren. Mit aller Macht versuchte er, die Panikattacken zu bekämpfen, die seinen Körper und seinen Verstand wie ein Gespenst umarmten. Ohne Erfolg. Er erinnerte sich daran, wie er in der steigenden Flut vor Hooge untergegangen war. Wie er keine Luft bekommen hatte und fast ertrunken war. An dieses schreckliche Gefühl, die Angst, als auf einmal überall um ihn herum kaltes, salziges Wasser gewesen war.

Während er sich hinter Henning durch das schäumende Nass schleppte, erscholl plötzlich ein Lachen aus dem Sturm, voller Spott und Häme. Erschrocken schaute er sich um? Fing er etwa schon wieder an zu fantasieren? Er blickte zu Henning. Der schien nichts zu hören, mit gleichmäßigen Schritten stapfte er weiter zur Richterwarft. Aber er konnte das Lachen hören, ganz deutlich, das bildete er sich nicht ein. Krumme erinnerte sich an das, was Harke und Lars' Vater erzählt hatten. Gab es den Klabautermann tatsächlich? Hier mitten im Sturm, bis zur Brust im wogenden Meer, völlig erschöpft und vom Regen klitschnass war er bereit, alles zu glauben.

Krumme war so abgelenkt, dass er über einen Stein stolperte. Für einen kurzen Moment kam er ins Straucheln und geriet komplett unter Wasser. Prustend richtete er sich wieder auf.

»Alles in Ordnung, Herr Kommissar?« Henning sah ihn weniger besorgt als irritiert an.

»Alles gut«, stammelte er, was eine Lüge war. Meerwasser war in seine Wathose gelaufen. Er fluchte leise. Abgesehen davon, dass die kalte Brühe ihm den Atem nahm, war es jetzt noch schwieriger, die Beine zu heben. Erst auf der Warft würde er die verdammte Gummihose ausziehen können. Bis dahin war sein Körper unterhalb des Bauchs wahrscheinlich abgefroren.

Henning blickte ihn noch immer nachdenklich an.

»Kleine Pause?«

»Nein, bloß nicht, dann wird es nur noch kälter.«

Henning nickte.

Wieder das Gackern. Krumme zuckte zusammen.

»Hören Sie das nicht?«

»Was?«

»Na, dieses unheimliche Lachen! Das geht schon die ganze Zeit so!«

Henning verzog keine Miene. »Der Klabautermann«, stellte er trocken fest.

Krumme presste die Lippen zusammen und zwang sich zu einem schwachen Lächeln. Machte Henning sich über ihn lustig? Er wischte sich den Regen aus den Augen, um das Gesicht des jungen Friesen im Dunkeln besser sehen zu können.

»Könnte natürlich auch unser kleiner Freund sein, der uns schon seit einer Weile begleitet.« Henning packte Krumme an der Schulter und drehte ihn nach links. Ohne Brille konnte Krumme zuerst nichts erkennen. Er kniff die Augen zusammen. Und tatsächlich, da leuchtete ein weißer Punkt in der Dunkelheit.

Eine Möwe. Offenbar völlig unbeeindruckt vom Kampf der Gewalten um sie herum, ließ sie sich auf den Wellen treiben. Als sie bemerkte, dass sie beobachtet wurde, meckerte sie die beiden Männer wütend an.

Krumme ließ die Schultern hängen. War er wirklich schon derart verstädtert, dass er die Klänge der Natur so falsch einordnete? Vor ein paar Tagen die beiden Katzen und jetzt eine harmlose Möwe.

»Tja, das ist natürlich ein bisschen peinlich …«, gab er verlegen zu, während das Wasser in seiner Hose hin und her schwappte.

Henning klopfte ihm freundlich auf die Schulter. »Das muss Ihnen nicht peinlich sein, Herr Kommissar. Auf das schiefe Lachen sind vor Ihnen schon erfahrene Seeleute reingefallen.«

Sie gingen weiter. Krumme versuchte sich zu erinnern, wie der Weg vor dem »Land unter« ausgesehen hatte, war sich aber nicht sicher, an welcher Stelle der jetzt unsichtbare Pfad eine Kurve machte. Zum Glück kannte Henning sich besser aus.

Sie waren schon ganz in der Nähe der Richterwarft und konnten den kleinen Hof, die Fenster und die einsame Laterne gut erkennen. Doch zu Krummes Enttäuschung führte Henning sie jetzt erst einmal wieder in eine ganz andere Richtung.

»Da versperrt uns ein breiter Priel den Weg«, erklärte er und marschierte, ohne zu zögern, in Richtung Osten von der Warft weg. Krumme schaffte es kaum noch, Schritt zu halten. Aber er wollte sich nicht die Blöße geben, seinen Begleiter zu bitten, doch etwas Rücksicht auf seine alten Knochen zu nehmen. Dabei war er bis auf die Haut durchnässt, fror erbärmlich, und durch das Wasser in der Gummihose hatte er bei jedem Schritt das Gefühl, mit seinen Beinen zwei Eimer voller Steine anheben zu müssen.

Wann hatte dieser Albtraum endlich ein Ende? Er ging nun schon fast zehn Meter hinter Henning, dessen »Spur« im Wasser für ihn kaum noch zu erkennen war. Offensichtlich war der junge Mann so sehr mit seinem eigenen Kampf beschäftigt, dass er sich gar nicht mehr nach ihm umschaute. Oder war er ihm egal? Vielleicht hatte er ja wie die Teilnehmer der Wattwanderung keine Lust, auf den unbeliebten Kommissar Rücksicht zu nehmen? Krumme wurde bewusst, dass er den Mann, dem er da sein Leben anvertraute, im Grunde kaum kannte.

Er beschloss, noch einmal alles zu geben. Sie waren kurz vor dem Ziel, da durfte er auf keinen Fall schlappmachen.

Plötzlich sackten ihm die Füße weg. Mit einem Aufschrei rutschte er zur Seite. Wie ein Stein sank er nach unten. Er strampelte mit den Beinen, kam sogar noch mal an die Oberfläche. Aber dann riss ihn ein Sog zurück in die Tiefe. Er war zu schwach und seine nasse Kleidung zu schwer, um noch irgendetwas dagegenzusetzen. Er schrie um Hilfe und verschenkte so kostbare Luft zum Atmen. Wo war oben? Und wo unten? Schon wurden seine Bewegungen langsamer, träger. Die eiskalte Brühe legte sich wie ein Stein auf seine Brust. Vom Brausen des Sturms war hier unten nur ein gedämpftes Murmeln zu hören. Fast regungslos sank er tiefer, immer tiefer.

Doch noch war es nicht vorbei.

Plötzlich wurde er unter den Armen gepackt und hochgezogen. Nach einem kurzen Augenblick durchbrach er schnaufend die Wasseroberfläche. Krumme sah die funkelnden Sterne und den fast vollen Mond, hörte den donnernden Wind. Regen klatschte ihm ins Gesicht. Henning war hinter ihm, schwamm im kalten Meer und zog ächzend Krummes Körper hinter sich. Der kam sich vor wie eine Holzpuppe, hatte jedes Gefühl für seine Arme und Beine verloren. Benommen versuchte er etwas zu sagen, bekam aber kein Wort über seine blaugefrorenen Lippen.

Auf einmal spürte er wieder Grund unter seinen Füßen. Gras, kein Asphalt, ein Hügel. Henning zog ihn hinter sich her und ließ ihn schließlich wie einen Kartoffelsack auf eine kleine Anhöhe fallen. Zum zweiten Mal an diesem Tag musste Krumme sich übergeben. Verzweifelt versuchte er jeden Tropfen der brackigen Nordseebrühe loszuwerden. Henning half ihm die schwere Gummihose auszuziehen. Dann ließ er sich mit einem lauten Stöhnen neben ihn auf den Rasen fallen.

Für einen sehr langen Moment lagen die beiden Männer schwer atmend nebeneinander und starrten hinauf in den bewölkten Himmel. Krumme konnte es kaum glauben. Er lebte, auch wenn es ihm schwerfiel, zu verstehen, was in den letzten Minuten passiert war.

»Das ist also das Halligleben. Toll«, flüsterte er völlig außer Atem.

»Vielleicht sollten wir Kurtaxe dafür nehmen.«

Henning versuchte zu lachen, wurde aber von einem Husten geschüttelt, der in ein Rasseln überging.

»Danke«, flüsterte Krumme, als sich sein Kreislauf wieder einigermaßen beruhigt hatte und das Blut in seinen erfrorenen Gliedern trotz der klammen Kleidung wieder zu fließen begann.

»Schon gut«, stöhnte Henning. »Aber das nächste Mal sagen Sie Bescheid, wenn Sie die Abkürzung durch den Priel nehmen wollen.«

»Sind wir etwa da?« Krumme drehte den Kopf mühsam zur Seite. Tatsächlich, sie lagen am Rand der Richterwarft. Das Meer reichte fast bis an ihre Füße. Ein Stückchen weiter oben sah er eine grüne Plastikwand, die die eigentliche Warft vor der anstürmenden Nordsee schützen sollte. Dahinter leuchtete die einzige Laterne des kleinen Hofs.

Er lächelte. »Unglaublich, wir haben es geschafft.«

Henning nickte. »Und das alles nur«, er rang um Atem, »weil Sie glauben, mein bester Freund Lars sei ein gefährlicher Irrer.« Er schüttelte verächtlich den Kopf.

Krumme sah nachdenklich zu dem Mann, der ihm gerade das Leben gerettet hatte, und zuckte erschöpft mit den Schultern. Henning musterte ihn und schien zu ahnen, dass er ihm etwas verschwieg.

»Die Flut steigt weiter«, schnaufte er schließlich. »Nicht mehr lang, dann steht hier alles komplett unter Wasser. Wir sollten weitergehen, wenn wir nicht noch auf den letzten Metern ersaufen wollen.«

Krumme nickte müde. Zitternd vor Kälte und Erschöpfung stemmte er seinen Körper hoch. Es fühlte sich an, als würde er eine zentnerschwere Last auf dem Rücken tragen.

57

Ihre Kleidung hing ihnen wie nasse Lappen um den Leib, als sie die Warft betraten.

Krumme schaute sich aufmerksam um. Nach seiner kurzen Erfahrung hatte jede Warft ihre ganz eigene Atmosphäre. Die Hanswarft zum Beispiel war so etwas wie die – für eine Hallig – quirlige »Hauptstadt« des kleinen Eilands, die Kirchwarft mit dem Friedhof ein Ort der Besinnung.

Wie ein Friedhof wirkte auch die Richterwarft. Abgesehen vom Wasser und dem rhythmischen Rauschen des Windes war es absolut still, nicht einmal das Kreischen der Vögel war zu hören. Hier wohnten nur Lars und sein Vater Geert, aber selbst von denen war nichts zu sehen. Nur ein Fenster des Hofs war beleuchtet. »Wohnzimmer«, raunte Henning ihm zu. Krumme versuchte etwas hinter den beschlagenen Scheiben auszumachen, konnte aber keinen Menschen sehen. Kein Lars und auch keine Swantje.

Der innere Bereich der Warft wirkte aufgeräumt. Ein Bretterstapel, sorgfältig vertäut für den Fall, dass das Wasser auch hier eindrang. Ein rostiges, verbogenes Fahrrad, Lars' Motorroller und ein paar alte Türen, mehr gab es nicht zu sehen. Das kleine Motorboot, mit dem Lars ihn vor ein paar Tagen aus dem Wattenmeer gerettet hatte, lag am Rand neben dem jetzt gut gefüllten Regenauffangbecken.

Krumme und Henning schlichen über einen Innenhof zur Haustür. Überrascht registrierte Henning, dass sie verschlossen war. Als er auf den Klingelknopf drückte, ertönte nur ein schräges Schnarren. Offensichtlich bekamen Lars und sein Vater nicht viel Besuch.

Nichts passierte. Henning klingelte noch einmal, dieses Mal länger. Wieder geschah nichts. Die beiden tauschten einen besorgten Blick, als von innen ein leises Knarren zu hören war. Dann endlich ging im Flur Licht an, und die Haustür wurde geöffnet.

»Moin.« Henning grüßte wie ein Soldat mit der Hand an der Stirn.

Lars, barfuß, nur mit Jeans und T-Shirt bekleidet, sah die beiden verwirrt an. »Henning, was zum ...«, sagte er und verstummte, als er hinter ihm Krumme entdeckte.

»Hallo, Lars«, sagte Krumme. Ihm fiel Lars' stark gekrümmte Körperhaltung auf. Offensichtlich hatte er Schmerzen im Rücken oder Bauch.

Lars starrte sie völlig entgeistert an. »Mein Gott, was ist mit euren Sachen? Seid ihr hierher geschwommen?«

»Fast«, antwortete Henning und schaute vorwurfsvoll zu Krumme.

»Aber wieso? Ich kapier' nicht ...?«, stammelte Lars, eindeutig überfordert von der Situation und ihrem plötzlichen Besuch.

»Wo ist Swantje?«, fragte Henning mit fester Stimme.

Lars starrte ihn an. Seine Kiefer schoben sich vor und zurück.

»Nicht mehr da.«

»Wie bitte?«

»Sie wollte nach Hause.«

»Willst du uns verarschen?«, fragte Henning ungläubig.

»Nein, sie ist ... vor einer Stunde los.«

»Niemals. Mal abgesehen davon, dass wir sie dann hätten sehen müssen – guck uns doch an! Hooge steht komplett unter Wasser.«

Lars schaute zu Boden, wich Hennings Blick aus. »Als sie losgegangen ist, war es noch nicht so schlimm.«

Krumme hörte das Zittern in seiner Stimme. Er schwitzte heftig, die Haare klebten ihm am Kopf. Lars war kein guter Lügner, das merkte auch Henning.

»Dürfen wir vielleicht reinkommen?«, fragte Krumme höflich.

Lars trat zur Seite. »Entschuldigung, natürlich«, antwortete er hastig. »Vater schläft schon. Aber klar, kommt rein. Wartet, ich hole euch zwei Handtücher.« Damit verschwand er im hinteren Teil des Hauses.

Krumme und Henning tauschten wieder einen Blick.

»Sie hatten Recht, hier stimmt wirklich was nicht«, flüsterte Henning. Er ging voran in die Küche. Krumme schaute sich um. Während draußen der Wind um das Haus heulte, herrschte hier eine bedrückende Stille. Auf der Ablage neben der Spüle standen zwei benutzte Teetassen. Hatte Lars hier mit Swantje gesessen?

Lars kam mit zwei braunen Handtüchern zurück.

»Hier, bitte.« Henning und Krumme trockneten sich die Gesichter ab. Die zerschlissenen Handtücher rochen mindestens so muffig wie ihre Kleidung. Ob er Lars nach trockenen Sachen fragen sollte? Die Küche war ungeheizt, und Krumme zitterte vor Kälte in seinen nassen Klamotten. Er überlegte, wie das hier weitergehen sollte – zurück durch das Meer würde er jedenfalls nicht noch mal marschieren. Und Lars sah nicht so aus, als würde er sich über ihren Besuch freuen. Die Hände verkrampft vor dem Bauch gefaltet beobachtete er, wie sie sich die Haare trocken rubbelten. Keiner sagte etwas.

»Tee?«, fragte Lars schließlich.

Sie nickten. Lars ging zum alten 50er-Jahre-Spülbecken, füllte Wasser in eine Kanne und stellte sie auf den Gasherd.

Krumme bemerkte drei tiefe Kratzer auf seinem Handrücken.

»Was ist das denn da auf deiner Hand?«, fragte er.

Lars wurde rot. »Ach, das war nur der Brombeerstrauch. Draußen beim Schuppen.« Er versuchte die Hand zu verstecken, aber Henning griff nach ihr und drehte sie zu sich.

»Zeig mal«, sagte er und musterte die blutigen Male argwöhnisch. »Das sieht aber nicht nach einem Strauch aus.«

Wütend riss Lars sich los. »War es aber, verdammt! Aber wenn du denkst, dass ich lüge, solltet ihr vielleicht lieber wieder abhauen!«

Krumme hob die Hände. »Lars, jetzt entspann dich«, sagte er so ruhig, wie es ihm mit seinen vor Kälte aufeinanderschlagenden Zähnen möglich war. »Verrat uns lieber endlich, was genau mit Swantje passiert ist?«

»Das hab ich doch schon gesagt, sie ist zurück zur Hanswarft!«

»Ist sie nicht! Dann hätten wir sie doch gesehen!«

»Vielleicht ist ihr ja was passiert. Ich habe ihr gesagt, dass sie hierbleiben soll …«

Krumme hatte keine Geduld für Lars' Ausflüchte. »Können wir uns mal kurz umschauen?«, sagte er und verließ, ohne Lars' Antwort abzuwarten, die Küche.

Lars sah ihm erschrocken hinterher. »He, Moment mal, was soll das werden?«, rief er und folgte ihm zusammen mit Henning in den Flur. Krumme achtete gar nicht auf ihn und öffnete die Tür zu einer Abstellkammer und dann die zur Toilette.

»Ich warne Sie, wenn Sie meinen Vater wecken, gibt's richtig Ärger!«

»Wo ist er denn? Ich würde gerne mal mit ihm reden«, entgegnete Krumme ungerührt, während er auf die nächste Tür zuging. Im letzten Moment stellte Lars sich ihm in den Weg.

»Schluss jetzt! Ich habe Ihnen das Leben gerettet. Ist das der Dank? Dass Sie mich wie einen Schwerverbrecher behandeln?!«

»Ganz ruhig, Lars, ich …«

Lars ließ ihn nicht aussprechen. »Was soll das werden? Eine Hausdurchsuchung? Ich weiß Bescheid, ohne Gerichtsbeschluss geht das gar nicht!«

»So ein Schwachsinn! Los, lass mich durch!« Henning schubste seinen Freund zur Seite und drängelte sich ungeduldig an ihm vorbei. Lars' schriller Protest war ihm egal.

Krumme folgte den beiden Männern in Lars' Zimmer. Dort herrschte zwar eine beachtliche Unordnung, aber ansonsten schien auf den ersten Blick alles normal. Henning öffnete den Kleiderschrank und blickte unters Bett, konnte aber nichts finden.

»Du bist so ein Arschloch! Raus hier!«, schimpfte Lars und versuchte Henning aus dem Zimmer zu zerren. Doch der ließ sich nicht beirren und rüttelte sogar am Schreibtischschrank, der allerdings verschlossen war.

Krumme bemerkte, dass Lars der Schweiß über die Schläfen rann. Hatte er Angst? Oder gab es einen anderen Grund? Ihm fiel auf, wie krank und bleich er auf einmal aussah. Und wieso presste er die ganze Zeit eine Hand auf seinen Bauch?

»Was hast du denn da an deiner Seite, Lars?«, fragte Krumme ihn.

»Nichts«, erwiderte Lars und verschränkte die Arme, die Schultern nach vorne verkrampft. Jetzt war auch Henning aufmerksam geworden. Er riss Lars' rechten Arm zur Seite – und sah einen roten Fleck auf dessen T-Shirt. So schnell, dass sein Freund gar nicht reagieren konnte, hob er das Hemd hoch und entblößte ein großes blutgetränktes Pflaster auf Lars' bleichem Bauch.

»Was zur Hölle …?«, stammelte Henning. Auch Krumme

sah den jungen Mann erschrocken an. Für einen Moment war es totenstill in dem kleinen Zimmer. Draußen schien der Regen aufgehört zu haben, nur der Wind blies noch und ließ die schwankende Laterne vor dem Fenster leise quietschen.

»War das auch der Brombeerstrauch?«, fragte Krumme. Aber Lars schwieg, sein Brustkorb hob und senkte sich, so als hätte er gerade einen Marathon hinter sich gebracht.

Henning packte ihn plötzlich mit beiden Händen am Kragen und presste ihn wütend gegen den Schrank: »Schluss mit dem Gequatsche! Sag uns endlich die Wahrheit! Was ist hier passiert? Wo ist Swantje?«

Lars wirkte wie ein gehetztes Tier. Voller Panik blickte er zwischen den beiden Männern hin und her. Dann stieß er Henning mit einem lauten Aufschrei zur Seite, rammte Krumme mit dem Ellenbogen brutal gegen die Wand und sprang aus dem Zimmer.

Aber Henning war sofort wieder auf den Beinen. Laut brüllend rannte er Lars durch den Flur hinterher. Krumme brauchte etwas mehr Zeit. Sich ächzend die Seite haltend zog er sich am Türgriff hoch und folgte den beiden. Schon hörte er lautes Schreien aus der Küche.

Als er in den Raum kam, stand Henning in Angriffsposition vor Lars, der sich seinen vor Wut rasenden Freund mit einem großen Fleischermesser vom Leib hielt. Wie zwei Raubtiere im Käfig bewegten sie sich im Kreis.

»Haut ab! Haut endlich ab, und lasst mich in Ruhe!«, kreischte Lars mit einem Gesichtsausdruck, den Krumme sich bei ihm nie hätte vorstellen können. In seinen Augen funkelte der blanke Wahnsinn. Henning wirkte dagegen auf einmal ganz ruhig und zu allem entschlossen. Das im Licht aufblitzende Messer schien er kaum wahrzunehmen, stattdessen starrte er Lars in die weit aufgerissenen Augen.

»Wo ist Swantje?«

»Es war ihr Fehler!«, stieß Lars plötzlich hervor.

Henning und Krumme sahen einander erschrocken an.

»Ich wollte das nicht. Aber ... sie hat einfach nicht auf mich gehört!«, stammelte Lars. Tränen liefen ihm über die Wangen.

»Um Gottes willen, was ist passiert?«, fragte Krumme, während er mit erhobenen Händen langsam auf Lars zuging. Sofort drohte der auch ihm mit dem Messer.

»Weg! Hauen Sie ab!«, schrie er Krumme an. »Sie sind an allem schuld! Hätte ich Sie doch bloß ersaufen lassen ...«

Weiter kam er nicht. Henning nutzte aus, dass Lars abgelenkt war. Mit einem Schrei warf er sich ihm entgegen, so dass Lars rücklings auf den harten Steinboden fiel. Henning drückte ihm sein Knie in den Bauch und verdrehte ihm so sehr den Arm, dass Lars das Messer freigeben musste. Er schrie auf vor Schmerzen, trat wild um sich und versuchte mit aller Kraft sich zu befreien. Doch er hatte keine Chance. Henning hatte ihn im Griff. Mit voller Wucht schlug er ihm ins Gesicht.

»Du verdammter Scheißkerl!« Noch einmal rammte er dem unter ihm liegenden Lars die Faust ins Gesicht. »Raus damit, was hast du mit Swantje angestellt?« Als er gerade erneut ausholen wollte, versuchte Krumme sich dazwischenzudrängen.

»Nein, Henning, nicht!«, rief er, doch Henning hörte nicht auf. Wieder schlug er zu, die Hand schon blutverschmiert von Lars' aufgeplatzter Lippe.

Plötzlich hallte ein ohrenbetäubender Schuss durch den Raum – und hielt die Zeit für einen schrecklichen Moment an! Eine Kugel traf Henning in den Rücken, durchschlug seine Brust und trat vorne wieder aus. Blut spritzte durch den Raum, auf den Boden, gegen die Wand und auf Lars' vor Entsetzen verzerrtes Gesicht. Henning riss ungläubig die

Augen auf, blickte zum entsetzten Krumme. Dann sackte er stöhnend zur Seite.

Krumme hörte einen lauten Schrei. Seinen eigenen Schrei! Hastig beugte er sich zu Henning, der jetzt regungslos auf den kalten Fliesen in seinem eigenen Blut lag.

Er blickte zur Tür. Und konnte nicht glauben, was er sah.

Lars' Vater Geert saß in seinem Rollstuhl. Er hielt ein Gewehr im Arm, dessen Lauf jetzt auf Krummes Kopf gerichtet war. Doch das Schlimmste war Geerts Blick. Darin war nichts mehr von dem verwirrten Alten zu sehen, den Krumme vor ein paar Tagen kennengelernt hatte. In Geerts Augen standen nur blanker Hass und der gleiche Wahnsinn wie bei seinem Sohn. Krumme sah ihn erschrocken an, dann fiel sein Blick auf seine Hand und er verstand.

Ich bin so ein Idiot, dachte er noch.

Dann traf ihn ein heftiger Schlag am Hinterkopf, und er verschwand in einem dunklen Nichts.

58

Zuerst hörte er ein gedämpftes Murmeln. Ein leiser Gebirgsbach, der aber in seinem schmerzenden Kopf schon bald zu einem donnernden Wasserfall anschwoll. Er sah ein Funkeln am pechschwarzen Horizont und stellte fest, dass er die Augen noch immer geschlossen hielt. Er wollte sie öffnen, doch allein der Gedanke daran bereitete ihm furchtbare Qualen. Seine Beine, was war mit seinen Beinen? Er konnte sie nicht mehr spüren! Ein dumpfer Schmerz pochte in seinem Körper. Aber noch schien er zu leben. Langsam, ganz langsam öffnete er seine flatternden Lider.

Seine Augen brauchten einen Augenblick, bevor sie Konturen in der Dunkelheit unterscheiden konnten. Er saß in einem kleinen Raum. Wahrscheinlich ein Keller. Brüchiger Putz an den Wänden. Schimmel, überall Schimmel. Eine rostige Stahltür mit schweren Nieten und einem großen, nach unten geklappten Riegel. Ein kleines Fenster. Durch einen schmalen Streifen konnte er ein Stück des Nachthimmels ausmachen, schwarze Wolken, dazwischen Sterne. Den Mond selbst konnte er nicht sehen, doch sein bleiches Licht reichte bis in dieses dunkle Verlies.

Und überall Wasser. Langsam, aber stetig strömte es in den Kellerraum! Es stank nach Salz und fauligem Seetang. Die Flut, die noch nicht ihren Höhepunkt erreicht hatte.

Und schon jetzt saß Krumme bis zur Hüfte in der eisigen Brühe! Mit einem Mal wurde ihm seine Lage bewusst. Krumme versuchte sich aufzurichten. Aber seine erfrorenen

Beine wollten ihm einfach nicht gehorchen. Ächzend drehte er sich zur Seite, um sich mit den Armen abzustützen und wieder auf die Knie zu kommen.

Endlich bemerkte er, dass er nicht alleine in diesem Albtraum gefangen war. Neben ihm saß Swantje, an die Wand gelehnt, wie er mit dem halben Körper im Wasser, der Kopf auf die Brust gesunken, die Augen geschlossen. Und noch ein Stück weiter lag Henning, achtlos ins Wasser geworfen wie ein Müllsack. Fast sein kompletter Körper war von den Fluten bedeckt, der Kopf lag abgewandt von ihm auf der Seite.

»Nein«, stöhnte Krumme. Verzweifelt versuchte er die Kontrolle über seine Beine zurückzugewinnen. Und tatsächlich, es gelang ihm, zu Swantje zu robben.

War sie tot? Besorgt hob er ihr Gesicht an, bemerkte eine blutige Stelle am Hinterkopf. Er versuchte ihren Puls zu fühlen, aber mit seinen tauben Fingern konnte er kaum etwas spüren. Immer wieder rief er ihren Namen. Doch Swantje rührte sich nicht. Wie eine bleiche Puppe lag sie in seinen Armen, während im Hintergrund das Wasser immer lauter in ihr gemeinsames Gefängnis plätscherte. Er schüttelte sie, schrie, so laut er konnte. In seiner Verzweiflung gab er ihr schließlich sogar eine Ohrfeige.

Auf einmal zuckten ihre Arme. Sie stöhnte, zitternd öffneten sich ihre Lider. Verwirrt starrte sie ihn an.

»Herr Krumme? Was …?« Ihre Stimme versagte. Sie bebte vor Kälte, vor Schock, aus Angst. Krumme nahm sie erleichtert in den Arm. Er wollte ihr alles erklären, aber vorher musste er sich um Henning kümmern. Swantje stieß einen erschrockenen Schrei aus, als sie ihren Freund bewusstlos im Wasser liegen sah.

»Was … was ist passiert?«, fragte sie Krumme. Er gab ihr eine Kurzfassung der Ereignisse in der Küche.

»Geert hat auf ihn geschossen?!« Schwer zu sagen, was

Swantje einen größeren Schock versetzte: Ihre ausweglose Situation – oder die Erkenntnis, dass Lars und sein Vater Monster waren. »Aber das … das kann nicht sein! Ich kenne die beiden schon mein ganzes Leben!«

Doch jetzt war keine Zeit, sich darüber den Kopf zu zerbrechen. Das Wasser stieg unaufhörlich weiter. Nicht mehr lange, und es würde bis zur Decke stehen! Schluchzend und völlig aufgelöst half Swantje Krumme dabei, Henning so weit wie möglich aufzurichten. Schließlich saß er angelehnt an der schimmelfleckigen Wand, die Arme reglos im Wasser baumelnd. Sein Kopf hing schlaff mit dem bleichen Gesicht nach unten. Krumme begutachtete die Austrittswunde in der Brust.

»Ist er …?« Swantje sah Krumme aus verweinten Augen an. In dem Moment hustete Henning. Blut spritzte aus seinem Mund, er röchelte schwer, blieb aber ohne Bewusstsein.

»Oh mein Gott!«, schluchzte Swantje, »Henning!« Sie stützte ihn, damit er nicht wieder umkippte und zurück in das kalte Wasser sackte.

»Wir müssen hier raus, sofort!«, rief Krumme gegen den Lärm des Sturms und des hereinstürzenden Wassers an. Er schleppte sich zu der schweren Metalltür. Sie hatte keine Klinke, sondern einen großen Drehriegel. Mit seinem ganzen Gewicht drückte Krumme sich dagegen. Es knirschte und knackte, rostiges Eisen schob sich ineinander, sonst passierte nichts. Der Riegel ließ sich keinen Millimeter verschieben. Swantje schob den schwerverletzten Henning in die Ecke des kleinen Raumes. Dann bewegte sie sich durch das Wasser zu Krumme, um ihm zu helfen. Gemeinsam versuchten sie den Riegel zu bewegen. Aber sosehr sie sich auch mühten, er blieb in seiner Position.

»Der Mistkerl muss ihn auf der anderen Seite verriegelt haben!«

»Wir werden hier ertrinken!« Sie schlug mit beiden Fäusten gegen das Metall und schrie um Hilfe, schrie Lars' Namen, immer und immer wieder. Ihre Handknöchel bluteten, doch Swantje bemerkte es nicht einmal. Sie war kurz davor, wahnsinnig zu werden.

Krumme nahm ihr Kinn und drehte ihren Kopf so, dass sie ihn ansehen musste. Dann umfasste er ihr Gesicht mit beiden Händen und blickte ihr fest in die Augen. »Swantje, bitte, ganz ruhig! Wir finden einen Ausweg! Wir kommen hier raus. Versprochen!«

Sie sah ihn an, verzweifelt, skeptisch, nickte dann aber langsam. Krumme schluckte, noch nie hatte sie seiner Tochter Hannah so ähnlich gesehen wie in diesem Moment.

»Kümmern Sie sich um Henning!« Tatsächlich drohte das steigende Wasser ihn schon wieder zu verschlingen. Ihm und Swantje reichte es bereits bis zur Hüfte, dem bewusstlos in der Ecke kauernden Henning bis zum Kinn. Swantje watete durch das Wasser zurück zu ihrem Freund, hakte sich mit beiden Armen unter und zog ihn hoch.

Krumme nickte ihr aufmunternd zu. Dabei spürte auch er, wie die Panik sich in ihm wie ein Virus durch die Eingeweide fraß. Schon wieder drohte er zu ertrinken! Ihm schwindelte. Sein Körper fühlte sich mittlerweile an wie ein tauber Klumpen Fleisch, die Kälte presste ihm die Luft aus der Lunge.

Aber er durfte nicht aufgeben. Er schloss die Augen und versuchte sich zu konzentrieren, wieder Herr über seine Sinne werden. Es musste einfach einen Ausweg geben!

Er blickte zu dem kleinen Fensterspalt. Auch ohne die dicken Gitterstäbe war er viel zu eng und schmal, auf diesem Weg konnten sie ihr Gefängnis nicht verlassen. Sein Blick wanderte zur Decke, er suchte Leitungen oder Kabel. Aber dort war nichts als blanker Zement, überzogen von feuchtem Schimmel, den Spuren vergangener Sturmfluten.

Blieb also nur die Metalltür. Verdammt noch mal, es musste doch einen Weg geben, um sie zu öffnen! Er hatte die Verantwortung! Er durfte Swantje und Henning nicht einfach so sterben lassen! Verzweifelt strich er mit der Hand über den rostigen, schartigen Stahl, auf der Suche nach einem Verschluss, nach irgendeinem Mechanismus, der diese verfluchte Tür entriegeln konnte.

Was war das da auf der Oberfläche? Ein Muster? Krumme kniff die Augen zusammen. Langsam wurde es immer dunkler um ihn herum, aber noch konnte er die feinen Striche sehen.

Hatte Swantje …? Nein, sie war ohne Bewusstsein gewesen und hatte nichts damit zu tun.

Er stöhnte leise und schloss die Augen, als er – das Wasser schon über dem Bauch – die Wahrheit erkannte.

Diese Kratzer an der Metalltür waren die Spuren einer anderen verzweifelten Seele, die hier unten in diesem feuchten Grab bis zum letzten Atemzug um ihr Leben gekämpft hatte.

59

Er hasste seinen Körper. Die tauben Beine, die kraftlosen Arme, das Kribbeln in seinen Fingern. Seine Unfähigkeit, klar und deutlich zu sprechen. Sein Unvermögen, den Speichelfluss zu kontrollieren. Er hasste die mitleidigen, besorgten, manchmal auch verächtlichen Blicke der anderen. Und am meisten hasste er es, dass sein eigener Sohn ihn wie ein Kleinkind aufs Klo tragen und ihm wie einem Baby die Windeln wechseln musste. Wenn sie Glück hatten. In letzter Zeit passierte es immer wieder, dass er überhaupt nicht mehr merkte, wann er pinkeln oder kacken musste.

Er war ein Wrack, ein menschliches Wrack.

Er wusste, dass dies die Strafe war. Die Strafe für das, was er in seinem anderen, seinem früheren Leben getan hatte. Diese ständige Wut, die sich damals wie ein glühender Nagel in seinen Kopf gebohrt hatte, sie hatte ihn schlimme Dinge tun lassen. Schlimm für andere, aber auch schlimm für ihn. Seine Ausbrüche hatten selbst ihm jedes Mal aufs Neue Angst gemacht. Die Stimmen seiner Opfer und seiner Ankläger verfolgten ihn bis in seine Träume. Vor ihnen war er hierher ans Ende der Welt geflohen, hatte sich in diesem elenden, kleinen Haus vor den Menschen versteckt.

Aber das war dem Schicksal, dem lieben Gott, Satan oder wer auch immer für den Gang der Welt verantwortlich war, nicht genug gewesen. Der dumpfe Schlag, der sein Hirn in Brei verwandelt hatte, damals, als er gerade das verfluchte Unkraut hinten im Garten herausgerissen hatte, dieser

Schlag sollte ihm den Rest geben. Ihm die Kraft nehmen, um weiter sein Unwesen zu treiben.

Das hatte nicht funktioniert. Das Böse in ihm ließ sich nicht unterdrücken.

Hör auf, dich zu quälen! Du hast nur getan, was getan werden musste! Du hast deinen Sohn verteidigt, jeder Vater hätte so gehandelt! Diese Scheißkerle wollten deinen Jungen umbringen!

Er stöhnte auf und rieb sich mit der rechten Hand, seiner guten Hand, über die schmerzende Stirn. Mit heruntergezogenen Mundwinkeln betrachtete er sein im Dunkel des Zimmers kaum zu erkennendes Spiegelbild in der Glasscheibe der Schrankwand.

Er war ein lebendes Gespenst. Ein Schatten. Vergessen von der Welt.

Von draußen aus dem Garten hörte er das Lachen. Sein Lachen. Es machte ihn krank.

Mit einem Seufzer riss er sich aus seinen trüben Gedanken. Speichel floss ihm aus dem Mund. Wütend wischte er ihn sich mit dem Handrücken achtlos auf seinem verwaschenen, fleckigen Hemd ab. Dann griff er mit beiden Händen nach den Rädern seines Rollstuhls und schob sich aus dem Wohnzimmer hinaus in den halbdunklen Flur.

Wo war Lars? Er musste nach seinem Jungen schauen!

Er fand ihn in der Küche. Mit quietschenden Rädern blieb er in der Tür stehen und sah schweigend zu ihm herunter. Er kniete auf dem Boden, neben sich einen Wassereimer, und versuchte, das Blut von diesem kleinen Scheißer abzuwaschen.

»Und?«, sagte er nach einer Weile.

Lars drehte sich nicht zu ihm um. »Was und?«

»Alles erledigt?«

Lars schwieg.

»Hast du die beiden in den Keller geworfen?«

»Ja, verdammt, habe ich! In den verfluchten Keller! Wie immer!«, stieß er wütend hervor.

»He, reg dich nicht auf. Ich bin dein Vater. Ich will dir nur helfen.« Wie immer kostete es ihn viel Kraft, die Worte verständlich über die Lippen zu bekommen.

»Ja, ich weiß, du willst mir immer nur helfen«, erwiderte Lars, nicht dankbar, sondern voller Verachtung.

Er sah, dass er weinte. Sein armer Junge. Es brach ihm das Herz.

Besorgt betrachtete er den dunklen Fleck auf Lars' T-Shirt. »Was ist mit deinem Bauch?«

»Geht schon.«

»Du blutest immer noch.«

»Ist nur eine Fleischwunde.«

Lars wrang den Lappen über dem Eimer aus. Geert hatte nicht den Eindruck, dass der Boden sauberer wurde. Eigentlich verschmierte Lars das Blut nur immer mehr. Aber jetzt war nicht der richtige Moment, um ihm das zu sagen. Schweigend sah er ihm bei der Arbeit zu.

»Hör auf, dir zu viele Gedanken zu machen. Was passiert ist, ist passiert.«

Lars drehte ihm endlich sein Gesicht zu, wutverzerrt, voller Verzweiflung. In dem Blick, den ihm sein Sohn zuwarf, erkannte er den gleichen Wahnsinn, der auch ihn schon so oft umgetrieben hatte.

»Sie werden verrecken. Sie werden in diesem elenden Loch verrecken.«

»Ihre Schuld! Du hast ihnen nichts getan. Sie sind hierhergekommen und haben dich bedroht!«

Lars schwieg, sein Blick ging in die Ferne, hinaus aus dem Fenster in die nächtliche, überflutete Welt. Er wusste, woran sein Sohn dachte.

»Vergiss die kleine Schlampe.«

»Swantje ist keine Schlampe!«

»Sie hat versucht, dich abzustechen!«

Lars brachte ihn mit einem Blick zum Schweigen. Natürlich, er wollte die Wahrheit nicht hören. Noch nicht. Doch Geert war sicher, dass sein Sohn mit der Zeit erkennen würde, dass er Recht hatte, dass es keine Alternative gab. Er musste sein Schicksal akzeptieren, genau wie er es tat.

In der Küche herrschte Stille. Der Sturm hatte sich beruhigt. Noch immer rauschte der Wind um ihr Haus. Aber das schmerzhaft laute Brausen war verschwunden.

Lars saß weiter regungslos am Boden. Alleine in seiner eigenen Welt. Er kannte das von sich selbst.

»Sie war nicht die Richtige für dich, mein Junge.«

»Was weißt du schon?!«

»Sie wollte immer nur diesen anderen Schwachkopf. Sie hätte dich niemals lieben können.«

Lars blickte zu ihm hoch. Die verschwitzten Haare klebten ihm am Kopf. Die Stirn war zerfurcht. Tiefe Schatten lagen unter den Augen. Augen voller Verachtung. Von Liebe für seinen Vater keine Spur.

Dann griff er wieder nach dem Lappen, klatschte ihn grimmig auf den Boden und schrubbte mit einer Wut über die Fliesen, als hoffte er, auf diese Weise alles Böse aus seinem Leben herauswaschen zu können.

Lass ihn, hörte er eine Stimme. Ihre Stimme.

Leise ächzend drehte er seinen Rollstuhl herum und überließ seinen Sohn sich selbst.

Kurz darauf lag er auf seinem Bett. Sein Zimmer war eigentlich nicht viel mehr als eine kleine Kammer. Es gab nur Platz für einen Kleiderschrank, sein Bett und einen Nachttisch. Lars hatte mal angeboten, ihm den Fernseher an die Wand zu hängen, aber davon hatte Geert nichts wissen wollen. Dann hätte es ja gar keinen Grund mehr gegeben, diese enge Gruft zu verlassen.

Mit dem Kopf auf einem dicken Kissen blickte er die Wand an. Nur ein Bild hing dort, ein Aquarell. Es zeigte eine Marschlandschaft im Winter. Maike hatte es gekauft, auf einem Trödelmarkt in Föhr. Es war alles, was er noch von ihr hatte. Ein kleines, dämliches Bild. Er hasste es. Trotzdem hatte er noch nicht die Kraft gefunden, es abzuhängen.

Der Regen schien aufgehört zu haben, jedenfalls klatschte er nicht mehr so heftig gegen die Scheibe. Er hustete laut, um den Kloß im Hals zu lösen. Mit der rechten Hand vergewisserte er sich unter dem Bett, dass sich seine Plastikflasche an der richtigen Stelle befand, falls er in der Nacht pinkeln musste.

Scheißleben, dachte er.

Da hörte er das Lachen. Schon wieder, kein Tag verging, an dem er seine Ruhe hatte. Es war ein hässliches Gackern, spöttisch, voller Verachtung. Eine Gans oder eine Möwe, das hatte er früher gedacht. Aber da hatte er sich getäuscht. Es war der Klabautermann. Er hatte ihn gesehen, oft. Er hatte viele Gesichter. Hässliche, verzerrte Gesichter, die ihn beobachteten, ihn bedrohten, bis in seine dunkelsten Träume hinein. Gesichter von Menschen, die ihm wehgetan, ihn gedemütigt hatten, die er bestrafen musste. Manchmal sah der Teufel ihn auch durch Maikes Augen an. Und ab und zu auch durch seine eigenen, wenn er abends alleine vor dem Spiegel stand.

Er schloss seine Lider, aber das Lachen blieb. Es wurde lauter, dröhnte schließlich in seinem Schädel. Ein Knattern füllte seine kleine Kammer. Er spürte, wie sein Bett zu beben schien. Er öffnete die Augen. Blitze zuckten in sein Zimmer. Er krallte sich in seine Decke, drückte den Kopf ins Kissen. War es jetzt endlich so weit? Holte er ihn? Musste er für seine Sünden bezahlen? Aber er hatte keine Angst, er hatte immer gewusst, dass dieser Tag irgendwann kommen musste. Lächelnd ergab er sich seinem Schicksal. Was auch immer geschehen mochte, er war so weit. Ein Wanderer kurz vor seinem Ziel, das Erlösung hieß.

60

Das Wasser reichte ihnen mittlerweile bis zum Hals. Nur mit Mühe konnte Krumme den Kopf noch über die eiskalte Brühe halten. Swantje hatte einen kleinen Absatz an der Wand gefunden. Dort stand sie nun, immer noch mit dem bewusstlosen Henning im Arm.

»Ich kann nicht mehr«, flüsterte sie mit blaugefrorenen Lippen. Sie war kurz davor, ohnmächtig zu werden. Krumme sah, wie ihre Augen sich langsam schlossen. So schnell er konnte, schob er sich durch das stetig hereinfließende Wasser, stellte sich neben sie und nahm ihr Henning ab, der sich in seinen Händen wie ein schwerer Zementsack anfühlte. Mühsam versuchte er den Kopf des Bewusstlosen über der Oberfläche zu halten. Lebte er überhaupt noch? Krumme war sich nicht sicher. Verzweifelt kämpfte er gegen den Wunsch an, den Jungen einfach ins Wasser gleiten zu lassen, damit wenigstens er und Swantje um ihr eigenes Leben kämpfen konnten.

Täuschte er sich, oder hatte die Geschwindigkeit des hereinfließenden Wassers abgenommen? Hatten sie den Höhepunkt der Flut schon erreicht?

Es spielte keine Rolle mehr. Noch stieg der Pegel stetig, wenn auch langsamer. Nicht mehr lange und die Eisbrühe würde die flache Decke erreichen. Dann würden sie ertrinken. Wenn sie vorher nicht schon erfroren waren.

Oder vor Angst gestorben. Krummes Panik vor dem Moment, wenn das Wasser ihm über den Kopf stieg, war so gewaltig, dass er fürchtete, wahnsinnig zu werden. Er war ein jämmerlicher Schwimmer – wie lange würde er sich oben halten können? Aber selbst wenn er ein Rettungsschwimmer gewesen wäre, sein Körper fühlte sich mittlerweile so taub an, dass er sich nicht vorstellen konnte, überhaupt irgendeine Bewegung zu machen.

Das Einzige, was noch größer als seine Furcht zu ertrinken war, war die Angst, dass Swantje sterben würde. Schon sackte ihr Kopf wieder nach unten.

»He, wachbleiben«, stöhnte er und gab ihr einen Klaps auf die Wange. Müde und unendlich erschöpft öffnete sie die Augen. Sie lächelte.

»Jetzt verstehe ich, warum Sie Wasser hassen«, sagte sie schwach.

»Ich hasse es nicht. Ich sollte bloß endlich einen Schwimmkurs machen!«

»Ich kann es Ihnen beibringen, Herr Kommissar.«

»Gerne. Aber nur, wenn Sie endlich aufhören, mich ›Herr Kommissar‹ zu nennen. Ich heiße Theo.«

»Na schön, Theo. Wann passt es Ihnen denn am besten?« Sie lächelte matt und hatte kaum noch die Kraft zu sprechen. Krumme hatte Mühe, sie zu verstehen.

»Im Sommer komme ich wieder, versprochen. Wenn das Meer schön warm ist.«

»Pech gehabt«, sagte sie, die Worte klangen verwaschen. »Die Nordsee wird nie richtig warm«, murmelte sie mit halbgeschlossenen Augen.

»He, was habe ich gesagt? Nicht einschlafen!«

Swantje nickte nur benommen, spuckte Wasser aus, das ihr in den Mund gelaufen war. Mittlerweile stand die Brühe ihr schon bis zum Kinn.

»Wir werden sterben«, hauchte sie.

»Nein, das werden wir nicht«, erwiderte er trotzig, obwohl er nicht die Spur einer Ahnung hatte, wie sie das hier in diesem elenden Loch am Ende der Welt verhindern sollten.

Plötzlich hörte er hinter dem Rauschen und Plätschern des Wassers ein anderes Geräusch, das er nicht einordnen konnte. Der stärker werdende Wind? Wellen, die an das Haus klatschten?

»Hören Sie das?«

Swantjes Kopf fiel zur Seite.

»Swantje!«, rief er aufgeregt. »Da draußen ist jemand!«

»Quatsch …«, flüsterte sie schläfrig.

»Nein, im Ernst, hören Sie das denn nicht?« Und tatsächlich, da war ein lautes Brausen, ein tiefes Dröhnen, und es war nicht der Wind. Jetzt hatte auch Swantje das Rattern gehört, sie öffnete die Augen. »Ein Hubschrauber?«

»Vielleicht …« Krumme konnte es kaum fassen, sollte doch noch alles gut werden? Aber dann verschwand das Geräusch wieder, wurde leiser.

»Oh mein Gott, wir haben keine Zeit mehr«, stöhnte Krumme. »Hilfe! Hilfe, wir sind hier unten!«, brüllte er mit letzter Kraft. Swantjes Lebenswille war wieder zurückgekehrt. Auch sie versuchte, um Hilfe zu rufen. Aber sie bekam die Lippen kaum noch auseinander. Und wenn, dann schluckte sie sofort wieder Wasser.

Krumme wurde klar, dass sie nur noch Minuten hatten. Sie mussten sich unbedingt bemerkbar machen, aber wie? Fieberhaft suchte er nach einer Lösung. Schließlich schob er den bewusstlosen Henning wieder in Swantjes Arme.

»Schnell, nehmen Sie ihn!«

»Ich kann nicht …«

»Sie müssen!«

Swantje ächzte. Verzweifelt versuchte sie Henning über Wasser zu halten. Aber sie war zu schwach. Krumme sah, wie sein Kopf heruntersackte.

Alle Kraft zusammennehmend stieß er sich ab und schwamm, ging, strampelte zurück zur Stahltür und schlug mit der Faust dagegen, wieder und wieder. Aber es war viel zu leise, selbst er konnte kaum etwas hören.

Er sah sich um, es musste doch irgendwo einen harten Gegenstand geben. Nur wo? Als er zu Bewusstsein gekommen war, hatte der Raum schon komplett unter Wasser gestanden. Er brauchte eine Stange. Oder einen Stein, irgendetwas, um damit gegen die Metalltür zu schlagen und so viel Lärm wie möglich zu machen.

Es gab nur einen Weg. Und er war genau das Gegenteil von dem, was er jetzt machen wollte. Krumme stöhnte verzweifelt. Wieder musste er den Wunsch unterdrücken, einfach aufzugeben, sich treiben zu lassen. Nein, er musste kämpfen, für Swantje, für Henning, für sich selbst.

Er atmete noch einmal durch, dann holte er tief Luft und tauchte ab. Wie ein Kind in seiner ersten Schwimmstunde paddelte er mit den Armen und Beinen, hatte Schwierigkeiten überhaupt bis zum Boden zu kommen. Prustend stieg er wieder an die Oberfläche, holte Luft. Erneut versuchte er, den Grund zu erreichen, während sein Hintern auf lächerliche Weise immer nach oben strebte. Die Augen zusammengekniffen tastete er mit beiden Händen den Boden ab. Aber da war nichts, nur Schlamm und glitschiger Seetang, den das Meer in den Raum gespült hatte!

Schon ging ihm die Luft aus! Ungeschickt und als Taucher völlig ungeübt spuckte er die Luft viel zu hastig aus dem Mund, spürte, wie die Bläschen nach oben stiegen.

Da fühlte er endlich was. Einen Stein! Einen großen runden Stein! Krumme konnte es nicht fassen. Japsend stieß er wieder an die Oberfläche, hielt seinen Fund wie eine Trophäe in die Höhe.

»Ich hab's geschafft!«, stöhnte er endlos erleichtert. Er

blickte zu Swantje und Henning. Von ihm war nur der Rücken zu sehen, Swantje hatte den Kopf an die Wand gelehnt, die Augen geschlossen, offenbar ohne Bewusstsein.

Er hatte keine Zeit mehr. Entschlossen umfasste er den Stein, um ihn gegen die Metalltür zu schlagen.

Dann sah er, was er wirklich gefunden hatte. Es war kein Stein. Er hielt einen Schädel in der Hand. Im letzten fahlen Dämmerlicht des Mondes starrte er Krumme aus seinen schwarzen Augenhöhlen an.

Auf einmal drehte sich alles um ihn herum. Der Schock zog ihm die Beine weg.

Was? Nein, wer …?

Eine kalte Hand griff nach seinem Herz, als er verstand. Wieder blickte er zu Swantje. Er überlegte, versuchte einen klaren Gedanken zu fassen. Doch die Kälte betäubte alles, er konnte nicht mehr denken. Nur eines war klar: Sie würden alle sterben, wenn er nicht handelte …

61

Lars konnte ihre Hilferufe hören. Das Plätschern, wenn sie sich durch den gefluteten Raum bewegten. Das verzweifelte, erschöpfte Murmeln. Mit stummer, regloser Miene beobachtete er aus sicherer Entfernung, wie immer mehr Wasser in den Keller floss. Nicht mehr lange und er würde das schmale Fenster nicht mehr sehen. Dann würde es komplett unter der See verschwinden.

Er stand neben der Ruine des verwitterten, fast hundert Jahre alten Schuppens, der sich am Rand der Warft befand. Eigentlich nur ein paar schiefe Mauern und ein morsches Dach. Dass er einen Keller hatte, wussten nur sein Vater und er. Sein Ururgroßvater, ein Fischer, hatte die dämliche Idee gehabt, hier einen Kühlraum anzulegen. Aber schon bei der ersten etwas heftigeren Sturmflut hatte der Raum unter Wasser gestanden. Eine Fehlkonstruktion. Immerhin, in der Scheune konnte man noch Schrott, alte Fahrräder und rostige Metallreste abstellen. Aber auch sie wurde bei jedem »Land unter« geflutet. Eigentlich hätte er den Schuppen abreißen sollen. Doch stattdessen hatte er immer versucht, seine Existenz zu verdrängen.

Und das, wofür er stand.

Für den Tod. Für Schuld. Für die dunklen Seiten seiner Existenz. Für all das, was er vor den anderen Menschen verstecken wollte. Was sie nie erfahren sollten. Für all die düsteren Wünsche und Begierden, die ihn nachts nicht schlafen ließen.

Er hörte wieder einen gedämpften Schrei aus dem Keller, eher ein Stöhnen. Swantje. Sie lebte noch. Alle hatten sie gelebt, als er sie in dieses schwarze Loch geworfen hatte.

Du hast niemanden umgebracht, hatte sein Vater ihm immer gesagt. Und es stimmte. Er war kein Mörder, er nicht. Das stürmische Meer brachte die Menschen um. Jetzt würde es sich drei neue Opfer holen. So war das Leben.

Wieder hörte er Swantje. Nur ganz schwach. Lars verzog keine Miene. Wie eine Wachspuppe stand er im Schatten, ohne jedes Zeichen von Leben. Aber über sein Gesicht liefen dicke Tränen.

Hier endete es also. In dieser dunklen Nacht. Wie hatte es nur so weit kommen können? Wieso hatte Swantje seine Liebe nicht erhört? Lars erinnerte sich daran, wie sie als Kinder Hand in Hand über die Hallig gelaufen waren, übermütig gelacht hatten. Wie sie gemeinsam mit den anderen gefeiert hatten. Er erinnerte sich daran, wie schön sie war. Wie ein Engel.

In seiner Erinnerung würde sie das auch immer bleiben. Diese Bilder konnte ihm keiner nehmen. Auch Swantje nicht.

Der Schmerz in der Seite. Lars erwachte aus seiner Starre und stöhnte. Mit zitternden Händen fasste er sich vorsichtig an die immer noch blutende Wunde. Es sah schlimmer aus, als es war. Das würde heilen, da war er sich sicher. Aber den hasserfüllten Ausdruck auf Swantjes Gesicht, den würde er niemals vergessen.

Ihn schwindelte. Kein Wunder, er hatte viel Blut verloren. Mit schwindendem Bewusstsein versuchte er die Bilder und Eindrücke der letzten Stunden zu sortieren. Der von der Kugel getroffene Henning, der Sturm, dieser verfluchte Kommissar, der in seinen nassen Klamotten plötzlich vor der Tür gestanden hatte. Swantje, immer wieder Swantje.

Es war zu spät. Es war alles zu spät.

Der Helikopter hatte die Warft fast erreicht. Lars hatte schon aus dem Fenster beobachtet, wie er über die Hallig geflogen und zunächst bei der Hanswarft gelandet war. Dann war er wieder gestartet. Lars hatte genau gewusst, wohin er fliegen würde.

Nun landete er auf dem Rasen beim Gemüsebeet, direkt neben der alten Weide, die im Sturm umgestürzt war. Wie ein Drache mit leuchtenden Augen stand der Hubschrauber mitten auf der Warft. Keine Polizei, keine Feuerwehr. Erstaunt sah Lars das Zeichen der Verkehrswacht auf der Kabine. Er versteckte sich hinter dem Schuppen und beobachtete, wie Andy, ein dicker Polizist in Uniform und der Pilot herauskletterten, zusammen mit Torben, dem Hallig-Sanitäter. Die vier liefen Richtung Haus. Schon klar, wen sie suchten.

Er stöhnte leise. Die Wunde in seinem Bauch pochte. Mit schmerzverzerrter Miene ging er in die Knie.

Zeit zu gehen. Keiner würde verstehen, warum er tun musste, was er getan hatte. Dass er seinen Vater zurücklassen musste, war Pech. Aber es war genug. Nach all den Jahren, die sie hier zusammengelebt hatten, war es einfach genug. Einen Neuanfang, den brauchte er jetzt. Ohne Swantje. Ohne seine alten Freunde. Und ohne seinen Vater.

Er schlich im Schatten einer langen Hecke zu seinem kleinen Boot. Es lag ein Stück hinter dem Wohnhaus auf dem Rasen. Er musste es nur ein kurzes Stück bis zum Meer ziehen.

Plötzlich hörte er ein leises Dröhnen. Ein dumpfes Poltern, ein Krachen. Es klang so, als schlüge jemand mit einem harten Gegenstand gegen Metall. Das Geräusch kam aus dem Keller.

Andy, Torben und der dicke Polizist kamen aus dem Haus

gelaufen, standen nicht weit von ihm entfernt und schauten sich im Scheinwerferlicht des Helikopters um. Er erstarrte, wenn sie ihn jetzt entdeckten, war alles vorbei. Doch stattdessen erklang wieder dieses metallene Scheppern. Nur leise zwar, aber der Regen hatte aufgehört, und auch der Wind hatte nachgelassen. Andy und Torben horchten auf, überlegten, woher die Geräusche kamen, und rannten los. Der dicke Polizist folgte ihnen schnaufend, weg von Lars in die entgegengesetzte Richtung.

Er atmete erleichtert durch. Wieder hatte das Schicksal für ihn entschieden. Es kostete ihn einige Kraft, das Boot trotz seiner Verletzung alleine über den Boden zu ziehen. Seine Beine drohten nachzugeben, er schwankte, fast hätte er den Halt verloren. Aber der Rasen war nass und rutschig, und bis zum Wasser waren es nur einige Meter. Ächzend schob er das Boot in die Wellen, hievte sich hinein, warf den Außenbordmotor an und setzte sich dann vorne ans Steuerrad. Wieder ging seine Hand an seinen Bauch. Sein Hemd war komplett durchnässt von seinem Schweiß. Und seinem Blut. Aber das war jetzt alles egal.

Langsam und leise fuhr er los, fand den Weg über die überschwemmte Hallig hinaus ins offene Meer. Immer weiter entfernte er sich von Hooge. Schon bald waren die wenigen Lichter der Richterwarft nur noch kleine leuchtende Punkte am Horizont.

Er legte den Kopf in den Nacken, schaute in den Himmel. Die Sterne funkelten freundlich, der fast volle Mond schenkte ihm sein Licht. Die Ruhe nach dem Sturm, auch wenn die Wellen noch immer heftig an die Bordwand schlugen und das Boot zum Tanzen brachten.

Er sog die frische Luft ein. Auf einmal verschwand der milchige Nebel, der ihn auf der Warft noch umgeben hatte, und er sah die Dinge wieder klarer. Er hatte es geschafft.

Plötzlich ein leises Husten. Er lauschte. Zuerst hielt er es für einen Aussetzer des Motors, doch der tuckerte ruhig und gleichmäßig. Und der Tank war noch randvoll.

Aber neben dem Diesel roch er auf einmal noch etwas anderes. Brackiges Wasser, Seetang, Moder und schimmeliges Holz, Salz und verfaulten Fisch. Böses ahnend, drehte er sich um.

Marc. Es war Marc. Seine schwarzen, nassen Haare bewegten sich im Takt der Wellen. Sein bleiches Gesicht leuchtete matt im Mondlicht. Er saß auf der Bank, die Arme auf der Bordkante abgelegt, entspannt wie ein Tourist auf einem Ausflug, und lächelte ihn an.

»Willst du mich etwa allein lassen?«, fragte er und zeigte dabei seine fauligen Zähne.

»Lass mich in Ruhe!«, flüsterte Lars. Seine Stimme zitterte, sein Atem stockte.

Aber Marc lachte nur und spritzte Lars mit der Hand Wasser ins Gesicht.

»Verschwinde! Verschwinde endlich!«, schluchzte Lars. Er senkte den Blick.

»Nein, das werde ich nicht tun«, sagte Marc und hörte auf zu lächeln. »Ich werde immer bei dir bleiben. Heute, morgen, bis in alle Ewigkeit!«

62

Wie so oft in den letzten Tagen saß er wieder auf der kleinen, morschen Bank auf dem Deich und genoss die wahrhaft majestätische Aussicht auf die Nordsee. Lautlos schoben sich riesige Wolkenberge langsam über das Meer Richtung Friesland, sanfte Giganten, die hoch am blauen Himmel schwebten. Über allem strahlte die Sonne und verwöhnte mit der ersten richtigen Frühlingswärme des Jahres. Wie eine Schale voller Diamanten glitzerte und leuchtete darunter die endlose Nordsee, so hell, dass er die Hand vor die Augen halten musste, um nicht geblendet zu werden.

Am Horizont ragten die Warften der Halligen aus dem Wasser, leuchtend wie Wolkenschlösser, geheimnisvoll und wunderschön. Langeneß und Gröde. Hooge war dahinter bestenfalls zu erahnen.

Über allem lag ein stiller Friede, nur das Plätschern der Wellen, das leise Rascheln der grasenden Schafe. Das Lachen der Gänse und Möwen und das sanfte Rauschen des Windes waren zu hören.

Kaum vorstellbar, dass über dieser wunderbaren Landschaft noch vor kurzem ein heftiger Sturm getobt hatte. Auch dass er in dieser Nacht beinahe ertrunken war, schien ihm wie ein Ereignis aus einem anderen Leben, ein Albtraum, weit entfernt und nicht real.

Krumme verschränkte die Hände vor der Brust und streckte die Beine aus. Er blickte nach oben in den Himmel und beobachtete einen Schwarm Ringelgänse, der über den

Deich hinweg in Richtung des Michael-Hannsen-Koogs flog. Er seufzte leise.

Auf einmal hörte er ein leises Quietschen. Als er sich aufrichtete, entdeckte er in einiger Entfernung Mannsen. Der doch recht kräftig gebaute Kommissar saß auf einem wackelnden Fahrrad und arbeitete sich auf einem Radweg, der unten neben dem Deich entlangführte, langsam zu ihm heran.

Krumme lächelte gerührt. Er verdankte dem friesischen Kollegen sein Leben. Wenn Mannsen nicht hartnäckig geblieben wäre und sich um einen Hubschrauber bemüht hätte, wäre die Geschichte schlimm ausgegangen. Und jetzt hatten er und seine Frau ihn auch noch für ein paar Tage bei sich aufgenommen, damit er sich nach seinem Abenteuer erholen konnte.

Mannsen konnte manchmal eine Nervensäge sein. Aber er war vor allem ein guter Freund und einer der Gründe, dass Krumme sich trotz der schrecklichen Ereignisse auf der Richterwarft immer noch heimisch in Nordfriesland fühlte.

Der dicke Kommissar hatte ihn fast erreicht. Mit Schwung versuchte er jetzt auf den Deich hinaufzufahren, gab aber schon nach ein paar Metern auf. Das letzte Stück des Weges bis zu Krummes Bank legte er zu Fuß zurück und schob sein Fahrrad neben sich her.

»Moin«, rief ihm Krumme fröhlich entgegen. So langsam wurde er doch ein richtiger Friese. Mannsen nickte nur. Völlig durchgeschwitzt, mit hochrotem Kopf und schnaufend wie eine alte Dampflok lehnte er sein Rad gegen das von Krumme und ließ sich neben ihn auf die Bank fallen.

»Moin«, sagte jetzt auch er. Mit einem Taschentuch wischte er sich den Schweiß von der Stirn. Krumme bot ihm einen Schluck aus seiner Wasserflasche an.

»Haben Sie mit den Kollegen in Husum gesprochen?«

Mannsen nickte nur, immer noch völlig aus der Puste. Ein

Glück, dass die Fußballmannschaft des Concordia Kleebüll ihn so nicht sehen konnte – Mannsen war ihr Trainer.

»Haben Sie schon angefangen, ihn zu verhören?«

Mannsen nickte abermals.

»Und?« Krumme platzte vor Neugier. Er war in den letzten Tagen mehrmals zum Verhör im Präsidium gewesen. Der Kripo in Husum hatte es gar nicht gefallen, dass ihr Berliner Kollege schon wieder in ihrem Revier aktiv geworden war. Entsprechend zäh war der Informationsfluss gewesen. »Was hat Geert erzählt?«, wollte er jetzt von Mannsen wissen.

»Er scheint wirklich völlig durchgeknallt zu sein. Mal ist er ganz klar, dann redet er plötzlich wieder vom Klabautermann, der ihm nachts auflauert und ihn mit in die Hölle ziehen will.«

»Hat er den Anschlag auf das Mädchen in St. Pauli zugegeben?«

Mannsen schnäuzte sich in das Taschentuch, mit dem er sich gerade noch den Schweiß von der Stirn gewischt hatte. »Nicht direkt«, sagte er dann.

»Was soll das heißen?«

»Es ist wohl sehr schwer, ihn bei diesem Thema auf eine Aussage festzunageln. Er bringt ständig die Namen durcheinander. Fängt immer wieder mit neuen Geschichten an und behauptet, von anderen zu seinen Verbrechen getrieben worden zu sein.« Mannsen wischte mit der flachen Hand vor seinem Gesicht hin und her, um zu zeigen, was er davon hielt.

»Konnte sich die Frau denn an ihn erinnern?«

»War gar nicht so leicht, sie zu finden. Die ganze Geschichte ist schließlich fast fünfundzwanzig Jahre her. Nach ihrem Treffen mit Geert hat sie sich komplett aus dem Geschäft zurückgezogen. Sie arbeitet in einer Boutique in Darmstadt und hat zwei Kinder.«

»Hat sie ihn wiedererkannt?«

»Sofort. Sie meinte, das Gesicht würde sie ihr Leben lang nicht mehr vergessen.«

Krumme nickte. »Wenn ich mich doch nur früher an die Tätowierung auf der Hand erinnert hätte, die das Mädchen damals erwähnt hat!«

»Es ist ein Wunder, dass Ihnen das überhaupt noch eingefallen ist. So lange, wie das her ist. Meine Güte, ich vergesse ständig, was ich einkaufen soll. Zum Glück gibt mir meine Frau jedes Mal einen Einkaufszettel mit.«

Krumme nickte nur. Seine Gedanken gingen zurück in die Zeit kurz nach der Wende. Er war seinerzeit ganz frisch bei der Kripo in Berlin gewesen, damals noch im Betrugsdezernat. Er erinnerte sich – jetzt! –, dass er beim oberflächlichen Durchblättern der aktuellen Fahndungsrundbriefe etwas von einem offensichtlich schizophrenen Gewalttäter gelesen hatte, der ein auffälliges Tattoo auf dem Handrücken hatte: eine Seeschlange, die ein Schiff umarmt. Da das Verbrechen – der Mann hatte eine junge Prostituierte halbtot geschlagen und dann einfach in ihrem Blut liegen lassen – im fernen Hamburg passiert war und der Täter einen norddeutschen Akzent gehabt hatte, hatte Krumme sich weiter keine Gedanken gemacht und die Angelegenheit bald wieder vergessen. Schließlich kamen zu der Zeit täglich neue Fahndungsbriefe, in der Wendezeit noch mehr als sonst. Außerdem hatte Berlin genügend eigene Psychopathen und Schwerstkriminelle, um die er und seine Kollegen sich kümmern mussten.

Er hatte die Tätowierung fast vergessen. Ein Fehler, der beinahe mehrere Leben gekostet hatte.

»Gibt es Hinweise auf weitere Gewalttaten?«

Mannsen nickte. »Die Kollegen recherchieren noch. Es gab da wohl zumindest noch einen Mord in St.-Peter-Ording, mit dem er wohl auch etwas zu tun hatte. Vielleicht auch noch mehr. Bisher sind die Ermittlungen ganz am Anfang.« Mannsen klopfte Krumme anerkennend auf die Schulter. »So oder so, lieber Kollege. Sie haben da einen ganz dicken Fisch geschnappt!«

»Ich? Sie haben ihn festgenommen! Und uns das Leben gerettet.«

Mannsen wurde rot. Verlegen spielte er mit seinen dicken Fingern. »Na ja, ohne Sie wäre ich nie nach Hooge gekommen. Und wer ist denn wie Moses mitten durch das Meer gegangen? Das waren doch wohl Sie ...«

»Was hat er denn zum Tod von Marc Seiters gesagt?«

Mannsen trank einen Schluck. »Da ist noch vieles unklar. Geert scheint seinen Sohn immer wieder in Schutz nehmen zu wollen. So wie es aussieht, war es ein Gemeinschaftsprojekt. Niedergeschlagen hat ihn wohl Lars. Auf die Idee mit dem Kellerraum ist dann Geert gekommen.«

»Ist die Hallig denn damals nicht abgesucht worden?«

»Zumindest nicht so gründlich, wie es hätte sein sollen. Alle sind davon ausgegangen, dass der Junge die Hallig verlassen hatte.«

»Die Aufzeichnungen der Webkamera ...«

Mannsen musste vom Sprudelwasser aufstoßen. »War wohl Geerts Idee, da ist er besonders stolz drauf. Er hat Lars den Rat gegeben, sich den Pullover anzuziehen, um dann an der Kamera vorbeizulaufen und damit alle auf die falsche Fährte zu führen. Lars wusste genau, wo die stand, er hatte sie schließlich selbst aufgestellt.«

»Ganz schön raffiniert!«

»Wie gesagt, er ist ein Geisteskranker, aber er hat auch seine lichten Momente.«

»Und was ist mit Lars?«

»Von dem fehlt jede Spur. Die Fahndung läuft. Vielleicht hat er sich ja auf irgendeine andere Hallig verdrückt. Oder

liegt am Strand auf Sylt. Oder er hat nach England rüberge-
macht, wer weiß.« Mannsen lachte.

»Irgendwie tut er mir leid.«

»Der war doch genauso durchgeknallt wie sein Vater.
Und ist es vielleicht immer noch.«

»Tatsächlich ist Schizophrenie eine Veranlagung, die Eltern an ihre Kinder weitergeben können.«

»Na bitte, da haben wir ja die Erklärung. Für mich ist er
auf jeden Fall ein Monster.«

»Er hat seinen Vater fürsorglich gepflegt. Ein komplett
schlechter Junge kann er nicht gewesen sein.«

»Mag sein. Aber er hat Sie und die anderen in dieses Loch
geworfen und darauf gewartet, dass sie abnippeln.«

Krumme nickte betroffen. Er musste an die Kratzspuren
an der Metalltür denken, an Marcs bleichen Totenschädel,
den er auf dem Boden gefunden hatte. Für einen Moment
schloss er die Augen.

Mannsen klopfte ihm freundlich auf das Knie.

»So, jetzt ist aber genug. Wir wollen hier doch nicht ewig
über die Arbeit schnacken. Sie sollen sich schließlich erholen. Kommen Sie, meine Frau hat einen ihrer berühmten
Pflaumenkuchen gebacken, sehr lecker.«

Krumme lächelte. Gemeinsam standen sie auf, schnapp-
ten sich ihre Räder und machten sich auf den Weg zurück
zu Mannsens Haus in Kleebüll. Ihr Weg führte sie in einem weiten Bogen über den Neuen Deich und den Seedeich
vorbei am Michael-Hannsen-Koog. Krumme konnte nicht
anders, er musste kurz anhalten. Er war schon häufiger hier
gewesen, aber der Anblick raubte ihm jedes Mal wieder den
Atem: Die weite Seenlandschaft glänzte wie ein prachtvol-
ler Spiegel in der Sonne. Auf dem dunkelblauen Wasser, im
Schilf und an den Ufern lebten Tausende Gänse, Möwen
und andere Seevögel. Auf den sattgrünen Wiesen grasten

Schafe und schwarz-weiße Kühe friedlich Seite an Seite. Ein Paradies. Menschen waren hier bloß Gäste. Außer ihnen waren nur einige wenige Spaziergänger unterwegs, und in der Ferne sah er eine Gruppe Kinder, die ausgelassen auf dem Seedeich spielten. Krumme atmete tief durch.

»Ich beneide Sie«, sagte er zu Mannsen.

»Wieso?«

»Mag sein, dass auch Ihre Welt ihre dunklen Seiten hat. Aber hier wissen Sie wenigstens, wofür Sie Ihren Job machen.«

Mannsen sah ihn verständnislos an. Schon nach der kurzen Radstrecke war er wieder völlig durchgeschwitzt.

»In Berlin ist es doch so«, erklärte Krumme, »jedes Mal, wenn ich einen Verbrecher hinter Gitter bringe, erwartet mich sofort der nächste oft noch schlimmere Fall. Da fragt man sich schon, warum man sich das alles antut.« Er zeigte auf den Koog und den Deich. »Aber hier bei Ihnen hat man das Gefühl, dass es wirklich etwas gibt, für das es sich zu kämpfen lohnt.«

Mannsen schaute nachdenklich hinunter auf den Koog und wischte sich erneut den Schweiß von der Stirn. Er wirkte ein wenig überfordert von Krummes plötzlichem romantischem Ausbruch. Schließlich nickte er nur freundlich.

»Jetzt aber los«, sagte er dann. »Eigentlich sollte ich es ja nicht verraten, aber zu Hause wartet eine Überraschung auf Sie.«

Also fuhren sie weiter über den Seedeich Richtung Kleebüll. Mannsen strampelte ächzend vorneweg. Krumme folgte ihm mit einigem Abstand und nutzte die Gelegenheit, noch mal frische Luft zu tanken und Abschied zu nehmen. Schon morgen früh ging sein Zug nach Berlin. Zurück in die laute, dreckige Stadt.

Ein Fußball rollte vor sein Fahrrad. Beim Versuch dem

Ball auszuweichen verlor er beinahe das Gleichgewicht, mit einem Quietschen kam er zum Stehen.

»Tschuldigung«, sagte ein kleiner Junge, hob hastig den Ball auf und kickte ihn zu seinen Freunden, die auf dem Rasen des Seedeichs auf ihn warteten. Er grinste Krumme noch einmal breit an und lief dann zu den anderen.

Krumme traute seinen Augen nicht. Der Junge … er sah genauso aus wie der Kleine aus dem Zug – und das geheimnisvolle Kind aus dem Watt, der dänische Junge, der ihm das Leben gerettet hatte!

»He, ich kenne dich!«, stammelte Krumme. Aber der Junge beachtete ihn nicht weiter, sondern spielte schon wieder ausgelassen mit seinen Freunden. Kopfschüttelnd sah Krumme ihm hinterher.

Ein lautes Fahrradklingeln holte ihn aus seinen Gedanken. Mannsen hatte ebenfalls angehalten. Aus der Entfernung winkte er ihm zu.

»Kollege, nun kommen Sie schon, der Kaffee wird kalt!«

Krumme nickte verwirrt und blickte noch einmal zu den Kindern hinüber. Wo war der Junge? Er konnte ihn unter den anderen nicht mehr entdecken.

Nachdenklich kratzte er sich am Kopf. War er nun völlig durchgeknallt? Er überlegte einen Moment und entschied dann, dass Frau Mannsens Pflaumenkuchen wichtiger war als die Frage nach seinem Geisteszustand. Er lächelte, stieg wieder auf sein Fahrrad und folgte Mannsen.

63

Die angekündigte Überraschung waren Birte, Andy, Inga und Swantje, die extra von Hooge aufs Festland gekommen waren, um Krumme an seinem letzten Tag in Nordfriesland zu besuchen. Die kleine Ida war natürlich auch dabei. Und als alle die Terrasse hinter dem Haus betraten, empfing sie Harke, der bereits am Tisch saß und ein großes Stück vom frischen Pflaumenkuchen futterte.

Die Stimmung war überraschend gesellig, was wohl daran lag, dass keiner über die Ereignisse der letzten Tage sprechen wollte. Stattdessen plauderte die Runde über das Wetter. Birte tauschte mit Petra, die bereits zwei erwachsene Söhne hatte, Tipps zum Thema Kindererziehung aus. Swantje unterhielt sich mit Inga über die neue Boutique, die im Zentrum von Husum eröffnet hatte und die sie sich später unbedingt anschauen wollten. Und Mannsen und Andy fachsimpelten mit Harke – auf Plattdeutsch – über die Aufräumarbeiten auf Hooge nach dem letzten »Land unter«. Andy versuchte Harke einen Job als Helfer auf der Hallig zu vermitteln. Harke behauptete, keine Zeit zu haben, wobei er verlegen zu Krumme blickte. Der Kommissar verstand, dass der Knecht in Wirklichkeit nur Angst hatte, mit dem Schiff zu fahren und das sichere Festland zu verlassen.

Krumme rührte es, wie sich die anderen immer wieder bemühten, ihn in ihre Gespräche einzubeziehen. Aber es machte ihm auch nichts aus, einfach nur zuzuhören und auf eine völlig entspannte Weise Teil dieser Gruppe zu sein. Dieses Gefühl versuchte wohl auch Reiko zu vermitteln. Er hatte sich ausgerechnet Krummes Knie ausgesucht, um seinen Kopf abzulegen und ein Nickerchen zu machen. Eigentlich ganz süß, trotzdem schaute Krumme mit leichter Unruhe zu den Reißzähnen des Dobermanns, die dieser in seinen Träumen immer wieder bleckte.

Krumme hatte sich schon lange nicht mehr so wohlgefühlt. Diese Zeit auf der Mannsen-Terrasse war eindeutig der Höhepunkt seines Nordfriesland-Urlaubs. Als die Runde dann doch auf Geert zu sprechen kam, trübte sich die gute Stimmung allerdings. Überrascht stellten sie fest, dass sie kaum etwas über seine Vergangenheit wussten. Nur, dass er vor rund fünfundzwanzig Jahren nach Hooge gekommen war und zuerst noch als einfacher Knecht auf der Richterwarft gearbeitet hatte. Dann hatte er sich in Ruth Richter verliebt, die dort alleine mit ihrer Mutter lebte. Die beiden heirateten. Doch nachdem Ruths Mutter einen Herzinfarkt erlitten hatte, starb auch Ruth kurz darauf bei Lars' Geburt. Geert war auf der Hallig immer als komischer Kauz bekannt gewesen, aber dass er seinen Sohn ganz alleine aufzog, bewunderten alle. Genauso, dass Lars sich nach Geerts Schlaganfall vor zwei Jahren revanchierte und sich umgekehrt um seinen Vater kümmerte.

»Wir haben nie geahnt, dass Geert so ein Monster ist«, sagte Andy. »Und dass auch Lars fähig war, so etwas …« Er schwieg niedergeschlagen.

»Die beiden sind krank. Deshalb wird Lars' Vater wohl den Rest seines Lebens in der geschlossenen Psychiatrie verbringen«, erklärte Krumme.

»Und was ist mit Lars selbst?«, fragte Inga vorsichtig.

Mannsen schüttelte bloß den Kopf.

Für einen Moment herrschte auf der Terrasse betroffenes Schweigen. Nur Vogelgezwitscher und das Summen von Insekten war zu hören. Birte bemerkte, dass Swantje sich eine Träne aus dem Augenwinkel wischte, und griff mitfühlend nach ihrer Hand.

Zum Glück wachte in dem Moment die kleine Ida auf. Aufgeregt plappernd vertrieb sie die bedrückte Stimmung und hatte auf einen Schlag die komplette Aufmerksamkeit. Doch nach ein paar Minuten fing sie an zu weinen und wollte sich gar nicht mehr beruhigen. »Hunger dürfte sie eigentlich nicht mehr haben«, meinte Birte, wobei sie das schluchzende Baby schaukelte. »Ich habe sie gerade vor einer halben Stunde gestillt.«

In diesem Augenblick erblickte Ida Harke. Sie sah den Knecht zum ersten Mal. Sofort war sie ruhig und starrte ihn wie hypnotisiert an. Hektisch strampelte sie mit den Beinen, streckte ihre Ärmchen aus und wollte unbedingt zu ihm. Als er sie darauf – zuerst noch etwas unbeholfen – in den Arm nahm, kuschelte sie sich behaglich an seinen dicken Pullover und strahlte ihn aus ihren blauen Kulleraugen selig an. Kurz darauf war sie wieder eingeschlummert.

Krumme war sicher: Den Anblick des winzigen Babys in den schützenden Armen des riesenhaften Harke würde er sein Leben lang nicht vergessen!

Als er später frischen Kaffee holte, lief ihm in der Küche Swantje, die gerade von der Toilette kam, über den Weg.

»Und? Wie geht es Ihnen?«, erkundigte er sich freundlich. Ihm war aufgefallen, dass sie noch immer tiefe Schatten unter den Augen hatte. Kein Wunder, nach dem Albtraum, den sie hatte durchmachen müssen.

»Ganz gut«, sagte sie, senkte aber verlegen den Blick.

»Wie schön, dass Sie sich wieder mit allen vertragen haben.«

Swantje lächelte und nickte.

»Birte und Andy haben sich in den letzten Tagen so lieb um mich gekümmert, das werde ich ihnen nie vergessen.«

»Sie sind Ihre Freunde.«

Swantje nickte und sog dann die Luft ein.

»Gestern ist Inga zu mir gekommen. Sie hat mir gebeichtet, was damals zwischen ihr und Marc passiert ist. Ich weiß, dass sie mit Ihnen schon gesprochen hat.« Sie seufzte. Krumme konnte sehen, dass es sie Kraft kostete, die Tränen zurückzuhalten.

»Ich weiß überhaupt nicht, was ich denken soll«, fuhr sie fort. »Natürlich ist es schrecklich, was mit Marc passiert ist. Er war und ist meine große Liebe. Aber … den Marc, den ich geliebt habe, hat es so wohl gar nicht gegeben. Ich war schrecklich naiv …«

Jetzt musste sie doch weinen. Krumme zögerte, konnte dann aber nicht anders und streichelte ihr zärtlich über den Arm.

»Es tut mir so leid, Swantje.« Etwas Schlaueres fiel ihm nicht ein.

»Ihnen muss gar nichts leidtun. Sie haben mir da unten in dem Keller das Leben gerettet. Genau wie Henning. Wenn Sie es nicht geschafft hätten, die anderen auf uns aufmerksam zu machen, dann …«

Sie umarmte ihn stürmisch – und sah so nicht seine verkniffene Miene in ihrem bebenden Rücken. Es war Glück im Unglück, dass Swantje und Henning am Ende ohne Besinnung gewesen waren. Nur Mannsen und der Pathologe, bei dem Marcs Gebeine lagen, wussten, wie Krumme Alarm geschlagen hatte. Er hoffte inständig, dass die beiden ihn niemals verraten würden.

»Wie geht es Henning?«, fragte er Swantje, nachdem sie sich beruhigt hatte.

Sie lächelte. »Soweit ganz gut. Er hatte unglaubliches Glück. Ein glatter Durchschuss. Hat natürlich viel Blut verloren. Aber er wird wieder auf die Beine kommen.«

Krumme nickte zufrieden. Natürlich war er auch schon bei Henning im Husumer Nordfriesland-Klinikum gewesen und hatte sich nach seinem Zustand erkundigt, aber Swantje ließ keinen Tag verstreichen, ohne ihn zu besuchen.

»Henning ist es zu verdanken, dass ich es überhaupt auf die Warft geschafft habe«, sagte er. Er warf Swantje einen freundlichen Blick zu. »Als er gemerkt hat, dass Sie in Gefahr sind, hat er keine Sekunde gezögert …«

»Ich weiß, was er für mich getan hat. Er ist mein Held. Sie beide sind meine Helden, Herr Kommissar!«

Krumme lächelte gerührt. »Ich hatte Ihnen doch gesagt, Sie können mich Theo nennen.«

Swantje nickte verlegen.

»Was haben Sie jetzt vor?«, fragte Krumme.

»Na ja, erst mal werde ich mein Studium beenden. Vielleicht komme ich danach zurück nach Nordfriesland. Henning meinte, er könnte mir in Husum eine hübsche Wohnung organisieren, direkt am Hafen.«

»Wie nett!« Krumme dachte sich seinen Teil, verkniff sich aber jeden weiteren Kommentar und freute sich einfach für Swantje. Hannah hatte es auch nie gemocht, wenn er mit ihr über ihre Beziehungen reden wollte.

»Und Sie? Sehen wir uns noch mal?«

»Auf jeden Fall. Ich komme bestimmt wieder in den Norden.«

»Ich denke, Sie können kein Wasser mehr sehen?«

»Im Gegenteil. Ich habe sogar noch einen Gutschein für einen Schwimmkurs. Schon vergessen?«

Swantje grinste und schüttelte den Kopf.

64

Am nächsten Morgen brachte Mannsen ihn zum Bahnhof. Noch war es frisch und der Himmel grau bewölkt. Mannsen versicherte, dass auch dieser Tag wieder sonnig werden sollte. Krumme nickte nur. Auf der Fahrt von Kleebüll nach Husum schaute er die meiste Zeit schweigend aus dem Fenster. Mannsen, der bereits seine Polizeiuniform trug und im Anschluss zu seiner Dienststelle nach Bredstedt fahren wollte, spürte, dass seinem Kollegen nicht nach Reden zumute war, und hielt den Mund.

Schon nach einer halben Stunde erreichten sie den schmucklosen Husumer Bahnhof. Mannsen bedauerte, dass er ihn aus Zeitgründen leider nicht bis zum Bahnsteig bringen konnte. »Kein Problem«, meinte Krumme, der fand, dass der friesische Kollege nun wirklich schon genug für ihn getan hatte.

Er überlegte gerade, ob er Mannsen zum Abschied umarmen sollte, als dessen Handy klingelte. Als Mannsen abnahm, verzog er überrascht das Gesicht. Er sah aus, als könne er kaum glauben, was er hörte. Schließlich beendete er das Gespräch und grinste schief.

»Das waren die Kollegen von der anderen Straßenseite.« Er zeigte zum Polizeipräsidium, das sich genau gegenüber des Bahnhofs befand. »Sie haben Lars Richter gefunden.«

Krumme zog überrascht die Augenbrauen hoch. »Wo?«

»In seinem Boot. Trieb weit draußen auf dem Meer. Auf halber Strecke nach Helgoland.«

»Und was …«

»Tot.«

Krumme atmete tief durch. »Wie ist es passiert? Die Bauchwunde?«

»Die gerichtsmedizinische Untersuchung steht noch aus. Aber das war's wohl nicht. Er sieht so aus, als wäre er erschlagen worden.«

Krumme war verwirrt. »Aber wie kann das sein? Er war doch alleine im Boot, oder nicht?«

Mannsen zuckte mit den Schultern. »Vielleicht ist er gestolpert und hat sich den Kopf an der Reling gestoßen. Keine Ahnung. Mehr wussten sie bis jetzt auch noch nicht.«

Nachdenklich sah Krumme in die Ferne. Was hatte das wieder zu bedeuten? Aber Mannsen klopfte ihm freundlich auf die Schulter.

»Hören Sie auf, sich den Kopf zu zerbrechen. Das ist jetzt nicht mehr Ihr Problem.«

»Sie halten mich doch auf dem Laufenden?«

»Versprochen. Aber jetzt los, sonst verpassen Sie noch Ihren Zug.«

Endlich verabschiedeten sich die beiden Kommissare – mit einer Umarmung unter guten Freunden. Krumme winkte sogar noch einmal, als Mannsen mit seinem Volvo vom Parkplatz fuhr. Dann schleppte er seinen Koffer hoch auf den Bahnsteig. Noch war der Zug nicht da. Gelegenheit für Krumme einen Blick auf das Polizeipräsidium zu werfen. Besonders schön sah es ja nicht aus. Aber direkt daneben befand sich eine kleine Gaststätte. Während er auf den Zug aus Niebüll wartete, beobachtete er eine Gruppe Beamter. Entspannt plaudernd kamen sie aus dem Präsidium und gingen in das kleine Lokal, wohl um in aller Ruhe zu frühstücken. Krumme lächelte gedankenverloren. Für einen kurzen Moment verspürte er Lust, hinüberzugehen und mit seinen Kollegen einen Kaffee zu trinken. Ob sie auch über den Richter-Fall redeten?

In dem Augenblick fuhr der Nord-Ostsee-Express Richtung Hamburg mit laut quietschenden Bremsen in den Bahnhof ein. Außer Krumme stieg nur eine Handvoll Reisende in den Zug. Er zog seinen Koffer durch den Gang, auf der Suche nach einem freien Fensterplatz, als er auf einmal überrascht stehenblieb.

An einem der Tische saßen »der Vögelkönig« Steve Adams und seine Frau Christine händchenhaltend auf einer Bank! Die beiden schauten mindestens so verwirrt wie er.

»Hallo, Herr Kommissar ...«, stammelte Herr Adams und ließ ertappt die Hand seiner Frau los.

»Das ist ja eine Überraschung«, erwiderte seine Frau.

»Wie nett.« Krumme suchte nach Worten. »Sie ... Sie fahren auch nach Hamburg?« Keine sonderlich schlaue Frage, wo sollten sie in diesem Zug sonst hinwollen?

Frau Adams nickte. »Nur für ein paar Tage.«

Ihr Mann lächelte verlegen. »Wir wollen in ein paar Musicals gehen. Den Hafen anschauen. Sie wissen schon, einfach ein bisschen Spaß haben.« Er griff wieder nach der Hand seiner Frau.

»Haben wir schon lange nicht mehr gemacht«, strahlte jetzt auch Christine Adams.

Krumme erwiderte ihr Lächeln. »Eine sehr gute Idee. Wenn man schon in der Nähe einer so schönen Stadt wohnt, sollte man ab und zu hinfahren.«

»Wollen Sie sich nicht zu uns setzen, Herr Komm... Herr Krumme?«, fragte Herr Adams und zeigte auf die leeren Plätze auf der gegenüberliegenden Tischseite.

»Nein, vielen Dank. Aber ich ... ich wollte noch ein bisschen lesen.« Er nickte den beiden freundlich zu. »Ich wünsche Ihnen wundervolle Tage an der Elbe.«

Die beiden lächelten unsicher – und wohl auch ein wenig erleichtert, dass er ihr Angebot nicht angenommen hatte. Krumme wollte schon weitergehen, als ihn Steve Adams noch einmal ansprach.

»Wie geht es Ihrem Kopf?«, erkundigte er sich verlegen.

»Alles wieder gut, kein Problem.« Tatsächlich war der blaue Fleck von der Rangelei auf der Backenswarft nicht mehr zu sehen. Er tauschte einen vertrauten Blick mit den beiden und zog dann mit seinem Koffer weiter.

»Auf Wiedersehen, Herr Krumme«, rief Frau Adams ihm hinterher.

Im nächsten Waggon fand er einen freien Platz. Nachdem er seinen Koffer verstaut hatte, holte er seinen MP3-Player mit den Johnny-Cash-Liedern heraus und trank einen Schluck Apfelschorle aus der Flasche, die Petra Mannsen ihm zugesteckt hatte. Während der Zug Husum verließ und hinaus in die jetzt wieder in der Sonne grün aufleuchtende Marsch fuhr, dachte er an die Menschen, die er in den letzten Tagen kennengelernt hatte. An Swantje und ihre Freunde, und an die Adams. Wie schön, offensichtlich hatten die beiden vor, an ihrer Ehe zu arbeiten und ihr Leben zu ändern. Vielleicht sollte er sich an ihnen ein Beispiel nehmen.

Er kuschelte sich in seine Jacke, lehnte seinen Kopf an die Scheibe und überlegte, was das bedeuten konnte. Und war schon nach wenigen Augenblicken eingeschlafen.

65

Er saß alleine auf der Bank, die Hände auf den Knien, den Rücken durchgestreckt und starrte regungslos in die Leere. Die liebevoll gepflanzten Tulpenbeete, die Spatzen, die vor ihm auf dem Boden tanzten, die anderen Spaziergänger im Park des Krankenhauses, all das nahm er kaum wahr. Er wirkte wie ein Fremdkörper in dieser Idylle, als ob er in seiner ganz eigenen Welt leben würde. Und das tat er auch.

Was war nur los mit ihm? Was war er bloß für ein Mensch?

Eigentlich müsste er laut weinen, vor Seelenpein laut schreien. Am Ende vielleicht zusammenbrechen und sein Schicksal verfluchen.

Aber all das tat er nicht.

Er saß hier, bleich und ausgezehrt zwar nach den anstrengenden Stunden der letzten Tage, mit schwarzen Schatten unter den Augen, weil er wenig geschlafen hatte, ansonsten aber doch gefasst und im Großen und Ganzen tatsächlich entspannt.

Hatte er denn gar kein Herz?

Gerade war seine Frau gestorben. Die Frau, die er vor gerade einmal zwei Jahren geheiratet hatte. Die Mutter seines einzigen Sohnes.

Er strich sich mit der Hand über die Stirn, als könnte er dort die Antwort auf seine Fragen finden.

Ruth war eine gute Ehefrau gewesen. Aufmerksam, liebevoll, verschwiegen, herzlich. Er war sicher, sie wäre eine perfekte Mutter geworden.

War ihr Verlust die Strafe für das Schreckliche, was er in seinem Leben getan hatte? Für die Menschen, die er getötet und gequält hatte? Wenn es einen Gott gab, war das sehr wahrscheinlich. Er wusste, dass er diesen Verlust verdient hatte, dass er sich nicht beklagen durfte, wenn das Schicksal ihn so bestrafte. Kein Mensch sollte an seiner Seite sein und ihm so helfen, mit seiner Vergangenheit weiter leben zu können.

Aber was konnte Ruth für seine Sünden? Wieso hatte sie so jung sterben müssen? Er wusste genau, dass auch sie unter seinen Launen gelitten hatte, ein paarmal hatte er sie sogar geschlagen. Nicht heftig, aber viel schlimmer als der körperliche war der seelische Schmerz gewesen, den er in Ruths Augen gesehen hatte. Er hatte sich in diesen Momenten des puren Wahns selbst gehasst. Und er hatte Ruth gehasst, weil sie zuließ, dass er in ihrer Gegenwart immer wieder durchdrehte. Keiner ahnte, was sie mit ihm alleine auf der Warft durchgemacht hatte.

Er hatte sie nie geliebt. Gemocht, respektiert, gerne gehabt, das alles ja. Aber geliebt? Nein! Dafür war sie viel zu gutmütig gewesen, hatte sich viel zu viel von ihm gefallen gelassen.

Sie hätte einen besseren Mann verdient, aber nur ihn bekommen, und dafür tat sie ihm leid.

Er war sicher, Ruth hatte immer gewusst, dass es in seinem Leben eine andere Frau gab, oder besser gegeben hatte. Dass sie nur seine zweite Wahl war. Vielleicht auch noch weniger. Eben nur die Frau, die ihm Obdach gewährt hatte, die in schweren Zeiten für ihn dagewesen war. Ohne Fragen zu stellen. Obwohl sie sicher geahnt hatte, dass er eine dunkle Seite hatte, die er einfach nicht kontrollieren konnte.

Maike.

Das war der Name der anderen Frau. Sie allein hatte er

in seinem Leben geliebt. Sie war die Einzige, die er verehrt, bewundert und begehrt hatte, auch wenn er es ihr wohl nie richtig gezeigt hatte. Auch sie hatte ihn aufgenommen, damals, auf ihrem kleinen Hof hinter dem Deich bei Büsum, als er noch ein Wanderer zwischen den Welten gewesen war. Nur für sie wäre er bereit gewesen, auf alles zu verzichten.

Aber sie hatte ihn abgewiesen, weggestoßen. Sie hatte sein Herz in ihren Händen gehalten und es weggeworfen wie einen alten, schmutzigen Lumpen. Dafür hatte sie bezahlen müssen, oh ja, das hatte sie. An dem, was in dieser Nacht passiert war, war nur sie schuld. Warum hatte sie ihm keine zweite Chance gegeben?

Weil du ein Geisteskranker bist, ein Monster! Weil sie Todesangst vor dir hatte!

Nein, das stimmte nicht, brüllte eine gequälte Stimme in seinem Kopf, ohne, dass sich seine Miene auch nur im Geringsten veränderte. Seine Gefühle für Maike waren aufrichtig gewesen. Er hätte sie auf Händen getragen! Wieso hatte sie das nicht erkannt? Warum hatte sie seiner Liebe nicht den Respekt entgegengebracht, den sie verdient hatte?

Nur durch ihren Tod war er gezwungen, wieder umherzuziehen, von einer Arbeit zur nächsten. Auf der Flucht vor der Polizei. Aber vor allem vor sich selbst. Bis er endlich auf Hooge ein neues Zuhause gefunden hatte.

Er blinzelte, als sein Selbstmitleid ihm Tränen in die Augen trieb. Langsam regte er sich in seiner puppengleichen Starre. Es strengte ihn an, so viel zu denken. Er war ein einfacher Mann. Ein fleißiger Arbeiter, jemand, der anpacken konnte. Sollten doch die anderen schlaue Reden halten, er regelte Probleme auf seine Weise.

Und dafür wurde er jetzt bestraft? Niedergeschlagen sah er zu den anderen Spaziergängern hinüber. Kranke, sicherlich, aber keiner der Männer oder Frauen war alleine. Alle hatten sie einen Partner, jemanden, der sie umsorgte, jemanden, den sie lieben konnten.

Aber halt! Auch wenn Ruth jetzt tot war, er hatte auch jemanden, der seine Liebe brauchte, für den er Verantwortung übernehmen musste. Er blickte zu dem schlafenden Säugling in dem grauen Kinderwagen, der neben seiner Bank stand.

Lars. Sein Sohn. Er betrachtete die winzigen Hände, die zarten blonden Haare auf seinem kleinen Kopf, die rosigen, im Schlaf zuckenden Lippen. Er sah seinen kleinen Sohn und spürte, wie ihn eine grenzenlose Liebe erfasste, so stark und intensiv, wie er sie noch nie in seinem Leben empfunden hatte.

Nein, er machte dem Kleinen keinen Vorwurf, dass seine Geburt Ruth das Leben genommen hatte, natürlich nicht. Er dankte Ruth, dass sie ihr Leben für dieses vollkommene Wesen gegeben hatte. Ein Opfer, das nicht umsonst sein durfte. Er würde seinen Sohn mit auf die Warft nehmen, auf ihn aufpassen, ihn beschützen. Anders als seine eigene Mutter vor vielen Jahren würde er ihn von ganzem Herzen lieben und zu einem starken, selbstbewussten Mann erziehen.

Dieses kleine Wesen war sein eigen Fleisch und Blut. Ja, er selbst mochte seine Probleme, seine dunklen Seiten haben. Aber Lars war anders. Das konnte er sehen. Sein Sohn war ein Engel. Rein, unschuldig und ohne jedes Böse.

Dank

Vielen Dank an alle, die mich bei der Recherche und beim Schreiben dieser Geschichte unterstützt haben. An meinen strengen, aber gerechten Agenten Dr. Harry Olechnowitz. An meine wunderbare Lektorin Leonora Tomaschoff vom Goldmann-Verlag, die mit ihrer Hingabe für dieses Buch eine große Inspiration war. An meinen hoch geschätzten Autorenkollegen und Friesenkenner Janne Mommsen. An Gabriella Engelmann, Angelika Huber, Sophie Sund, Wilfried und Ute Brömstrup, Susanne Brandt. An Klaus Pingel und seinen Literatursalon. Und natürlich an meine Jungs Malte und Nils und vor allem an meine Frau Anke für ihre Liebe und Geduld.

Ein ganz besonderer Dank geht an die Bewohner der Hallig Hooge, die mich und meine Familie immer sehr freundlich empfangen haben. Ich hoffe, sie nehmen es mir nicht übel, dass ich ihre Hallig zum Dank dafür zur Heimat von Mördern und Psychopathen gemacht habe …

Aber natürlich sind diese Geschichte und ihre Figuren komplett erfunden. Trotzdem habe ich mich bemüht, die Hallig und das Leben ihrer Bewohner so wirklichkeitsgetreu wie möglich zu beschreiben. Eventuelle Fehler bitte ich zu entschuldigen. Was aber auf jeden Fall stimmt: Die Hallig Hooge ist eine Perle im nordfriesischen Wattenmeer. Der Himmel über den Warften und den leuchtend grünen Wiesen ist atemberaubend. Und nirgends habe ich so leckeren Apfelkuchen gegessen wie auf diesem kleinen Stück Land mitten in der Nordsee.

Hendrik Berg

wurde 1964 in Hamburg geboren und arbeitete nach dem Studium der Geschichte in Hamburg und Madrid zunächst als Journalist und Werbetexter. Seit 1996 verdient er seinen Lebensunterhalt mit dem Schreiben von Drehbüchern. Er wohnt mit seiner Frau und seinen beiden Söhnen in Köln.
Mehr zum Autor und seinen Büchern unter:
www.hendrik-berg.de

Hendrik Berg im Goldmann Verlag:

Dunkle Fluten. Roman (nur als E-Book erhältlich)

Die Nordsee-Krimis mit Theo Krumme:

Deichmörder
Lügengrab
Küstenfluch
Schwarzes Watt
Kalte See
Eisiger Nebel
Dunkler Grund
(alle auch als E-Book erhältlich.)

G GOLDMANN
Lesen erleben

Unsere Leseempfehlung

Unsere Leseempfehlung

592 Seiten
Auch als Hörbuch
und E-Book
erhältlich

Eine geheimnisvolle Nonne betritt das BKA-Gebäude in Wiesbaden und kündigt an, in den nächsten 7 Tagen 7 Morde zu begehen. Über alles Weitere will sie nur mit dem Profiler Maarten S. Sneijder sprechen. Doch der hat gerade gekündigt, und so befragt Sneijders Kollegin Sabine Nemez die Nonne. Aber die schweigt beharrlich – und der erste Mord passiert. Und während die Nonne in U-Haft sitzt, werden Sneijder und Nemez Opfer eines raffinierten Plans, der gnadenlos ein Menschleben nach dem anderen fordert und dessen Ursprung in einer grausamen, dunklen Vergangenheit liegt …